火の島

石原慎太郎

幻冬舎文庫

火の島

火の島　目次

——花の絵島が唐糸ならば
たぐりよせたいひざもとに

三宅島俗謡

第一章

寒気立つ霧雨の中、脇の木立ちに季節にはまだ早い椿が何輪か咲いていた。

本堂の前の小広い境内には社葬への参列者がすでに一杯につめかけていて、本堂では死者に関わり深かった新東フィルの弦楽献奏に次いで回向《えこう》の読経がようやく終わった。次いで葬儀委員長以下それぞれの関わり深かった三人の弔辞が読まれ、焼香の流れの都合で会葬者の焼香に先んじて喪主の挨拶が行われ、故人会長の長男、社長の西脇義之がしつらえられたマイクの前に立ち参列者への謝意と会長を失った後の会社の覚悟を手短かに述べた。

すでに密葬から十日近い時間も過ぎていて喪主にも改めての緊張の色はなかったが、ただなにぶん、交通事故という思いもかけぬ死因で突然社の実力者を失った衝撃の余韻は、親族というよりもむしろ会社の幹部や社員たちの間に今も強く感じられた。本堂に座った会葬者たちの多くも、見知り同士の私語の中でそれを話題に載せていた。

半月前の夜遅く、西脇建設会長の西脇義男は車で帰京の途上東関東自動車道での事故で死亡した。運転手と助手席にいた秘書は即死、当人は運びこまれた近くの町の病院で明け方に意識不明のまま亡くなった。

喪主の挨拶が終わって親族からの焼香が始まり、その後主な親族と会社幹部たちが葬壇の前に侍立し、他の主な会葬者の指名焼香が始まっていった。

先刻弔辞を読んだ業界会長、友人代表、元内閣総理大臣、四人の元閣僚、その後一人だけ肩書きなしにある名前が告げられた時、隣に立った夫の義之がなぜか何かに打たれたように身動《みじろ》ぎするのを礼子は感じた。かすかではあるが身を震わせ、何かをこらえるように彼はそれまで動かすことのなかった足を踏みしめ直していた。

焼香の指名はそれで終わり、後は順次にという声がかかって葬壇に近い席から参列者が一斉に立ち上がり焼香の列がにわかに乱れた。

それでも彼女には最後に指名を受けた相手が見届けられた。そして横にいる夫もまた同じようにその相手を見分け、彼を待つようにしているのが互いに肩を触れ合っている夫の気配にはっきりと感じられた。

その名を耳にとどめてはいなかったが、男は背高く肩幅広い体を辺りをはばかるように丸めながら葬壇に歩み寄り、丁寧に香をつまんでは火に落とし殊勝気に合掌していた。彼の直前の指名焼香者を迎え低頭して見送った後、夫はなぜか身構えるようにかすかに斜めに体の向きを変え、焼香しているその男を見据えていた。

焼香を終えた後男はかがめていた身をゆっくり持ち上げて反らせ何かを確かめでもするように壇の上の故人の写真にしばし見入り、やがて肯《がえ》んじるように小さく頷《うなず》いて踵《きびす》を返した。

その瞬間その顔に小さな影が閃《ひらめ》くように兆して過ぎるのが見えた。それは男の今までの居住まいに似合わぬかすかな笑みだった。そしてなぜかそれはその場にまったくそぐわぬ、はっとするほど凶々《まがまが》しいものに感じられた。

礼子は目を見張るような思いで近づいてくる男に目を据え直した。そして突然、真横にいる夫もまた自分と同じものを感じながらその相手を迎えようとしているのがわかった。

後々になって彼女は、あの時あの瞬間に自分が感じようとしていたものについてすべて思い当たることが出来た。

それはあの時の相手の印象の意味などではなしに、彼が彼女に、彼女の夫に、そして彼女の家全体に突然もたらしたもの、いや正しくは彼と彼女が共に蘇らせてもたらしたもののすべてをすでに明かしていたのだ。

彼は殊勝に背を丸めながら近づいてきて、侍立した夫の前で立ち止まりそれまでかがめていた背を伸ばす、というより突然自分を証して見せつけるように立ち向かい、

「どうも、この度は」

もう一度慇懃《いんぎん》に腰をかがめながら、しかしまったく無表情な声でいった。

その寸前礼子は、今夫が迎えて向かい合っている男に、たった今聞いた声を含めて何かを強く思い出したような気がしていた。

そしてまた夫はなぜか、相手の弔意を受け止めるというよりそれを拒んで抗うように身を凝らしたままでいた。

他の客たちとはまったく違った男二人だけのつかの間の意味の知れぬ儀式はすぐに終わり、相手はその横に立った喪主の連れ合いにただの儀礼で向き直り会釈してみせた。

がその瞬間、今度はその相手が彼女の前でかすかに身動ぎし、のけ反ろうとする自分をこらえるように歩を踏み直した。しながら彼が思わず、声に漏らしはしなかったが、しかしはっきりと自分の名前を口走るのを彼女は見たと思った。

つけていた喪用のボンネットの黒いレースの下から思わず確かめようとする彼女の視線を千切るように、男は顔をそらせて立ち去っていった。

そして礼子はその横顔の左頬骨の下に、今は薄れてはいても滲むように大きく残った半月形の古い傷の痕を見た。

葬儀が終わり本堂の下の会社幹部たちの控え室に夫婦してねぎらいに立ち寄って声をかけた後、夫が専務の武田と何やら立ち話するのを後ろで待つ礼子に、夫の弟の孝之が近づいてきて話しかけた。用件はさしたるものではなく、専務と話し終えた後の兄に用事があるらしい様子なのに、義之はそれを無視したように相手とは目も合わさず彼女を促して部屋を出てしまった。

気にして思わず後ろを振り向いて見る礼子に、いい訳するように孝之が肩をすくめてみせた。そしてその横で、兄弟二人の間のそんな雰囲気を察しながら気づかぬふりの専務や他の重役たちのぎこちない居住まいが窺えた。

表への階段を上がりながら、

「いいんですか、孝之さん」

かけた声に、

「なんだ」

咎めるように返し、

「あなたと何かお話が」

「ないよ」

吐き出すように夫はいった。

そんな短い会話の中にも、このところ故の知れぬまま急に強く感じられる兄弟二人の間の不和が滲み出て感じられた。

「どうなさったの、この頃なんだか孝之さんと」

「なんだい」

咎めるというより塞ぐように見返した後、

「お前にいうことでもない」

吐き出すようにいった。


家に向かう車の中で義之は座席の背に頭を置いて瞑目したままものをいおうとしなかった。そんな様子は、葬儀での立礼の疲れもありはしたろうが、もっと他の何かのせいで不興のままに、横にいる妻までも頑なに無視しようとしているように見えた。

その不興の訳は、先刻階下の会社幹部の控え室で顔を合わせながらことさら無視してすませた弟の孝之との間の何かなのだろうかと礼子は思った。

そしてなぜかふと、あるいはあの葬儀で目にした、最後に指名を受けて焼香したあの男との間にある何かのせいなのだろうかとも。

その連想は突然故もなく彼女を混乱させ不安にさせた。あの男を見て彼女が感じたものの所以《ゆえん》は確かにはわからぬままなのに、あの相手を目にして彼女の内側に兆したものは、遠い記憶とはいえもはや位相の異なってしまったはずの過去の出来事を、追憶の暇もなく突然一方的に持ちこまれたような、夢の中で誰かに犯されでもするようにとりとめのない理不尽な感慨だった。

その息苦しさの意味の知れぬまま、彼女は夫の横でじっと息を潜めたままでいた。あの会遇がかまいたちのように知らぬ間にいきなり体のどこかを裂いて、苦痛もないのに血が流れ出しているような気がしていた。

いや、あれは本当に偶然の出会いだったのだろうか。彼女は迂闊にあの時司会が彼を呼んだ名前を耳にとめてはいなかったし、男の左の頬骨の下に見た古い傷の痕とて、他の人にもあり得るものかも知れない。

しかし彼女を正面から見据えた時、あの男は声には出さぬが確かに彼女の名を口走ったのだ。そう見たのは自分一人の思い過ごしだったのだろうかと思い直しながら、彼女はまた一人で身を固くしていた。

そんな彼女の様子を察したのか横から夫が質すように自分を眺め直す気配に、彼女は慌てて隠れるように目をつむった。

車が家に近づいてそれまでの不興気な沈黙のいい訳をするように妻を見返り、

「疲れたろう」

義之は初めて声をかけ、

「俺も疲れたよ」

いってはみせたが、彼がまったく上の空なのがわかった。

そんな様子は夕食の後までつづき、葬儀のためにアメリカ本部の音学院への留学から急遽帰ってきていた娘が寝室に引きとった後も、いつものように横のソファで食後の葉巻をくゆらせながら、礼子を無視したように宙のどこかを見つめたままでいた。

しばらくし見かねて、

「お疲れでしょ、もうお休みになったら」

いった彼女に、

「ん」

頷いたが様子は変わらない。

思い切って、

「何かあったんですか」

かけた声に、むしろ救われたように、

「何が」

義之は振り返った。

「立ち入ったことは申しませんが、厄介なことでもあるんですか」

「厄介？」

いいながら返す視線にすがるような気配があるのに気づいて、礼子は座り直した。

「私にはわかりませんが、お父様のこと以外に何かおありなの、会社のことででも」

「なぜ」

「なぜって、わかりますわ夫婦ですもの。お父様の事故が起こる前から、あなたの様子が気になっていましたの」

思い切っていった彼女を黙って見返し、ひと息ついた後、

「そうなんだ、ひどく面倒なことが起こってるんだよ」

待ち構えていたように溜め息をついた。

そんな夫の様子が初めてだっただけに、礼子は胸を突かれて夫を見直した。

打ち明けようかしまいか迷うように、ちょっとの間手にしていた葉巻を忘れて宙に目を据えた後、あきらめたように小さく首を振って微笑み直すと、

「いや、まったくなあ」

呻《うめ》くようにいったが、開きかけた口を閉ざし薄く微笑《わら》い直しただけだった。

思わず身を乗り出し彼女は夫を見直した。それは彼女が初めて見る彼の臆し怯えたような気配だった。それ以上にそれは不吉なほど、いつもの夫に似ぬ弱々しい表情だった。

見つめ合うまま沈黙の中で、礼子は今夫がこの自分までをも頼りたいと願うほど迷い困惑しているのがわかった。

「それは、孝之さんに関わりのあることなんですか」

いった彼女を見つめ直すと、

「なぜだい」

咎めるようにいった。

「なんとなく、さっきだって」

いった彼女を黙って見返すと、間を置き独りごつように、

「そうなんだ。しかしまあ、彼だけのせいじゃない。もともとはな——」

その後口にしかけた言葉を思いとどまり呑みこむように、ただ頷いてみせた。

夫婦の間の習わしで、互いの持ち分の境界を黙って示した夫のしぐさはわかりはしたが、それではすませぬ気がし、礼子は自分の次の言葉を探したいと思った。そして夫も、今はそんな自分にすがりたいと思っているのが感じられた。

間を置き、新しい茶を注ぎたしながら、

「今日のお葬式で、最後に指名されて焼香されたあの方、誰なんです」

質しながら彼女は自分で驚いていた。

そしてその問いに夫が、手にしていたものをとり落としそうになるほど慌てて座り直すのになお驚いた。

「なぜだ」

乾いた声で咎めるように聞き直す夫に、隠すように潜めた声で、

「あの人、とても変な気がしたんです。これとは別のことなのかも知れませんけど、あの時なぜか気になったの」

「どうしてだ」

重ねて畳むように義之は質した。

「なぜかはわからない、でもただ」

互いに測り合うような沈黙の後、譲るように、

「なるほど、女の勘だな」

夫はいったが、それきりだった。

間を置いて手にしていた葉巻を灰皿に置くと、

「もう休もう。何だろうと、君はあまり気にしなくていいんだよ」

いって義之は先に立ち上がった。


その夜礼子は久し振りにあるものを夢に見た。眠っていた床を揺るがして家が揺れ、驚いて床を抜け出して確かめ眺めた窓の外に、息を呑むほど間近に地軸を揺るがせながら裂けて火を噴く山があった。

噴き上がる巨《おお》きな火の塊がそのまま河となって海に向かって流れ落ち、火を受けて眼下の海は炎のような白い蒸気を立てて沸き上がっていた。


その日定例の役員会で冒頭に総務担当の脇村常務が昨日の葬儀に関して型通りの報告を終えた後、社長の義之が改めて慰労の礼を述べた。

つづいて議題に入る前に、

「昨日の葬儀の式次第は誰と誰が決めたのかね」

義之が質し、

「私と島本総務部長が」

「なら、この後で島本を呼んで君も残ってくれ」

いわれて脇村は頷いた。

散会の後呼ばれてやってくる島本を待ちながら煙草に火をつけ直す義之に、専務の武田が残って座ったまま、

「私からも御説明いたしましょう、五洋の春日の指名焼香の件でございましょう」

そう聞いて身を凝らすように脇村が座り直した。

やってきた島本が座るなり、

「あの、春日からの電話がかかってきたのはいつだったかな、一昨日の午後、五時過ぎていたな。社長は外出されての後だったね」

義之の言葉を省くようにのっけから武田が島本に尋ねた。

「そうです。当人から社長にとの電話というので、脇村常務に御相談し専務に取り次ぎました」

「それで私が、社長に代わって出ました」

「で」

「ということです。時間もなく私の判断でいたしました。お気に添わなければ責任はあくまでも私にありますが、承諾しない訳にはいかなかったと思います」

「で、相手は何をいってきたのかね」

「いえ別に、具体的には何も。ただ——」

何かを呑みこむように間を置いて、

「これからのこともいろいろあろうから、是非にと」

こわ張った顔でつぶやくように武田はいった。

「当人がか」

「秘書の後、当人が出ました。ただ自分は転んで怪我をして足が不自由なので娘婿を代理にやると。前にも一度お会いになりました、あの男です」

「なるほど」

何かを解こうとするような硬い顔で頷く義之に、

「社長、これは、宣戦布告でしょうな」

言葉を選ぶように脇村がいった。

「この件に直接関わってきたのは、亡くなった会長をのぞけば幹部の中ではこの四人だけですから、ここでだけは打ち明けた話をしておかなくてはならぬと思います。相手のいい分をあの限りでは受けぬ訳にはまいらなかったでしょう」

「あの限りといっても、そこで食い止められる話かね。ああいう手合いのやり口には限りなんぞありはしないだろうが」

抗うようにいった義之に、武田と脇村は小さく目くばせして頷き合い、武田が思い切ったように、

「社長、お父上の事故についてお考えになったことはありませんか。あるいは何かお耳に」

「何をだ」

問い返され、もう一度視線を交わし合った後意を決したように今度は脇村が、

「実は警察が島本部長を聴取にまいりました。秘密裏に社外で会いましたが、警察は会長の死因について不審を抱いております」

一気にいった。

「何っ」

「社長はそう考えられたことはありませんか」

固唾《かたず》を呑みながら三人を見渡す義之に武田と脇村はゆっくり頷き返し、島本は唇を嚙みながらうつむいた。

「そんな」

いったきり絶句する義之を三人は怯えたように声もなく見つめていた。

「いや、考えてみれば、あり得る話かも知れません」

何かを手探りしようとしながら、その当てのつかぬように虚ろな表情で武田がいった。

その場にいた四人にとって会長の事故による急な訃報よりも、その死因に疑義があるという報せの方が倍の重さでのしかかってくるのが互いにわかっていた。

「私なりに調べてみました。同窓に地検の検事がいましてそれとなく聞いてもみましたが、とにかくあの連中は手を選ばぬということです」

島本がいった。

「で、警察の疑義の理由は何だ。まさかあの件について何かがもう」

「そんなことではなしに、もっと端的に、事故の現場から出てきた声のようです」

「どんな」

「会長の車の残骸には、事故の原因になったと思われる接触した他の車の塗料と破片がついたり食いこんだりしていました。で、その相手の車が見つかりました。その車にも会長の車の塗料がついていました」

「どこの車だ」

「それが、レンタルの大型トラックです」

「レンタルの」

「その車は遺棄されていました。借り手の免許証は架空名義の偽造。聞きこみでわかったのは、車に乗っていた男二人の内の片方は日本人ではないらしい」

いって島本は窺うように義之を見直した。

「とすると、どういうことなんだそれは」

呻いていう義之に、慌てて、

「いえ、当然、こちらには思い当たる節などないとは申しましたが」

島本はいった。

引き取るように、

「ですから、例の件についてはまだ何も漏れてはいないにしても、いえ、相手がそれを今ことさら世間にばらす訳はありませんからね。だからこそそんな手段でまず、ということはあり得ることではないでしょうか。一昨日の、葬儀前日の段になってのあんな申しこみは、それにかぶせてのことだったのかも知れません」

武田はいった。

「会長は、断固としていくとおっしゃっておられましたから」

「だから、だというのか」

「わかりません。ただそうしたことも考えてかからぬと、あるいは取り返しのつかぬことにもなりかねないとは、思います」

自分にいい聞かせるように武田はいった。

「とり返しがつかぬとは、どういうことだ」

義之の問いに答える者のないままの沈黙の後、武田がようやく、

「敢えて申し上げますが、もしこの上また社長のお身の上に何か起こったりしたらえらいことになります」

「この俺を――」

いいかけて絶句する義之に、思い切った顔で島本がいった。

「この際ですから、いろいろ併せて申し上げます。同窓の地検の検事からも聞かされましたが、専務がいわれた通り十分にあり得ることだと思います。思うに、彼等はあの件をかざし徹底して脅してかかり、最後には」

いい澱む島本に、

「何するつもりだというんだ」

咎めるように見返した義之に、島本に代わって、

「多分、わが社の経営に踏みこんでくるつもりでしょう」

脇村はいった。

「何だと」

激しかける義之に抗うように、

「私もそう思います」

島本もいった。

「とにかくこちらもそこまで考えてかからぬと、と私も思います」

とりなすように脇村はいった。

いわれてしばらくの間義之は思い巡らすように目を据えたまま口を利かず、三人は待つように彼を見つめていた。

やがて何かをたぐり直すように、

「あの葬儀での、春日への指名に気づいていた者はいたとしたら誰だろう。親父の死因に不審があるのだとしたら、警察はあそこに誰か張りこませていたろうか」

「いえ、まだそこまではしていないと思います」

いった島本に、

「どうしてそういえる」

「警察の感触はまだ、ただ不審というところでした。彼等との関わりがすでに漏れていたとしたら別でしょう」

「それにあそこで名を呼ばれた春日為治なる男が何者かは大方の人間にはわかりはしますまい、彼等と関わりのある種の人間なら別でしょうが。それに、呼ばれて焼香したのは代理の人間でした」

　武田がいった。

「ただ奴らはあれで我々にある踏み絵を踏ませたつもりでしょう。そしてこちらもそれを踏みました。ですからこの後、相手もはっきりと具体的に何かいってくるはずです。今はそれを待つしか術はないと思います」

　いわれて義之は低く呻いただけだった。

「どうもこの国は我々の知らぬ間にとんでもないことになってしまっているようです。上場企業の総数は四千ほどでしょうか、ともかくその半数以上があああした手合いと何らかの関わりを持たされて往生しているそうです」

　島本がいった。

「連中が今まで手がけてきた麻薬とか売春といった仕事よりも、企業への恐喝の方が稼ぎとしてははるかに効率がいいとわかってきたんでしょう」

「でも、なぜ」

　いいかける義之を諭すように、

「どこにも弱みのない企業なんぞ、めったにありはしませんからな」

　武田はいった。

「あの連中の大きな組織は中で頭の切れる者は構成員とはせず、別途に金もかけて養成しているそうですよ。例の友成銀行がらみでの商社のダイトウ事件で彼等は延べ六百億円も抜いたということです。その手口は聞いてみると驚くほど巧妙で、しかもどぎつい。連中が狙う企業はまず金融、商社、小売りといった順だそうです。うちのような企業は中では手堅い相手ということらしいが、しかしあの件は彼等に知られれば決定的な弱みになりますからね」

諳《そら》んじるように島本はいった。

「一つの事件で、彼等が上場企業から取り立てる金は平均百億ということです」

「百億」

息を呑む義之に、

「しかしうちの場合、果たしてそれですむものでしょうか」

島本をかえりみながらいった脇村に促されるまま、

「彼等に関する法律の改正以来、彼等は彼等で生き残るための道を考え、利口な組織はいわば脱皮してなりわいを効率のいいものに変えてきたんですね。現にいくつかの企業には構成員ではないが組織と関わりの深い、というよりまさに組織からの代表として入った役員を置いて、しかも彼等の貢献で社業を伸ばしている所まであるそうです。そんな連中は我々は一種のサービス業だとまで嘯《うそぶ》いているそうな。

だからあの連中の間でも時代の流れの中で生き残れそうな勝ち組は知能犯専門、相も変わらずドンパチ続けているようなのは負け組と呼ばれているそうです」

「しかし暴力団は暴力団以外の何者でもないだろう」

吐き出すようにいう義之に、

「おっしゃる通りです。彼等は企業を脅す折にも常套手段の暴力を使います。アルプス・フィルムの専務や大阪の阪陽銀行の頭取、近畿信用金庫の理事長が殺されたのもみんなそれです。それも、やったのはみんなプロだそうです。近畿信金の場合なんぞ水深二十五センチのバスタブの中でうつぶせで水死していたそうです。しかしよく調べたら一番わかりにくい脇の下に何かを注射されて殺されていた。プロにしかそんなこと出来はしませんよ、それも外国人の」

「外国人？」

眉をひそめていう義之に島本が、

「隣の国のKCIAのOBや、香港筋の専門家が簡単に正面から入国してきては、仕事をすませてさっさと帰っていく。そんな連中の方が仕事は手慣れていて第一安いものだそうです。ああした組織の力の差というのは暴力の手立てにかける費用の大小で決まってくるんだそうですが、ここへ来てそうした外国人のプロの存在が大きな意味を持ち出したようです」

「どういうことだ、それは」

「つまり命の値段が、連中の組織と組織の競争力になっているんですね。命がけの抗争で何人死なせて、そのためにいくら払えるかでその種の人間が動いていた。ところがそんな目的に外国人を使って死なせても、日本人だと最低百万円かかるのが近隣の外国人だとたった五万円ですむのだそうです。だから新宿辺りでの暴力団同士の抗争では、外国人たちを組みこんでいる組織がいざとなると圧倒的に強い。兄弟の一人が死んでも、上はたったの五万円をその身内に払えばすんでしまうんですからね」

「それとこれとがどう関わりある」

「ですから、利口な奴らはそこに目をつけて、その種の日本人じゃなしに外国人を雇うようです。人を傷つけたり殺したりするのに、そんな連中の方が躊躇しないし手も心得ていますからね。それにその後日本から出てしまえばまったく足がつかない。ということで企業相手の犯罪をする際の暴力的な手立ては、安くて確かな外国人を使う。その方が彼等も他の同業に弱みも握られない。

　ですから会長の場合でも、相手がそんなつもりであした事故を企んだということは、十分にあり得ることと思われます」

　一気にいい尽くすと島本は溜め息をついてうつむいた。

その後重苦しい沈黙があった。

島本が同窓の検事から聞き出したという、今この世間に存在している実態が、他人事ではなしにまぎれもなく自分自身に関わりあるものなのだという実感を誰もどうにも否むことが出来ずにいた。

それがいかに不条理で許されざることだと思ってはみても、自らの会社が過去に犯した不始末について知る者にとっては、たとえ世間にありふれた物事だろうとそれがあくまで非合法であり、そうである限りそれが世間に知れれば会社がいかに損なわれるだろうかは役員なればこそ知れていた。そして、それについてあの種の連中が察知し組織として動き出していることの厄介さは、もはやただ厄介というだけではすまぬことに違いなかった。

島本の報告を聞いた後の惚けたような沈黙の中で誰もが、大方の世間では小説的な出来事としてすまされそうなことが実際には我が身に起こり、それへの手立てをどう思いもつけぬまま、夢とでも思いたい事態が目の前に起こってしまったのだという現実の中で、罠にはまり身動き出来ぬ獲物のように全員がただ息を潜めて喘ぎながら顔を見合わせるだけだった。

しばらくして、

「いったい何で足がついたんでしょうか」

うっかりいった後、

「いえ、どうやって彼等はあのことを知ったんでしょう」

脇村がいった。

「多分、わが社かあの取引の相手の巽《たつみ》運輸関係の公認会計士か税理士、あるいは顧問弁護士のどこかからではないでしょうか」

「どういうことだ」

問うた義之に、

「聞きますと、当節税理士の業界は過当競争で大変なようです。そこに目をつけて税務上の弱みを持つ企業や個人の情報をあさっているといいます。弁護士や会計士とて、当人の何かの弱みを連中に握られたとすればしゃべるでしょう。奴らは企業を脅して効率の高い代償を得るために、組織してそんなつてでの情報を集めているそうです」

「うちには個人の税務事務所との関わりはありませんが、公認会計士からのリークでしょうか」

いった脇村をたしなめるように、

「木暮さんには代々世話になっているんだ。軽々《けいけい》にいわない方がいい。しかしあの件の情報の出どころは後々のためにも手分けして確かめる必要はある。相手の巽もあることだし」

義之がいった。

「しかし巽の方にも弱みはありましょうから、彼等がおいそれとは」

いう武田に、

「いや例の件に関しては、向こうとこちらでは立場が違いますよ」

脇村がいった。

「それより社長、事のリークに関しては、孝之さんに何か心あたりはおありにはならないんでしょうか」

いわれて義之が眉をひそめるのを三人は黙って窺うように見守っていた。

間を置いて、

「あるいはそれは、あり得ることかも知れない」

呻くように義之がいった。

「一部とはいえ、彼がいったいなんで西脇ファイナンスの株を売ったりしたのか、事はそこから始まったとしかいいようがない」

「と私も思います」

敢えてのように武田がいった。

「そしてそれがさらに転売され、それを手にして彼等が出てきたということでしょう」

「しかし、それにしてもなぜ。孝之さんとて、うちにとって自分が預かっていた会社の意味は十分承知されているはずですが」

　潜めた声で脇村がいった。

「しかし彼は自分の持ち株の半分を売った。それを外すと西脇ファイナンスの持ち分は五十パーセントを切る」

「なのに」

　見返す義之の視線の険しさに臆したように脇村は口を閉ざしたが、

「孝之さんが、自分の株を手放した訳は思い当たられませんか」

　なお質した武田に、

「わからんが、多分私たちにはいえないようなことだろう」

　義之はいい放った。

　気づかうように間を置き島本が、

「調べてみましたが、最初の譲渡先の名義は女性です。田辺秀子といいます。しかし彼女は取得後一月もせずに転売しています」

「計画通りということでしょうな」

　いった武田に義之は黙って頷いた。

「その女は」

「連絡がとれません。行方もわかりません」

「その女と、孝之さんとの関係は」

問うた武田を塞ぐように、

「知れている」

義之はいった。

「いずれにせよ、この状況の中で今は待つしかありますまい、相手のいい分は段々に知れてくるでしょうが。ただ、どこまで折り合えるか、今からその覚悟を決めてかからぬと切りのないことになりかねない。春日の組織は法律の改正後知能犯として目覚ましく伸びてきているといいますから」

いった脇村に重ねて、

「あの春日の娘婿の、昨日代理で焼香した浅沼英造というのがたいそう切れる者だそうです。昔の博徒出の春日組を今の五洋興業に脱皮させ近代化させたのもあの男の才覚といいます。渡った株の名義は春日になっていたとしても、実際に出てくるのはあの男でしょう。そして事は今いってきているように、彼等をファイナンスの取締役に迎えるだけですむ訳はないでしょう」

島本がいった。

「ともかく相手ははっきりと乗り出してきました。それに備えるためにも、内側のことで知れることは知っておきたい。孝之さんのことは私たちが出るよりも、やはり社長にお願いしたいと思います」

　脇村がいい、見つめる三人の前で無言ながら義之は強く頷いた。

　その後言葉を継ぐ者もなく、といって散会のきっかけをつくるろくな相談も出来ぬまま、泥のような沈黙が部屋を支配していた。

　逃れようとするように武田が手洗いに立ち、残された者たちはそれを咎めながらもこらえて許すようにそれぞれ新しい煙草に火をつけたりしわぶきしながら座ったままでいた。

　戻ってきた武田もそのまま、あきらめたように周りを見回し座り直した。

　この事態に及んで一番の責任者として部下にいうべきことの見出せぬ自分にあきらめたように、

「島本君、君のいったその検事とか警察に誰か、秘密で打ち明けるってとか手立てはないのかな」

　すがるようにいった義之を、

「それは駄目です、社長」

　慌てて脇村がさえぎった。

「我々とてさんざ考えました、実は木暮さんにもそれとなく相談してみました。ですが、事前に官憲が介在することで、事が軽減されたりする可能性はまったくありません。この種のことは、いわばオールオアナッシングなんです。第一に警察はあの連中が関わろうとしている出来事を、そうと知ってもそれをどう抑制する気もありません」

「なぜだ」

「土台そんな能力がないのですよ、手も暇も。警察は彼等が起こした、それも下手に起こしてしまった出来事にしか踏みこんできはしません」

「どういうことなんだ」

「民事不介入ということで、いわば黙認なんです。それを未然に防ぐ力も手立てもありません。検察は検察でただの点数稼ぎですし、事件を拡大こそすれ抑える気なんぞありはしない。むしろ税務署の方が、税務関係の事件では前後左右を勘案して彼等の実入りを上げるために手を控えたりすることはあっても、検察はただ事件を仕事として仕立て世間の評判をかぶれば点数になりますから、無理してでも必ずやります。うちの名前があしたことで大きく世に出れば喜ぶのはまず検察とメディアです。連中には格好の事件ですからね」

「常務のいう通りです。ここは決して周りを当てにせず、短気にならずに、まず我々だけで収拾を図るつもりでいかぬと必ず余計な損害を被ることになると思います」

島本もいった。

「ならば、どんな自力でいくというんだ」

「それは結局、自分の身を殺《そ》いである程度犠牲を払うしかないでしょう。まさか我々が相手をこの手で殺す訳にもいかない、本当はそうしてやりたいくらいのもんだが。ですからさっき常務がいったように必ず、どこまで譲るかの問題になってきます」

武田がいった。

「だから向こうが何をいってくるかを、今はただ待つしかないということだと思います」

「まったく、なんて馬鹿なことを」

いいかける義之を塞ぐように、

「しかし社長、今さら詮ないことですが、火元はあくまで我々の側にあったのですから」

武田はいい、義之はそれきり口を閉ざした。


奥の会長室にだけは神棚の横に昔ながらの丸の中に波頭と漢数字の五を書きこんだ大紋が額に入れて飾られている。

春日為治はソファに浅く腰かけ、テーブルに置いた鳥籠の中の小鳥のために自分で小鉢に入れた餌を擂《す》り合わせながら報告に来た娘婿を迎えいれた。

「精が出ますね。この頃じゃ出来合いでもいい餌があるのと違いますか」

器用な作業の手元を眺めながらいうこの相手には、小鉢に添えた左手の小指の節が二つ欠けているのも隠さず、

「馬鹿いえ、手づくりの味にはかなわないよ。人間がいくら手間をはぶこうったって鳥の方じゃちゃんと食い物の良し悪しは知ってるんだ、第一こっちの気持ちの問題だわな」

「そういやこの間こいつら卵を産んでたね。あれは孵《かえ》らなかったんですか」

「それがな、いい日和だったんで籠ごとテラスに出しておいてやってたら、カラスがきて籠の檻を嘴《くちばし》で破って卵を盗みやがった。親鳥たちは助かったが」

「そいつは惜しいことをしたね」

「この頃やたらにカラスが増えたろう。ビルばかりのこんな町中でもどこか近くに奴らの巣があるんだろうと思っていたら、このビルの屋上にも巣があるってんで確かめてみた。貯水槽の横の鉄骨の陰に巣を造ってやがった。その下にここでかっぱらってった小鳥の卵の殻が落ちてたよ。管理事務所にいって、やつらも産んでいた卵ごと巣はぶっ潰させたが、それ見て襲ってきたカラスに係の一人が頭突つかれて怪我したそうだ。こういうのを何ていうか知

ってるか」

「何です」

「悪い循環てんだよ」

いうと為治は声を立てて笑ってみせた。

「この頃の世の中あ、持ちつ持たれつのまるで逆だな。で、どうだったあすこの葬式は。嫌な顔されたろう」

いわれて肩をすくめる相手に、

「英造、思うが、もうそろそろお前は俺の名代というより、ここもはっきり代替わりしたってえのを周りに知らせた方がいいぞ」

「何いうんですか」

気色ばんでいう相手をたしなめるように、

「馬鹿、世辞でいってるんじゃないぜ。うちがここまできたのも半分以上お前のお陰だと思ってる。俺だけじゃない、組の中で気の利いた奴らはみんなそう思ってるよ」

「そういって頂けるだけで有り難いけど、私を拾ってここまで育ててくれた人は、あなたしかないんだ」

「何だろうと、世の中変わっていくてえことがわからない奴は駄目だ。わかっててもわかろうとしない奴は、もっと馬鹿だ」

　最後は吐き出すようにいう相手に、

「拓治のことはそんな風に思わない方がいいと思いますよ」

　諭すようにいった。

「じゃあ何で、当節あんな馬鹿なことをしてまで中に入らなくちゃならないんだ。第一、親不孝ってもんだろうがよ」

　むきになっていう為治に、

「いや違うね、親父さんだって胸のどこかじゃあいつを許してる、てえより、認めてるでしょうに。この世界は結局、最後はああした人間同士のかね合いがなけりゃ成り立っちゃあいけないんですよ」

「何だい、そのかね合いってのは」

「だからさ、馬鹿か利口かといや利口じゃなかろうが、意地というか義理というか、他人にゃわからぬことでも当人だけにはよくわかってるってことがあるでしょうに」

「何だい、それは」

「いってみりゃ、恋愛みたいなもんですよ。周りが何といおうが自分はこれでいいんだ、これしかないんだということがね。まあ、やくざにとっての最後のよりどころみたいなものでしょうよ。古いといや古い、馬鹿といや馬鹿かも知れないが。私だって、それだからこそこの世界に入っちまったんだ。この頃やってることでの気分は昔とはだいぶ違っちまったけれどね」

探るように見返す相手に、

「だから、私は彼が好きですよ。俺が拓治にそういえば、向こうはきいた風をいうなと怒るか笑うかも知らねえが」

「お前、本気でそう思ってるのか」

「思ってますよ。というより、こんな世界にいるんですから、いつか必ず彼と俺と一緒でなきゃ出来ないようなでっかいことが起こってくると思ってます」

いわれて春日はその時だけ手を置き確かめるような目で彼を見返すと、今聞いたことを収《しま》うように微笑って頷いてみせた。

「で、どうだ、あっちは」

「奴ら、どこまで事の大事さがわかってるんですかね。世間での信用なんぞじゃなしに、下手すると一番上にいる者までぶちこまれることにもなりかねないのにね」

「にぶいのか」

「かもね。しかし奴らも慣れてるってことじゃなかろうから。だから、あの会長の身に起こった出来事の実際の訳を考えさせるために、事故の後、サツに横からタレこませてみたんですよ」

「なるほど」

「といっても会社がこちらへ、あの事故は実は何だったんでしょうかと問い合わせてきはしまいがね」

「それで埒が明かなきゃ、ナマものでも使ってやるんだな。素人にはあれが一番効くぜ」

いわれて英造は黙って肩をすくめてみせた。

「で、お前はこの仕事どこまでいけるとみてる」

「どこまでというより、やれるとこまでやりますよ。あの業種の会社を一つしっかりものに出来れば、そこから日本中に枝葉を伸ばして数限りなくいろんなことが出来ますからね。とにかくゼネコンてえのはべらぼうなものなんですよ。ましてそれが、あれだけの柄をしてるくせに上場してない同族会社ときている」

「大した奴だよ、お前は」

いった相手を外して諭すように、

「それにね、奴らにしたって我々と組むことでどんなにいい思いが出来るかわかりゃしませんよ。松前会が面倒みるようになったトドロキ運輸なんぞは宅配便じゃ後発だったくせに、今じゃ日本中のシェアを、取り分をね、すっかりものにしちまいましたから。ゼネコンとて我々の手を借りれば、連中に取れない仕事の発注も必ずものに出来ますから」

「しかし、奴らが手前らの面子をどう思うかだな。死んだ会長はそれにこだわって偉そうにいってたじゃねえか」

「で、彼は死にましたわな」

嘯くように英造はいい、二人は黙ったまま肩をすくめ合った。

間を置いて、

「まあその内、間もなく、必ず反応してくるでしょうよ。少なくともこっちの最初の申し出には嫌とはいえまい、それほど馬鹿じゃあるまいから。しかし時間をかけりゃかけるほど高いものにつく、というよりこちらの付ける値段はとうに決まっちゃいるが、それが段々にわかってくるだろうってことですよ」

英造がいい、

「だろうな。まあ、わかりやすく話してやるこった。何も皆殺しにするなんて話じゃねえ、昔やったみたいな組同士のいざこざとは違うんだ、ただの利害損得なんだからな」

「ですよ。しかし気取った素人ほど判断するまで時間がかかりますな」

「ま、こちらが待てないなんてほどの時間もかかりゃしねえだろうが、病んでる人間の手術みたいなもんだな。手術しなけりゃ死んじまうってことを当人がどこらで覚《さと》るかだよ。そのための手立てはいろいろ親切にしてやるこった」

「こっちも相手の時効がくるまで待つつもりはないからね。それにあの件での奴らの相手の巽運輸もありますから、事は併行させていきますよ」

「ともかく俺あお前にまかせて、いい返事だけ待ってるぜ。でもな、頭の古い俺にも出来そうなことがあったらいってくれ、暇つぶしに手伝うぜ」

いうと春日はその手を置いて、擂り終わった餌を籠から取り出した餌箱に小鉢からすくって移し、差し入れた餌に待ち受けていた小鳥たちが羽音をたてて群がりつつく様子を、目の前の客を忘れたように目を細め眺めいっていた。

貴賓室横の控え室に入った義之に財団の事務局長が、皇后は時間通りに地下の駐車場正面の玄関に到着されますと伝えた。

義之たちが車を降りた地下玄関のホールにはすでに皇宮警察の警護官が数人たむろしてい、貴賓室に繋がる廊下の端々にも耳にイヤホーンをつけた私服の警察官が立っていた。

間もなくドアの間近にいた責任者らしい警官が扉を開けて事務局長を目で呼び、皇后が今地下の玄関から入られたと告げた。

真珠の首飾りに紫がかった薄いベージュのスーツを召された皇后は女官二人だけを伴われて貴賓室に入られ、正面の席に座られるのを待って、今夜の催しものの主催財団の理事長西脇義之夫妻と専務理事孝之夫妻が進み出て来臨への御礼と歓迎の挨拶を述べた。

立ち上がって主催者の挨拶を受けられ、音楽に堪能な皇后はすでに恒例となっていたこの催しの今年の試みについて専門的な興味を示され、

「今までにこんな催しがありましたのかしら。たいそう楽しみにしてまいりましたのよ」

主催者に言葉をかけられた。

確かにその夜のコンサートは特別の趣向に依ったもので、世界に数限られたストラディヴァリウスの手になる弦楽器だけを使っての演奏会だった。

すでに日本にあるものに加えて世界に点在するヴァイオリン、ヴィオラ、チェロの名器を借り出し、一流の演奏家による有名な演目の演奏という好事家には垂涎の企画で、限られた席数のホールの席はすでに売り切れて会場は開演前に満員だった。

演目は、ヴィエニャフスキの「華麗なるポロネーズ」、プロコフィエフの「二つのヴァイオリンのためのソナタ」、マスネの「タイスの瞑想曲」、F・J・ハイドンの「エルデーディ

四重奏曲」などということだった。

その夜のチャリティ・コンサートの主催者西脇音楽財団は十三年前に創設された。先代の義男も芸術好きで特に美術と音楽に目がなかったが、絵画のコレクションを中心にどこぞに美術館を造りたいといっていた父親に、絵画よりも音楽好きだった義之、孝之兄弟が献言して音楽振興のための財団を作り、有望な音楽家への支援と外国からの芸術家の招待もふくめて毎年一度チャリティの音楽会を催してきたが、その企画の独特さと質の高さで識者の中での評価は定着してきていたし、出演する音楽家たちの間でも彼等のステイタスに関わるものとして一目置かれていた。

開幕の前の皇后の着席を司会者は控え目に披露したが、千余の聴衆は指図もないのに立ち上がり拍手で皇后の来場を迎えていた。


プログラムの最後の新・東京クワルテットによる演奏では、舞台と客席を繋ぐために司会者がグループのリーダーといろいろ気さくに会話して世界でのストラディヴァリウスの分布やそれにまつわる珍しい挿話を披瀝したり、四人が一人一人手がけている楽器の演奏を通じての感触を専門家として打ち明けたりして、今夜ここに貴重な楽器がこれほど数多く集められたことが聴衆にとってもいかに至福であるかを明かしてみせた。

演奏は歓呼の内に終わり、いたく感動された皇后は送りに出た理事長に、

「素晴らしかったですね、同じ楽器でもあんなに音のうるおいが違うとは思いませんでした」

言葉を残して立ち去られた。

その言葉を取り次ぎに出向いた楽屋で、手慣れたとはいえ演奏の後の興奮でときめいている演奏者たちの各部屋に顔を覗かせてねぎらう主催者の後ろにいる礼子に、最後にハイドンを演奏した新・東京クワルテットのリーダーの町村が結んでいたタイを外しながら懐旧もこめて、

「やあ、今夜は君のお陰でいい思いさせてもらったよお」

興奮気味にいった。

夫の後ろで頷く礼子を、義之は譲るように斜めに身を引いて前に促した。

「でどうだった、出来は」

「見事だったわ」

「それはもっぱら楽器のお陰かも知れないよ。わかったろう、弾いててたまらないんだよな」

「さっき皇后さまも、音のうるおいが素晴らしいとおっしゃっておられましたわ。でもそれに加えて、町村さん、立派におなりになったわ」

いわれて顔をほころばす町村に、

「実はこの企画は家内がいい出したものなんですよ」

横から義之がいい、

「へえ、そうだったの、さすがだね」

町村は驚いてみせたが、なぜか礼子には、そんな口を添えた夫がいわれもなく疎ましいものに感じられた。そして演奏後の興奮に上気し、いかにも生き生きした町村を確かめるように見直していた。


礼子の方は卒業以来町村を時折客席から眺めることはあっても、昔いた音楽の世界から身を引いて今ではこうした催し物を主催する者の妻となっていることを相手が知ったのは昨日のゲネプロの折が初めてだったろう。

思えばはるか以前お互いにまだまだ未熟だった頃、在籍していた音楽学校で二年先輩の町村と何度かピアノとヴィオラで合奏したものだ。

彼はその後卒業してすぐにヨーロッパに留学し三年目にはあるコンクールで銀賞をもらい

着実に地歩を築いていったが、彼女は卒業の翌々年ある縁で義之に見初められ請われるままに結婚したのだった。

音楽で立っていくということに未練はあったが、競争の激しいあの世界の中での自分の実力については他の優れた仲間と比較して心得ていたし、父が思いがけず定年前にみまかってしまった後、卒業までの苦学に近い努力にはいささか疲れてもいた。縁談は当時の彼女や家にとっては願ってもない、というより望外ともいえるものに違いなかった。

世間に名だたる建設会社の総領が日頃耽溺していた趣味の縁で彼女を見初め、プロとしての出世をあきらめる代わりに、手がけて来た技を趣味としての限りではいかように気ままにも生かしての満ち足りた生活を保証しようという申し出を、何度か話し合ってみて理解出来た相手の篤実な人となりからしても断るいわれはどこにもありはしなかった。

西脇の家も、当主の義男の同じ趣味への理解もあって和やかに彼女を迎えてくれた。義之に請われるまま結婚して間もなく子供も産み、育児の最中にも確かな教師を迎えてピアノの技も続けて保つことも出来てはいた。

義之も子供の頃から始めていたチェロを、仕事の忙しさにかまけてあきらめようとはしておらず休日を選んではレッスンを受けたり、腕の維持のために彼女に合奏を強いたりもしていた。そんな団欒《だんらん》を同じ敷地内の母屋から聞き及んだ義男が出かけてきて眺めたりすることまであって、その満ち足りた平穏さに感謝こそすれ何の不満も後悔もありはしなかった。

しかし、今こうして楽屋で演奏を成功裏にこなした昔の仲間と向き合ってみると、感謝してくれる相手と自分の立場の違いを心得ながらも、自分の体の内に何か故の知れぬもどかしさがあるのに礼子は気づいていた。

そして、楽士たちの演奏の後の汗と訪れてくる人たちの人いきれでむせ返る手狭な楽屋の中に立ち尽くしながら、それが何なのかを確かめたいと彼女はしきりに思っていた。

それはきっと贅沢に慣れた自分のわがままだろうとは知れてはいても、自分がかつて選んで捨てたものへの懐かしさが、今突然見境もなくこみ上げてくるのに抗いようがなかった。

町村だけではなしに、今夜二番目にプロコフィエフの「二つのヴァイオリンのためのソナタ」を弾いた二人の片方が、彼女が四年生の年に同窓に入ってきた谷本洋介だったこともあっていっそうのものがあったのかも知れない。

催しものが何であれ演奏の出来がどうであれ演奏会の後の楽屋のさんざめきにこめられた、今限りは無制圧な解放の高ぶりは、人が生きているということの源のような気がする。それは何に比べても人生の中で一番熱して透明で純な瞬間に違いなかった。そして自分は長らくそれを味わうことなしにきていたのだったと、天邪鬼に自分を咎めるように礼子は思った。

〝でも、私が義之に初めて接吻を許したのも、仙台でのあのグループへの客演の後の楽屋ではなかったかしら〟

と突然、自分にいい訳するように思い出していた。

ずっと以前、ある室内楽グループの仙台公演にピアニストの事故での欠員が出来てしまい、急遽彼女に出演の機会が回ってきたことがあった。彼女を推輓《すいばん》したのはそのグループに親しい知己のいた義之の弟の孝之だった。

そして弟から聞いて知ったのだろうか、仕事で出張してきていたという義之が思いがけなく会場に現れたのだ。

その前に彼女は彼から婚約の申し出を受けてい、楽屋で二人だけになった時彼はその返事を聞かせてほしいといい、彼女はなぜかその瞬間躊躇することなしに頷いたのだ。

そして義之は感謝して握った手をそのまま引きつけて、日頃の彼に似ず、乱暴なほどのしぐさで彼女に接吻したのだった。

あの時自分が後で驚くほど素直にためらわず彼との結婚を承諾したのは、あれが演奏の直後の楽屋でのことだったせいなのだろうか。あの折の演奏の出来に自分は満足していたはずだった、そしてあるいはそれが、自分に何をためらうこともなくさせてしまったのだろうか。

楽屋の熱い混雑の中で立ち尽くしながらふとしきりに彼女は思っていた。

そして隣の楽屋を訪れるために部屋を出る夫の背を確かめながら、なぜか何かに抗うように彼女は一人だけでじっと立ちすくんだままでいた。

打ち合わされるシャンパングラス、新しく抜かれる栓の音、こぼれる酒、女たちの嬌声、いり交じった強い香水の匂い、公演打ち上げの後の楽屋といういかにも華やいだ、訪れて祝う者も祝われる者もある意味では選び限られた人間たちの渦の中で彼女だけがなぜか突然この高ぶりにまったくそぐわぬ、誰も気づかぬ、小さくともしかし危うい虚空のようなものに思いもかけず行き当たり触れてしまったような気分でいた。


夫に遅れて廊下に出て義之を探す礼子に、ずっと廊下に立ったままでいたらしい孝之から離れて妻の美須絵が近づき斜め向かいの部屋を教えた。そして、頷いて歩きかける礼子の腕を辺りをはばかるように小さく捉え、

「お話ししたいことがあるの、二人だけで。明日でもお目にかかれて」

潜めた声でいった。その顔はなぜか怯えているように見えた。その時になって改めて礼子は、互いに主催者としてこの建物に入って顔を合わせてから、義之が弟とただの一言も言葉を交わすことがなかったのに気づいていた。

楽屋では主催者として慇懃に愛想よく尽くしていた義之は、帰りの車では疲れたのか黙ったきりだった。いつもなら聞いたもの見たものについてひとくさり論評も口にするのに、タキシードのタイを外してポケットに押しこんだ後、腰を落とすようにシートに深く座ったまま天井を仰いでものもいわない。

確かめに振り返って眺める礼子の気配を知りながら、薄目を開いて上を向いたまま口も利かぬ夫の様子はどうにも異常だった。

礼子はふと十日前の義父の葬儀の帰りがけの車の中での彼の様子を思い出していた。

「お疲れでしょう」

いった彼女に、頷きもせず半眼開いたまま動かぬ夫に、

「何かおありになったの、また」

「あるな、まったくいろいろと」

吐き出すようにいいながら、顎で前の運転手を指す夫に彼女は口を閉ざした。

しばらく間を置き、

「君らピアノをやっている連中も、今夜の弦楽器と同じようにピアノによってはこんなに音色が違うものかと思うことがあるのかね、たとえばスタインウェイでも、シュタインヴェーク時代のドイツ製の音色は他のピアノと比べてそんな違うものかい」

夫が努めていってみせるのを察して、礼子は黙って手を伸べ傍らの夫の手を捉えた。その手を握り返しながら、

「いや本当にそう思ったんだよ、皇后にああいわれて。音のうるおいなんて俺には実はわかるようでわかっちゃいないないなとな。君は今までどこかでドイツ製のスタインウェイを弾いたことがあるかい」

なぜかその手を強く握ったまま義之はいった。

「あなた」

たしなめかけて思い直し、

「ええありますわ、一度だけ」

「で、どうだった」

質すというより、そんな会話を繋ぐことで夫が今内に抱えているものから逃れようとしているのが彼女にはよくわかった。

「私なんて、まだその違いが本当にわかるまでいってはいなかったわ」

「そんなことはない、君はあの道を続けていたら立派なものになっていたはずだよ。あの時結婚しなかったら、僕はいずれ君に高いスタインウェイを買わされていたかも知れないからな」

「そんな買いかぶりならもっと早く聞いておけばよかった」

　いった礼子に初めて声に出して笑い、

「実は昨日のゲネプロの後、役得でちょっとあのチェロを弾いてみたがね、気がせいていたせいかも知れないが、僕には音色の違いがそれほどはっきりとはわからなかったな。これは主催者として秘密だがね」

　もう一度笑ってみせた。

「それは無理よ、あんなところで。なんなら返す前に一日家に借りてお弾きになってみたら」

「いや、それは無駄な道楽だろうな、僕はとてもそこまでいってない。でもね、音のうるおいというのか、楽器と巡り合っての本当の音色というのは、弾き手の耳じゃなし、その手から全身に伝わって感じられるものらしいな」

　黙っている礼子に、

「君ならわかるだろう」

「そうかしら、私とてもそこまでいってはいなかったわ」

「そんなことはない、そんなことはないよ」

　なぜかむきになったように義之はいった。

そんな気配に思わず見返す彼女に、

「君は後悔したことがあるだろう、むしろ、あんな財団を作ってから」

「何をおっしゃるの」

「いや本当に。君には、むごいことをしたのじゃないかと思ったことがあるよ」

つぶやくようにいった。

「どういうこと」

突然の言葉に胸を突かれたような思いで、身をすさらせ確かめるように夫を見返す彼女に
その手を捉えたまま、

「本当にそう思ったことがあるんだよ」

「何をおっしゃるの、まったく違うわ」

「そうか」

「そうです。私が選んで決めたことよ、あなた仙台の公演の楽屋でのことを覚えていらっしゃる」

いった礼子に初めて身をひねって振り向くと、義之は小さく声に出して笑ってみせた。

そんな夫を間近で見直しながら、

「ね、何がおありなの。いえ、後にしましょ」

いって彼女が握り直した手を義之は、ゆっくりと何かを預けるように強く握り返してきた。

いつもなら孝之や他の職員たちとのねぎらいの会食なのに、その夜だけは義之が何ともいい出さぬまままっすぐに家に戻った。

家での軽食の後二人だけで向かい合って質した礼子に、義之は車の中での気配とはまったく違ってしまい、思い直したように重く口を閉ざしたままだった。

待つように見つめ直す礼子に、

「今は君にはいえない、まだ打ち明けるところまできていない。いつそうなるかもわからないが」

胸までこみ上げてきているものを抑えこみ自分に強いるように義之はいった。そんな様子はいかにも苦し気に見えた。

「いったい何なんです」

「だからまだいえない」

「あなた個人のことなんですか」

「それならとっくに君に話しているよ」

「じゃあ」

いいかけた礼子へむしろ促すように頷いてみせる。

「やはり、お仕事のことなのね」

「まあ、そうだ」

「それなら私が立ち入っても仕方ないことなんでしょうね。でもそれ、孝之さんとも関わりがあるんですか」

「なぜ」

「なぜって」

いったが、礼子は先刻楽屋の廊下で孝之の妻の美須絵からいわれたことを打ち明けかけようとして思いとどまった。

代わりに、

「男二人だけの兄弟なんですからようく御相談になったら」

「わかっている」

「なら何で今夜もああしてことさらあの方と話そうとなさらないの。私たち横にいて怖いような気がしていましたわ」

「私たち」

「ええ、美須絵さんも二人の間にいったい何があったんだろうかと。私にはわかりませんもの」

「それでいいよ。その内にわかることだ」

半ば投げるように義之はいった。


その夜義之はいつになく激しく彼女を求めた。彼を受け入れながら、夫がせめてそうした行為の中で何かから逃れてすがろうとしているのが感じられてわかった。そしてそれに応えることが妻である自分に今出来ることのすべてでしかないと知りながら、逆に彼女は目を閉じながらかえって醒めていく自分を感じてならなかった。


美須絵が家へ訪ねてくるのをはばかるので二人は帝国ホテルのロビーで落ち合い、二階の喫茶店の一番奥のブースを選んで座った。

飲み物を運んできたウェイトレスが立ち去るのを待ちかねたように、

「礼子さんもお気づきになっているでしょ、主人と義之さんのこと」

「二人のことって」

「私眺めていて怖いんです。昨日だって二人とも一言も口をきかなかったでしょ」

怯えたような顔でいう。

「ただの兄弟喧嘩ならいいの、だったら二人ともももっと表に出して激しくいい合いするでしょうに」

「で、あなた孝之さんから何か聞いたの」

「いいえ、ただ黙って時折もの凄く困った、というより不安そうにして。会社のことで何かあったんでしょうか」

「いえ、私も知らないわ。でもね、お義父さまのお葬式の時と昨日と、私もあなたと同じことを感じていたのよ。主人に尋ねてみたけれど何もいわないの。でも、とても厄介なことがあるのだとだけはいっていた、その内わかる、その内に話すからって」

「じゃ、会社のことなんでしょうね」

「でしょう。自分個人のことならお前にはとっくに話すって」

「そのことで責任があるんでしょうか、うちの主人に」

「孝之さん個人として？」

「わかりません。いっそまた、誰か女の人のことならいいんだけれど、あの人らしくって、私もう慣れていますから。でもそれが尾を引いて、会社に何かひどい迷惑をかけたのでしょうか」

「それならそれでもっと早く何か結論が出ているでしょう。辞めるとか辞めさせられるとか」

　いった礼子に、小さく唇を嚙みながら美須絵は頷いてみせた。

　そして、

「あの人、前はあんなじゃなかったのに」

　つぶやくようにいった。

「どうして」

「お義姉さまは主人のことは結婚前から知っていらしたのでしょ」

「ええ、でも」

「いつもお義兄さまと比べられることに段々焦るようになってきたみたい。俺だって俺だってと、私にまでいうようになってきたわ」

　いわれてそれをどう受け止めていいのかわからぬまま、礼子は相手を見つめるだけでいた。


　しかし美須絵のいおうとすることは彼女にもわかるような気はしていた。三つ違いというだけで会社の中でというより、西脇家の中での二人への扱いはかねてからはっきりと違っていた。それが家風だったのか、先代の義男もまたその父親が他の兄弟に同族の役員としての席を会社で与えず傍系の子会社を設立してまかせたように、二人兄弟の内上だけが正統とでもいうように遇して弟の孝之は建設関係の資材を調達する別会社の社長とし、合わせて、本社役員と限られた関係取引先だけが持ち合っている以外はすべて西脇家同族の持ち株を預かる持ち株会社の責任者としていた。

そして孝之は数年前社長を務める子会社で、東南アジアでの大規模な港湾工事の資材調達のための契約で為替の変動を見誤り、ヘッジのつもりで行った長期間の契約で会社に大損をもたらしていた。

その責任で本社から彼の補佐のために出向していた専務は辞任させられ孝之自身も社長から会長に祭り上げられた。そんな折の義男の措置は実子とはいえ容赦なく、むしろ実子故に周りへのみせしめとしても過酷なほどのものがあった。以来義男は仕事の上で周りの目にも映るほど孝之を疎んずるようになった。

孝之自身かつての為替相場の変動への見誤りも、二人兄弟ながら会社の中で何かと兄との差が開き出していた立場の回復を狙ってやったことだったが、それがいっそうの仇となる結果になったのだ。

もともと二人だけの兄弟の気質は対照的で、地味で何にも手堅く控え目な義之に比べて学生時代はテニスの花形選手だった孝之は磊落《らいらく》で人付き合いがよく、仲間内でもいつも華やかに人だかりがしているような存在だった。そんな彼には社会人になってもいろいろ艶聞がつきまとって、結婚前も醜聞にまではならずとも著名な年上の女優とのデートの写真が雑誌に載ったり、結婚後もいろいろな噂があった。

　父親の義男も以前はそんな次男を決して疎むこともなく、むしろ男同士として叱る代わりに冗談いって冷やかしたりかばったりもしていたが、社業が上がりその実績の中で義之の手堅いが時を捉えては父親が不安なほどの仕事を強引にものしてしまうやり口を見て、段々安んじて社業の多くを彼にまかせてしまうようになった。

　比べて孝之の立場は仕事の上での機会に恵まれなかったせいもあったが兄に比べて影の薄いものになり、人前で弟として兄を立てるというだけではすまぬものになっていった。

　父親と孝之の間にある溝のようなものが出来だして、義男が彼を冗談めかしてではあっても自分の家での異端のように皮肉をいうようになったのは、子供一人までもうけていたのに孝之の先妻が離婚を申し立て、義男の懸念に耳を貸さず孝之が簡単に離婚を承諾してしまった時からだった。

　義男のように古めかしい大家族主義者には、時代がどうであれ孫の一人が自分の手からこぼれていくということは不本意な出来事だったに違いない。

　しかし礼子にとってはそうした義男の存在は心強くとても大きなものに見えたし、いつも義之の嫁として自分を立てながら可愛がってくれる義男は死んだ実の父親よりもむしろ父親らしく感じられた。

いずれにせよさまざまな経緯の末に、当節では珍しくも西脇家の中では嫡子たる義之とさにあらぬ孝之との位置は傍目にもたいそう微妙なものになってきていた。

「でも孝之が会社を辞める、辞めさせられるってことがあるのかしら」

眉をひそめながら美須絵は訴えるように質してきた。

「そんなことになるんだとしたら、それなりの訳があるでしょうに。でも何かとても厄介なことが起こっているみたい。いずれにせよ西脇家の会社ですものね、最後は兄弟二人が力を合わせなければならないのじゃないの、私にはまだまったく何だかわからないけど」

諭すようにいうしかない礼子に、

「そうよね」

自分にいい聞かせるように美須絵も頷いた。


戻った家の居間のテーブルに小瓶のシャンパンがリボンを結んで置かれてあった。

「何だいこりゃ」

質した英造に和枝が、

「お祝いよ」

「何のだ」

「あなた、美香が聖倫学園の試験に受かったのよ。ついさっき通知があったの」

目を輝かせながら和枝がいった。

「ほう、よかったな」

「本当に、私これでほっとしたわ。どうなるか死ぬほど心配してたのよ」

「そいつはちっと大袈裟だな。女の子の学校なんぞ男と違って今から大騒ぎするもんじゃなかろうが」

「それは違うわ、あなたが今の世の中を知らないの。まして聖倫は他とはまったく違うんです」

「どう違うんだ」

「あそこに小学校から入れば、それが一つの資格になってしまうのよ。だからどこも親たちは夢中になっているの、あなたが冷淡だから私一人でそれは苦労してきたわ、でもこれでよかった、本当によかった」

「その、資格てのは何なんだ」

「それがないようであるのよ、目には見えなくとも確かにね。それが世の中なのに、まして今どきは」

「だからどんな資格なんだよ」

いわれて座り直すと、

「何だかんだいっても世の中にはやっぱり選ばれた人種というのがあるのよ、他の人が願っても簡単にそうはなれない、入れてももらえない世界みたいなものがあるの」

「ふうん」

「お金じゃ買えないものがあるということ」

「なるほど」

「美香はその切符を手に出来たということなの。今まではあり得なかった縁談だって将来は必ずあると思うわ」

「縁談かね。ずいぶん先の話だな」

「親ならそこまで考えるの当たり前でしょ、あなたにはそんな気も暇もないかも知れないけど。でも、とにかくここまでこられたのはあなたのお陰です」

「どういうことだい」

「いいの、それ以上はいわないい。でもね」

いいかけ彼を見直すと、

「明後日最後の親の面接があるの、出来れば両親でと書いてあるけど、私一人で行きます。それでいいでしょ」

ひどく真剣な目で見つめてくる和枝に、その訳がわかって英造は声を立てて笑い出した。

「なるほど、そうか」

「そうかって」

「お前の心配の訳がわかったよ」

「本当？」

「俺が出かけりゃ、ひょっとして何もかもぶち壊しになりかねないからだろうが」

いわれて和枝は表情を選びかねたように硬い顔をしたまま頷いてみせた。

「しかし、俺はそんなに人相が悪いかね」

微笑っていう英造に救われたように、

「念には念を入れさせて」

真面目に願うような顔をして和枝はいった。

「結構だ、願ってもないよ。それより美香におめでとうをいってやるか」

「駄目、風邪ぎみなんで早く寝かせたわ」

肩をすくめる英造の前で和枝は飾ってあった小瓶のシャンパンの栓を開け取り出したグラスに分けて注ぐと、自分からかかげて乾杯を促した。

泡立つ甘くぬるい酒に口を歪める夫の前で、彼女の方は気負ったように中身を一息に空けてみせた。そんな様子は彼女なりに尽くしてきた甲斐が報いられての得心でか、いかにも満足そうだった。

半ば残してグラスを置く夫に、

「あなたもう飲まないの」

「ぬるいぜ、これは」

「なら私が飲むわ」

いってまた瓶を手にする和枝に、

「しかしそれならそれで、これからまたいろいろあるんだろうが」

「何が」

「そんな連中てえか、そんな世界でのよ」

「当たり前でしょうが」

抗うようにいった。

「互いに慣れないことは厄介だぜ」

「何が、私は大丈夫よ」

「ならお前にみんなまかすよ」

「それでいいわ」

気負ったように和枝はいった。

そんな妻の様子を眺めながら、何ともなくこみ上げてくる疎ましさの訳を英造は知れずにいた。

ぬるいシャンパンには付き合えず自分で取り出して注いだウィスキーをすする間に、和枝は一人で小瓶ながらシャンパンをあらかた空けてしまい、おめでたとその酔いが重なってははしゃいでいた。

彼女にとって娘の念願だった学校への合格がかけ替えないものだろうことはよくわかったし、親としての見栄、というより彼女の生い立ちへの負い目が願いの成就をことさらのものにしているのもよくわかった。しかしそうと知れながら、自分が今天邪鬼にも感じている訳の知れぬ疎ましさをどうすることも出来ず、英造は誰か他人の家の出来事を眺めるように上機嫌な妻を眺めていた。

そんな気配が伝わったのか、いい訳するように、

「今晩くらい酔ったっていいでしょ。私嬉しいのよ」

「わかってるよ」

「わかってないわよ、あなたなんて。私本当にほっとしたの、やっとここまでこられたって自信が出来たわ」

「ここまでってのは、何だ」

「ここまでよ」

手にしていたグラスを置くと向き直り両手を膝に揃え、

「あなたのお陰です。美香にはそんなことといってもわかりゃしないでしょうけど、お父さんだって口じゃいっていてもわかっちゃいないわ、誰よりも私だけが知ってるの」

「何を」

「私ね、あなたと結婚しないでいたらどうなっていたかと思うと、ぞっとすることがあるのよ」

「おいおい」

「そうじゃない。あなたのこと今さら好きとか愛してるとかじゃないの。あなた聞いていないかも知れないけど、父が初め結婚させようとしていた相手が誰だったか知ってる」

「知らねえな」

「あの綱島よ、綱島民夫」

「ああ、昔滝本の組にいた」

「拓治はあの男のこと尊敬していたわ、ただの兄貴分としてだけじゃなくて」

その時だけ口を歪め何かおぞましいものを吐き出すように和枝はいった。

「あの男があんな死に方したのは当たり前よ。行き着くところでしかなかったのよ」

「しかしあれはひでえ殺され方だったな。で、なんでまただ」

いいかけた彼を塞ぐように、

「あなたあんなことに同情するの」

いった後大きく肩をすくめながら、

「私がもしお父さんにいわれるまま彼と結婚していたとしても、あの男は同じことをつづけて結局同じような死に方したでしょうね。その後の自分を考えたら今でもぞっとするわ。それだけでも私、今でもお父さんを許せない気がするのよ」

そしてゆっくり言葉を選びながら、彼の目を見つめて和枝はいった。

「しばらくして私があなたと結婚したいといった時、父も弟も何といったと思う。殺すといったのよ」

「なるほど、でもそれはお前をか、それとも俺をかね」

「どっちでもいいのよ、俺たちの顔があるって。それって何の顔っ、誰の顔なのよ」

呻くように彼女はいった。

そんな彼女を英造は今初めて目にするものを見るように眺めていた。

彼女の内に結婚当初は感じてはいたが、時とともに薄れていったと思われていたものが実は今もまだ確かにあることを知らされ、彼は先刻感じた故の知れぬ疎ましさについて後悔するような気持ちで彼女を見直していた。

それはたとえ女だろうとこうした世界に生まれ育ってきた彼女が抱きつづけてきた、女だからこその夢といおうか、何にせよ彼女自身のある密かな願いだったに違いない。

「父や弟のいる世界から逃げ出したい、せめて自分一人でまったく別のどこかで暮らしたいと思ってたのよ。お医者さんか学校の先生、せめて看護婦にでもなったら一人で勝手に暮らせるかも知れないと思っていたわ」

「お前ならなれたろうな」

「そう思うわ。でもそう思わせてくれたのはあなたなのよ」

「なんで俺がだ」

「だってあなた自身がそうじゃないの。あんな風に育ってきたあなたが、父の組だってすっかり変えてしまったじゃない。桜井先生がいってたそうよ、あなたなら弁護士にも、それも凄い弁護士になれたろうって」

「そいつは買いかぶりだな」

　手を振っていう彼へむきになったように、

「桜井さんのいう通りよ。あなたが私たちを変えてくれたのよ、あなたでなけりゃ誰にも出来はしなかったでしょう。そのことは今じゃ父も、弟だって、会社の人は誰でも知っているわ」

「で、お前はいったい何がいいたいんだよ」

　たしなめるようにいう彼に、

「私、今夜嬉しくて酔ってしまったのかも知れないけど、あなたに初めていうけれどね、私、昔好きな人がいたのよ」

「ほう」

「真面目に聞いて。あなたが父のところへ来るずうっと前よ、まだ子供の頃」

　確かめ直すように彼を覗きこむ相手に、

「で」

　微笑い直して英造は促した。

「私その人といつか結婚したいなあと思ってた。確か八つ年上だったな。腕が強いのにいつもはおとなしくって、頭のいい人だった。ただ、いい合いになると理が通っていて頑固なの。そんなんで父も一目置いて可愛がっていたと思う。でもいつか何かでごたごたがあって、それをどうするかっていう時、その人のいったことが正しかったのにお父さんはそれを聞き入れなかったの、お母さんが後でそういっていた。

その時どうするかで家の中でいい合いした相手があの綱島だったのよ。あの人が、そんな手を打ったら必ず後は良くないことになるって説いたのに、結局いうことを聞かずに逆の手はずになってしまって、そしてその騒ぎの中での使い、それとも掛け合い、とにかく父が彼を選んで出かけさせ彼は出先で死んだのよ」

「なんでだ」

「殺されたんでしょ」

「で」

「それだけよ」

「なるほど」

「私がどうしても家を出ていきたいと思い出したのは、それからのことだったわ」

「でもどうして出ちまわなかったんだ」

「勇気がなかったのね、結局」

「そりゃそうだわな」

いった英造へ、

「本当はあなたが来るのを、私待っていたのよ」

いって和枝は初めて声を立てて笑ってみせた。

「おいおい、今さら二人だけでのろけ合ってもしょうがないぜ。ただ今思い出してみると、お前と俺とは初めっからなんとなく変な関わりだったよな。最初に親父さんの事務所で会った時、なぜだかお前は俺のことを上から下まで何度となくじろじろ、まるで刑事みたいな目で眺め渡してやがった。組の親父の娘にしてもなんて小生意気な奴だと思ったよ」

英造がいうと和枝は笑い出した。

「あなただって今まで新規に家にやってきた人の中では、とっても変わってたわよ」

「どんな風に」

「あなただって私のことを上から下までじろじろ眺めて、なぜだか最後に一人で笑ったの。私あの時急に寒くなったんでお手伝いの婆やの綿入れを借りて着てたのよ」

「よく覚えてるな」

「なぜだろう。相手があなただったせいよ。そういうことなのよ」

いわれて黙ったままの彼に、

「私が正しかったという訳、今になってお父さんが何をいおうとね。感謝してます。美香にはそんなことわかりっこないんだから、あの子に代わって感謝するわ」

「変なこといいやがる、でも変な夫婦だな俺たちは」

「そんなことない、これでやっとまともなのよ。私、お母さんがつくづく気の毒だった」

「それはいわない方がいいぜ。今いって取り返しのつくことじゃない」

「そうね、でも私たちこれでもっと変わって、もっとまともになっていけるのよね」

「それはどういうことだ。まさかこの先気を変えて一家して弁当屋をやって食っていくつもりはないぜ」

「お願いだから、そんないい方しないで」

「しかし、お前が何考えているのか知らないが俺はそんなに器用な男じゃないぜ。ま、余計なことは考えない方がいいが」

　断ち切るようにいった英造の声の気配に何かを感じたのか、和枝は黙って殊勝に頷いてみせた。

　その夜うなされていた英造を和枝が隣のベッドから手を伸ばし揺すぶって起こした。夢の中でその手にすがるように捉え、半ば身を起こした彼の肩を抱くようにして床に戻しながら、

「どうしたの、あなた」

和枝の方が怯えたように聞いた。

仰向いたまま握っていた彼女の手を外して、

「夢だな、やっぱり」

天井に目を凝らせながら、自分にいい聞かせるように彼はつぶやいた。

「どんな夢見ていたの」

質した和枝に、

「島の山が、燃えていたよ」

まだうつつに戻りきれぬように彼は答えた。

しばらくし、

「大丈夫だ、明かりを消してくれ」

しかしなお彼は、妻がたて始めた寝息を聞きながらじっと目を凝らし闇を見つめていた。なんで今夜突然にあのことを夢に見たのかをしきりに思った。そして自分が避けて思うまいとしていたことを何かが促すために、あんな夢を見させたのだと咎めるように思った。

あの女は誰だったのだ、誰なんだ。

なぜあの時、あの黒いレースを剝ぎとってまでも確かめなかったのだ。いや間違いない、あれは彼女だ。彼女があそこにいたのだ。

あの時あの女がこの俺を見てレースの陰ではっきり浮かべた表情を、俺は見た。彼女はこの俺を俺と認めて知っていた、間違いない。そのことに絶対に違いはない。

自分を追いつめるように彼は思った。

そうだ、あの女は間違いなく彼女だ。彼女はあの男の妻としてあそこにいた。

しかし、これはいったいどういうことなんだ。

いや、どういうことでもありはしない。彼女があの男の妻になっていたということに間違いない。今ここにこの男がこうして、この女の夫としていることとまったく同じように間違いはない。ならばそのことは、今のこの俺とどう関わりがあるというのだ。

ない訳はない。ない訳は絶対にありはしない。しかしなぜ、いったいなぜなんだ。

俺とあの男との関わり。そして彼女があの男の妻でいたということの訳。いやそんなものはない、ある必要もない。いやしかし、果たして本当にないのか。訳なしですむことなのか。

あの男とこの俺にあの関わりがある限り、あの男の妻になっている彼女と今のこの俺の関わりがないなどということがあるものか、ない訳はない。ならばそれはいったい何なんだ。

この今、あの女とこの俺の関わりというのはいったい何なんだ。

闇の中で凝らす目の前に、レースのヴェールに隠された女の顔が浮かび上がってき、思わずそのレースを剝いで確かめようと空にかかげて伸ばした手は冷えた部屋の空気を搔いた。

誰だ、あれは本当に誰なんだ、小さく声に出していいながら彼はそれが彼女であることを疑わずにいた。

だとしたらなぜこの今になって、それもあの男の妻となって俺の前に現れてきたんだ。

そしてこのことが自分にとっていったい何なのかわからぬまま、彼は今多分生まれて初めて、怯え迷っている自分を感じていた。


移転した桜井の法律事務所は運河に沿った新しいビルの上階にあり、眼下の水路をタグボートや遊覧船はては屋形船といったさまざまな船たちが行き来し、それを跨いで架かるモノレールを空港に向かう往復の車両が過ぎていき、精巧に組み立てられた玩具の世界を眺めるような景色は見飽きることがなかった。

出された茶に手もつけず窓際で景色に見いっていた英造に、知らぬ間に入ってきた桜井が、

「なかなか面白い景色だろう」

並んで立ちながら、

「あの右手の大きな白い建物、何だかわかるかい、水族館だよ。暇なら帰りに覗いてみたらいい、素晴らしいもんだよ、大人の私でも感心するね。とにかく一回り百メートルもある水

槽の中を鮫だのマグロだのどでかい魚がうようよ泳ぎ回っているんだ。私みたいに海に弱い、というより怖い者も堪能させられるね」

「先生は海は駄目ですか」

「ああ駄目だな、船には弱いし。水面から下を覗くのも恐ろしい気がするね。第一私は泳げないからな」

「そいつは気の毒ですな」

「あんたは海が好きかね」

「好きというより、家が漁師でしたからね」

「ほう、それは知らなかったな。どこで」

「島ですよ」

「島、どこの」

「三宅島ですよ」

「三宅島というと、あの」

「そう、伊豆七島の一つね。大島、利島《としま》、新島《にいじま》、神津《こうづ》、三宅とつづいた」

「それは知らなかったな。で、また何で」

「何で漁師の倅《せがれ》がこの世界にということですか。ま、この世界にもいろいろな連中がいますよ」

「だろうな」

「最初から好んでという奴もいないことはなかろうが、大方は食いはぐれてね」

「あんたもか」

「ええ、火山の爆発で家も船も焼けちまって、親父も兄貴もそれで死んじまいました」

改めて英造を見直しながら桜井は手近な椅子に促した。

「いい事務所ですな」

「景色がね。もっともあんまり外を眺めている暇もないが」

「商売繁盛しなきゃこんな贅沢な所へは移れませんよ」

「お陰でな。で、今日は」

「ちょっと頼みたいことがありまして。といって大したことじゃないんです、身元の知れてる人間の身元を、というのは変ないい方だが、ある人間の結婚する前の履歴というか実家について知りたいんですがね」

「それは大して難しくはなかろうな」

「簡単に出来ますか」

「とはいってても素人が調べようとしても結局目的が何だかだといわれて事実上無理だろうが、

私ら弁護士が正式に調べる限り難しいことではないよ。ただ、調べる相手に知れては具合悪いのかね」

「知れますか」

「知れるかも知れない、相手に何か戸籍の上のことでことさら隠したいことがあるなら用心もしていようから」

「それはないと思います。ただ、ことさら相手に知らせることもないんですが」

「戸籍の謄本、原本は一応大事なプライバシーにはなるからね。だから誰でもみだりにという訳にはいかない、しかし弁護士に限らず、資格のある専門家が正式の手続きを踏めば必ず可能だが。あんたがその人物について調べているということは私が職務として黙秘すればすむことだ」

「いや、相手に知られて別に困ることはないが、知られずにしたことはない」

「ならば決して難しいことはないよ」

「お願い出来ますか」

いって英造は胸のポケットから封筒に入れたメモを取り出して置いた。

「この女の結婚前の家族の姓名と、出来ればその一族が今どこにいるかもね」

「西脇礼子ね。戸籍が確かならすぐにもわかるはずだ」

「じゃお願いします」

封筒を相手に向けて押しやると、英造は自分を納得させるように一人で頷いてみせた。

「立ち入ったことまで聞くつもりはないが、この相手は」

「いや仕事のからみでですが、もしそうだとすりゃ世間は狭いもんだとつくづく思いますね」

いうと、見つめる相手を外すように英造は肩をすくめてみせた。

「で、会長は元気かな」

「お陰で」

「結構だな」

いった桜井自身は三年前還暦を迎えた直後、過労のせいの心筋梗塞で倒れ療養の末、療養中に移転した新しい事務所にはつい先週復帰したばかりだった。

「会長もあんたという人がいて心強いわな。それでまた何か新しくとんでもないことを考えているのかね」

「まあ、食っていかなきゃなりませんからね」

「で、この依頼はそれと関係あるのかな」

さりげなくいう桜井に、

「あるといやある、ないといえばない。そんなとこです。先生に何を隠すつもりもないけどね」

「いや、隠すべきものは隠しておいてくれよ。私の手助けはあくまで法律の内限りのことだからな」

「承知してます。今までも先生に迷惑をかけたことはなかったと思ってますが」

「確かにな。しかしそっちの仕事が出来上がった後になって、聞いて驚かされたことはいろいろあるがね」

「それは相手もこっちも知恵比べというところだから、仕事の手立てについちゃ先生にも話せないこともありますよ。先生から借り出した知恵で相手の息の根が止まっちまうこともあるかも知れないし。だからそれをどう使うかはいわずにいた方がお互いにいいんじゃないですか。まさか包丁を借りる時、これで人を殺すなんていう馬鹿はいませんからね」

いわれて桜井は声をたてて笑ってみせた。

「しかし法律というのはまっとうに使っても、時には包丁より簡単に人を殺しちまいますな、まったく凄いもんだね」

いった英造を質すように見返しながら、

「まったくだな。しかしあんたのいうまっとうな使い方というのが私らにもまだわかるようでわからないことがある。見てると君の方が私らより法律の使い方をずっとよく知っているような気がするな」

「そいつは皮肉ですか」

「いや皮肉じゃなしに私の実感だよ」

「いつか先生に聞こうと思ってましたが、法律というのは世の中を照らしにかかる光みたいなもんだね、光というか光線だな」

「なるほど」

目で微笑いながら桜井は促すように頷いてみせた。

「光線は必ず陰を作りますよね、そして誰でもその陰に隠れたがる。だから私らの仕事はそんな陰の部分を求めて歩く、そこをあさるということなんですよ。その方が、はなからまっとうにやっていたのに途中から欲だの迷いだのが出て法律の陰に隠れようとするより、なんていうのかな、効率がいいということですよ。人間誰しも同じだろうけど、企業となるとこれはもっと酷いもんだね、これが堅気の素人たちが考え出したやり口かと驚くほどのことをやっていますよ、欲に駆られて。

減らず口を叩く奴がいるが、企業の良心なんてものはどこにもありゃしないですな。会社は会社なるが故に公の手立てで、などということで奴らは平気で人も殺すに違いない」

いった英造をしげしげ眺め直しながら、

「なるほど光線と陰か、巧いことをいう。それはなんだな、いかにもその陰の中にいる玄人ならではの観察だな」

「いや、私は玄人なんぞじゃありませんよ、だからこうやっていちいち先生にお伺いを立ててるじゃありませんか」

「そうじゃないよ、法律なんぞ誰にでもわかるし、いじりも出来る。ただその使い方、あくまでまっとうな使い方で何をものにするかというのが玄人の知恵ということかな」

いいながら半眼閉じて一人で頷いてみせる桜井の顔を英造は窺うように見つめ直した。

「でも私は今まで一度も先生から、何をどうそそのかされたこともありませんよね」

「それはどういうことだ」

「だから私にはもの凄く勉強になったし、お陰で余計な危ない橋を渡らずにすんだということですよ。先生は最低限のことしかいってくれなかったし、だから私も先生を信用出来た、そして先生にも迷惑をかけずにこられた」

いわれて桜井は確かめるように彼を見直した。

「その通りだな、私は最低限のことしかいわなかったが、あんたはいかにも呑みこみが早かった。尋ねることも的を射ていた。自習もしているんだろうが、つまりあくまで法律の運用の才ということなんだよ、それが我々弁護士に一番必要とされるものなんだがね」

「なら勉強し直せば、今からでも先生の弟子にはなれそうですか」

「ああ、間違いなくなれる。いつか君の親父さんにそういってやったことがある。しかしなんで彼にそんなことをいったかわかるかね」

微笑し直して桜井はいった。

「大分前あることの相談に、君ではなしに親父さんがじかにやってきた。話していて私はどうにも危うくなって話をはぐらかして帰したんだ、代わりにあんたをこさせてくれといって。親父さんは不服そうだったが、私とて自分の身が可愛いからな」

いうと声に出して桜井は笑ってみせた。

「偉いと思うのは、ああいう世界にいる人間で君だけがよろず頃合というものを心得ているからだよ。私が縁あってあんたの親父さんの事件に関わって以来、あんたらの世界の人間を客に迎えていても世間でいう悪徳弁護士などといわれずにすんでいるのは、君がそっちの側にいてくれるからだ。

さっき、法律という光線の作り出す陰といったな、まさにそうだ。悪とか善という前にそれを決めるよすがの、あくまで人間が作った法律が規範として据えられている限り、それが作り出してしまう陰の部分が必ずあるんだ。ただそれだけのことなんだよ」

「それだけのことですかね」

　聞き返した英造を桜井は一瞬ひるんだように見つめ直したが、自分を促すように頷いてみせた。

「この世に完璧な法律なんぞありはしない。そうだろう、どうにも完璧な知恵なんぞありはしないよ。だから誰しもがそれを破ろうとする、それをかい潜ろうとする」

「知恵比べということですか」

「そういうことだ。法律もしょせん人間のための道具でしかないからな、誰がそれをどう使ってかかるかということだよ」

　いった後念を押すように、

「ただ後は、人間それぞれの精神なり感性なり、心の問題とのからみということだな」

「心の問題、ですか」

「そうじゃないかね、この世には理屈や採算では合わぬことをする人間が大勢いるだろう、法律とか常識なんぞというものがどうにも及ばぬ出来事というのがあるじゃないか。時折そんな出来事を目にすると、私はなぜだかほっとすることがあるんだよ」

「それはどういうことです」

「つまり私は弁護士の癖に法律を心底は信じていないのかも知れないな。結局は人間のすることなんだな」

「でも馬鹿は馬鹿でしかない。いや、必ずしもそうともいえませんか、誰でも自分で自分がわからなくなることはありますからね」

「しかし君に限っては、そういうこともあるまいな」

桜井は試すように微笑って彼を見つめ直した。

沈黙があり、そのまま立ち上がろうとする相手に、

「いつか君と、仕事をかまえずに話してみたいなと思っていたけどね」

「なぜです」

「いやあんたみたいな人に、考えてみると、今まで会ったことがないような気がするんだよ」

「そんなことといわれても、有り難いような有り難くないような気がしますがね」

照れながらいう英造に、

「いやまあ気にしないでいてくれ。これもこんな仕事を長くしてきた人間の興味、いや愚痴かも知れない」

「なんだか知れないが、私は先生を頼りにしてるんですから」

いった英造には答えず、間を置いて、

「そうか、君は漁師の子供だったのかね、あの三宅島のねえ。私の一族は父親以来のある縁で、皆してよく伊豆やあの島なんぞにいって船を仕立てて釣りをしていたものだが、私だけは海に弱くてね、あまり縁がなかった」

「来なくてよかったですよ」

断ち切るようにいう彼に、

「なぜだね」

「きびしい、貧しい海なんですよあの辺りは」

「どういうことかね」

「どういうことも何も、とにかくひどい島なんですよ足下に火を抱えた。もう二度と帰りたくはないね」

肩をすくめ彼はいった。


その夜義之はいつになく硬い表情で家に帰り、食事をすませると身構えるように書斎にこもり来客を待った。

やがて孝之が緊張した顔でやってき、迎えた礼子にも目礼しただけでものもいわずじかに書斎に通っていった。

呼ぶまでは来るなといわれたまま礼子は階下で待った。小一時間して茶を促す声がかかり、茶と菓子を運んだ彼女を義之も孝之もともに声もかけず黙って迎え黙って送り出しただけだった。

書斎に運んだものを置くだけのわずかな間に沈黙したままの二人の面に礼子が窺ったものは、とげとげしいというよりもむしろ冷え冷えした無表情だけだった。他に何かと質して夫の顔を見返す彼女に、義之は無言で出ていくように促した。

扉を閉ざした後礼子は立ち止まって間を置き、もう一度振り返り扉越しに目を凝らし耳を澄ましてみた。家人が立ち去ったのを確かめるようにしわぶきした後、それまでの話に接ぎ穂を与えるようにゆっくりと、しかし声高に何かの罪をいい渡すように、

「なんだろうと、要するに、お前が親父を殺したんだ」

夫がいう声を彼女は聞いた。

その後しばらく返る声がなかった。

が間を置いて、

「そんなことをいったって、あんただって結局同罪じゃないか。みんな知りながらやったこ

とだろう」

喘ぐような声で孝之がいった。

その後の長い、そして外からも感じとれる重い沈黙を窺った後彼女は逃れるように踵を返した。

夫の言葉が何を意味するのかわからぬまま足音を忍ばせて廊下を伝い階段を降りた。歩みながら彼女が感じていたものは驚きとか怖れを超えて、ただ故もない不吉さだった。

なおしばらくしてコーヒーでもいれて運びましょうかと内線で質した礼子に、

「いやいい、彼はもう帰る」

彼女にというより同じ部屋の目の前にいる相手を突き放すように義之はいった。

その声の通り五分も置かずに客は一人だけ二階から降りてき、慌てて送りに出た礼子に目礼しただけで帰っていった。玄関の扉を開きかけ一瞬その手を引いて彼女に振り返りかけたが、礼子が声をかける暇もなく振り切るように孝之は足早に出ていった。

客が引き取った後義之もそのまま書斎から出てこなかった。小半時しても現れぬ夫の様子を窺いに礼子がノックし扉を引いて覗くと、義之は葉巻も手にすることなく先刻と同じ椅子に深く座ったままのけ反るように天井を見つめて動かずにいた。

「どうなさったの」

かけた声にも振り向かぬ夫に、部屋に入り先刻まで孝之の座っていた椅子に浅く腰を下ろし、礼子は初めて見る様子の夫を見つめ直した。

そんな妻の気配を無視したように義之は同じ姿勢のまま動かなかった。その様子は困っているとか怒っているというより、彼女を前にただすねてみせているようにも見えた。いずれにせよ夫が前に漏らしたように、何事か家族ぐるみの大きな厄介を抱えていることだけはわかった。

「あなた、そろそろ私にもおっしゃって下さいな、その内にとおっしゃってましたよね。伺っても私には何も出来はしませんでしょうが、あなたお一人で悩んだりされることはないわ。おっしゃって頂けたら、私にも覚悟くらいは出来ます」

「覚悟」

何かに打たれたように義之は身を起こし、咎めるように彼女を見直した。しかしその目が実は怯えているのが礼子にはわかった。

「さっきお茶を運んできた後お声がドアの外まで聞こえてきたの、私聞いてしまったんです」

いった彼女を義之は黙って待つように見返した。

「お父様が亡くなった事故に、他の訳があったんですか」

いわれて頷きはしたがその後もなお黙ったままの夫に彼女は怯えていた。

悪い予感が兆してあった。今まで考えたこともなかったが、夫が実は自分には他に情婦《おんな》がいるのだと明かしてくれる方がむしろいいに違いないと祈るような気持ちで、今感じている不吉な予感が外れてくれるのを願っていた。

「そうなんだよ、親父はあるいは殺されたのかも知れないんだ」

子供が昨夜見た怖い夢のことを母親に訴えようとするように、突然一杯に見開いた目でまじまじ彼女を見つめると一息に義之はいった。

そう告げることで夫が今妻である自分にすがろうとしているのがわかった。

「おっしゃって、私が聞いてもお役になんぞ立てないでしょうが、でもそれでもいいでしょ」

いった礼子に義之はようやく強く頷いてみせた。

「なんの見境あってか、孝之が馬鹿なことをしてくれたんだ。彼が預かっていたうちの持株会社の株を売ってしまったんだ」

「誰に」

「女にだよ、そしてそれがそのまま他のある連中の手に落ちた。それが厄介な相手なんだ」

「どれほどの株なんです」

「僅かだろうと、それがないと我々一族の持ち株が過半数を割ってしまう」

いった後口を歪めたまま結び直す夫の表情を見て、彼女にもことの意味合いがわかるような気がした。

気をとり直したように義之は表情をゆるめ、説くように、

「お前も知ってはいるだろうが、うちの会社ほどの業績がありながら株が世間に開放されていない、つまり上場されていない会社は他に滅多にない。他ならば竹中工務店とか、酒のサントリーとか。考え方にもよろうがそれは会社にとって大変な利点でもあるんだよ」

「なぜですか」

「何よりも、この頃いろいろ噂や問題になっている株主の総会で、そこら一般の株主たちに気がねせずに会社の経営が出来る、決して恣意《しい》的なことをしようというのじゃなしにだ。ごく限られた人間たち、株の持ち主としての同族と他には気心の通じている関係筋ということだが、そこで図った理想のままにことが運べるということなんだ、たとえばあの音楽財団にしてもそうだ。

その結果、あの財団も含めて、うちの実績が世間から疎まれるようなことには絶対になっていない。今もしうちの社の株を上場公開したとしたらたいそうな人気になるだろうよ。つまり我々は今まで他人の知恵を借りなくとも十分に一流の会社としての実績を挙げてきてい

た。

だから今まで関わりあった以外のいかなる他人にも、会社の運営に参加などしてもらいたくない。いや、させるつもりなどない。ところが我々一族の持ち株の一部が誰か第三者の手に渡り、その人間が一族の株を管理させていた西脇ファイナンスに入りこみ、孝之の会社を経て西脇建設そのものの経営に口出ししてきたらどうなると思う。

日本の法律はアメリカなんぞと違って、たとえ一握りの株でもその持ち主には他と同等の権利を与えてしまっているんだよ。その第三者が会社の経営についていかに理不尽な要求をしてきても無下《むげ》に退けたり、まして他の者たちの合意でそんな相手をつまみ出したり出来はしない。だからこそ株主総会でのごたごたが絶えないんだ」

「でも、その第三者次第でしょうに」

いった礼子に激しい身振りで身を起こすと、

「その通りだ」

「いったい誰が」

「やくざだ」

吐き出すようにいった。

「やくざですって」

「それもたちの悪い」

「どんな」

「企業を脅してたかる専門の知能犯だ。それでのしてきている大きな組織だ」

「なんでそんな相手が」

　思わず固唾を呑みこむ礼子に、

「だから、孝之が自分の株を売ったんだよ。それがそんな相手の手に落ちた」

「なぜ孝之さんがそんな相手に」

「いや、じかにではなしに、彼が株を譲った相手はよりを戻した昔の女だそうだ。しかしその後ろに初めからそんな手合いがいたんだろう。そんなことは絶対にないと彼はいうが、結果がこうなった今それを詮索してもどうにもならない。愚かな話というよりない。

　なんでも三年前に偶然また出会って、相手は夫に死なれていたそうだ。それでまた出来てしまい、女は妊娠したという。女には結婚後にも子供はおらず、彼女は産みたいといい、あいつは困って説得したが聞き入れられず、間に入る人間がいて金で始末しようとしたが相手は聞かない。最後に手は切れても、決して金銭の条件ではなくあくまで気持ちでいつまでも繋がっていたいということだそうで、限られた持ち株の一部を持つことで、いってみれば一族として認知してほしいといってきたんだそうだ」

間を置き言葉を探すように天井を仰いでいたが吐き出すように、

「馬鹿なことにそれを真に受けて、株の他にまとまった金も渡した。孝之も相手もそれで一応気持ちは晴れたというが、そんな男と女の気持ちなんぞ俺にはわからん、というよりわかりたくもない。美須絵に子供が出来ずに不満というなら思い切って別れたらいいじゃないか、お互い結婚には前科のある同士なんだから。要するにあいつは女についても踏ん切りのつかぬ生半可な男なんだよ」

いい終えて逃れるように横を向く夫を見直しながら、礼子は少し前帝国ホテルまで出かけて会った美須絵との会話を思い直してみた。

義之のいった言葉を聞けば、あの時彼女が口走った懸念は当たっていたともいえる。

「それで孝之さんはその責任で会社をお辞めにならなくてはならないんですか」

「美須絵が君に何かいってきたのか」

「いいえ、でも」

「もうそんな段階のことではないんだ」

彼女へというよりも自分にいい聞かすように義之はいった。

「それでその相手は何か困ることをいってきたんですか」

「彼等の誰かを西脇ファイナンスの役員に加えろといってきた」

「西脇ファイナンスの」

「それはただの橋頭堡《きょうとうほ》、ただの足掛かりでしかない。連中が次に、そしてまたその次に何をいってくるかは下手な映画の筋よりも見え透いている」

　宙に目を据えながら義之はいった。

「だからこそ親父はその申し出をはねたんだ。そしてあの事故が起こった」

「ひどいわ！」

　思わず叫んだ礼子の手を義之は捉えて引き寄せ、両手で包んで握りしめた。その様子はその秘密をようやく夫婦二人でわかったことで彼自身が救われたようにも見えた。

「本当だとしたら、ひどい話だ」

「で、本当かどうかは」

「わからない、多分これからもわかりはしまい。警察は前後の事情はまったく知らずに、ただあの事故はおかしいといって調べているそうだ。しかし証拠など摑めはしまい、あいつらがそうだといい出さぬ限り」

　聞きながら身を震わせている礼子に、義之は葬儀の翌日の役員会の後島本部長がいっていたことをかいつまんで話して聞かせた。

「それがあいつらの常套手段だそうだ、狙ったもののためには手を選ばない。親父の事故は見せしめということなんだろう。次は俺が狙われる可能性もあるということだよ」

「あなたがですか」

「だろうな」

頷きながら義之は仰ぐように天井を見つめ直した。

「で、何なんです、この次に彼等がいってくることは」

「やがては西脇自体に入りこんで、我々の会社を陰で自由にしようというつもりだろう」

「どうしてそんなことにまで。何かこちらに弱いことでもあるんですか」

思わずいった礼子を義之はなぜかのけ反るようにして見返したまま、答えなかった。

「もしそうなら、警察にいってあなたの体だけは守ってもらって下さいませ。だって孝之さんのことで、会社全体が何もかもということなんてないでしょうに」

「いや、違うんだよ」

急に彼女を塞ぐように義之は身を乗り出していった。

「いや、だからお前にも冷静でいてほしい。俺の体のことは俺の責任で必ず守る。しかし企業というのは個人以上に、世間との広い関わりがある。会社としての名誉とか責任とか。それとのかね合いをどうとるかということで俺も幹部たちも悩んでいるんだ、君もそれをわかってくれ」

諭すように義之はいった。

そのまましばらくの間二人は黙って見つめ合ったままでいた。

「わかるだろう」

もう一度かぶせるようにいう夫に向かって頷きながら、礼子は今までの会話の繋がりの中でもう一つ夫に尋ねようとしていたことを黙って呑みこんだ。

義之はさっき孝之に、「お前が親父を殺したんだ」といい、それに返して弟は、「あんただって結局同罪じゃないか。みんな知りながらやったことだ」といったのだった。

兄からお前が親父を殺したのだといわれた弟が、その兄に向かって、みんなが知りながら何かをやったのではないかといい立て、二人とも同罪ではないかと咎め返し兄は沈黙したまま応えはしなかった。

知りながらやったという、そのこととはいったい何だったのか。しかし礼子は、今の自分の思わずの問いに身動ぎしたまま答えられなかった夫の気配に怯えて、それ以上を口にすることが出来ずにいた。

互いにぎこちない沈黙があった。

そして二人とも、今この場にきてまったく違う話題を見つけることなど出来はしないということだけはわかっていた。下手をするとそれがそのまま互いへの背信にさえなりかねぬような、切羽つまったものを二人とも感じ合ったまましばらくうつむいていた。

間を置いて、おずおずと、

「それであなたはもう、お父様に代わってその相手とお会いになったの」

「ん、一度だけは親父と一緒に。その時話し合ったのはあくまで親父だった。俺の出る幕もない剣幕だったからね」

「その相手が、お父様の御葬儀に最後に指名されて焼香した人」

いった礼子に義之は黙って頷いた。

「しかしあの男はあくまで相手の代理だ。いや、焼香させろとわざわざいってきて代理を寄こしたんだ、手が込んでるよ」

「本当の相手は誰なんです」

「五洋興業の春日為治。企業がらみの恐喝や企みで東日本では一番にのし上がってきている博徒上がりのやくざだ」

「であの時、代理で焼香に来た男は」

「春日の息子だそうな」

「息子？」

「春日の娘の婿だ」

「同じ春日というんですか」

「なぜ」

「なぜって」

尋ねた夫を見返しながら、

「なぜって、あの時私とても妙な気がしていたんです。あなたの様子も気になっていたわ」

相手によりも自分にいい聞かすようにいった礼子に、

「そうなんだ。あの時に俺は、こいつらいよいよ本気でしかけてきているなと覚ったんだ」

自分に諭すように夫はいった。

「それで、これから会社はどうなるの、乗っ取られたりすることまであるんですか」

「そんなことはあるまい、あいつらはそれほど馬鹿じゃない、彼等が名乗ってうちの会社を経営出来る訳もない。ただ身内に巣くってダニみたいに会社の血を吸うつもりだろう。

ただうちには会社としても、一族としても名誉がある。西脇家の会社にやくざが関係して手を貸しているなんて、俺には殺されても許せない」

「でもそんなことといって、もし本当にあなたの体に何か」

いう礼子を塞いで、

「俺がもし殺されるなら、なんで殺されたのか必ず世間に知れるようにしてやる」

嘯くように義之はいった。

彼女を前にして義之の顔はさっき孝之を相手にしていた時よりもこわ張り青ざめて見えた。

「誰か相談する人はいないのですか、会社の弁護士さんとか」

「とうにしてみたよ。しかし今とるべき方法はない」

「本当にないんですか」

「ない、まったくないんだよ」

唇を嚙みながら義之はいった。

「警察には」

聞いた礼子を咎めるように見返すと、

「やくざが企業の株を持つことを禁じる法律はどの国にもありはしないよ。やくざや堅気に関わりなく、警察は犯罪を犯した相手をしか摑まえはしない」

「なら、もし相手の誰かが西脇ファイナンスの役員になったとして、次はどうなりそうなんです」

「まず孝之が放り出されるか、そのままいても自由が利かなくなるだろう。彼の身柄など今さらどうでもいいが、その上で必ず本社の役員人事に口出ししてくるだろうな。そして誰かが西脇本社に椅子をかまえるか、彼等が自由に仕切れる下請けなり何なり別の関係会社を作れといい出すかも知れない。つまり、うちの会社はいったい誰のものなのかわからなくなってしまう」

自嘲するように義之はいった。

そんな夫を見守りながら礼子は、尋ねようとしていたことをこらえた。

それがこの厄介事を解くのに、孝之の不始末以上に大切な鍵に違いないと感じながら、今それを口にしてしまうことで夫をこの場でとり返しつかぬほど傷つけてしまうのではないかと感じ、質そうとしていたものを思いとどまった。

そしてそれとは別に、夫が教えた、あの時春日なる相手の代理として焼香にやってきた春日の娘の婿という男の姓は、籍を変えて同じ春日なのか、でないとするなら彼の名は何というのだろうか。あの時確かに自分の名前を小さく口走った男の左の頬骨の下に見た古い傷のいわれを、彼女は今どうしても確かめ知りたいと思った。

その夜彼女はまた同じ夢を見た。義父の葬儀の夜見たのと同じに、目の前の山の中腹が裂けて火を噴き、流れ出る火の塊が目の前に迫ってくる。立ちすくみ逃れようとしても彼女がたった一人で立っている海岸の端の小さな岬の突端はもう後ろがなく、見下ろして眺める周りの海は注ぎこむ炎の河を受けてむせるような熱い蒸気に覆われ煮え立っていた。

その時灯台のあるその岬に繋がる小道を誰かが手をかかげ彼女の名を呼びながらまっしぐらに走ってきた。そして彼女も相手の名を叫び返しながら立ち尽くしていた。

しかし、息せき切って走ってくる彼の姿は逆に段々遠くなっていき、やがて手を伸べ合う二人の間を裂いて隔てるように火の河が横切り海に向かって流れこんできた。


翌日の昼過ぎ美須絵から電話がかかった。

彼女は昨夜孝之が私邸まで出かけて兄の義之と話し合ったことを知っていた。

それがどんなものだったのかを彼女は知りたいといったが、伝える礼子には扉の外で立ち聞きした二人の短い言葉だけしかありはしなかった。そしてその後夫が彼女に教えたことを相手にそのまま伝えるつもりもなかった。

美須絵は美須絵で孝之から何かは知らされているらしいが、女二人で電話でそれを突き合わせるつもりもなかった。

「それより私、一度孝之さんと二人でお話ししたいと思っているの。彼のために何か私に出来ることがあるんじゃないかと」

「お願いします」

すがるように美須絵もいった。

そして夕刻前にもう一度彼女から電話があり、出来れば明日是非礼子と会って話したいと孝之がいっているとのことだった。

相手のいってきた場所は、彼女の家のある芝白金に近い新高輪プリンスホテル構内の別館二階の喫茶ラウンジだった。礼子は承諾し、念を入れて、美須絵を外して孝之と二人だけで会いたいと告げ彼女も素直にそれを受けいれた。


孝之はいわれた時間前にやってきて礼子を待ち受けていた。彼女を認め片手を挙げて招きながら、いつもより眩しそうな目で見つめると殊勝気に頭を下げる。

ウェイトレスが立ち去るのを待ちかねたように、座ったままもう一度深く頭を下げると、

「すまない、貴女にまで心配かけてしまって」

「心配といったって、私も多分美須絵さんと同じくらい何も知ってはいないのよ。ただ二人とも同じように、感じてはいたんです」

「感じて」

「そうよ、それ以上に私たちに何が出来て。だって、あなたがた二人だけの兄弟の様子が今までとまったく違っているんですもの。側にいる者なら誰にでも感じられてわかるわ」

いわれて頷いた後、孝之は次の言葉を探すように少しの間黙ってうつむいていた。

それを待つ間相手から視線をそらせてテーブルの脇のガラス窓越しに外を眺め、目にしたものに驚いて思わず礼子は固唾を呑んだ。

窓の外のホテルの庭園に造られている人工の滝の注ぐ小広い池の脇の芝生に一面カラスが群れていた。

集まっているのは真っ黒なカラスばかりで、代わる代わる浅い池に飛びこんでは羽ばたきして水を浴びている。厚いガラスに仕切られて外の物音は聞こえてはこないが、群がり騒ぐ鳥たちの激しい動きからして、カラスたちがけたたましく叫びながらひしめき合っている様子は、所が都心の華やかなホテルの内庭だけに異様なものだった。

池の水をはね返しながら水浴びするカラスの濡れた羽根は、かぶった水のせいで黒というよりもぎらぎらと濃い青に輝いて、羽根ではなしにもっと硬質な鎧のようにも見えた。

互いにどう心得てか大きな鳥たちは争うこともなく交互に何羽ずつかが池に飛びこんでは激しく羽ばたきして水を浴び、周りの鳥たちはそれをはやすように大きく嘴を開いて鳴きわめいている。

それは本来ならどこか人目につかぬ場所で彼等だけが密かに行っている行事であるはずなのに、何が彼等を狂わせたのか、あるいは鳥たちの中で彼等だけが何を心得てしまったのか、建物の中から茫然と眺める人間たちを尻目に傍若無人にくり広げられていた。

その様子は鳥というよりも別の何か恐ろしい生き物が、ただカラスの姿を借りて大それたことを企みながらひしめき集まっているようにも見えた。目を据えて眺め直せば直すほどおぞましく不吉な光景だった。

しかし目の前の孝之は窓外のそんなありさまも目に入らぬようにしばらくうつむいていた後、心を決め直したように顔を上げ陰った笑顔で、

「いろいろ、いろいろあるんだよ。僕の粗相もある、でもそれだけじゃないんだ」

いった後試すように見つめてくる相手に、

「お父様が亡くなった事故には、もっと別の訳があったんですか」

思い切って質した礼子にこわ張った笑顔で、

「そうらしい、でもわからない。多分誰にもわかりはしまい」

孝之も義之と同じようにいった。

「でもどうしてあなたがそれを」

「私、昨夜扉の外から聞いてしまったんです。それで主人に思い切って尋ねました」

「で、兄貴はどこまであなたに話したのかな」

身を乗り出すようにして孝之はいった。

「あなたが大切な会社の株を売ってそれがとんでもない人たちの手に渡ってしまい、その人

たちが会社に入りこもうとしてきて、お父様はそれをはねつけられたために あんな目に遭わされた、らしいと」

いった礼子に、孝之は促すように黙って頷いてみせた。

「でも、それだけじゃないんでしょ。まだ他に何か厄介なことが」

いった礼子に、

「そうなんだよ」

むしろ救われたように孝之は頷いてみせた。

「何なんです、それ」

「そのことで、兄貴は何かいった」

「いいえ」

「ならなぜ」

「私、聞いてしまったんです。主人があなたに、あなたがお父様を殺したんだといった後、あなたがいい返した言葉まで」

いいながら礼子ははばかるように周りを見回してみた。

「僕は、何といった」

試すように孝之は聞き返した。

ちょっとの間二人は確かめ探り合うように見つめ合ったままでいた。

窓の外で群がっていた鳥がなぜか突然一斉に飛び上がっていった。

目をつむるような思いで、

「あんただって結局同罪じゃないか、みんな知りながらやったことだろうって」

礼子はいった。

「そうか、あなたにそれを聞いていてもらって良かったよ」

救われたような笑顔で孝之はいった。

「いったい他に何があったんです」

「さすがに兄貴はあなたにはそれまでいわなかったんだな。でもね、そのことを抜きにしては何もわかりはしないんだ」

「どういうこと」

「会社の恥だよ」

「会社の、恥ですって」

「そうだよ」

「何なんです、いったい」

「脱税だよ」

「脱税」

「そうだよ、それもなまなかのものじゃない。ばれれば責任者は逮捕もされるだろう」

「誰がですか」

「社長も、他の責任者も全員が」

「誰と誰がなんです」

「兄貴と、武田、脇村の三人はね」

絶句する礼子に、

「僕がそれを知ったのは後になってのことだった」

一度ゆっくり溜めた息を吐き出すように、

「去年うちが、江戸川区に巽運輸という会社が持っていた土地を買い入れた時のことだ。その時うちが鹿島に持っていた土地と、いわば等価で交換するという形の取引にしたんだよ。それぞれ売ったり買ったりすればそのまま売買として税金を払わなくちゃならないからね。詳しい話をしてもわかりにくいだろうが、要するに互いに税金を払わずにすむような算段を、うちと巽運輸が合意してやったんだ。

うちの土地の簿価はおよそ九億、時価が九十億、相手の土地は簿価が十二億、時価は百二十億というところだった。仮にうちが誰かにその土地を時価で売ったとすれば簿価と時価の差額が利益とみなされそのまま課税されてしまう。相手の巽も同じことだ。それを等価交換に近い取引の形にすればお互いに利益が出ずにすむから、税金も払わずにすむ。

そしてもう一つ、二つの土地には時価でのかなりの差があった。巽の土地の方がうちよりも高い。しかしうちはこれからの会社の業務の展開構想のためにどうしてもその土地が欲しかった。しかし相手の方はそのまま売れば時価での差額、つまり大まか三十億という金が利益になってしまうからそれに課税されてはつまらない。

そこでその差額の三十億の分を裏金で払うことにしたんだ。といっても三十億丸ごとじゃなしに、相手だって表に出れば利益として三十パーセント以上は課税される金だからそこらは折り合って何パーセントかは少なく、しかしあくまで裏金で払うことにした。裏金の額についてはは正確には知らないが、うちもずいぶん工夫してそのための金を作ったようだ」

「工夫って、どんな」

「おそらく開発工事や解体工事に上乗せしたりしたんだろうな、どこもよくやることじゃあるけどね。

ところがそれに加えて、相手の巽運輸からの申し出でこの裏取引に念書を入れさせられたんだ。巽の経営状況がどんなものかは知らないが、相手にしても二年間に三度に分けての裏金の支払いには不安があったのか、他にも会社の財政で焦っていることがあったのかな。そんな裏の条件についての話し合いの最中に、いろいろもつれたのかも知れないな。しかしうちにはどうしても必要な土地だったんだ。

で、うちはいわれるまま念書を入れた。それが約束通り破棄される前に、巽に食いこんできていた相手の手に落ちてしまったんだ」

「その相手というのが、やくざなんでしょ」

いった礼子にさして驚かず孝之は頷いてみせた。

「なんで念書なんぞ入れたのかな。馬鹿な話だ」

吐き出すようにいってはみせたが、

「でもその念書があってもなくても、裏の取引はその相手にわかってしまったんでしょ」

礼子が質し、

「それは、まあね」

いいはしたがその声に力はなく後はただ待つように彼女を見返した。

間を置いて、

「今さら自分のやったことのいい逃れをするつもりはないけれど、彼等はまず巽運輸の側の弱みを摑んで食いこみ、うちとのそんな裏での関わりを知った上で僕に罠をしかけてきたんだよ」

「あなたへの罠って」

「僕の女性とのトラブルにつけこみ彼女に知恵をつけたんだ。彼女が知らずに相談した相手が悪かったんだな。彼女は僕の対応に不満だったし、そんな第三者のお陰で結局金銭の問題にすり替えられてしまったんだ。こんなことになって彼女も決して満足はしてないだろうよ。もともと彼女はそんなつもりじゃなかったはずだ」

「どんな人なの」

一昨日の夜義之から聞いたことを思い返しながら礼子は尋ねた。

「昔から知っていた人だ。大学時代から音楽の趣味の仲間内でよく知っていた、僕とは特に仲が良かった。彼女はあるいは僕と結婚するつもりでいたのかも知れないな。でもそうはならなかった」

「なぜ」

聞いた礼子を一瞬眩しそうな目で見返すと、

「あなたのせいだよ」

いうと孝之は確かめるように礼子を見つめ、その頬がかすかに染まって見えた。

「どうして、私のせい」

「今さらいっても仕方ないが、僕はあなたを兄貴に紹介したことをずっと後悔してきたんだ。

そして彼女はそのことを知っていたと思う」

一息にいうと孝之は自分を黙って晒すように彼女の前で目を閉じた。

そんな相手にどう答えていいのかわからず、礼子はうつむいたまま相手の次の言葉を待つしかなかった。そして、

「やめよう、今さらそんな話」

何かを断ち切るようにその時だけ強い声で孝之はいった。

「でもそのことはあなたにもわかっていたろう、僕の気持ちだけは」

黙って微笑し返す礼子に、

「なんて古い家族だと思ったろうな」

「なぜ」

「そうじゃないか、先に知り合っていながら自分の好きな相手を兄貴に紹介して譲る弟なんてさ」

「そんないい方をしない方がいいわ」

「そうだな、今さら」

「でも、なぜあなたその時、止めるように忠告なさらなかったの」

「何をだい」

「その土地の取引での、脱税のことで。あなたは反対だったんでしょ」

「それは無理だ。だって僕はずうっと蚊帳の外に放り出されたきりだったからな、そんな相談に乗れる立場じゃなかった。相談されたらもちろん反対していたろうけどね」

気負っていった後、

「兄貴は当然、あなたにはその話はまだしてはいなかったんだな」

自分の失地をとり戻そうとするように孝之はいった。

「ええ、まだ」

頷きながら、ようやく解けた謎のその先いったい何が待ち受けているのかを思ってみたが出来はしなかった。

「それでもし、そのことが世間にわかってしまったらどういうことになるの」

「それは、大変だよ」

嘯くように孝之はいった。

そういう相手の面に浮かんだ笑みを礼子は疎ましく思ったがこらえた。

「総額が三十億を超す脱税は間違いなく刑事事件になるだろう。脱税の時効は七年、刑事上の時効は五年。まだまだ十分に引っかかるんだよ」

諳じるようにいってみせる相手を礼子は確かめるように見直していた。

「そんな大それた脱税だと罰金、追徴金だけですみはしまいな、間違いなく実刑、監獄いきだ。それだけで世間ではたいそうな評判になるだろう。うちのような会社にとっては致命的なことだよ。でも、とてもそれだけですみはしまい」

「他に、何が」

「それだけの不祥事を起こすと、そんな会社は信用問題からして大きな入札の指名から外されてしまう。少なくとも公共事業の入札指名からは罰としてある期間必ず外される。長ければ一、二年。うちみたいに土木関係の仕事の比率の多い会社にとっちゃ、公共事業の入札指名から放り出されるというのは死活に関わることだ」

それだけいうと孝之は、後は試して待つように礼子を見直した。

「ならば、どうしたらいいの」

思わずいった礼子に、投げ出すように、

「それは僕の決めることじゃない。第一、僕にはその立場も資格もありゃしないよ」

「でも元はといえば、あなたが大切な株をお売りになったからなんでしょう」

抗うようにいった礼子に、

「しかしそんな弱みのある会社でなけりゃ、相手も僕の周りにあんな罠をしかけたりはしなかったろうよ」

居直るようにいわれて礼子は口をつぐんだ。

自分が今多分生まれて初めて、ある露骨なものごとの渦中に置かれているのを礼子は悟っていた。

それは彼女が今まで夫や他の人たちに預けて関わりなしできた、社会を背景にした大きな仕事の中での、人間たちのあからさまな欲望の渦のあざとさについてだった。義之との結婚以来これまでの満ち足りた生活を実はそれらのものごとが支えていたのだという、この世の道理のようなものを今ようやく知らされ、唇を嚙みながらたじろぐような思いだった。

そしてそれを認め理解もしなければ自分たちがあるいはすべてを失いかねぬという世の仕組みの強い実感だった。

互いに泥を食むような沈黙の後、思い直して、

「あなたのその相手の女性に訴えて何とかならないの」

いった礼子を塞ぐように、

「そんなこと出来る訳ないだろう、第一彼女が今どこにどうしているのか、生きているのかどうかももう僕にはわからない。

あの連中は徹底しているからな、もしとなったら平気で何でもするだろう。僕としてはせめて彼女が金銭で片をつけさせられどこかに身を隠しているのを願うだけだ。むごいようだ

が、最初にあんな奴らの関わりに相談を持ち掛けたというのも彼女の不運としかいいような
いんだ」
その後、どうにも解けぬ方程式を前にしたように、二人は息を殺したまま互いに目をそら
せうつむいたままでいた。
しばらくして見やった窓の外にまたいつの間にか、さっき飛び立っていったカラスの群れ
が前よりも数を増やして舞い戻り水浴びしていた。
人間たちをガラスの箱の中に閉じこめ外の世界をほしいままにしている黒い鳥たちはふと、
西脇の家の会社に入りこんできて何もかもをさらおうとしている禍々しいものの化身のよう
にも感じられた。
「それでその相手は何といってきているんですか」
質した礼子を窺うように、
「兄貴は何といっていた」
「いいえ、何も」
「まずは会社の株の持ち株会社の役員に入れろといってきている。しかしそれですむ話じゃ
ないだろうな」
他人ごとのようにいう孝之を思わず礼子は見直した。

「一点突破全面拡大という奴だよ。少なくとも連中の方が頭も腕も上だよ。しかし、いや、だからか、彼等がうちを潰すつもりはないことだけは確かだろう」

孝之も一昨夜義之がいったと同じことをいった。

「案外うまくいくんじゃないか」

嘯くようにいう孝之に、

「それはどういうことなんです」

「いや、世間にはそんな形で連中とつるんで、逆にうまくいっている会社はずいぶんあるそうだよ」

いう孝之を眺めながら礼子は突然故の知れぬおぞましさに打たれ座り直した。

「で、あなたはあなたでそんな相手と、何か相談されたりしていらっしゃるの」

「馬鹿な、僕にそんな権限も何もありはしないよ」

怒りもひるみもせず無表情に孝之はいった。

「でも売ってしまった株のことであなたは、主人たちよりも前に何度かその相手に会ってはいるんでしょ」

いわれて、眉をひそめながら、

「それは僕だってなんとか取り戻そうと努力したんだ、でも土台無理なことだった。相手は例の脱税を嗅ぎつけた上でのことなんだ」

「それでもお父様は相手の最初の申し出をお断りになったのね」

「そうだよ。親父の気持ちはわかるが、しかしなんで周りの人間たちはもう少し冷静に受け止め、せめて時間なりを稼ごうとしなかったんだ。そりゃ最初はあくまで僕の責任だが、その経過で骨身にしみて知らされたよ、ともかく大変な相手なんだ」

投げたようにいう孝之を眺めながら礼子は義父の葬儀でのあの光景を思い出していた。あの時孝之も葬壇の前に侍立した関係者の列の端にいたはずだった。

「あのお父様の葬儀の時、最後に指名されて焼香した男は誰なんです。主人は相手の代理だといっていたけれど」

「代理」

聞き返しながら孝之は得もいわれぬ笑いを浮かべてみせた。

「あいつが代理なものか、五洋の会長は会長としてはいるが、すべて仕切っているのはあの男だ。兄貴も誰もあの男が何なのかをまだよくわかっちゃいない」

「会長の娘婿なんですって？」

質した礼子に、

「そうだよ、会長が誰だろうとあの組織は何もかもあの男が仕切っている、彼が何もかもを動かしている。僕なりに調べてみたんだ。五洋興業を今までに育てたのはあの男だ。切れて、度胸があってそれでいて慎重で、だから恐ろしい。ずっと以前に関西の川口組がスカウトしようとしたという噂もあったくらいだ」

「それで、彼は人まで殺させるの？」

「だろうな。僕は親父はやはりあいつらがやったのだと思う」

その時だけ怯えた表情で孝之はいった。

「その、あの時代理できていた会長の娘婿の名前は何というの」

聞いた後礼子は思わずはっとして相手を窺い直した。

「浅沼、浅沼英造だよ」

「浅沼、英造」

「そう、ある連中は以前は切り出しとあだ名していたそうだ、なんでも切れる切り出しナイフの。しかし今はもうそれどころじゃないだろう」

その名を聞かされた時、彼女の体の内を何かが貫いて過ぎた。体の芯を痺れさせるような熱く鋭く強い衝撃だった。

その後の孝之の声を彼女は遠くで聞いていた。

久し振りに聞くその名を彼女は自分を諭すように密かに反芻《はんすう》してみた。そして自分が実はとうにその名を知っていた、というよりも感じていたと悟っていた。その名前を改めて胸の内でくり返し唱えてみた。しながら彼女は怯え、そしてまた得もいえぬ熱い思いに打ちのめされていた。

後になって思えば、彼女がその時感じていたものこそ、過去も未来もふくめて運命への予感といえたに違いない。


孝之との会話をどのように終えたかを礼子は覚えていなかった。

義之の会社が今抱えている大きな厄介の底に大掛かりな脱税という問題があったと教えられ、一連の不安の訳が知れたとしても、それに関わるもろもろの出来事の陰にあの男、あの彼、浅沼英造がいると知らされた瞬間、家の浮沈にも関わるに違いないこの出来事の意味がまったく違うものになってしまっていた。

数えることも忘れていたほど長い年月の末に突然巡り合った男が、本当は自分にとって何だったのだろうかということばかりを礼子は改めて思いつづけていた。それがわからぬ限り今自分の家にとって起こっている出来事の本当の意味なぞわかりはしまい。

あれ以来の自分の身に起こってきた、義之との結婚をもふくめてさまざまな出来事の起伏の末に、実は自分にとってこのことこそが用意されていたのだと、眩暈《めまい》を誘うような戸惑いと怯えの中で礼子は思った。

浅沼英造という名前との思いもかけぬ再会は、それがいったい何をもたらそうとしているのか想像もつかぬまま彼女を茫然とさせた。

しかしなお、あの英造が再び自分の目の前に現れたという信じられぬ出来事に、体の内のどこかにときめくようなものがあるのを礼子は感じていたのだ。


「わざわざ来てくれなくとも郵送したのにな」

いった桜井に、

「いいえ、近くまで来る用事がありましたんで」

いいながら英造は桜井がテーブルに置いた茶封筒を両手で取り上げ押し頂くようにかかげてみせた。

「それだけで足りるのかな」

促すようにいった相手を見返し、ちょっとの間躊躇した後思い直したように桜井の目の前で封を剝がして中身を取り出した。

ゆっくり目を通した後低く声を漏らしながら一人で頷き、もう一度首を折ってうなだれ長く吐息を漏らした。

そんな彼を見守っていた桜井に気づいて見直すと、

「やっぱりね」

つぶやいて書類を畳みながら、

「困ったなあ、これは」

思わず独りごつ相手を桜井は試すように黙って見つめていた。

封筒を胸に収い、自分にいい聞かすようなしぐさで上着の上から収ったものにもう一度触り直す英造に、

「君が困るなんてのは珍しいな。何か相談があるならいってくれよ」

微笑いながらいう桜井に、

「いや、これを相談出来るのは神様しかないですな」

肩をすくめながら彼はいった。

「なるほど、それはいよいよ大変だ」

いわれて微笑う相手の面に浮かんだ初めて目にする弱々しく、そしてなぜか初々《ういうい》しくもある影の訳の知れぬままに桜井は黙って目の前の客を見守っていた。

建物から出て待たせていた車に戻る間、自分の足取りを確かめるようにもう一度立ち止まってみた。

〝今この俺を殺そうとする奴がいたなら簡単なもんだろう〟

ふと思った。

なぜか今自分がいつになくまったく無防備のまま晒け出されているような気がしていた。桜井の前で自分がどんな顔をしていたのかを確かめ直そうと、立ち止まり道路脇の銀行の支店の窓ガラスに自分を映してみた。

初めて見るような、何かに迷い怯えた顔が映っていた。

〝これはいったい、どういうことなんだ〟

目の前に映っている別の自分に質すように思った。

あの葬儀で目にして以来あるいはあり得ることかとは思ってはいたが、実際にその証しを手にしてみれば出来事は逆に非現実にしか感じられなかった。

持ち上がった事柄をどう扱うか考えつこうと努めても出来ぬまま、つい今しがた桜井の事務所で交わした会話を思い返してみた。

自分が困るなどというのは珍しいといった桜井の声に、もう一度応えるように、

「しかし困ったな」

声に出していってみた。

今まで抱えたどんな厄介事とも違って、起き上がった事態の判断のためのとっかかりをまったく持てぬまま、さっき桜井の事務所ではこらえた嘆息を、通りすがりの他人にも聞かせるように漏らした後ようやく歩き出した。

そして、手のつけようもない混乱を抱えた自分の体の内のどこかに、はっきりとときめくようなものがあるのを彼は感じていた。

「どういうことなんだ、これは」

誰かに訴えるように声を立てながら彼は信号を無視し、まばらにやってくる車をかわすようにして広い通りを突っ切っていった。

第二章

その時突然彼の耳にその音が聞こえてきた。

今までもかすか遠くに聞こえていたような気がしたが、仲間としていたソフトボールに夢中で気づかずにいた。誰かが建物の窓を開けたのだろう、仲間の上げる歓声を縫ってピアノの旋律は急にはっきりと、ファーストを守っている彼の耳に伝わってきた。

彼はそれが何なのか確かめようと斜め後ろの建物に向かって振り返り、その時相手が打ったボールが彼と右翼手の間に飛んできたのを突っ立ったまま追わずにいた。ボールはヒットになってしまい仲間は彼を咎めて叫んでいたが、彼は放心したようにその音に聞き耳を立てたままでいた。

誰かがグラウンドの横の、講堂をかねた雨天体操場にあるピアノを弾いていた。思えば彼がピアノが弾かれるのを耳にしたのは生まれて初めてのことだったかも知れない。

この春の中学の入学式で新入生を迎えて国歌を歌った折に、教師の誰かが出だしの一節を指で弾いてみんなを促しはしたが、その楽器が何かの旋律を確かに弾いて鳴るのを耳にするのは初めてのことだった。彼が二年生でいるこの中学では音楽の教師が病気で休職してしまい、その後の補充のないまま音楽の授業が絶えていた。

家のラジオで聞く番組の音楽の中でおそらくピアノも鳴っていたのだろうが、ピアノだけが一人で鳴っているのを耳にするのは生まれて初めてのことだった。他の仲間とて同じだったろうが、彼だけがそれを聞いた途端になぜか茫然と立ち尽くしていた。

仲間が咎めていう声も聞かずに守備位置を離れ、グラウンドの向こうの生徒たちが作った花壇に囲まれ一段高い所にある講堂に向かって歩いていった。花壇の下で一度立ち止まり聞こえてくるものを確かめ直した。

旋律は何度か立ち止まるように中断されまた蘇ってはつづいていき、どこかが間違ったのかまた突然止まって同じ部分を重ねてたどり直しては進んでいく。

それでもなおその音は初めて見る何か生き物のように生き生きと伸びやかで、周りで放課後の生徒たちの立てるさまざまな雑音にもめげずに、山の茂みの中で思いがけなく見つけた細い清水の流れのように鮮やかに伝わってきた。そして生まれて初めて聞くその音色が耳だけではなしに、なぜか体全体に染みこむように伝わってくるのを彼は感じていた。

もっと近づこうかしまいか迷って佇む彼の前で演奏は終わり、ここにいる自分の気配のせいかと躊躇した彼の耳に、わずかな間を置いて今度はまた別なゆるやかな旋律が伝わってきた。

それもまた彼のまったく覚え知らぬ不思議な戦慄を彼の体の内に呼び起こした。戸惑いながら彼はそれを素直に受け入れずにはいられなかった。耳から伝わるその旋律が自分でも知らぬ体の内の何かに共鳴して、自分の知らぬ何かが体の内で蠢き出していた。そしてそれはなんとも心地好く、切ないほどのものに感じられた。

渇《かっ》えた獣が怯えながらも見知らぬ泉に寄っていくように、一歩一歩足音を立てぬよう心して彼は開け放たれた講堂の窓に向かって近づいていった。


思いがけぬことに、見知らぬ、それも彼よりも幼い少女がピアノに向かって座り、足りぬ背丈を乗り出すようにして伸ばしながら一心にピアノを弾いていた。

キイを叩くというより、覗いている楽譜に教わりながら懸命に納得しようと努める身振りで一人で大きく頷いたり、どこかで間違ったらしい折には大人のように眉をひそめ大きく唇を嚙みながら頭を振って自分を叱って促し、決心し直すように大きく息をつき手をかざして鍵盤に向かっていた。

半ば茫然と彼は思いがけぬ光景に見入っていた。窓際に近づいて覗く者の気配は感じていながらかかずらう暇はまったくないというように少女は彼を無視し、ただ懸命に楽譜を見つめ小さな体を責めるように激しく体を震わせ、全身の神経を指先にこめたように手を宙にかざし、何かに切りつけようとする刃物を確かめるように見つめると、そっとしかし強く鍵盤に落として弾き直していった。その横顔は幼いくせに、凛として余人を寄せつけぬほど厳しく強いものに見えた。

それは彼が今まで耳にし体の芯に感じていた甘美なものにそぐわぬ意外な光景だった。

何よりも相手は、この島にいながら彼のまったく見知らぬ少女だった。そしてその彼女こそが、彼がそれまであずかり知らぬ音楽を突然もたらし彼を動揺させたのだ。

どれほどの間だったか彼は開けられた窓の外で、窓枠にもたれることもせずに一歩隔たったまま突っ立って彼女を見つめ演奏を聞いていた。そして演奏が終わり彼女の手が止まった時、許しを請うようにそっと窓ににじり寄った。

「それは何ていう歌だ」

彼は尋ね、少女は振り返ると、

「歌じゃないわ、曲よ」

それまで見せていた強い表情を解くと、生き生きした微笑で見返しながらたしなめるようにいった。今まで耳にしていたピアノの音色に似て澄んだ声だった。

「あ、そうか」

いわれて、自分がひどく素直に頷くのを少年は感じていた。

「何ていう曲だ」

「『トロイメライ』」

「何？」

「『夢』ともいうのよ。シューマンの曲」

「じゃ、その前のは」

「『エリーゼのために』。ベートーヴェンの曲よ」

いって少女は微笑んだ後待つように彼を見返した。

その名前にだけは彼にも聞き覚えがあった。

突然出会ったこの見知らぬ相手に、今いろいろなことを質してみたいと彼は強く思った。

しかし何をどう尋ねていいかわからずに、ようやく、

「お前、うまいな」

いった彼に抗うように激しく頭を振ると、

「駄目よ」

断ち切るように少女はいった。

「休んでいたら駄目になっちゃったの、何もかもよ」

強い口調でいうと大きく強く唇を噛んだ。それはその齢に似ずひどく大人びたしぐさに見えた。

そんな相手を気おされたように見返しながら、

「でも、うまいよ」

かろうじて彼はいった。

「そんなことないわ、自分でもわかってるの」

はね返すように、凜とした声で少女はいった。そんな相手になお気おされるまま、次にかけなくてはならぬ言葉を探しながら彼は立ち尽くしていた。


演奏の途中から礼子はピアノに近い窓の外からの視線を感じていた。ピアノを管理している教師の誰かがやってきたのかと思ったが、〝エリーゼ〟を弾き終え楽譜を取り替えながら窺ってみた外に学校の生徒らしい男の子の姿を確かめ無視することにした。

島に移ってきて以来二月近い空白があり、恐れていた通り指は動かなくなっていたが、それでも、少し調律が狂ってはいるがこのピアノを使わせてもらえる許しを得て塞いでいた気持ちが晴れた。東京から持ってきた音の鳴らぬ練習用の鍵盤ボードでは演奏の実感に遠く、指を動かしてはいても自分が今どこにいるのかわからぬようなもどかしさばかりがあったが、ともかくも自分の指が弾き出す音に出会えてほっとした思いだった。

出来は惨めなものだったがそんな練習に見知らぬ少年が窓の外で眺め聞きいっていて、ひどく真面目な顔で褒めてくれたことで彼女はなんとなく安息出来た。

「お前、どこから来たんだ」

少年は露骨に物珍しそうに彼女の全身を眺め渡しながら質し、

「東京、この三月に引っ越してきたの」

礼子は島での初めての聴衆に素直に答えた。

「この島にか」

「そうよ」

「島のどこだ」

「サタドー岬よ」

「サタドー？　あんなとこに家なんかねえぞ」

「私の家だけあるのよ」

「どこによ」

「灯台のすぐ横に」

「ああ、お前のうち灯台守か」

「お父さんは灯台長よ」

たしなめるようにいう礼子に、

「ああ、そうか」

彼は素直に頷いてみせた。

「おれのうちもあっちだ。ひょうたん山の下だ、あそこにちっちゃい船溜まりがあるだろ」

「私まだよく島のこと知らないの」

「何年生だよ、お前？」

「中学生じゃないの、まだ。隣の小学校の五年だけど、ピアノがないからお父さんが先生に頼んでここのを使わせてもらうことにしたのよ」

いった礼子に相手は頷いた後窓際まで近づいてくると、窓の桟に両腕を突き中に向かって身を乗り出すようにしながらもう一度彼女の全身を見回し、最後に譜面台に置かれた楽譜に眩しそうな目つきで見入っていた。

そのまま同じ眼ざしで彼女を見やると、

「何かまた弾いてみな、別のを」

「いやよ」

首を振っていう礼子に、

「なぜだ」

「だってうまくないんだもの、聞かれるのは恥ずかしい」

礼子は持ち上げてかざした指を見つめながらいった。

そんな彼女を彼は驚いたように見直すと、

「そんなことない、お前うまいよ、とってもうまいよ」

怒ったような声でいった。

いった後彼自身が自分の声の気配に驚いたように黙ってしまい、その後いい訳でもするように、

「本当にうまいよ、だからやってくれよ。同じものでもいいよ」

「同じって、どっちを」

「後の方がいい」

「ああ、あの方が練習してるから」

恥ずかしそうに肩をすくめていう彼女の様子に、彼は眩しいものを見るような目で頷き返した。

礼子がピアノに向かって座り直し楽譜を整え鍵盤に指を落とそうとした時後ろのグラウンドから誰かが彼に声をかけて呼び、振り返った彼は怒ったような声で何かいい返した。演奏のために彼女を防いで守るようなその声の気配に礼子は得心し、彼に向かって頷いた。

やがて五時の時報が鳴り渡り遊んでいた生徒たちが一斉に引き揚げていった後も、礼子が最後の練習を切り上げるまで彼は窓の外側で立ったまま聞いていた。

ピアノの蓋を下ろし楽譜を抱えて出てくる彼女を外で待ち受けていた彼は黙って手を伸べ彼女の手にしていた分厚い楽譜入れを代わって持ち直すと、途中で一度立ち止まり彼女に断って中身の一部を取り出し見入っていた。

「楽譜、読めるの？」

聞いた礼子に、

「読める訳ねえ。でもお前は全部わかるんだろ、英語とどっちが難しいのかな」

「それは英語の方でしょ。楽譜は一度わかるようになったら後はどれもだいたい同じよ。うまく弾けるかどうかは別だけど」

いった彼女に、彼は何かを納得しようと努めるように黙って頷いた。

その後およそ二キロほどの道を二人は一緒に歩いて帰った。彼女の通う小学校の裏手から山の裾を巡って三池の集落に出る、途中見知らぬ花が咲いたり見知らぬ小鳥のさえずる近道を少年が教えてくれた。

その途中で彼女が尋ねて初めて彼は、彼女の家のあるサタドー岬の灯台近くの小さな集落に住む浅沼英造だと名乗った。家は漁師をしていて近くの船溜まりに船があるのだと。


その夜床の中で寝つこうと目を閉じた時、突然また彼の耳の中で放課後グラウンドで聞いたピアノの旋律が鳴り始めた。それを自分の口で声に出してたどろうとしてみたが出来はしなかった。それでいてその音ははっきりと鮮やかに耳の内に聞こえていた。

「向井礼子か」

帰る途中の道で尋ねて知った彼女の名前を唱えてみながらなぜか体の内の、彼女の弾くピアノを聞きながら訳がわからずに共鳴していたと同じどこかが熱く沸き立つように感じられ、彼はそんな自分をどう捉えていいのかわからぬまま床の中で身を固くしつづけていた。そしてあげくに、自分が知らずに長く嘆息するのを聞いてその怪訝さに驚いた。

彼が質し、彼女はピアノの練習に明日も来るつもりだと答えた。なら明日もまた外で聞いていていいかと尋ねた彼に、

「本当はもう少し先になって、指が元に近く戻ってからの方が恥ずかしくなくていいんだけ

れど、でもいいわよ」

許すように彼女はいったのだった。

翌日の放課後、昨日と同じようにグラウンドでソフトボールをしながら英造は遊びの最中にも斜め後ろの講堂の物音に聞き耳を立てていた。間もなくピアノの音がかすかに聞こえてきた。気温のせいでか彼女は今日は窓を開けることなく練習をつづけていた。そして彼だけは他の仲間と違って、聞こえてくる音を旋律として捉えたどることが出来た。

遊びの最中ながら彼は聞き耳を立て、彼女が昨日もつまずいた辺りで今日も手を止め、小さく何度かその部分を弾き直しまた進んでいくのを聞き取っていた。

遊びのきりを見つけて彼は仲間を離れ講堂に近づいていき、逆の側の扉を開けて中に入った。そして、小広い床を横切って近づいてくる英造を認め、彼女は弾く手を休めぬまま彼に向かって迎えるように頷いた。彼女が弾いているのは昨日彼女が確か「エリーゼのために」と呼んだ曲だった。

英造はそのまま近づいていき昨日外から覗きこんだ窓にもたれて、ピアノを聞くというよりもピアノを弾く彼女を眺めた。彼女の方は窓際に立っている彼を無視したように一心に弾きつづけていた。

どれほどしてだろう、途中何度も弾き損ない昨日と同じように自分を咎めるように激しく首を振り唇を噛みしめては弾きつづける彼女の手が止まり、大きく一息つくと初めて彼女は彼に向かって振り返り、何かを確かめるように彼を見つめ頷いてみせた。

それに応えて何かいわなくてはと思いながら、彼もただ同じように強く頷き返した。その後慌ててつけ足すように、

「うまいよ、やっぱりお前」

彼はいい、それをどう捉えたのか彼女は突然声を立てて笑い出し、彼はただ懸命に同じ言葉をくり返した。

「でも少し戻ってきたみたい」

いった後肩をすくめながら、

「昨日ほどは間違わなかったでしょう」

いわれて、

「そうだよな」

彼も強くいった。

「もう一つのも弾いてみなよ」

彼がいい、

「あなたあれ好き？」

彼女は覗くように彼を見つめて尋ね、

「ああ、好きだよ、綺麗な歌だ、あ、いや、曲だ」

彼がいうと彼女はまた声を立てて笑った。

「なら弾いてあげる」

彼女はまっすぐ彼の目を見つめて頷きピアノに向かい直した。

いっていた通り彼女の演奏は昨日よりもなめらかで、途中二度ほどつまずいただけで弾き終えた。終わった時思わず拍手した彼に、彼女は驚いたように振り返りぴょこっと頭を下げた。

「もっとやってくれよ」

彼がいうと臆したように見返したが、決心したように頷いた。

二度目の「エリーゼのために」では曲のテンポが速く変わってからの部分で何度かつまずき、その度激しく頭を振り自分を叱るようにしながら弾きつづけた。そんな様子は年下の子供には似つかわしくないほど大人びひたむきで彼の心を打った。

弾き終えた後今度はいかにも不満なのか、彼女は首を傾げてうつむき彼の拍手にも振り返らずにいる。

「でも、うまいぜ、昨日よりずっといいよ」

いった彼には応えず黙ったまま乱暴な手つきで楽譜を譜面台から払うように外すと、昨日よりも分厚く積んでおいた中から別の楽譜を選び出して広げ、指で楽譜の上を確かめるようにたどっていく。

さらに頁をめくって進みながらまた首を傾げ元の頁に戻して何かを確かめ、独り言をいいながら頷くとまた頁をめくり、傍らにいる彼を無視した作業の後決心したように座り直すと、一度深く呼吸してかざした手の指でそっと触るようにキイに触れていった。

そんな仕草は何度眺めても彼女の年齢を感じさせず、大人びたというよりも初めて目にする不思議な人間に見えた。

しばらくしてまた彼女は行き止まり、唇を嚙みながら同じ部分を確かめ試すように二度三度ゆっくりと弾き直し、気をとり直し自分を励ますようにゆっくり大きく手をかざし直した。

そんな彼女を彼は息を詰めながら見守っていた。演奏が進んでいきやがて彼女は片手で素早く楽譜の頁をめくっていったがすぐにその先で弾き損ない、また唇を嚙んで頁を元に戻す。よほど難儀なのかその箇所で彼女は四度五度弾き間違い、最後は投げるように両手を鍵盤に放り出すとピアノの立てる雑音の中でうつむいてしまった。

どう声をかけていいのかわからぬまま彼は固唾を吞みながら見守っていた。それでも今何

かいってやりたいと思って身を乗り出した時、彼女がゆっくり振り返ると、

「ね、助けて手伝って」

願うような声でいった。

「何を」

「お願い、ここに来て楽譜をめくってよ、ここがどうしてもうまく越えられないの」

上げた顔を促すように楽譜に向ける。

「だって俺、そんなものわからねえよ」

それにもかまわず、

「いいこと、ここなの、ねっ覚えてて」

命じるように楽譜を指し、その部分の旋律を声に出して歌って、

「私が、はいっていったら頁をめくってよ」

いわれるまま彼はピアノに近づき促されるまま彼女の左脇に立った。

「ここよ」

もう一度指でたどりながら旋律を歌ってみせ、

「ねっ、やってみて」

声に重ねて指で鍵盤を押して、

「はいっ、で頁をめくるのよ、いい、はいっ、でよ」

「はいっ」

　思わず彼もいって頷き、彼女は確かめるように彼へ見返った。旋律を口にしながら指で楽譜をたどってみせる相手の手元を彼は懸命に覗きこみ読めるはずのない楽譜に重ねて、彼女が口にし指で鳴らす音を覚えこもうとした。

「最初はゆっくり弾くわ」

　いいながらキイを押すようにして叩き、やがて、

「はいっ」

　彼女は促すように大きく頷いてみせ、いわれるまま彼は手を伸べて楽譜の頁をめくった。

「そう、いいわ、もう一度ね」

　いってくり返し、

「今度は普通に弾くわよ」

　いった後彼女は試すようにもう一度彼に向かって振り返ってみせた。その目に見据えられながら、彼には今まで味わったことのない緊張の中にいる自分がなぜか心地好かった。

　彼女は指で示した少し前の小節から弾き出し、彼は今聞かされた旋律がやってくるのを息を詰めて待ちつづけ、やがてそれが鍵盤の上に蘇り、

「はいっ」

彼女がささやくように教え、祈るような気持ちで彼は楽譜の頁をめくった。そのまましばらく進んで、

「いいわ、でもそんなに慌てなくてもいいのよ、合図には幅があるから」

教えて諭すように彼女はいい、彼は黙って強く頷き返した。

その部分が苦手だったのか彼女は何度となくくり返し、やがて前よりももっと強く抑揚をつけて弾き出し、三度目にまたし損じてうつむいてしまい、

「がんばれよ、お前」

いった彼の声にうつむいたまま頷き、自分を促すように大きく手をかざし直した。

それから三度のくり返しでようやく納得出来たのか、そのまま前に進みながら一瞬の間を盗むようにして彼に振り返ると笑ってみせた。

その後もう一箇所彼女は頁をめくる手助けを頼み、そちらの方は前に比べて難なく越えていった。彼女が行きつ戻りつしながらその曲をこなし終えるまで、同じ旋律がくり返される間彼は飽きることもなく彼女の手元を眺め、理解も出来ぬ楽譜を目で追っていた。

楽譜は読めなくとも細かに並んでいる譜面の記号を目で追いながら、耳で聞く旋律に重ねて彼にはどの部分が彼女にとって厄介で、それが近づくにつれ彼女が弾きながら緊張し身構

えるのがわかるようになった。

旋律を鑑賞するということなどではなしに、ピアノを弾くという未知の作業に自分が巻きこまれて手を貸すことでの、いうにいわれぬ緊張の心地好さに彼はのめりこみ、読めるはずのない楽譜を懸命に目で追っていった。それは多分彼が生まれて初めて味わう音楽の官能といえたかも知れない。

しばらくし全曲を弾き終わって息をついた後、

「今度、途中で間違ってもかまわず通して弾いてみるわ。もう一度手伝ってね」

向き直りひどく真剣な顔つきで彼女はいった。

彼は頷き返し、

「あなたも間違ったら駄目よ」

彼女はたしなめるようにいい、

「わかってるよ。今度も合図で、はいっていうのか」

「どう？」

「いや、俺は楽譜は読めないけど、でも一度やってみたら次は出来ると思う」

「じゃ最初は合図する、その次はなしでよ」

いって試すように彼を見つめ一度深呼吸し、目を閉じた後ゆっくりと手をかざし直した。

頁をめくる二度のタイミングで、彼女は前よりも小さくはいっとささやいてみせ、彼はそつなく頁をめくり彼女もつまずかずに進んでいった。むしろ手こずっていた箇所でではなしに、今までは難なく過ぎた他のいくつかの部分で彼女の指がもつれて遅れるのを彼は感じ取ることが出来た。

そしてともかくも途中で止まることなく彼女は全曲を弾き終えた。思わず拍手した彼に振り返ると微笑みはしたが、顔には力がなかった。

「うまくいったなっ」

確かめ励ますようにいう彼に、

「でもまだ駄目」

「ほかで三度くらい、失敗しかけたよな。一度はここだろ」

手を伸べ最後の頁の部分を指した彼に驚いて振り返ると、

「あなた、耳がいいのね」

「今度は、そこも気をつけてやってみろよ。俺は合図なしでいいから」

いった彼を見返すと、何かいいかけたが黙ってピアノに向かい直した。

彼女の指が鍵盤に触れピアノが鳴り出した瞬間、彼には自分の体が痺れるほど緊張しているのがわかった。それは自分が受け持った部分での成否なのではなしに、今度の演奏がはたしてさっきをどれほど越えていけるかという、彼自身が演奏しているような期待と緊張だった。

指が進んでいくにつれ、読めもしない楽譜を懸命に彼もたどった。聞き慣れた旋律が流れ出し、何かに賭けたかのように彼女の指が今までにない強い抑揚で曲を弾いていくのを聞きながら、彼は自分の体の中にある楽器を一緒に弾いているような錯覚の中で立ち尽くしていた。

演奏は進んでいき、彼の耳にもはっきり感じられるほど、さっきに比べ彼女は居直ったように大胆に弾きつづけ、彼もまた最初の頁を彼女の合図も待たず楽々とめくりその後につづくハードルを彼女も簡単に越えていった。そして彼の耳にはたった一箇所のわずかなつまずきが感じられただけで、彼女はどう迷いもつまずきもせずほぼ完璧に全曲を弾き終えたのだ。

終わった瞬間彼女は両手を投げ出すように脇に垂らし、力の抜けた全身をやっとのように物憂く巡らせて彼に振り返った。そしてその目に薄く涙が浮かんでいるのを見て、彼は拍手のために挙げかけた手を忘れ、思わず相手の肩をどやすように叩いていた。

彼にとっても生まれて初めての静かな強い感動だった。多分それは彼のような人間が味わうには過ぎたる何かだったのかも知れない。しかし自分が自分以外の人間と何かで思いがけなく強く深く繋がったという実感の意味も訳もよく知れぬままに、体中にこみ上げてくる甘美なものに酔ったように彼は立ち尽くしていた。

それはふと、つい昨年の春先手伝いに乗せられた父親と長兄の操る船から流した糸に当節珍しくなった巨きなマカジキがかかり、作業の最中もつれた糸に絡まれた兄が海に放りこまれたりしながら、親子三人三時間もかけて必死に釣り上げた時の満足を思い起こさせた。

しかしなお彼が今味わったものは、あの時船一杯を占め舷を傾けさせた巨大な魚にもまして、体の底からこみ上げ全身を痺れさせるいいようのない何かだった。

だからこそ、その時二人して味わったものを彼は決して忘れることはしなかった。そしてそのために、未熟ではあろうと音楽が介在したということでこそ、彼はまさにあの島にあって選ばれた者だったといえるのかも知れない。


その日も前日と同じように二人して昨日の道を通って帰った。そしてそれが彼等にとって、少なくとも彼にとっての日課になった。彼女が中学の講堂でピアノの練習をする限り、彼はピアノの横に立って彼女のために譜めくりを手伝った。彼の手伝いを必要としない曲の時には、少し離れた窓際に立って彼女の弾く曲を聞いていた。

その内彼には、手が止まらなくとも彼女のミスタッチがわかるようになった。それを感じて彼が身動ぎすると彼女の方がいい訳するように彼を見やり、その度彼は励ますように頷いてやった。

何日目かに彼女は、本当なら東京でとうにとりかかり今頃はし終えていたかも知れない新しい楽譜を持ってきて、説明した後何かに向かって構えるように緊張した顔でピアノに向かい直した。

恐る恐る何かを測るようにゆっくりと彼女は弾き始め、すぐに行き悩んで手を休め眉をひそめ、唇を嚙んで身を反らせ首を傾げながら譜面を見つめ直す。

その後身を凝らしたまま動けずにいる彼女に、思わず、

「大丈夫だよ、お前なら出来るって」

彼はいい、それには答えず前を向いたまま何かを振り切るように頷くと彼女は鍵盤の上の宙に両手をかざし、その後思い切ったようにキイに触れていった。

その後また彼女が行き止まった時、

「ここだろう」

彼は思わず手を伸べ楽譜を指した。彼女は驚いたように振り向き、

「わかるの」

「ああ、そんな気がした、ずっと見てると音の長さと数だけはわかるような気がする。でも、それしかわからないけど今度の方がずっと難しそうだよな、でも出来るよ、やれよっ」

彼はいい、躊躇しながら彼女も頷き返した。

結局彼女はその楽譜を自分で納得出来るまで弾きこなすのに六日かかった。その間彼は彼女からいわれずに、難所の箇所を摑んで手を伸べ楽譜をめくってやった。その他の部分も彼女の指先を眺め音と聞き合わせることで、今どの部分を弾いているかがわかるようにもなった。そして全曲通しての間二度だけ手を添え楽譜をめくる以外は彼女の脇に立ったままでいた。

六日目の最後の演奏の後、彼女は疲れた手を引いて両脇に垂らすとそのまま彼に向き直りゆっくり頷き、その後急に思いついたように、

「ありがとうございました」

誰か先生にでもするように深く頭を下げた。

されるまま彼はどぎまぎしてしまい、彼女に何か応えなくてはならぬと焦り、咳ばらいした後、

「だからいっただろ、お前なら出来るって」

胸を反らせていった彼を見直すと、何がおかしかったのか彼女は突然声を立てて笑い出し、つられて彼も笑い出した。そして笑いながら彼女は右手を差し出して握手を求めてき、彼もそれを握り返した。そのまま二人は他愛なく笑いつづけ、彼は突然初めて自分が手にしたま

までいるものをこのまま決して失いたくないと願っていたのだった。

しかしその翌日、そして翌々日も彼女はピアノの前にやってこなかった。三日目彼は思いあまってサタドー岬の上にある灯台の官舎を訪ねていった。

見知らぬ他人の家を突然訪れるという気がねや遠慮の以前に、何かで彼女がまた突然この島からどこかへいってしまったのではないかという故もない不安が彼をあの校庭にいたたまれなくしていた。

彼女のピアノへの欠勤はただの風邪で、母親が取り次いでくれ彼女は喉に厚いガーゼを巻いて出てきた。

「風邪を引いちゃったのよ」

いい訳するように彼女はいい、

「死んじゃったのかと思ったよ」

咎めるように彼もいい、

「馬鹿ねえ」

大人っぽく諭すように彼女は答えて笑ってみせた。その声は喉に巻きつけたものを証すように嗄れていい、なぜか彼はそれを眩しいような気持ちで聞いていた。

「三日休んだら、あれはまた元戻りだな」

いわれて、

「ん」

肩をすくめる彼女に、

「大丈夫だよ、あそこまで行ってりゃ一日で戻るよ」

いった彼に甘えてすがるような目で、

「また一緒にいてくれる？」

彼女は質し、

「ああ」

頷きながら改めてこみ上げるような満足が体の内にあった。

母親に促され居間に上がり、おやつにカリントウを食べさせられて帰った。

帰りの道すがら彼が感じていたものは、この自分が男であるという痺れるような実感だった。それはこの世界が自分のために備えられているのだとなぜか闇雲に信じられるような心の高ぶりだった。

帰り道で、それを確かめようと自分に向かって何か大声でいいたいと願いながらわからずに、突然彼は叫ぶように一人で笑い出した。

その日も二人はいつものの、海岸に沿って島を巡る都道の弧を斜めによぎる山手の近道を通って帰った。そしてその途中の村役場の裏手の大きなアシタバの畑を過ぎた先の沢に架かる橋のたもとに連中が待ち伏せしていた。

総勢は一昨年中学を出て島の高校に通っている男の子三人と漁協に勤め出した男に、高木という一年上の生徒合わせての五人だった。中の一人は高木の兄だった。卒業生たちの後ろに高木の顔が見えたことで英造には彼等の魂胆がすぐにわかった。

一昨日高木がピアノの練習にやってきた礼子に、ピアノを管理している野田先生がピアノのことで急用があるからすぐに職員室に来るようにといいつかったと告げて、椅子に座る前に彼女は譜面だけを置いて野田のところへ出向いていった。

が野田は在席しておらず他の教師も事情を知らずに、彼女は野田を待っていたが、戻った野田にはそんな言づけをした覚えはないということだった。そしてピアノに戻ってみたら置いた譜面が消えていた。

後からやってきた英造は窓にもたれて彼女を待っていたが、彼がきた時にはもうピアノの上に譜面はなかった。誰の悪戯か隣の小学校にいる礼子には見当もつかなかった。泣き出した彼女に代わって彼がグラウンドで遊んでいる仲間に確かめてもわからない。最後に胸倉とって脅した相手が剣幕に怯えて周りを見やりながらようやく悪戯の犯人の名前を告げた。

当人はもう姿を消してしまって校内にはおらず、二人して懸命に探し回った校内の、犯人の家のある阿古の方角に出る門の横の物陰に丸めた楽譜が捨てられていた。

そして翌日英造はその年上の相手の教室まで出かけていって昨日の悪戯をなじり、他の同級生の前で殴りつけた。日頃の彼の気性の激しさを知っている相手もクラスの仲間たちも怯えて手を返そうとはしなかった。


小さな橋を塞いで二人を待ち伏せしていた顔ぶれの中に彼に殴られた高木がいるのを見てあの悪戯が、他の生徒たちの英造と彼女の関わりへのどんな気持ちの表れだったのかがわかった。

そしてそれは彼に今まで味わったことのない、ときめくような高ぶりと相手への優越を感じさせた。

「何だってんだよ」

高飛車に彼はいった。

高木を無視して他の四人に、

「こいつがこの子に何をしたのかお前ら知ってんのか」

相手はそれに答えられず黙って突っ立ったままでいる。

「お前、いい気になるなよ」

中の一人がようやく抗うようにいい返し、

「なんでいい気になってるんだ。俺はただ練習を手伝ってやってるだけだよ、じゃお前らに出来るのか」

いわれて相手はいい返せず、彼等自身にもわからぬ不満のままに体を揺すりながら二人との間をせばめてきた。

彼がそれを無視し彼女の手を引いて彼等の間を割って通ろうとし、それをさらに塞ごうとする相手に、

「お前ら、妬《や》いてんのかよ」

自分でも思いもよらぬ言葉を口にし彼は自分で驚いた。

そしてその言葉が彼等を突き刺したのか、全員が何やらわからぬことを叫びながら二人に向かって飛びかかってきた。

自分一人ならば身の処しようもあったが脇にかばっている彼女が気になってまごつき、相手の二人が彼女が手にしていた楽譜入れを奪い、それを取り戻そうとする彼女に代わって手を伸べる彼の前で彼等は手にしたものを橋の下の溜まり水に向かって投げこんだ。

泣き声を上げる彼女に気をとられる彼を横から一人が殴りつけてき、それでも彼女に代わって水溜まりに落ちた楽譜を拾い上げようと橋のたもとから降りようとする彼をはばんで一人が抱きついてき、それを外そうとする彼に後の二人が左右から殴りかかった。

しかし英造にとってはそれを防ぐよりも汚れた水に落ちたものを取り戻すことの方が大事に思えた。土手の下に降りようとする彼を抱きついたままの相手が押し戻し、ふりほどいて進もうとする彼を一番大きな相手がしがみついてはばみにかかり、英造は取り戻そうとするものに近づこうと相手を逆に引き寄せたまま橋から飛び降りようとした。

気配を察した相手が逃れようと身を揉み、板を敷いただけの粗末な橋を踏み外したはずみに宙で体がひねられて、横抱きのまま二人は二メートルほどの高みの橋から泥の中に落ちた。そして左肩から落ちた彼の頬に、沢の上から流されてきて泥の中に止まっていた枯れ木の枝が突き刺さった。

泥の中であがいて立ち上がった相手は英造の頬に大きな枝が折れて突き刺さったままでいるのを見て気をそがれ、すさりながら土手を這い上がり何やら叫んで彼等は引き揚げていった。

頬を深く突き破ったままの枝をぶら下げながら彼は、水溜まりに落ちた楽譜を拾い集め水を切って彼女に差し出した。そして彼女にいわれて初めて彼は自分の頬に突き刺さったままの物に気づいて手を添え引き抜いたが、その乱暴な作業は突き刺さっていた物がえぐった傷をより深いものにしてしまった。

彼女を家まで送り届けながら自分の不始末で彼等の狼藉を招いたと詫びる彼に、泥だらけの顔とその下の大きな傷口から流れるままでいる血に驚いた母親が灯台の事務所にいる夫を呼び、夫ともう一人の職員がとりあえず彼の顔を洗って傷を確かめたが、傷のむごたらしさに皆が息を呑んだ。

不定形な凶器は下から突き上げるように顔に刺さって、墜落の重みで深くえぐるように頬を裂いていて傷の下から骨が見えた。

「これは医者に行って縫わなけりゃ駄目だ」

父親がいったが島にただ一人の年配の内科医にこんな傷の処置が出来るかどうかわかりはしなかった。

父親が英造を車に乗せて診療所まで運んだが、傷を眺めた医者はこれだけの傷はとても島では処置出来ず、第一縫合のための十分な麻酔の備えもない。明日にでも船で東京の病院に運ばなくてはということだった。

消毒こそしたが結局一晩、英造は骨まで見える傷を開いたまま島に止め置かれ次の日の船便で東京に送られ手当てを受けた。それは手当てというより、島での傷の処置が足りずに化膿が始まっていての手術に近く、発熱した彼は十日近く病院に止められ戻ってきた。

　彼が戻ったと知らされ見舞いにいった礼子と両親の前に、英造は照れた顔で現れたが、その顔は傷の回復がまだなのを明かすように左側だけ大きく腫れていた。


　英造たち二人に起こった出来事は当然島中に知れ渡ったが、礼子の父親が中学の校長に事情を話し校長が高校の校長とも話して、それぞれ校長の訓話として島の新来の住人への節度を説いてことを荒立たせずに納めようとした。英造の父親や兄たちはいきり立ってはいたが、むしろ英造の方がそれを抑えた。

　ただ彼が最初いやがらせに彼女の楽譜を捨てた高木という生徒に、彼なりの仕返しをしたのは確かだった。

　ある夜高木を突然襲って殴りつけ、路端に突き落として肩の骨を折ったのが誰かはわからなかったが、高木も周りの人間たちも、犯人が日頃の気性からして英造に違いないということは知っていた。しかし彼がその顔に多分一生負わされたものを見れば、彼を咎めだてすることなど出来はしなかったろう。

　新来の礼子の家の者たちにとっては知れぬことだったろうが、日頃大胆な漁で名の通っていた一族の末っ子は歳に似ずその顔に大きな傷を負うたことで男を売って、学校や島での彼のあり方が違っていった。何かの折にそんな噂を聞かされた礼子の母親がその報告をする度、父親はあんな傷を負うてまで娘をかばって守ろうとした少年に男同士の心情で感謝を口にしていた。

そしてあの出来事が英造に礼子の家への出入りの特権を与えたことにもなった。娘のことで迷惑をかけた詫びと礼のつもりで、礼子の父親は本庁の水路部から送ってくる最新の黒潮の潮跡図を英造の父親だけに分けて与え、そのおかげで彼等の船だけがものすことの出来た水揚げをその度礼として英造が届けにきた。

そんなことで互いの家の間に増えた行き来が二人の仲をいっそう近しいものにし、あの出来事の後子供の顔には不似合いな大きな傷痕を残した英造は、そのせいで島の子供たちの間ではある種の認証を得ることにもなった。

ある時、礼子の家に来ていた彼が彼女の父親が家に持ち帰っていた仕事の資料を眺めて興味を示し、陸から沖にいる船のために発信されるロランという新しい電波の技術について尋ね、父親が教えたことをすぐに理解して、家の生業の漁船の立場でさらに質問を重ね、小さな船の海での事故を防ぐためにこの技術を利用出来ないものかと質した時、父親は自分の職掌柄から当然気づいていなくてはならなかったことを逆に教えられて膝を叩いた。

その夜の食事の席で父親は部下に英造のいっていたことを話し、新しい技術を危険の多い零細の漁船にこそ適応させるべきだと本庁に建言すると打ち明けた。報告は間もなく本庁で採用となり、新しい技術の採用に関わる新しい法令規制が出来た。それは礼子の父親にとっても本懐で、あの子の一言で本庁が動いたと自慢げにいう父親の言葉を聞いて彼女も嬉しかった。

それがまたのきっかけになって英造は灯台への自由な出入りを許され、いろいろ機械の設置されている事務室を勝手に覗いたり質したり出来るようになった。その内父親も他の職員も彼の質問の鋭さや理解の早さに驚かされるようになった。

学校での勉強にさほど熱心とは思えぬ彼が、何かのきっかけで興味を抱いたことがらについて次々にのめりこむように質してくる様子は異常なほどで、そしてまた質したことへの答えについての理解も驚くほど早かった。

たとえば灯台からの、投光だけではなしに海と陸を繋ぐいろいろな作業に使われる英語の用語など、それらの言葉を彼なりに繋いでの言葉作りに大人たちが驚くほどの機知を英造は示した。

男の子のいない家族だけに父親はそんな英造にことさらの興味を抱いたようだった。時には父からいい出して夕食にも居残らせ、先刻教えていたことのつづきを彼女たちの前で熱心に語ることもあった。

その内に、

「あの子はいい、あいつは逞しいし、切れるよ。あれはきっと何らかの者になるぞ、この島の漁師では終わらないな」

というのが父の口癖になった。

英造が暇な時に入りびたっている灯台の事務室や家で父たちと交わしている会話の内容について詳しく知るよしもなかったが、父が彼のことを何につけ褒めて聞かすのは礼子にも胸のときめくほど嬉しかった。年はかけ離れてはいても彼等男同士の間柄に自分にはわからぬ何かがあるような気がして、それがうらやましくまた嬉しくもあった。

二人が頭を寄せ合って何かを覗きこみながらひどく熱心に話し合っているのを眺めながら、礼子はそんな二人の繋がりのよすがとして、自分のせいで彼がその顔に記してしまった太く生々しい傷痕を何度となく確かめるように見つめ直したものだった。

そして、ピアノの譜めくりの後彼女を家まで送り届け、時には彼女の父親といろいろ話し合ってから、灯台のあるサタドー岬の崖を下り島の周遊道路を走って帰っていく彼を、家から出て庭先の断崖の際から手を振って見送るのが彼女の習わしにもなった。

礼子が島へ来た翌年の秋口、彼等の通っている中学と小学校共同での恒例の雄山へのハイキングが行われた。

坪田からの林道を上り内輪山の麓にある村の牧場で全員が搾り立ての牛乳を飲んだ後は自由行動で、高学年の生徒たちは頂まで登って火口を覗いたり他は砂漠で遊んだりする日程だった。子供にとってはかなり長丁場の行程だったが、礼子にとっては初めてのせいもあって眺めるものの何もかもが興味深かった。

そして砂漠の中で頂を目指す英造たちに出会い、彼女はクラスの他の生徒たちが尻ごみする中で、自分も山の一番上まで連れていってほしいと彼にせがんだ。

途中蒸気を噴く巨きな溶岩の群れを過ぎて道は足下の危うい火口を囲む内輪山の尾根にかかり、砂地に溶岩が埋もれた険しい道を喘ぎながら行く礼子を英造は抱えるようにして引っ張ってくれた。

たどりついた山頂からはなだらかな山裾から海までが望まれ、彼方には遠く隣の神津島や新島が見えた。それは彼女が生まれて初めて目にする気の遠くなるような見事なパノラマだった。

思わず声を上げる彼女に、

「来てみてよかったろ」

胸を張るようにして英造はいった。

そして、

「ここにピアノがあって弾いたら気持ちいいだろな」

いう彼に彼女は笑い出した。

「なぜだ」

「だって、ここまでどうやってピアノを運ぶのよ」

「あ、そうか」

いわれて頭を掻いてみせる彼にみんなが笑った。

その後他の何人かはさらに先の火口を真下に見下ろす溶岩の棚に向かっていき、残りの四、五人が岩に座ってそれぞれ家から持ってきた昼飯の弁当を食べた。学級の他の誰もやってこなかった山の頂で自分だけ中学の生徒に交じってこんな景色を眺めながら昼食をしていることに彼女は満足だった。そして英造がいなければ誰も自分をここまで引き上げてくれはしなかったろうことが嬉しかった。

下山を始めて、子供の足には険しい山道を怖々下っていたせいで誰もその気配に気づきはしなかった。

突然尾根の急な道を強い風が吹き渡り、その冷気に驚いて見上げると頭上に知らぬ間に真っ黒な雲がたちこめていた。漁師たちが神立《かんだち》と呼ぶ、季節の分かれ目に突然襲って過ぎる寒冷前線が気づかぬ内に海を渡り島を覆い出していた。

仰いだ目に今までいた山頂を隠して追ってくる真っ黒な雲と風は、何か物語の邪悪な神の化身のように太い声を上げて彼等を押し包んできた。辺りの草木が悲鳴を上げてひれ伏し、背後から風の巻き上げる砂の飛礫《つぶて》が背中や首筋を打ちつけ、振り仰ぐ顔を大粒の雨が打ち雹《ひょう》までが混じっていた。

それは子供たちが抗い受け止めるにはあまりに巨きな化けものの掌だった。立ちすくみ空を仰ぎ辺りを見回した後、恐怖のまま全員が叫びながら手にしていたものを放り出し一散に走り出した。それを許さぬように黒い雲は重い風と冷たい雨を打ちつけながら彼等を押し包んだ。

あっという間に視界が塞がれ、自分が今どこにどうしているのかがわからなくなった。嵐の叫び声を縫ってあちこちで今まで一緒にいた仲間たちの叫び声が聞こえていたが、それも強まる雨と風の叫びに消されていった。

視界を失って立ち尽くす礼子はかろうじて気をとり直し、自分を確かめ支えるために英造の名を叫んだ。そしてそれに応えて彼の叫び返す声がし真昼の闇の中に彼の姿が浮かび、ぶつかるようにして彼の腕が彼女を抱えて引き寄せた。

「なんだこれは、畜生っ！」

彼女を捉え直しながら何かに挑むように彼は叫んでいた。

その声は彼女に、あの周遊道路を外れた脇道で待ち伏せた彼等にとり囲まれた時のことを思い出させた。思わず彼女の方から彼の体をさぐり直し、あの時のように彼女は嵐に向かって彼の体の後ろに隠れようとした。そして彼もそれを確かめるように彼女の体を後ろ手にかばって抱え直し、風に向かい直すと視界を塞いで打ちつける重く冷たい雨の中で立ち尽くしていた。

そして、「よしっ」、短く叫ぶと何か意を決したように斜めに彼女の体を抱え直し進み出した。そのまま険しい坂道を大切な荷物を運ぶように彼女を抱えたまま、一歩一歩足元を探るようにして下っていった。

風はますます吹きつのり雨はさらに大きな雹を交えて打ちつけ、辺りの気温があっという間に下がって身震いするほどの寒気が襲ってきた。それでも彼女は自分を抱きしめる彼の腕と、寄せ合った体の温かみを感じることが出来た。

「いいかっ、もう少しだ、もうじきだぞっ」

吠えるような声で彼は叫びつづけ、何もかも預けたように彼女は声の度彼の腕の中で頷き返した。

どれほど行ってか白い闇の中で彼は立ち止まり、確かめるように目を凝らしながら彼女を左手の黒い影に向かって導いていった。

「よし、ここだっ」

彼が叫び、彼に促されるまま硬く荒い感触の大きな溶岩の壁に沿ってにじっていき、雨をしのげる岩の陰に座りこんだ。しばらくしてそれが来る時見たあの水蒸気を噴き出していた岩だと知れた。彼女を残して彼はもっとしのぎやすい場所を探して這っていき、もう一度彼女の手をとって体を引きこみ、なおも吹きこむ雨に向かって塞ぐように外に背を向け抱き合うように彼女を抱え直した。

大気はますます冷えこんでいき風雨は吹きつのったが、礼子の背には地面から噴き出してくる蒸気のいきりがあり、前には自分を抱えてくれている彼の体の温かさがあった。それでもその彼の背中が吹きつける雨に打たれて凍るように冷えていくのが彼女にもわかった。

それを確かめるように手を伸べ、「英兄ちゃん」、つぶやきながら彼の背中に伝わらせる彼女の手を拒んで叱るようにその度彼は体を揺すってみせた。

時が過ぎていき、嵐の中で日が暮れるのが定かならぬ視界にも感じられてわかった。彼女

がいおうとしたことを察したように、

「大丈夫だ、もうじき終わるよ。夜になっても道はわかるから」

英造はいってくれた。

そして彼に抱かれたまま彼女はようやく、自分があの恐ろしい何かの手から逃れられたことを覚り直し、疲れの中での心地好い放心が場所を忘れて痺れていくような眠気となって襲ってきた。

こらえながら、このまま眠ってしまえばそれきり死んでしまうのではないかと思った。そしてそれに抗おうとする彼女の気配を感じたのか許して促すように彼はゆっくり彼女の体を揺すってくれた。

つのっていく放心の中で彼女はすがるように彼の体を抱き直し、応えるように彼は前よりも強く彼女を抱きしめてきた。そして最後に安心を促すように何か語りかけながら彼女の額に、幼い頃母親がしてくれたように唇を強く押しつけてくれた。

彼女が抱き返す冷たい彼の背に比べてその唇だけが熱く、確かめるように顔をのけ反らす彼女を引き戻すように彼は強く抱きしめ、そのはずみに彼の唇が彼女の唇に触れて被さった。そしてそれはそのまま彼女をもっと確かな安らぎに向かって導いてくれ、とうとうこらえきれずに礼子は彼の腕に包まれたままその中で眠りに落ちていった。

眠りに引きこまれながらいつになく彼女は満ち足りて幸せだった。それはなぜか今まで味わったことのないしみじみした安らぎだった。出来ればいつまでもここにこうしていたいと彼女は願った。そしてなぜか自分を抱きしめ雨から守ってくれている彼もまたきっと自分と同じ気持ちでいるのだと知っていた。

どれほどしてだろう人の声で礼子は目を覚ました。

嵐はようやく治まってい、見開いた目に頭上の空に光る星が見えた。彼女が気づいてもなお、彼女を抱きしめていた英造は目を覚まさなかった。その時初めて、自分を抱いたままでいた彼が寒さに気を失っているのを知った。その手で探り直してみた彼の背中は凍ったように冷たかった。近づいてくる声に向かって彼女が彼のための助けを呼んだ。

山中に散らばったままとり残された子供たちを探しにやってきた人々が岩の陰にうずくまる二人を明かりで確かめ抱き起こした時、寒さに凍えきった少年は体を硬直させたまま失神していた。

礼子は後々もあの嵐の中でいき暮れ岩陰に隠れて過ごした間中、自分を包んで黒い嵐から守ってくれたものの感触を忘れることはなかった。あれはまさしく命に関わる出来事の中で、何かからの使命を帯びて差し向けられ命がけで自分を守ってくれた者の、生まれて初めての、そして最後の思い出だった。

あの時彼女は自分に関わる、あるいは親以上に大切な何かについて感じさせられたのだ。その相手は英造だった。しかしそれが自分にとって何であるのかを確かめ悟る前に、彼と出会ったあの島こそが二人を呆気なく引き離してしまったのだった。


その夜母親の声で起こされる前に彼女もそれを感じて目を覚まし、闇の中で目を凝らし確かめようとしてみた。何かわからぬまま巨きな異形なものの気配が部屋中に満ち満ちていた。

闇の中で何かが彼女を押し包み大きく揺すぶっている。母親が明かりをつけ彼女と妹の手を強く引いて庭に導いた。廊下を抜ける途中、さっき闇の中で感じていたものがゆるやかにしかしはっきりと足元を揺すってくるのがわかった。そして家の外の遠くから鈍く轟く何かのもの音、というよりもただならぬ巨きなもののどよめくような気配があった。

母親に手を引かれ走り出た庭の正面の宙空に轟きながら流れる火の河があった。それは宙に浮き上がり燃えて漂いながら次第に彼女に向かって近づいてきた。何事かがわからず母親にすがって立ちすくむ礼子に、

「雄山が噴火したのよ、山が裂けているのよっ！」

上ずった声で母親はいった。

いわれてようやく目を凝らして見つめる目の前で、山は輝いて流れ出した火の河のまばゆさの中で鈍くおどろおどろしい呻き声を上げながら巨きな火を吐き出していた。

火の河の流れの源を明かすように、時折山頂近くのあちこちで花火に似た火が噴水のように噴き上がっていた。そしてその度に火の河は流れの幅を広げ、燃える溶岩はじりじりとしかし目に見えてその速度を増し見守る彼女たちに向かって押し寄せてきた。

突然妹が母親にとりすがって激しく泣き出し、

「大丈夫、ここは大丈夫よっ！」

母は二人を支えるように抱きしめ叫んで聞かせ、その声で礼子は目にしているものをもう一度確かめ目を凝らした。

灯台の事務所から部下の職員に向かって何か命じている父の声が聞こえ、父たちは二人して電話で大声でどこかへ深夜のこの島の出来事を伝えている。

「いや、ここまでは届かないと思う、角度も、それにここの岬の高さもあるから」

叫ぶように父がいっていた。

山を這い降りてくる火の河はその幅をゆっくり広げながらも流れの鎌首を右手に振り、彼女たちの立つ灯台の岬の右手の海に向かって落ちこもうとしていた。

その時になって彼女は突然気づいて叫んだのだ。

「英兄ちゃん、英兄ちゃんの家がある、あそこにあるっ！」

その意味がわかった時母親も息を呑み、彼女たちを置いて灯台の事務所に駆け寄り外から夫に向かって同じように叫んだ。

走り出てきた父親もまた彼女たちと並んで立ち尽くし、固唾を呑みながらじりじりと進む火の河の行く方に見入っていた。

「いや、大丈夫だ、逃げている、十分間に合うよっ」

喘ぐようにいう父親の声を聞きながらなぜか礼子は突然声を上げて泣き出した。

山の中腹から溢れて吐き出される火の塊はますますその量を増していき、山裾の途中から二手三手に分かれ前よりも速度を上げ海に向かっていた。火の河の流れの速さよりもその幅が見る間に溢れて広がっていくのを礼子は泣きながら見守っていた。

知らぬ間に体が震え、裂けて火となって流れ出すものに最初目にした時以上に彼女は怯えていた。息が詰まるような恐怖があった。それは目にしているものの恐ろしさではなしに、それが自分から大切なものを理不尽に奪いつつあるという訳もない予感だった。

「英兄ちゃん、英兄ちゃん！」

しゃくりあげながらいう彼女に、何を感じてか応えるように、

「大丈夫だよ、大丈夫だっ！」

父もくり返し叫んでいた。


どれほどの時間の末にか、不思議なほどの静寂の内に燃えて進む溶岩の流れは彼女たちが見守る中英造たちの住む集落を呑みつくしていった。火の河に覆われた集落の家が悲鳴のような音を立てながら新しい火の手を上げるのが見てとれた。そしてついに、燃える河は地上を這い尽くし海に向かって落ちこんできた。

その瞬間に世界が一変した。

燃えたぎる溶岩が海水に落ちて激しく立ち上げる水蒸気がにわかに不気味な騒音とともに濃い霧を噴き上げ、その熱いいきりが断崖の上から見下ろす彼女たちにまで届いた。


一夜明けた翌日の島は、岬から眺める限り一変していた。

岬の右手に広がる赤場暁《あかばきよう》から下馬野尾《げばのお》にかけての緑の山裾は、まだ燃えている溶岩に覆われどこかの不毛な惑星のように一面茶褐色の世界に変わっていた。火の河はまだ動きつつあるのか、押し出されてくる熱い岩は水際できりなく水蒸気を立ち上げ、その熱気と燃える岩の匂いが岬の上にまで伝わってきた。

英造の家のあった集落もその先の彼等の船が繋がれていた船溜まりも、すべてが焦げて茶色い岩の流れの下に埋もれてしまっていた。

二日して知れたことだったが、英造の父親と兄二人は船を守りに船溜まりに出かけ、作業が間に合わぬままに逃げ遅れ仲間の漁師五人と火の河に押しつつまれて死んだ。船をあきらめて島の北側の湯ノ浜方面に逃げた者たちだけが助かったそうだ。そして英造と母親だけは助かった。

礼子がそれを聞いたのはさらに二日してのことだが、神着《かみつき》の知り合いの家に避難していた母子はその四日後の定期船に乗って島を出たそうだ。一族のほとんどを一夜でなくしてしまった母親は気が触れてしまい、その治療に東京の彼女の妹の家に寄宿してから入院するとのことだった。幼いながら英造が母親につき添っていった。彼女が治ればまた島に戻るとのことではあった。

しかし彼等母子はそのまま二度と島に戻ることはなかった。

島の噂では、英造の母親は病が治らぬままある夜病院で首を吊って死んだそうな。そして一人きりになった彼がその後どうなったかを誰も知りはしなかった。

その噂をしばらくして学校の仲間から聞いた時、礼子は家に帰ってからしばらくの間一人部屋に閉じこもったままでいた。涙は流れてきたけれど、なぜか強い悲しみはなかった。そんな自分に問うてみたが、彼女はあの山が裂けて火の河が流れ出した夜、とうに自分にとって彼が失われてしまったことを知っていたのだと感じていた。

あれからも学校のピアノを借りての練習をつづけはしたが、新しい楽譜に取り組んで何かで行きづまる度、彼女は今までならすぐ側にいて手を貸したり声をかけていてくれた彼がいたことを思い出していた。

そして初めの頃はふと何度も、あの時彼が突然やってきて窓から覗きこんだように、またいつか突然目の前に姿を現すのではないだろうかとも思ってはみた。当てのないまま手を休めて、開いておいた窓の外を眺め直したこともあった。

しかしやがてはその度に、自分にとって何かの手で用意されていたものがまた何かの手で呆気なく奪い去られてしまったのだという、子供の頭では整理も納得も出来ぬ、それでも人間にとって確かにあり得ることがらについて悟る、というよりも感じることが出来た。

多分それは、人間の運命なるものについての子供ながらの予感だったに違いない。

さらに大人になってふとした折、あの夜のことの夢を見てうなされることもあった。音楽大学に通う頃最後に見た夢の中で、なぜか彼は沸きたって流れて来る火の河の上を、白いシャツを着て彼女に向かって懸命に手を振りながら走ってきた。その彼に向かって夢中で叫ぶ自分の声を彼女は夢の中でも聞いていた。その声を聞き取ったように、彼はなお激しく大きく彼女に向かって手を振りつづけていた。

しかしなぜかその姿は、何か巨きなものに引かれていくようにそのまま遠ざかり、燃える河ごと海にたちこめる熱い霧の中に消えていったのだった。

第三章

「あの後のひと押し、そろそろしてみるタイミングじゃないんですか。専務なり私が出向いてもう一度口頭で返事をさせるなり」

何かを図って探るような目で鎌田はいった。

考えるように間を置いて、

「まあ、返事は知れているだろうがな」

いう彼を待つというより窺うように、しきりに瞬きしながら見つめてくる相手を英造はいつになくわずらわしいものに感じていた。

「あの出来事の後ですし、もう一度口で念を押しといたらどうです、いきなり書類でというもんじゃないでしょう」

いった後自分に返る視線の気配を感じたのか、

「何かあるんですか、他に」

「他とは、なんだ」

「いえ私らの耳に入ってない相手側の事情とか」

「そんなものはねえな」

「じゃあ」

「なんだ」

「いえ、別に」

「別に、なんだ」

「でも、いつもの専務とちょっと違うみたいな気がしまして」

「どう違う」

いった英造の語気にひるんだように見返したが、それでも、

「何かで、迷ってられるんですか」

質してくる相手に、説くように、

「いや、ただ滅多にない仕事だからな、下手にし損じる訳にはいかないだけだ」

いいながら自分の内にあるものを見透かされまいと、なお何かを考えてでもいるように彼はゆっくり目を閉じてみせた。

「でも、相手はもう身動き出来やしませんよ。チクってサツは一応動かしてみたから相手の

大将の身に何が起こったかも薄々知ってるでしょうし。といって何が出るものじゃありませんしね。実は昨日親父さんからも、あの話その後どうしたって聞かれましたんで」

「で？」

「いえ。とどこおってんなら一度ナマモノでも使ってみたらどうだっていわれましたが、会長も楽しみにはしてますよ」

打ち明けるようにいった後なお窺うような相手の目を正面から見返して、

「俺にも同じことをいってた、けど、これはそこらにある喝あげとは違うんだ、俺たちが今までこの世界でやってきたような出入りとは違うんだよ。手を打たせても、その後出来るだけお上品に付き合っていかなきゃァならねえ。どっかの組を潰して呑みこむような仕事じゃねえんだ。手打ちがすんだら、こっちもその気になって覚悟して、え、時には互いにタキシードでも着てお上品に笑って頷き合ったりしてな」

いった後、口の中の何か酸いものをこらえるように英造は薄く微笑ってみせた。

「しかしこっちもそう長く待つ気はねえさ。俺が頃合いを見て次の手は打つ時は打つ、親父さんにもそういっとけ」

その語気に何を感じたのか、

「すみません、差し出がましく」

鎌田は肩をすくめてみせた。

しかしまだ解せぬように出がけに戸口で小さく首を傾げる相手の後ろ姿を見送りながら、手にした煙草を険しいしぐさで灰皿でひねる自分に英造は気づいていた。腹心の鎌田が今度の件で彼のことの進め方に首を傾げる訳はわかっていた。そしてその訳を彼一人しか知らぬことに、どう向かい合っていいのかまだわからぬ自分に彼は焦っていた。

いったい誰が何のために自分にこんな罠をしかけたのか、声をあげて呪いたいような気持ちだった。この世の中で自分以外の誰がこんな立場に追いこまれたことがあったろうかと思った。そしてその一方で彼は、こうして抜き差しならず追いこまれている自らに茫然としながらも、実はその自分が別のある強い感情に晒されつづけているのを知っていた。

それはなぜか、自分はこの人生の中で決して見放されてはいなかったのだという、内からこみ上げてくるような強い実感だった。そしてその限りで、それは故の知れぬ眩暈にも似てこらえきれず体を芯から禍々しく揺すぶるように、しかしなぜか甘美なほどのものにさえ感じられた。自分が今何かの手で真っ二つに引き裂かれ血をしたたらせてはいながらも、知ろうとしても知れぬ何かに向かって蘇り生まれ変わっていくような予感さえあった。

〝夢みたいな話だがこれは夢でありはしない。そしてそれを知っている人間は、俺と彼女しかいはしない。これはこの世で俺たちたった二人の人間だけのことなんだ〟

嘯くように思った。

そして、

〝この俺を救える者は、あの女しかいない。そして、あの女を救えるのもこの俺しかいはしない〟

闇雲にそう思い直してみた時、彼は手にしかけた煙草を置くとゆっくり目を閉じ、なぜか一人で小さく声を立てて笑い出した。最初その声は嗚咽のようにも聞こえたが、何かを振り切るように次第に高い声をあげて彼は笑っていた。

しかしその後返す波のように苦く重いものが体の内にこみ上げてきた。それを確かめるように机の前の壁にかけられた会長の春日の写真を眺め直してみた。

自分にとって思いがけなくも蘇った彼女を超えて、その先に歴然と立ちはだかるものがあるのを彼は覚り直していた。場合によっては自分はあの女をこの手で殺さなくてはならぬ立場にいるのだということを彼は知っていた。そう知りながらその訳を知り直したい、とは思えなかった。

自分が今生まれて初めて誰かを、というよりそれを超えた何かを呪って絞め殺したい気分でいることに吐き気に近いものを感じていた。

それをこらえるように椅子に身を沈め、目を閉じ天井を仰いだままでいた。その放心は昔ある町の繁華街で自暴自棄の狼藉の末、袋叩きに遭って鼻と口、耳からも血を流しながら倒れていた時の記憶を思い出させた。どうせ死ぬなら今このままここで自分一人で死ぬのがいい、と本気で思いながら彼は気を失っていったのだった。

あの後誰がどうして自分を助け蘇生させたのかを今でも覚えていない。彼の人生はあの折に一度、いやあの島が火を噴いて崩れた時に次いでまたもう一度、あの時区切りをつけて終わったのだった。

その日の帰りがけ彼は隣の部屋に机を構えている鎌田に声をかけた。

「一応ナマモノの用意も考えとけ、時期は俺が決める。相手の家で飼ってるペットでも調べとくんだな。しかしその前に近々、今度は俺がじかに相手に会う」

その声の、なぜか先刻よりもさらに険しく暗い気配に鎌田は驚いた。

島本が差し出して広げたワープロで打たれた簡単な文面の手紙を義之以下三人が確かめた

後、島本が何かをはばかるように手紙を元の封筒に収いこむのを全員が黙ったまま眺めていた。

「いよいよ、ですな」

上の三人を促すように島本がいった。

「いつ、どこでと返事しましょうか？」

いわれて身動ぎする義之を諭すように、

「無視し通す訳にはいきますまい」

脇村がいった。

手紙の差出人は五洋興業の専務浅沼英造。文面には、西脇ファイナンスの株式保持者として今後の会社運営について相談したく、浅沼当人が出向く用意があるので出来る限り早期に時間と場所を指定たまわりたいとだけあった。

「で？」

無表情にいう義之に、

「用件はこの通りでしょう、それ以外は」

脇村がいった。

「しかしうちのような会社にとっては、ただの持ち株会社とはいえ、ファイナンスは本社そのものですからな。ファイナンスの意向は建設の意向そのものになるのですから」

おずおずいった武田に改めて頷いてみせる者は誰もなかった。

「いずれにせよ、相手に会わずにすむことではありますまい」

視線を落としたまま脇村がいった。

「まず、相手のいい分を聞かぬことには」

「聞かなくてもわかっている」

被せるようにいう義之の声の表情を窺うように目を上げると、

「それでも、相手の構えてくる条件もありましょう。相手が相手ですから、専務のいわれたような我が社の特質を知ってのことでしょう。ファイナンスの決定が即ち会社の決定ですから」

「しかしファイナンスの会議なんぞ実質ありはしなかった」

いった義之に、

「そこが我が社の強みでもありました。西脇建設は西脇家そのものでしたから」

呻くような声で武田がいった。

「相手もそれを十分に知っています。その上で、どこまで何を考えてのことかを確かめませんことには」

いった島本を咎めるように見返す義之に、

「相手は必ず具体的な条件を出すでしょう、それを確かめぬことには。火中に栗を拾うということもありますから」

「どういう意味だ」

懸命に何かを抑えている声の気配に、意を決したように、

「社長、私もさんざん考えてはみました、例の同窓の検事にもそれとなく質してみましたが、これは悪い夢ではありません、現実に、はまってしまった罠です。多少の生き血を吸われる覚悟をしてかからぬと、下手すればすべてを失うことにもなりかねません」

一言一言嚙みしめるように島本はいった。

「火中にどんな栗を拾うというんだ」

呻いていう義之に、

「災い転じて福、とは申しませんが、活路はあると思います」

脇村がいった。

「どんなだ」

「ですから、それは相手次第でしょう。そのためにもまず、相手を確かめてかかりませんと」

「やくざはやくざだ」

吐き捨てるように義之はいったが、その声に力はなかった。

「いきなり社長が会われることはないと思います。その前に専務なりが、まず」

いった脇村に、

「いや、私はその任じゃない。申し訳ないが、これはやはり、社長にお決め頂くことです」

抗うように武田がいった。

「いやその前に我々の誰かが」

窺うようにいう脇村に、

「なら、君が行ってくれ」

武田がいい、

「そうしよう、島本も一緒に」

義之がいった。

社の名前は隠し島本個人の名でとったホテルの会合用の個室に、約束の二十分前に二人は入って待った。

緊張のせいでか互いに黙りこくったまま立てつづけに吸った煙草の殻を眺めやりながら、

「この歳してこんな思いをするとはな」

吐き出すようにいう脇村に、

「今になって思うと、私は予感していたような気がするんですよ」

島本がいった。

「何をだ」

「あの巽運輸とのスワップを決めた重役会で、私は念書の件は考えた方がいいと申しましたよね」

「ああ。俺もだ」

「しかし会長が大丈夫だと強くいい、武田専務が引きずられ、社長は黙ったままでいましたな」

「武田はいつも会長の機嫌ばかりを計る奴だ、ま、大家の番頭というのはそんなものだろうけど」

脇村が吐き出すようにいった時ノックがあり、部屋係りが来客を告げた。

慌てて隠すように、煙草の殻の溢れかけた灰皿を取り上げ持ち去るように係りに促す島本に脇村も頷いた。

男は連れもなしに一人だけで入って来た。

それを確かめるように背後を見やる二人に黙って頷くと係りを外に促し後ろ手にドアを閉めた。そして立ったまま向き直り、立ち上がりかける二人を手で制して、「浅沼です」、きっぱりいい渡すように名乗るとゆっくり微笑ってみせた。

それでも立ち上がった二人が名乗って差し出す名刺を両手で受けると、二人に促されるまま上座のソファに腰を落とした。

どう切り出していいかにわかには言葉を探しかねている相手を救うように、

「お互いに慣れぬことでしょうから、出来るだけ率直に話しましょうよ。その方が無駄も省けるし損も減るでしょうから」

いきなりいった相手を戸惑い見返す二人に、微笑し直すと、

「あなたがたの会社にとってあるいは御迷惑な事態かも知れませんが、しかし頭からそうとってしまえば話し合いも狭くなってしまう」

いいながら絶やさぬ笑顔の本意を探るように、二人はただまじまじ相手を見返すだけだった。

「釈迦に説法でしょうが、この国の法律は株主にとっては有り難く出来てます。ま、今まではそれをそうとも思わずに来られたのかも知れないが、御縁で私たちが同じ仲間になりまし

た。この世の縁というのもいろいろあるが、何かがきっかけで案外のことが開けるということもありますよ。それを信じて頂きたいと思いましてね」

ゆっくり説くようにいった後、

「私たちはおたくの会社の株主になることになった、名誉とも思います。しかし、ただの一部の株主です」

「ならばですな、そのお持ちの株をこちらに引き取らせては頂けませんか。もちろん格段の値段をつけさせて頂きます」

いった脇村に、

「いや、これは金銭の問題じゃありませんよ。亡くなった会長と最後に二人だけでお目にかかった時にもそう申しました」

「あなたは、会長と二人だけで会ったのですか。知らなかったな」

驚いていう脇村に、

「ええ。しかし会長はおわかりにならなかったですな、残念ながら。申しましたでしょう、私たちにとっても名誉の問題なんですよ、それに、あなた方にとってもそう悪い話とは思いませんがね」

笑みは含みながら突き放すようにいった。

今口にした言葉の余韻を測るように、相手の視線が自分たちを捉え離さぬのを二人は痛いように感じていた。そしてそんな相手を見透かしたようにゆっくりと、

「何かの尻尾を握ったとか、悪い証拠を摑んだとか、そんな筋の話じゃないんですがね」

いわれて今その言葉をさりげなく無視する、というより鈍感に理解しなかったようにふる舞うしかないということを二人は知っていた。

そんな相手を追いこむように、

「この次の株主総会の予定はいつなんでしょうかね。その折には是非通知願いたいと思っています」

駄目を押すというより、さりげなく、しかしそれがもう既定のような口振りで相手はいった。

「しかし総会といってもあくまで、未上場の株ですからね」

いった島本を、

「それは承知しています。しかしお互いにそういうだけですすまぬ立場というものもあるでしょうに」

押し切るようにいった。

気おされたように咳払いしながら、

「ご存じのように、うちのような性格の会社では従来総会の運営は極めて形式的なものでしかありませんでしたから」

いう脇村に、

「しかしなんだろうと、総会は総会としてありはするのでしょうが」

「もちろん。ですが、ご期待のような内容のものではないかも知れません」

「なんでも結構、大事なことは私たち新しい株主が呼ばれて株主として説明を受けるということですから。それに新手が加われば、意外といい案が出たりするもんですよ。古い革袋に新しい酒を入れろともいうじゃありませんか」

ゆっくり諳じるように浅沼はいった。

「その、意外ないい案というのは、どんなものです」

気負いこむのをこらえながら努めてさりげなく脇村が質した。

その声の語尾が震えているのが彼自身にもわかった。

「それはいろいろあると思いますな。世間は広いし、いろいろな人間がいろいろ知恵をこらして生きようとしていますからね」

外してみせた後、諭すように微笑し直すと、

「おたくの会社も老舗としての伝統も誇りもおありになる。しかし実はもう、失礼、世間に

は通じなくなったような古いところもある。それを補うために私たちが力になれれば互いに結構なことと思いますがね。

　私もここまで来て私たちの仕事の質について隠すつもりはない。私たちは私たちで、こんな時世に適応しないと生きちゃいけませんのでね。それが出来ないものは消えてなくなりもする、だからそれなりに必死でして。この用件も私たちにとって、そんな自分を変えていく大事な手立ての一つなんですよ。

　そのためにもそちらの力を借りたい、こちらも役に立ちたい。宿った木を枯らしちまうような馬鹿をするつもりは毛頭ありません、それだけはわかって頂きたい。その上で私の話も聞いて頂きたい。私が今日ここでまず申し上げたいことはそれだけです。わかってもらえますかね」

　そして計るように間を置き、

「何かでいつか、この私を試す機会を頂きたいものですな、必ず報いてみせますよ」

　預けて試して、そして押し切るように浅沼はいった。

　相手の口にした言葉の重さをどう受け止めていいのか、この限られた場所と時間の中で懸命に測ろうとするように二人は沈黙したままだった。

「なら――」

島本がいいかけ、ひるんだように脇村に振り返り、訳もわからぬまま逃れるように彼が促す気配を見定め思い切って、

「事の次第では、あなたが今おっしゃったように、つまりあなたの力をこちらも借りる、あなたをこちらのために試す機会があるかも知れませんが」

その先をいい澱む相手を見透かすように、浅沼は無表情のまま頷いてみせた。

「ならば、あなたも多分知っておられる、いや、かも知れぬあるもの、さっきおっしゃった、我が社にとって厄介な尻尾、その証拠を、あなたなら取り戻すことが出来るのでしょうかね」

島本の言葉を聞いてのけ反ったのは横にいる脇村の方だった。

しかしそれにはかまわぬように、いった島本は自分の言葉がどう伝わったかを測るように身を凝らしたまま懸命に相手を見つめていた。

それをどう受け取ったのか、ゆっくり微笑し直すと、

「なるほど、何のことやらまだわかりはしませんが、そんな機会を頂けるなら私としては渾身努めてみますよ、出来ること出来ぬことありはしましょうが。多分お役には立てると思いますがね」

「必ず」

懸命に駄目を押すように島本はいった。

その後浅沼は二人に向かって全身を晒して示し、何かを預けるようにゆっくり身をずらせ椅子に深く座り直した。

そのしぐさのはずみに、斜めにそらせた彼の顔の左の頰の下の古い大きな傷の痕が窓からの明かりで鈍く光ってみえた。

二人は目にしてしまったものから慌てて目をそらすようにして電話で部屋係りに茶を運ぶように頼んだ。それを手で制すと、

「では」

後は何もいわず、きっちりと何かを断つようなしぐさで浅沼は立ち上がり軽く一礼しただけで部屋を出ていった。

客を送り出した後、部屋の中に目には見えぬ何か重く濃いものがたちこめていた。それから逃れようとするように二人は互いにばらばらに嘆息し、頭を振りながらすがるように新しい煙草に火をつけ慌しく吸いこんでは吐き出した。

しばらくして、

「会長はさしであの男と会っていたんだな。そしてあいつが殺《や》ったんだ。間違いない、あの男が会長を殺したんだ、よくわかった」

呻くように脇村がいい、島本も頷いた。

「しかし君、あすこまでいっていいのか、あいつを試す機会をやるといったって」

「しかし、彼ならやれるでしょうよ」

「どうやって」

「巽運輸の手にある例の念書を取り戻すために彼なら、また人も殺すでしょうよ」

「殺す？」

「そう、うちのためにね。あの男の他の誰にそれが出来ますか。こうなればあの男を活用する以外に何が出来ます」

呻きながらいう島本に頷きながら、あの男を前にしての時以上に怯えている自分を脇村は感じていた。

「なんだろうとあの男をうちに入れぬ訳にはいかんのでしょうね。でないと、下手すれば会社が潰される」

自分に念を押すように島本はいった。

「社長は反対するだろうな」

「なら他にどんな逃げ道が」

「わかってる、しかし社長がどこまでわかっているかだ。多分今日我々二人があの男に会ったことそのものが気にいってはいまい」

「気にいる？　そんな次元の話じゃないでしょうに。相手はうちを煮ても焼いても食える立場なんですよ」

「わかってる。明日は俺からも同じようにいうよ」

義之は脇村の報告を最後まで口を挟まずに黙って聞いていた。話し終え待つように義之の顔を窺う脇村に小さく頷いただけで、努めて何かを思い直そうとするように壁の外の遠いどこかを見つめ黙ったままだった。

「しかし、それでも」

あてもなく口走りかける武田を身で制するように姿勢を崩し、

「相手の持ち株を認めぬ訳にはいかないだろうな」

つぶやくように義之はいった。

「しかし、でも」

またいいかける武田に、

「なんだ」

遮るようにいう声の険しさに相手は息を呑んで黙った。

「今になってわかるが、結局こちらが甘かった、うちが世間を知らずにいたといわれても仕方ない。あの念書についても君ら二人は反対だったよな。責任はあくまで私と父にある、それはよくわかっている」

一言一言嚙み締めるようにいう義之を幹部三人は窺うように見つめていた。

「私も」

いいかける武田を無視して、

「彼を、浅沼を総会には呼ぼう、そしてその場で、私が私の責任で相手のいい分を聞こう。これからのことはそれから先のことだ。いずれにせよ相手の持ち株だけで過半になる訳じゃないんだからな」

黙って頷く三人に、

「で、あいつを使えば巽運輸の手の内にある念書は取り戻せそうか」

薄く笑って聞き返す義之の本意を測りきれず、脇村と島本は思わず顔を見合わせた。

「それはいけません、そんなことをすればますます深みにはまるだけです」

武田は悲鳴のような声でいった。

「第一、あいつはあの念書のことを知っているのですか、知らぬとしたら、こちらからそれを教えてかかることはない、迂闊に事を漏らしたらそれでまたつけこまれることになります」

「そうだ、それを確かめてかかる必要はある。あいつの方から念書について口に出したのか」

義之に質され、

「いえ彼はただ何かの尻尾とはいいましたが。しかし私は摑んでいると思います、ただ思うだけですが、あの時の口振りは——」

いった島本を補うように脇村が、

「自分はただの一部の株主だ、何かの尻尾を握ったとか、悪い証拠を摑んだとかじゃない、といっていたな。ということは——」

「はっきり、念書といった訳じゃあるまい」

抗うように武田はいった。

「あなたは現場にいなかったから相手の様子はわからんでしょうが。初対面の我々に、いきなり尻尾とか悪い証拠などというものでしょうかね」

皮肉な口調でいった脇村に、

「しかしあいつらと巽運輸の関わりはどうなんだ、それを調べる必要もあるだろう」

義之がいった。

「でもどうやって」

質す武田に島本が、

「私が検察筋からも調べ、場合によったらあの男にかまをかけてもみましょう。相手が巽運輸がらみだとすれば巽にとっても厄介なことです。いずれにせよあの男を逆に利用するつもりでないと」

「なにしろ、相手はうちの株主になりおおせているのだからな。ここまで来れば、毒をくらわばということでしょう」

脇村にいわれて固唾を呑みながら義之を見返す武田を塞ぐように、

「その覚悟は出来ている」

義之はいった。


寝る前の着替えを終えガウンを羽織って寝酒を手に戻った英造に、

「あなたの今度の新しい仕事って、いったい何なの」

臆しながらのように和枝が尋ねた。

「なんだ、なぜ」

「だって昨日会った父が、私が聞きもしないのに向こうからいったのよ」

「なんて」

「詳しいことは何もいわずに、ただ、あなたのことを褒めちぎってたわ。まるで私にまで媚びてるみたいで嫌だった、あんなの今まで見たことがなかった。その仕事って何かとても危ないことなんじゃないの」

　思いつめたような顔をして和枝はいった。

「なぜ」

　思わず身構えるようにしていった自分に気づいて英造は繕うように相手を見つめ直した。

「なぜって、私にわかる訳はないでしょ、でもどうかもうこれ以上私たちのために危ないことは止めてくださいね、お願いします。父はあなたに甘えていすぎるわ」

「そりゃどういうことだ」

「だって私たちがここまで来られたのはみんなあなたのお陰よ。誰よりもそれを知ってるくせに、父はまた何をあなたにさせようとしているの」

　すがるような表情でいう相手を見返しながら彼は突然、自分にとって妻というこの女がいるのだという事実を突きつけ直されたような気がしていた。

「いや、そんな心配はまったくいらないよ、厄介だがどこが危ないという仕事じゃない。ただまあ、俺にとっても誰にとっても初めての大きな、というよりゃ親父さんが考えているよりは先が見えるようで見えにくいことなのさ」

「本当に、あなたの身の上に危ないものがかぶってくるようなことはないのね」

念を押すように彼女はいった。そんな相手を押し戻すように、

「俺の身の上にか、なるほど、それはないわな、ある訳がない」

いいながら、知らずに顔に兆してくるものを隠すように彼は取り直したグラスを両手で包んで口元に運び直した。

「本当によ、美香のためにも危ないことは止めてね。なんなら私たち三人でこんな家を出てもいいのよ」

今まで抱えていた何かを打ち明けるように思いつめた顔で和枝はいった。

「おい、そりゃどういうことだ」

逆にとりなすようにいう彼に、

「だって私にいえることってそれしかないでしょ。結婚する前から思ってたことだけど、あなたのお陰でいわずにすんできたのよ」

「それをまたなんで今になっていうんだ」

「私なぜか怖いの、満たされすぎているせいだわ。でも父が突然あんなことを自分からいい出したりして」

すがるようにいう相手を見返しながら、

「そりゃお前の思いすごしってもんだぜ」

作った微笑で自分に諭すように彼はいった。


隣のベッドの和枝の寝息を確かめながら、英造は息を潜めるようにして身動ぎし直した。先刻彼女が漏らした言葉が、彼女にはわかるはずのない余韻で体のうちにとどこおっていた。自分たちのためにも危ないことは止めてくれ、親子三人してこの家を出てもいいと彼女はいったのだ。

何を予感してのことなのかと思った。しかしなお、彼女の言葉が暗示した何かが体の内にはっきりと兆してあるのを彼は感じていた。

いったい何がどう危ないのかを思い直そうとしてみた。

今手がけている仕事を、この先どうさばいて行こうとしているのかが自分でわからぬのに彼は焦っていた。そして焦っているということが訳も知れずに不安だった。

いやその訳は知れていた。知れきっているということに身動き出来ずにいる自分に焦りながら、それが和枝のいった何かとんでもない危うさに繫がっていくだろうことを彼は故もなく感じていた。

このことの中にあの礼子が突然現れて来さえしなければ、事はいつものように彼一人の才覚と判断で必ず一族にとって画期的な収穫となっただろう。事の大小は違えても彼にとっては手慣れた仕事だったはずだ。

何かにすがって確かめ直そうとするように、あの桜井弁護士の事務所で礼子とのまぎれもない再会を確認した時のことを思い出してみた。

「困ったなあ」と彼は一人ごち、彼が困るのは珍しいと桜井は笑って、相談があるなら乗ろうといい、この相談に乗れるのは神様しかいないと彼は本気で答えた。突然自分が真っ二つに引き裂かれ投げ出されたような感慨の中で、それでもあの時なぜか困惑の内にもいいようもなくときめいたような気分でいたのも覚えている。いやそれはあの後も今まで彼の胸の内、というか体のどこかを占めたままでいた。

しかし義父の為治が娘に今度の大仕事について漏らしたのは、足踏みしている彼の何かに感づいてのことだったのか、それとも、ただ期待にはしゃいでのことだったのか。

しかしその期待に今までと同じように応えてみせるために、今までにはあり得なかったものを選ばなくてはならぬ、ということを知る者は彼一人しかいはしなかった。

礼子もまだそれを知りはしまい。しかし遠からず知るに違いない。いや知らせなくてはならないのだと思った。

だがこの先何をどう選ばなくてはならないのかが彼にもわからない。考えても思いつけない。そして位相の違う二つの世界の間を体が漂っているような困惑と自失の中で、実は自分がどこかでそれを楽しむ、というより抗いがたく自らに許しているのを知っていた。

目をつむり直した後自分を押し切り促すように、

「ナマモノか」

つぶやいてみた。

しかしその瞬間、体の内からこみ上げて来る、吐き気を誘うような苦く濃いものに闇の中で彼は顔をしかめ、それをねじ伏せるように乱暴に寝返った。

浅沼と会った翌々日、島本は巽運輸の専務の高島を社外に呼び出して会った。例の土地のスワップの相談で出会う前から、同窓の同じ運動部の先輩でもあってどこかで気が合い、運動部の会合や他の行事で顔を合わせその後何度か一緒に酒を飲んだこともある仲だった。

そして彼こそが、あの念書の件について強くいい出しかぶせてきた相手だった。

「率直に伺いますがね、おたくの会社は五洋興業というやくざと何らかの関わりがおありですか」

いった途端相手の顔が曇り、言葉を探すように何度かしわぶきし、それでもやっと、

「なぜ」

相手は聞き返した。

「正直にいいますが、うちは妙ないきさつであすこに株を持たれてしまって往生しているんです」

いった島本をまじまじ見直し、

「しかしあんたのとこの株は、店頭には出ちゃいまいが」

「それが、それですまないことになりかけていましてね。普通なら拒否してすむことでしょうが」

「なぜだい」

「例の土地のスワップのからくりを、どうも知られているような。となると、おたくにも飛び火することでしょうからね」

言葉につまり暫く島本の顔を見据えた後、

「なるほど」

　呻くようにいった。

「あの件についちゃ紳士協定でいこうと、最初は俺がいったんだよな」

　そして絞り出すような声で、

「でも、それですまぬ事情がこっちにあった。表に出ぬ金が、表には出せぬ理由で必要だったんだ」

「なんで」

「社長の身内のごたごたさ」

「どんな」

「出来の悪い長男がタチの悪い女にひっかかってその一族のやっている会社に無茶な融資をし、異例な特典で仕事をさせていた。次男がそれに文句をつけ、役員の大半は彼を支持しているが、肝心の社長が長男に甘い。うちの中はもう真っ二つで、どうしようもない」

「で？」

「その情報が五洋興業に流れた。内側の経理の人間が多分会計士の誰かに打ち明け、そこらが漏らしたんだろう、この頃の会計士というのはかなり当てにはならんからな。それを知って連中はうちの株を買い漁り、六パーセントくらいのものを持った。そして次の株主総会にそれを持ち出す魂胆だそうな」

「しかし、そうはしないでしょう」

「だろうな。その前にどんな注文をつけてくるかだよ」

「で、五洋はどこまで中のことを知ってるんです。あの念書についても？」

「わからない、そっちと違ってうちにはあの件に関わった人間はかなりの数いたと思う。しかし五洋がそれをあんたらに匂わせたとしたら、これはまずいなあ、お互いに」

顔を見合わせたままの沈黙の後、すがるように、

「なんとか五洋が、あの浅沼が、念書について摑んでいるかどうかがおたくでわかりませんか」

「あんたあの男に会ったのか」

「会いました」

「どうだった」

「私には初めてのことですから。しかし噂の通り出来そうな奴ですな、なんというか諸刃の剣とでもいうか、なかなか手は見せない」

「あいつはいかにもしたたかだなあ、あんなのがうちにも欲しいくらいだよ」

吐き出すように高島はいった。

「奴の前科を調べてみたが、若い頃人を一人殺している。それもさしで、相手を追いつめて、どこで刺したと思う。え、交番の中でだよ。相手がよもやここまでと思って逃げこんだ交番で、お巡りの目の前で斬りつけとどめを刺したんだそうな。そしてそのまま、腰を抜かしているお巡りに両手を出し手錠をかけさせたとさ。

ムショにいる間は模範囚で、なんでもえらく勉強したそうだ、法律とか株についてな。こういうのを見上げた話とでもいうのかね」

肩をすくめる相手に、

「しかしあいつはまぎれもない――」

いいかけた島本を塞ぐように、

「やくざだよ。しかしこれはお互いに厄介だな。とにかく許せる限りの情報は交換していこう」

高島はいった。

しかし事が事だけに巽側から念書に関する情報はにわかに届きはしなかった。

そして高島と会ってから一週間目に、浅沼の代理なる者から次の株主総会がいつかとではなしに、彼のために早急に総会を開いてほしいという電話が本社にあった。

その翌日、西脇家にクール宅急便で大きな包みが届いた。

発送元は北海道で、時折見知りから届く季節の贈物かと思われ、礼子にいわれて通いの家政婦が手のこんだ梱包を包丁を使って切りほどいて開けた。

家政婦の上げた悲鳴は二階にいた礼子にまで届き、驚いて駆け降りた台所の床に腰を抜かした家政婦が座りこんでい、中央の調理台の上に遠くからの贈物が開かれていた。

声が出ず喘ぎながら家政婦の指さす箱の中に、義父が母屋で昔飼っていたと同種のコリー犬が、首を切り離されて詰めこまれていた。そしてどういう意味でか横にもう一つ白い鳩が。

それは禍々しくおぞましい見物だった。昼食の後の片づけをし終えて清められた白い合板の台の上の開かれた箱の中に、胴体の向きとは逆さに目を見開き牙をむいた犬の首がドライアイスに埋もれて詰めこまれていた。誰か見知らぬ険しい人間が無断で上がりこんできた以上に、もっと露骨に有無いわさぬ形でそれはそこにあった。

こみ上げる吐き気のまま体が萎えてその場に座りこみそうな自分を、背後の食器棚にもたれて支えながら礼子は懸命に立ち尽くしていた。

腰を抜かしたまま後ろににじって、

「警察を！」

口走る家政婦を、

「待って」

かろうじて制し彼女を隣の部屋に追いやると居間に駆けこみ電話で、警察ではなしに会社の義之を呼んだ。しながら礼子は、自分がこの出来事の背後にあるものについて覚っていることを知っていた。

家政婦を帰した家に義之は島本を伴って戻ってきた。

調理台に置かれた物に絶句して見入った後、

「これは、ひどい――」

呻くように義之はいい、二人ともいい合わせたように警察を呼ぶことはせずに、突然届けられたものについては島本が手荒く包み直しどこかへ持ち出していった。

居間で沈黙のまましばし見合った後、

「なぜと、君は聞かないのかね」

測るように義之はいった。

「私、あなたが思ってらっしゃるよりも、知っているんです」

「何をだ」

「孝之さんから聞かされました。それがいいことか悪いことかは私にはわかりません、世間ではよくあることなんでしょ。でも、表に出れば会社は躓くって」

「いつだ。で、彼からどこまで聞いたんだね」

「この前彼がここに来て、あなたといい争って、あなたはお前が親父を殺したんだって、そしたら、孝之さんが二人は同罪じゃないかと。だから心配で、孝之さんと会って質しました」

「そうか」

「大きな脱税にもなる出来事なんでしょ。それを――」

いい澱む彼女を促すように義之は見返した。

「やくざが知ってしまって」

黙って頷き返す義之に、間を置き思い切ったように、

「どんな相手なんです」

礼子は聞いた。聞いてしまった後、尋ねることで夫に何かを見透かされはしまいかと突然怯えていた。

が、義之の方が臆したように、

「それが厄介な相手だ。やくざの癖に経済や株には玄人裸足で、その上、凶悪だ」

「凶悪？」

「ああ、人も殺している。それも交番の中で、警察官の目の前でだ、あの世界では有名な話だそうな。やくざ同士のごたごたで、あの男が刺客に立って」

その時自分の胸に兆したものに彼女自身が気づいて驚いていた。

〃間違いなくあの英造だ〃と彼女は思い、そして一瞬今の立場を忘れてその彼に会いたいと強く思った。

そしてそれを封じるように、

「殺した犬もあいつが届けてきたんだ。親父を殺したのもあいつだ、間違いない」

呻くように義之はいった。


義之はその後の算段のためにまた家を出ていき、礼子は一人で自分の居間にとじこもった。

椅子に座り直した時、知らぬ間に涙が頬を伝わっているのに気づいた。気づきながら自分が何で泣いているのかがわからなかった。あの英造との思いがけぬ再会がこんな形でもたらされたことの、自分にとっての訳を知りたいと願いながら出来はしなかった。

あの吐き気を催させる箱詰めにされた首を切り離された犬と鳥の死骸の贈物の意味が、礼子にはわかるようでわかりはしなかった。義之はあの贈物の主も義父を殺したのも英造だといい切ったが、彼女にはどうにもそれは信じられぬことに思えた。たとえそうだとしても、義之も認めた会社の不祥事などを超えて、いったい何があの英造にそんなことをまでさせたのか、誰が、何があの彼をこうした形で自分の前に蘇らせたのかを懸命に考えようとしてみた。

先刻目にしたものを忘れようと、固く目をつむり遠い以前に見た彼の姿、何よりも強く確かな彼の姿として何度も夢に見た、流れる火の河の上を彼女に向かって懸命に手を振って走ってくる幼い彼を思い出し取り戻そうとしてみた。

しかしそれは瞼の内に蘇りはしても、涙を拭い開いた目に映るしんとした部屋の様子は有無をいわさず先刻目にしたものを思い出させ、それを拒むように慌ててきつく目を閉じ直しながら、また溢れて伝う涙をこらえることが出来ずにいた。

そしてその涙の感触は彼女の何もかもを解体して彼女の身の周りのすべての現実を非現実に変えてしまい、自分自身が実はこの世にありはしなかったのかも知れぬという自失の放心をもたらした。

そんな自分を取り戻そうとして、何かにすがろうと迷い呻きながら思わず自分が漏らした声が、「英兄ちゃん、なぜっ」だったのに彼女は驚き身を震わせていた。

　そして次の瞬間彼女はあることに気づき、そのことにすがろうとしていた。あの義父の葬儀の時夫の横に立った自分を見てかすかにのけ反った彼だったが、それでも彼はまだこの自分が誰なのかを確かには知ってはいまい、いないはずだとかたくなに彼女は思おうとしていた。


「私は今日、覚悟を決めてやってきたんですよ」

　いった島本の顔を相手はただ無表情に見返してきた。

　あるいはこの男は今までも、自分がこれから伝えると同じような言葉を聞き慣れてきたのかも知れないとふと思った。それでもなお、自分の立場からすればこれしか他に選ぶ道はなかったはずだと改めて自分にいい聞かせていた。

「ほう、どんな覚悟を」

　ゆっくり促すように相手は聞いた。

「あなたに、賭けました」

「なるほど」

「うちの幹部のある者はこれで私が裏切ったというかも知れないが、なら他にどんな手があるというのかということです」

いって窺い確かめるように見つめる島本に、無表情のまま、

「で？」

いわれた瞬間、今まで逡巡を重ねて来ながら突然激しい後悔に襲われ、背中に汗が滲みだすのを島本は感じていた。

「その前に、一つだけ教えて頂きたい」

「何を」

「あなたが巽運輸と関わりあることは私なりに知っています。で、うちと巽の間で交わしたある文書について、あなたが知っているのかどうか。いや、知っているんでしょうな」

そこで次を呑みこむように島本は言葉を切った。そして正面から確かめるように相手を見直した。ここまでいってしまった後にはもう怯えもなかった。そして、相手の口元にちらと浮かんで過ぎる笑みの意味を汲み取ろうと懸命に相手を見つめ直した。

その顔に浮かびかける表情を追いこみ確かめようと、

「私は、肉を切らせて骨を断つつもりで来たのですがね」

自分に諭すようにいった。

「この前、何かの尻尾、悪い証拠とあなたはいわれましたな」

いった島本へ無表情に、

「そうしてそちらは、その厄介な尻尾を取り戻したいということかね」

「そうです。うちの会長は不思議な亡くなり方をしました。そして先日は妙な贈物が社長宅に届いた。そこまでされるなら、そちらも相当の覚悟が、いやその所以もおありでしょう」

島本のいったことを理解も不理解もしなかったように、相手は無表情に見返してきた。

「ならば我々もそれなりの覚悟が必要でしょうから。腹の中に出来たものが癌なのかただの腫れ物なのか、それも知れずに腹を切って開く決心はつきませんからね」

いった島本に、

「あんたは、面白い人だな」

初めてちらと歯を見せて英造は笑ってみせた。

「あんたのいった尻尾なるものが何なのか、多分この次、当ててお見せ出来ると思いますよ」

「本当に？」

「そう。まずあなたにこの私を信用してもらうことが必要のようですな、他の人たちは別にしても、折角私に賭けてもらったのなら」

試すようにいう相手に、

「断っておきますが私には会社が大事なんです。決して私の一身上のことではない、私の立場としてです」

「でしょう、それでなけりゃね。亡くなった会長もそのつもりだったろうが、しかしあの人は間違っていましたな」

微笑しながら突き放すようにいった。

「つまり、企業というものは開かれたものだということですよ、誰に対してもね。違いますか」


そして五日後浅沼から島本に呼び出しがかかった。

先日と同じホテルの部屋に、告げた時間通りに彼はやってきた。立ち上がる島本を手で制し向かい合って座るなり、上着の内ポケットから畳んだ紙を取り出しテーブルに置いた。

開いた中身はまぎれもなくあの念書のコピーだった。会長、社長と並んだ署名と添えられた実印も間違いなかった。

息を殺して眺め渡した後、

「で本体は」

問うた島本に、同じポケットから茶封筒を取り出し、中身は引き出さずに封筒のまま突き出してみせた。

「中身を」

身を乗り出していう島本に、差し出したものをかざしたまま半ば引きこめゆっくり首を振ると、

「それで十分じゃありませんか。本体は間違いなく、この手の中にありますから」

諭すように、

「それを持ち帰れば十分でしょう。本体は株主総会の時に見せますよ。これで少なくともあなたには信用頂けたことになるんでしょうな」

薄く微笑いながら相手はいった。

島本が差し出したものを眺めた後、立ち会った四人に声がなかった。

誰かがしわぶきし、それを真似たようにしわぶきが伝わり、最後にその場を救うように、

「ずいぶん気をもたせるじゃないか。しかしコピーとはいえ、これは間違いなくあの念書だな」

脇村がいった。

「この限りで、少なくともあの男は念書があるということを知っている。知っている限りでの厄介は振り出しの時点でと同じですが、こちらとすれば前よりも追い詰められてきましたな」

「ここまでくれば株主総会を開いて、ともかく相手のいい分を聞くより取る道はないじゃありませんか」

いった島本に義之は黙って頷いた。

「それで、あいつが本物の念書を見せたらどうなるんです」

怯えた顔でいう武田に、

「だから、いい分を聞くのだ。相手は家の外じゃない、もう玄関まで入ってきているんだぞ」

叱るように義之はいった。


鳥籠の小鳥の練り餌をつくる為治の手元を眺めながら、

「やっぱり親父さんのいった通りナマモノの効果はありましたよ。すぐに、びくついた使いがやってきた」

「そうかい、そりゃ良かった」

「それに、巽運輸との人間筋も役に立ちました。そっちから脅して、取るものも取れました。あれで西脇はもう身動きとれなくなるでしょうよ」

「念書かい」

「そうです」

「しかしありゃ見せても見せなくても、あるものはあるんだからな。どっちが持っていてもどっちも困るしろ物だ」

「しかし素人は物を見せないと動きませんからね。気取ってる相手ほど」

いった英造に、

「で、今度の総会では何といってやるんだ」

いわれて小首を傾げ、

「まあ、ぼちぼちとでしょう。齧る相手はでっかいんだから攻めようはいくらでもありますな」

「もうみんなお前まかせだからやるようにやってくれ。俺はいささか気が早いが、お前のやり方の方がいつも正しかったからな。要は本丸まで落とせれば落とすことだ」

手を置いていう為治に、間を置き諭すように、

「親父さん、このことで和枝に何かいったんですか」

「何かって？」

「いや、あいつが妙に気にしていましてね。頼むから危ないことはもう止めてくれと突然いいやがって」

「危ないこと？」

「どうとったのか知らないが、そういわれましたよ」

「俺は何もいいはせんよ。ただ、今度の件は先々もでかい話だ、お前にしか出来はしないとな」

「期待はありがたいが、女にはわからん話ですし、余計な詮索されるとやりにくいこともありますから。ただ、あいつは勘のいい女ですからね、いっそう余計な心配をし出す。だから組の仕事についちゃあいつには黙っていてくださいよ」

いわれて彼を見返すと、何かを呑みこむように、

「わかった、俺もはしゃいで悪かったかな」

正面向き直って頷く相手に、

「すみません、あいつに余計な心配はさせたくなくってね」

「わかってる。あいつはお前と一緒になる前は、うちの稼業が嫌でいつ家を出て行くかわからないところがあった。娘不孝なんぞとはいわねえが、俺だって一族のために命を張ってきたつもりなんだがな」

答えずただ塞ぐように左右に大きく手を振ってみせる英造に、

「しかしことの顚末は俺には話してくれよな。もう、あいつに何もいいはしないから」

媚びるようにいってみせる相手に、

「頼みますよ。下手をすりゃ、美香の通い出した学校に、相手様の子供か孫が通っているなんてことにもなりかねませんからね」

いわれて初めて為治は声を立てて笑ってみせた。


西脇建設の緊急株主総会は本社の役員会議室で行われた。会社側の出席者は社長の義之、専務の武田、総務担当常務の脇村、そして取締役兼総務部長の島本と四人、議題のことさらの微妙さもあって余計な説明を省くために他の限られた株主たちからは事前に白紙委任状がとられていた。

定刻の寸前、会議室の窓から社屋の前庭を眺めていた島本の目に運転手つきの外国高級車が正門から入るのが見えた。なぜか浅沼は門の近くで車から降りたち、車を脇の駐車場に促すとそのまま立ち尽くし確かめるように社屋全体をゆっくり見渡していた。

しかし見守る島本の目には、広い前庭に一人突っ立っているその姿は訳もなく威圧的だった。

「来ました」

思わず潜めた声で告げた島本に、武田と脇村が慌てて窓に歩み寄り、ゆっくり歩み出す客を固唾を呑みながら見守っていた。

こらえるように奥の椅子に座ったままの義之に、

「来ました」

喘ぐように武田が告げ、義之はなおもこらえたように頷きもしなかった。

三人並んで見守りながら、島本には会うのは何度目かながら初めて遠くから目にする相手の姿は、巽運輸の高島がいっていた、若い頃刺客としてたった一人で相手を交番に追いこみ警察官の前で刺し殺したという彼の前歴を証すように、一人ながらなぜか確かで巨きく自信ありげで、眺めながら自分の胸が急に動悸するのを感じていた。

「なるほど――」

何を感じ取ってか彼の横で脇村がつぶやくのを島本は聞いた。

客の姿が視界から消え、窓際に寄った三人が座り直して待つ間暫くし秘書が来客を案内して扉を開けた。

濃い灰色の冷ややかな感触のベネッシャンのスーツを着た客は、口元だけには薄い微笑を浮かべ無表情な視線で部屋を見回し、義之が立ち上がるのを待った後ゆっくり会釈し後の三人は無視したように椅子についた。

誰かが何かいい出すのを封じるように真っ直ぐ義之を見つめたまま、黙って懐のポケットから封書を取り出し中身を取り出してテーブルに広げると義之に向けてすべらせて寄こした。まぎれもなく西脇から巽に差し出した例の念書だった。

まじまじ相手を見返す義之に、

「おっしゃっていた、厄介な尻尾とはこれでしょうな」

何の表情も感じさせぬ声でいった。

その書類を横から武田が慌てて手を伸べて摑み、

「これだ、でもどうやって!」

呻いていう相手に、

「それでお役に立てれば、結構ですな」

ついで脇村と島本が手にして確かめた書類に相手は黙って手を差し出した。

その瞬間浅沼を前にした者たちの体の内にまったく同じ衝動が走り、四人ともがそれを感じ合っていた。

四人の内今誰かが手にしたものをそのまま奪い取り部屋を駆け出してどこかでそれを破り捨てる、出来れば焼いてしまう、飲みこんでもいいのだった。それが目の前の相手にも伝わったのが感じられてわかった。それを証すように相手は、その面に得もいえぬ微笑を浮かべながらゆっくりと頷いてみせた。

時が凍って止まったような長い一瞬、男たちは黙って見つめ合っていた。相手の視線に射すくめられるまま、それは絶対に不可能なことだと誰もが悟っていた。

そして浅沼の面に浮かんでいたものは哀れんで許すような微笑に変わり、島本はそんな相手に呑まれたようにぎこちなく頷いて手にしていたものを差し出した。

固唾を呑みながら見守る四人の前で、浅沼は手にしたものをゆっくり元の封筒に戻し胸にしまい直した。

「少し手間暇かかりましたが、これで信用頂けますかな」

諭すようにいわれ、どう答えていいかわからずにいる四人に初めて目でも笑って、

「これは私が間違いなく預かりますから、心配はご無用です」

いう相手に武田が思わず言葉にならぬ溜め息を漏らした。

沈黙のままぎこちなく座っている彼等を諭すように、

「これからも、これ以上のお役には立てると思いますよ」

ゆっくりと念を押すように浅沼はいった。

その言葉に気おされたように四人はなお黙ったままだった。そしてその沈黙を楽しむように、浅沼は同じ笑みのまま待つように相手を眺め渡していた。

「それで、あなたとしては、何をお望みなのですか」

耐え兼ねたように武田がいった。

「脇村さんと島本さんには申し上げましたが、古い革袋に新しい酒を入れるというのは案外いいものですよ。私の方もこんな時代に乗り遅れずに変わろうとしている。あなた方が備えてはいないこちらの経験も、必ずお役に立つと思いますがね」

「どんな」

思わずいった武田にはっきり向き直ると、

「県央道の秋野から先の、大石山近辺の周辺調整は厄介でしょうな」

試すようにいった。

「どうして、そんなことを」

「株主の一人として関心はありますからね。ま、偶然ですがあの辺りの土地勘も人間関係の繋がりもいろいろありましてね。私が西脇側の者として動けばかなりのお役には立てると思いますが」

「どうやって」

気負って質した武田に、

「あなたは土木が専門のようだが、それでも、蛇の道は蛇とはいわないがまあ傍目には見えにくい関わりというのは、世間にはざらにあるものでしょうが」

突き放すようにいった。

しわぶきして何かいいかける武田を義之が目で制した。

その気配を悟ったように、浅沼は薄く微笑い直すと、

「まあその他いろいろ」

断つようにいった。

その後の長い沈黙の末に、

「我々としては、あなたをどう迎えたらいいのかな」

初めて義之がいった。

その瞬間、部屋の雰囲気が密度を濃くしてはっきりと変わるのがわかった。

そして浅沼の表情もまた微笑を収めて険しいものに変わっていた。その表情のまま彼が懐から何か凶器でも取り出すのではないかと一瞬島本は思ったほどだった。

が自分でそれを悟ったように、相手は表情を崩すようにゆっくり微笑し直してみせた。

「私が取締役で入りましょう。まずともかく」

そしてその浅沼に向かって義之が小さく、しかしはっきりと頷くのを彼等は認めていた。

「しかしその、ともかくというのは？」

慌てて質した武田に、

「まず、それでお役に立てるか立てぬかということですよ」

同じ微笑のまま諭すように相手はいった。

土壇場まで来た義之の決断を待つように長い沈黙があった。三人の重役たちは、ここまで来てはわかりきった結論になお逡巡する社長を怯えながら待つように視線をそらせうつむいたままでいた。

何か断ち切ろうと努めながらあえぐようにしわぶきした後、無理に作った微笑で、

「あんたはうちの父と、そしてあの犬が、死んだ訳を知っているのだろうね」

言葉を選びきれずに、ただ吐き出すように義之はいった。

その瞬間脇に座った三人の男たちは電流が走ったように身を起こし、ただまじまじと義之

を見つめていた。

そのまま五人は鋳型に閉じこめられたように身動ぎせず見つめ合ったままでいた。

凍ったような長い沈黙の後、音もなくそれを破るようにゆっくりと浅沼の面に、見る者を思わずぞっとさせるほど優しい微笑が浮かび、かすかに首を傾げると、

「何のことですか」

つぶやくようにいった後、諭すように、

「世の中、いろいろありますよ」

いうとゆっくり立ち上がり目礼して浅沼はそのまま部屋を出ていった。

その後もなお息のつまるような沈黙が部屋を支配してあった。

なお暫くして、

「なるほどな」

呻くように義之がつぶやいた。


その夜珍しく酒気を帯びて戻った夫の様子が、なぜかいつもと違っているのに礼子は気づいた。彼女との会話に応える義之の声がはしゃいで、というよりもいつになく気張ったように高く大きかった。

「何かおありになったの」

　お茶をさしながらさりげなく質した彼女に、

「ああ」

　ぶっきらぼうにいって頷いた。

「良いことなんですか？」

「なんで」

「だって」

　いおうとする彼女を塞ぐように、

「決心したんだよ」

「何をです」

「俺は今日かぎり、悪人になる」

「どういうこと？」

　尋ねた礼子に作った微笑で、

「だから、そういうことだよ」

「お仕事に関わりあることなの」

「そうだ、あのやくざのことだ。あの男を会社に入れることにしたんだ」

「なぜ！」

いいかけ絶句する礼子に、諭すように、

「会社を守るためだ、それしかない」

いった後義之は、挑むように礼子を見返してみせた。

しかしそんな様子は彼女にはなぜか逆に弱々しいものに見えた。

「いろいろわかった。あの男は、うちにとって決定的なものを握っている。親父はそれを知っていて相手を撥ねつけ、そして殺されたんだ。親父を殺したのも、あの首を切った犬を送ってきたのもあいつだよ」

「そういったのですか、当人が」

「いわなくてもわかった。だから決心したんだ」

「でも」

思わずいった彼女を塞ぐように、

「これしかないんだ。あいつを取りこんで、必ずこの手で始末してやる。俺にだってそれくらいのことは必ず出来る、知恵もある」

気負っていう夫に礼子はなぜか身震いするほど危ういものを感じ、まじまじ相手を見直していた。

しながら彼女が突然思い出していたのは、遠い日、あの島の中学校でのピアノの練習の帰り道、待ち伏せしていた大勢を相手に乱闘して顔に大怪我をした時の英造をだった。

あり得ぬことながら、あの時の英造と目の前の夫の義之が何もかもをかなぐり捨てて男二人だけで向かい合うことを思わず礼子は想像、というより強く予感し、夫の勝ちを信じられはしなかった。

そして、彼女の故もない予感に抗うように、

「見ていろ、必ず俺があいつを殺して、この世から消してやる」

口走るように夫はいった。

そんな彼を見返しながら礼子は、あの英造がまぎれもなく自分に向かって蘇ってきたのを悟り直していた。それも思いもかけぬ形で、しかし歴然と。そして自分が彼と夫を思わずも比べて想ってみたことに茫然としていた。

しかし英造は蘇り現れはしたが、それはどう考えても不可能な、彼がむしろあの時死んでいた方がはるかにましな形としてに違いなかった。あの島の山が火を噴いて流れ出した時彼女が感じた彼への喪失の方が、今よりもはるかにまがいないものに思えた。蘇りはしたが彼は、彼女にとって絶対に不可能なところに立っていた。

その日の役員会で武田が全員の前で新しい取締役として浅沼英造を紹介した。突然の人事に出席者は驚かされたが、金融筋からかねてからの要請という説明に誰も異存も疑義も唱えはしなかった。

紹介を受け、自ら名乗り直してにこやかに低頭する浅沼の様子は素性を知る四人の目にさえ、銀行の関西での他の系列での営業に実績ある男という紹介を疑わせるものに見えはしなかった。

ただ武田だけは、隣正面に座る義之の頬がいつになく小刻みに震えるのを見届けていた。

自分で立って行き目分量で量りもせず乱暴なほどの手つきで酒をグラスに注ぐと、立ったまま何のためにか目の前にかかげて頷き一口啜って戻る夫の英造に、見守っていた和枝が、

「あなたが今度手掛けている仕事って、いったい何なんです」

たまりかねたように質した。

「何でまたそんなことを聞く」

「私、父が妙にはしゃいでいるのが嫌なのよ。一昨日も竜田の伯母の法事で会ったら、わざ

わざ私に、あなたの仕事のことで今さら余計な心配はしないようにって、叱るというより、知らずにいる私をからかうようにあなたのことみんなの前で持ち上げてみせて」

「へえ、で、何なんだ」

「何か大きなことがあるんですか、今度の」

「別に、俺には慣れた仕事だよ。お前が嫌いな切った張ったというもんじゃまったくないぜ」

「本当に？　その仕事のことで、今日何かあったんですか」

「ああ、今日やっとその目途がついた。でもなぜだ」

「それならいいけど、でも私、なぜだか怖い気がするの」

いう和枝を見返すと肩をすくめ、

「なるほど、それが女の勘というやつかね」

いってしまった後、英造は相手を外すように手にしたグラスをことさらかかげ見入っていた。

自らいってしまった一言に気づいてたじろぎ、彼は今日大方の片がついたあの目途が自分にいったい何をもたらすだろうかを想おうとしてみた。それは当然自分で自分に何かを強いなくてはならぬ、他の誰も知らぬ彼一人だけに関わる事柄だった。

〝いやそうじゃない、礼子にとってものことに違いない。必ずそうだ〟

どう考えようと彼女は、再び目に見えてはいながら、今はあの時以上に明らかに失われたものに違いなかった。そしてあの時以上に彼はこのむごいまでの偶然を、結局自分一人で受け止めなくてはならぬはずだった。

それに抗うよう、和枝には気づかれぬように二度三度強く首を振り、何に向かってか挑むように一気に手にしていたものを飲み干した。

第四章

その時、たまたま現場の進捗《しんちょく》状況を確かめにきていた西脇建設の企画課長高村の目の前で事故は起こった。

四十年前、かつてのマンモスビルとして造られた港区のセントラルビルの解体現場で、地下に繋がる部分の工事の最中足元の地盤のひずみの目測を誤った使用重機が傾いて転倒しかかり、掲げていた機械の先端が間近に組まれていた足場の端の主橋脚を払い、足元をすくわれた高い足場が崩れ、北側壁面の西端から傾いていった足場は東側の三分の一を残して崩落した。

それは見守った者の目に陽炎の中で見る白昼夢のように、ゆるやかに、しかし仕組まれている巨きな物の構造の理にかなって確かに連鎖していき、何かの映画のシーンのように非現実な光景として現出していった。

崩落が始まり組まれていた足場がまがいもなく崩れ、留められている建物の壁面から剝がれ離れて妙に軽い音をたてながら落ちていき、それを追うように作業している人間たちの悲鳴が起こって何人かの者たちがもろに宙に投げ出され、ある者たちは足場を組んだパイプにすがりながら落ちてきた。

　後に確かめられたが、その時北側の壁面にとりついていた十八人の作業員の内過半の十人が墜落していた。

　高村は道路から現場を仕切った分厚い遮幕の東端に近い内側で目の当たりにそれを見せつけられた。崩落の騒音が治まった後目の前に拡げられていたものは地獄絵だったが、彼にはほとんど瞬時の中での事故の顚末が、順序だって鮮明な記憶として反芻出来るような気がしていた。

　事故の後数分を待たずに、広大な敷地の中に散らばっていた関係者が事故の現場へ駆けつけて来た。その中に一人高村と同じ西脇建設関係者と思しき、黄色地に大きくＮＷと記されたヘルメットを被った男がいた。

　そしてその男は駆けつけて立ちすくむ作業員たちを大声で叱咤し救急の手筈を命じていた。

　解体の作業は通常その建物が取り壊され更地にされた後の新規の建築作業を請け負う建設業者と解体専門の業者との契約の下で行われている。解体工事はさまざまな重機器による作業や、壁面に取り付けた足場の上で働くトビ職を含めた一種のアセンブル産業で、解体後の建設作業を行う者とはほとんど関わりない。

それぞれの建設業者にとって常連の解体業者はいるが、その関わりはあくまで建設業者側の指し値の下での契約関係で行われる。高村は過去数度解体工事の付随したプロジェクトに関わってきたが、今回の春日工事という会社は初めての相手だった。


足場の高みから墜落した犠牲者の中には生死はわからぬが全く身動きせぬ者たちもいた。間を置いて気づくと付けていた命綱が役立って、崩れきらず傾いたままの足場に繋ぎとめられ宙吊りのままの者も何人か見えた。そして彼等の叫ぶ声がようやく耳に届いてきた。

初めて目にする大事故の前で立ちすくむ高村の前で、彼と同じヘルメットをつけたその男は咄嗟に眺め渡した事故現場の中でまず、誰も気づかぬままでいた宙吊りの作業員の救出を、そして更なる崩落に注意させながら崩れた足場の下にいる犠牲者の引き出しを命じていた。

その様子にはなぜか彼だけがこの事態に動ぜず、まるでこの事をあらかじめ予測しつくしていたかのように、突出した事態に腹をくくってかかるようなものがあった。そして男のそんな居住まいに、動転して駆けつけた者たちが操られるように従い動く有様に高村は異常なものを目にするように固唾を呑んだ。

男は立ち尽くしている高村に気づくと刺すような鋭い視線で見据え、彼の間近で足場の下に身動き出来ず呻いている者を引き出すために近くに転がっているパイプを梃子《てこ》にかまえて手助けするように命じてきた。

その声に操られて彼は走り出し、拾って戻った物を男に命じられるまま犠牲者を覆っているパイプの足場に差しこんだ。そして彼の力では持ち上がり切れぬのを見て男は突き飛ばすように彼を押し退け、自分で手にしたパイプを崩れたものを測るようにして確かめ角度を変えて差しこみ身をかがめ肩に当て押し上げ、怒鳴られるまま高村は埋もれた犠牲者の腕に手をかけ懸命に引き出した。

息をつこうとする彼に男は、

「よしっ」

声をかけると次の相手を指さしそれに向けて彼を突き飛ばした。


その日の役員会で最後に、総務部長の島本が先日のセントラルビル解体作業中での事故について報告した。死者二名、重傷者六名、軽傷を合わせれば北側の足場にいた者の殆どが犠牲を負うというかなりの事故だった。

「うちの関わりで死人が出る事故は久し振りのことですな」

慨嘆していた武田をなぜか目で制するように頷くと、司会役の島本が、

「それではこれで」

会議を打ち切り、立ち上がる専務、常務たちの中から武田と脇村に別件で相談があると声をかけて止めた。

「お聞き及びでしょうが、セントラルビルの解体工事は浅沼の初仕事です。最初からアヤがついた形ですが、今後の関わりの何かの参考になりそうな報告がありましてお伝えしておきます」

「まったく、えらいものを抱えこんだものだよな」

いった武田を封じるように、

「当然事故の検証があるのだろうが、警察はうちと相手との関わりを勘ぐったりしないだろうな」

義之がいった。

「それはないでしょう。まあいえば、あり得る事故の一つですから。事故の折、たまたまうちの企画部の高村課長が現場に立ち寄っていて崩落を目撃していましたが、重機の操作を誤って足場を壊しそれで全体が崩れたそうです。警察にも彼はそう証言しています。で、彼の報告だとあの時あそこにあの男もいたそうです。事故の現場での彼の差配は見事

だったそうですよ」

「見事とは、どういうことだ」

咎めるようにいった義之に、

「高村も含めて、パニックになっている連中を叱咤して救急の手配をし、高村自身も彼と一緒に下敷きになっている一人をうまく助け出したそうです。

それよりですね、検証の時現場に、事故の折にはなかった器材が持ちこまれていたのに彼は気づいていますな」

「それはどういうことだ」

「つまり事故現場の、改竄《かいざん》ですよ」

「改竄？」

「たまたま彼は崩落事故の現場間近にいましたから、次の日警察と待ち合わせて出向いた時前日にはなかったものがあるのに気づいた」

「何があった」

「足場を支える、もっと確かな鉄骨だそうです。それも元のままではなくて、崩落で傷つき歪められたように手が加えられていたと。で、すぐ後にやって来た浅沼にそのことを告げたら――」

気をもたせるように島本は薄笑いしてみせた。

「どうした」

せかしていう武田を外して義之に向かって頷くと、

「お前は余計なことをいわなくてもいいといい渡し、彼の名を確かめ、自分も名乗ったそうです。その時の目つきに高村は縮み上がったそうですよ、私に報告に来てそういってました、素人にもわかるんでしょうな。で、そのことについてはこの私にじかに報告しておけといったそうです。私に、つまり我々に下駄を預けたということでしょう。あの人はいったい誰なんですかと問われたので、新規の重役だとはいってやりましたが」

「しかし、それはどういうことだ」

質し直した義之に、

「まあ、重機が足場を払うようなことがなければそのままもったんでしょうが、思いがけぬことで足場全体が崩れてしまい、死人も出た。となると現場検証で何をいわれるかわからない、それに備えてのことでしょう。つまり儲けのために足場の構築にせいぜい手抜きしていたということですよ。そしてそれを隠すために後から補強した。崩れて乱れた現場では、そうなる前の状態に比べれば物の本当の強弱は測りにくいですからね。

これから出来上がっていくものについちゃいろいろ規格や制限もありますが、解体というのはあるものをなくしちまう作業だから、そのための足場にしろ仮設の何にしろあくまで撤去してしまうものですからね、終わってしまえば後には何も残らない。だからこちらの指値で請け負った後は、連中の胸三寸でぎりぎりまでサヤを稼ぐということです。浅沼もうちとの関わりの初仕事で、これからのためにも警察につけこまれアヤをつけたくなかったということでしょう」

「ついたじゃないか、アヤが」

いった武田に、

「いや、検証はもうすみました。重機の作業ミスでの業務上過失致死ということでの送検ですみます」

「あの解体工事で、あの男の懐にどれくらいのものが入るんだ」

聞いた義之に、

「くわしくは調べますが、あのビルはあの時代のものにしちゃ地下が三階までありましたからその分坪当たり単価は五十パーセント増しで、およそ十億ほどでしたかな」

「あいつはその内の何パーセントをものにするのかね」

「さあ、死人も出ましたしその分をどこまで値切り倒すのか。しかしまあ、割を食うのは重機を扱っていた側でしょうな」

憮然として頷く義之に、

「それより社長、もっと厄介なことがあります。これこそ、あの男を使ってかかることになるんでしょうか」

島本は言葉を選び選びするようにいった。

「何だ」

「新京浜島のマンション予定地ですが」

「あれにまた何かあったのか」

「あれは、うちがうまくはめられたということでしたな」

いわれて苦い顔をし頷く義之の前で武田が怯えた顔でうつむいた。

「あの土地に前科があるというのは、施工を依頼してきたアカオ開発はあらかじめ知っていてのことだったのでしょうね。だから土地の購入から始めて施工まで丸投げで依頼してきた。で、購入の際間に入った八栄不動産はすぐに倒産しました。アカオはあらかじめそれを承知のことだったのではないでしょうか。アカオと八栄の関係はわかりませんが、何かありますす」

「何かとは何だ」

「ようやくわかってきたことですが、八栄の後ろには兼高組がいるようです」

「兼高組？　やくざか、どんな奴らだ」

「大きな系列には入っていません、いわば一匹狼に近いようですが、東京以北ではいろいろやっているそうです」

「この話は君が繋いできたんだったよな」

脇に座った武田へ振り返った義之に、

「はい。どうやら、今になってわかってきました」

絶えいるような声で武田が頷いた。

「つまりアカオは兼高組との関わりの下で、それを承知で八栄からあの土地を丸投げにしてうちに買わせ、八栄は転売して儲けた上で倒産してしまった。ご丁寧に八栄の前にもう一つ勝又不動産なる会社が地権者としてありましたが、これはれっきとした兼高の企業舎弟です。つまり八栄はそのダミーですな。

しかし最後の持ち主の八栄が倒産した限り、土壌汚染に関する売り手の責任は消滅し、いざ工事となってその責任は買い手でありそこに作ったものを土地つきでアカオに納めるはずのうちにかかってきたということです」

いった島本に、

「アカオと兼高組か、どこも同じということだな」

吐き出すようにいった義之に、

「実は、それですんだということではないんです。兼高がさらに付けこんできて――」

「なんだ」

「恐喝ですな、露骨な」

「恐喝？」

「あの土地の土壌の入れ替えに兼高組がしかけてきましてね。典型的なマッチポンプです。土壌の入れ替えのために運び出している汚染土を何台かのトラックが近場のどこかに不法投棄していてその写真を連中が撮り、それを種に強請《ゆす》りをかけてきました。もちろんそのトラックは奴らの差し金でやったことです。見え透いてはいるが放ってはおけません」

「で、いくらだといっているんだ、強請りの金額は」

答えられずにいる武田に代わって、島本がなだめるように、

「社長、この件についてはあの男の使い時だと思います、蛇の道は蛇といいますから。折角ああしてとりこんだのですからこの際」

「なんと話す？」

「ただありのままをでしょうな。あの世界での彼等の関わりは知らないが、話し合いの筋はあるかも知れませんよ」

「しかし逆に相手とグルになったらどうする」

口走った武田に、

「それはないだろうな、あの男はそれほど馬鹿じゃない。大体それほど大きな強請りじゃない、事はただ会社の名誉、面子の問題ですからね。彼なら逆にアカオを脅す種にするかも知れませんな。よければ私が取り次ぎましょう」

脇村がいい、義之は苦いものを呑みこむようにただ頷いた。


脇村の説明を浅沼は終始無表情で聞いていた。

なぜか何を質すこともなく、相手が重ねて汚染土壌に関してのやらせの上で恐喝をやってきたという報告を聞いた時ただ一度薄く微笑って肩をすくめただけだった。

その微笑の意味は解せぬまま、脇村には、誰に対してかただ軽蔑の笑みのように感じられた。

その後、最後に、

「わかりました」

短く一言だけ残して浅沼は部屋を出ていった。

その様子には何の気負いも戸惑いの影も感じられなかった。座ったままそんな彼の背中を見送りながら、脇村の体の内に故の知れぬ安堵となぜかそれ故の不安が同時にあった。

　兼高は申しこみについての期限をいってきてはいたがなぜかそれが過ぎても恐喝者からは何もいってこなかった。

　期限の日付からさらに一週間が過ぎての役員会で武田が皆の前で敢えて、さりげなく、

「で、あの件はその後どうなったんですかな」

　窺うように浅沼に質した。

　そして相手は、

「あ、あれはもうすみましたよ。御懸念はまったく要りません」

　軽い忘れ物をしていたように頷いてみせた。

　他の誰も気づかぬそんなやり取りを、当の武田と彼の素性を知る義之、脇村、島本の四人だけが見守り密かに収いこんだ。

　話題が次に移っていった後、武田一人が会話には上の空でまじまじ浅沼の顔を眺め直しているのを島本は見届けていた。

　さらに一月しての役員会の後、社長が退席したのを見計らって脇村が島本を呼び止め促し、

社長と一緒に席を立っていった武田を呼び戻させた。

　武田が座り直すのを見計らって潜めた声で、

「先刻社長には報告を入れたけど、例の県央道の第二支線のジャンクションの用地の収用の片がつきましたよ」

「ほう、それは良かった。早かったな」

　いった武田に、

「早かった、というものじゃありませんよ。元々はあなたが持て余していた案件でしょうが。あの部分の工事の入札には最初から懸念があった。どう考えても環境問題での反対は予想されていましたよね、工事は山の裾は巻かずにトンネルを開けるということにしても、あの山そのものにいろいろ歴史がらみのいわれがあり過ぎた」

「だから審議会でも業界はトンネル案を出したんだ」

　いった武田を抑えて、

「で、あなたはあの応札にうちでは一番熱心だった。内部では異論もありましたな、圏央道の高尾山でのトラブルの例もあったし、あれに比べれば工事そのものは楽だが環境派の好餌になりかねないと。結果うちが落としはしたが案の定ということになった」

　駄目を押すようにいう相手に、

「しかし君、なんとか片はついたといったじゃないか」

いい返した武田を含んだ笑みで見返すと、

「ですから、御同慶ですな。しかし誰があの決着をつけたんです」

「それはみんなでいろいろ長いこと苦労した甲斐で――」

いいかけた相手を封じるように、

「いや、あのままだったら後まだ一、二年はかかったでしょうね」

「じゃあ、何で」

「これはどうやらあの男の神通力ですよ」

「あの、彼、浅沼か」

抗うように見返す武田に、

「社長の今でもなおの気持ちはわかるが、あなたはその立場としてあの男についてもう少し見直したらどうなんでしょうかね。例の新京浜島の土壌汚染の件でも、うちは、いや、あなたはあの男に借りが出来た。今度もそうじゃありませんか。役所や公団は身勝手ですから計画は立てても厄介なことは施工側にやらせる。それでいて手筈が遅れると我々が咎められる、こちらの信用にも関わってくる」

「だから何なんだ」

「だからこの結果を見て、あの男について、なんといったらいいんでしょうかね、もっとまともに見直したらいいんじゃないですか」

「それはどういうことだ、やくざはやくざだろうが」

「その通り、そのやくざにうちは生殺与奪の権を握られて、揚げ句にいくつかの世話にもなっているということですよ」

「だから？」

「ですからこうなってみれば、こちらも本気であの男を取りこむ算段でいった方がいいんじゃないでしょうか。別に魂を売るといった話じゃない」

その後何かの秘儀にでも加わるような沈黙があり、ここから逃れようとする者を互いに見張るように三人は改めて顔を見つめ合った。

「で、あいつは今度はどんな手を講じたというんだ」

逃れようとするように武田が尋ねた。

「それをいちいち尋ねてかかることはないでしょうに」

にべもなく脇村が返した。

「相手もいちいち答えてはくれまい、いろいろまかせた話でしょう。しかし今度の件じゃ、限られた情報に依るだけだが、彼にしか出来ない方法を講じたと思いますよ」

「どんな？」

「多分、成田空港で過激派がやったことの裏返しでしょうな。成田がまだ百パーセント出来上がっていないのは、収用委員会を連中が潰したからでしょう」

「で？」

「だから、その逆をですよ」

「どういう」

「私のコネの検察筋の情報ですと、ここへ来て反対のための反対を煽っている左の奴等の内ゲバということで、人間二人が死ぬ暴力沙汰で何人かの幹部が一線から消えてしまい反対運動の組織はばらばらになっちまったそうです」

　脇村をおぎなって島本がいった。

「殺したのか、また」

　固唾を呑みながらいう武田に、

「昔からよくあった内ゲバでね、今度も怪我して死んだ人間もいるということです。だから警察もそっぽを向いている」

　念を押すように島本はいった。

「それについてあの男に何をどう質す必要がありますか。関心があるならあなた御自身で聞いたらいい」

重ねて脇村がいった。

「君はいったい何をいいたいんだ」

顔を引きつらせていう武田に、

「要は浅沼をこれから先どう扱うか、どんなつもりでいくかをせめて我々だけでもここらできちんと腹を決めてかかるべきじゃないんでしょうかね」

脇村はいった。

「今になっても何の証拠もありはしないが、会長を事故で殺したのはまさしく彼でしょうな。実の子供の社長にはとても許せることじゃあるまいが、といって、我々までがそれにこだわり続ければその先何があるのか。こちらがどうにも身動き出来ない立場にあるなら、個人じゃない、会社としてあの男を本気でどう取りこみ手懐けていくかを、我々三人だけは覚悟して決めていかなけりゃならないのじゃないですか」

「で、何をしようというんだ」

「いってみれば、ここへ来てのあの男の総括ですよ」

諭すように脇村はいった。

「こんな相談は他の役員には持ちかけられはしない、我々巽運輸との裏金の一件に関わった者たちだけの責任でしょうに。その限りで、あれがばれれば私もあなたも社長もくるめて同罪、懲役ですよ」

いった脇村に武田は何かいい返そうとしたがひるんだように口を閉ざした。

「あの男に対する我々のにっちもさっちもいかぬ立場は変わらない。とすれば、あいつとどう共生していくかということだ、いってみりゃ体の中に出来てしまった癌をどう騙し騙し扱っていくかということでしょう。そして、あの男はあの世界での噂通り切れる、出来ますよ」

いいながら脇村は目で島本に促してみせた。

「例のアカオ開発関わりの恐喝の一件で、浅沼は兼高組を自分の組の傘下に収めてしまったそうです。彼にとってどんな使い様なのかは知れないが、そっちの世界では内々だが評判になったようで、その刺激であの世界の地図の塗り具合がまた少し変わったそうな」

「彼らの裏世界の実態はわかるようでわからないが、実はわからぬようでわかりますな。要は我々と同じ人間がやっていることだ、我々とて巽とのことはばれれば必ず罪になると承知してやったことだ――」

いいかけた脇村に、

「君は何をいいたいんだ」

叫ぶようにいう武田に、

「つまり我々とて、半分は裏の世界に足をつっこんでいるということですよ」

嘯くように脇村はいった。

脇村にいわれ武田は怯えて何かを考えようとするように宙を見据えていた。そして、

「俺は今でもなお、悪い夢を見続けているような気がしているんだよ」

吐き出すようにいう相手に、

「それはお互い同じことですよ、しかしこれが現実ということだ。自業自得で蜘蛛の網にかかった虫だからね。その限りで、どう腹を据えるかということでしょうよ」

脇村がいった。

「どう据えるんだ」

「その気で利用してかかる以外にない。今限りうちに実害はない、むしろ借りがあるともいえますからな」

いわれて顔をしかめる相手に、

「さんざしゃぶられたあのダイトウとは違って、うちは社長が相手を毛嫌いしているんだから条件は違う、ダイトウみたいに上が取りこまれ、上からいわれるまま相手に野放図を許すことはない。我々がその気になってあの男にタガをはめてかかればいい、経理監査の上で締

めてかかればそう目茶苦茶なことは出来はしまい。相手とてうちを食いつぶすつもりはないでしょうよ。所詮寄生虫でしかないのだから」

「子会社をかまえたぐらいでいけるかな」

「とにかく多少のことは目をつむり、しかし目は離さずにいくことですな」

島本もいった。

「向こうから何か新規なことを持ちこまれた場合には、話の筋は慎重に洗ってかかることです」

「新規とは、どんな」

眉をひそめていう武田に、

「それはまだ誰にもわかりませんよ。しかし何だろうとこちら側の新規な計画についてはごく限られたメンバーだけで回して、最後の稟議で知らせるような用心も必要でしょう」

「それと、島本とも話したのですがあの男の社内での処遇を考えるべきじゃありませんかね」

脇村がいった。

「どう？」

「いずれそういってくると思うけれど、これは私よりもあなたから社長にいって頂いた方が良かろうと思いますが、彼は、ある程度の代表権のある常務か専務にした方がいいのじゃないですか」

「専務に！」

目を見張っていう武田に、

「ま、厄介事の処理担当ということででもね。それに、それで逆に彼の出方を封じることも出来ると思いますよ」

「考えておこう」

無理やり何かを呑まされたようにぎこちなく頷く相手に、

「早い方が互いのためにもなると思いますが」

かぶせるように島本もいった。


「そいつは良かったじゃねえか、意外に早く進んでいるよな、常務に座ればかなりのことが出来るってことだ」

餌を入れてやった鳥籠を両手で抱えて棚の上に戻しながら上機嫌で為治はいった。

「やっぱりお前にまかしといて上等だよ。こりゃうちの組にとっても、え、歴史的転換点ということにならあな」

目を細めていう相手に、

「いや、私一人の裁量でどうなるもんでもありませんよ、組があってのことです。特に、拓治には申し訳ないと思ってます、中から出てきて早々あんな仕事を請け負わせちまって。お陰であのでかい工事のめどがつきました。国の方でも喜んでくれていますよ」

「なに、あいつに出来ることといやあんなもんだ。それに手の内の若い者も喜んでたとよ、痛めつける相手が国賊みてえな奴らだ、死人が出たのもめっけもんだった、奴らにもみせしめにならあな」

「連中は気づいていませんかね、やられた相手が実は誰だったのか」

「気づくまいさ、奴らと同じ衣装をつけてやったんだ。気づいてもどこへたれこむ？　どんな足もついちゃいねえよ」

「内ゲバで通れば、まずサツは動きませんからね。聞いてたが、以前革マルと中核の殺し合いでは延べ八十人もの死人が出てたそうだが、サツはその内の一人も殺しで立件しようとしなかったそうです」

「拓治も出てきてすぐの割りには気の利いたやり口だったな。それにな、奴も喜んでたぜ、お前の役に立てたって」

「本当ですか」

「本当だとも。ああいう気性だからお前にはぶっきら棒かも知らねえが、俺にはそういってた、これで親孝行出来ましたかって」

「いや、本当に有り難かった」

「俺からも改めてそういっとくよ。これからもあんな筋の必要があったらせいぜい使ってやってくれ、所帯が大きくなろうと中身が変わろうと、手を貸し合うのが身内ってもんだからな」

はしゃいだようにいって笑う為治を眺めながら、自分の内に兆してくる妙な不安の訳がわからずに英造は黙ったまま相手を見つめていた。


その日の役員会の後浅沼が進行役の島本を呼び止め、自室に来るように促した。

部屋に入ってきた相手に椅子をすすめて、

「いきなりなんだがね、新米の私にはわからなかったが、さっき財務の曾我専務が口にしてた新和銀行との件というのは何なのかね」

質してきた。

「なぜですか」

「なぜといって、役員として知っておいた方がいいのかなと思ってね。いや、余計な詮索をするつもりなんぞないが、この会社も大きすぎてわからぬことも多々あるようだ」

相手の底意を計りながら見直すと、言葉を選びながら、

「別に隠し立てする必要もないことですが、あなたが来られるずうっと前からのいきさつのことでしてね」

考えあぐねていう彼に、

「あんたとは私がここへ座る前からの仲じゃないかね」

気安くいう相手の言葉をどう捉えていいかわからず島本は上目づかいに見直した。

「いや、秘密ならいわないでくれていいんだぜ」

含み笑いでいう相手の気配に押し切られ、

「いえ、これが普通の会社なら株主がうるさいことになるかも知れませんが、幸い」

「西脇ならではという話か、何かはわからないが」

待つように見返してくる相手に判断つかず口ごもる島本に、

「ふと思っただけで今どうしてもということじゃない。あんたの判断がついたら教えてくれよ」

「いえ、ことさら隠すという話じゃありません。うちが新和銀行から融資を受けて仕入れてしまった不良資産のことです。あの頃はバブルのつまずきでこんなケースがあちこちにありました。うちもそれにもれずに」

「ものは何だ土地か、それとも上物かね」

「土地です。共立電気に依頼されて新事業のために地揚げした土地が、バブルの破綻とその後の共立の半導体作戦の誤算でプロジェクトが中止になりそのまま不良債務になりました。そのための財務負担がたいそうなものでしてね、新和もあちこちで抱えている不良資産の総量はかなりのものらしく、なかなか手を緩めてくれはしない。で、この件ではうちも四苦八苦しているんです」

いい終えた島本に、途中から天井を仰いで聞いていたが向き直ると、

「なるほど、普通の会社なら株主総会で一悶着だろうな」

なぶるようにいった。

「なんとかなりますかね」

思わずいった彼に、

「おいおい、何だって、この俺に何をしろというつもりなんだ」

「いや、あるいはもしやとね」

「もしや、何だ」

試すように見返す相手に、

「以前、さしでお目にかかった時申しましたな、私はあなたに賭けたとね。あなたの神通力は私が一番存じているつもりですよ」

島本はいった。

「実は私、地検の検事に親しい同級生がいましてね。その男に、我々にはわからぬあなた方の世界のことを聞いてみることもあります」

「ほう」

首を傾げ促すように頷いてみせた。

「で、この俺のことで何か聞いてみたのか」

「いや、あなたの神通力については、大方の者は知っていますから」

「そりゃ有り難い、しかし買い被りかも知れないぜ」

「でも聞かれて申し上げたんですから、当てにさせて頂けませんかね」

居直っていう島本に、

「それはあんたからの新しい宿題かね。ま、勉強させてもらいましょ」

立ち上がろうとした相手をなお手で制し取り出した煙草をすすめながら、

「時に、殿の御不興はなかなか治りそうにないか」

「は？」

「互いに覚悟はしてきたことだろうが、他の連中の前でああ露骨に無視してかかられるとはたから余計な詮索が生まれやしないか、妙な噂が立ちもしかねまい。会社にはいいことにはならんと思うがね」

「それは——」

「歯を見せて笑ってくれとはいわないが、社長という立場も考えてもらってな」

いわれて意を決し、

「それは無理でしょう」

塞いでいった島本を試すように微笑って見返すと、

「無理かい」

「無理ですな。私たちはただの社員、しかしあの人は西脇一族の長で、会長と血の繋がった親子ですよ、それ以上はいわせないで下さい。例の一件ではお互いに無理をし合ってきた、こちらもそちらも手の内を尽くしたということでしょう。何でそこまでといっても、こちらも同じことをいわれるかも知れないが。でもあの人の心情だけはそれですむことじゃありますまい」

思い切っていった彼を迎えるように笑い直すと、

「だろうな。しかしそれも慣れるさ、世の中はそんなもんだぜ」

そして思い直したように、含み笑いで、

「社長の家族は俺のことを知っているのかね、どう心得ているのかな。出来の悪い弟の孝之、彼は十分にだろうが、他の家族は？」

「それは、親戚筋に敢えて知らせて広めることでもないでしょうに」

間を置いて、

「奥さんは？」

いわれて戸惑った後、

「誰かが、社長の自宅に送ってきたものを最初に開けて見たのは奥さんですよ。一緒に見たお手伝いは腰を抜かしていました」

「で？」

「あの時私も社長と一緒に駆けつけましたが。警察を呼ばずにすませた後、社長が奥さんにどう説明したかは知りませんが」

言葉が切れ、互いに見合ったままの後、

「彼女は、いや奥さんはどこまで知っているのかな」

「何をです？」

「つまり、何であんなものが届いたかをだよ」

「それはわかりません。本来なら会社のことを一々話す必要もないでしょうが」

「夫婦仲はいいのかい」

突然問われて解しかね見直す相手に、

「いや、こちらにもいささか責任があろうからな。サンタクロースの届け物とは違うわな」

いって声を立てて笑った後、

「で、どんな奥さんかね」

さりげなく投げた言葉の後、緊張を隠すように英造はことさらにゆっくりと手にした物を灰皿にひねってみせた。

「我々はあまりお目にかかることもありませんが、ただ財団の運営で年に二、三度は。財団の理事はしておられますが、ただ会社の仕事の話は一切出ませんし、聞かれたこともありません」

「財団？」

「ええ、奥さんの意向もあったんでしょうが、西脇家の意向で作られた音楽振興のための財団です。彼女はもともと音楽家だったそうで。社長との縁もそれだったようですな、ま、オシドリ夫婦でしょう」

「なるほど」

頷いてみせた相手の顔にその瞬間にだけ突然浮かんだ険しい表情の訳がわからず、島本は思わず相手を見直した。

それに気づいてか、他の何かを思い出し考えるように眉を寄せ視線を宙に走らせていたが、思い直したように、

「すると社長の奥さんの出は、例の新和銀行の筋とは関係ないんだな」

「それはまったくありません。馴れ初めは音楽ということです、社長も自分でチェロを弾かれますから」

「チェロね」

つぶやいて頷く無表情がなぜか作られたものに感じられ、訳がわからずに島本は相手を見直した。

それを外すように思わせぶりに、

「新和銀行ね」

ひとりごちながら浅沼は肩をすくめてみせた。

島本が扉を閉めて立ち去るのを確かめ目を据えながら、英造は今何かに映して自分の顔を確かめたいと思った。突然こみ上げて来た体を小刻みに震わす衝動の訳がわからずにいた。今目の前にいた相手に何かを悟られてしまったのではないかと思ったが、それも二の次のことでしかなかった。

自分を落ち着かせる、というより探り直すように煙草の箱に手を伸べかけたがそれも出来ずに、投げ出すようにソファに身を沈めていった。

その時突然彼が思い出したものは、はるか以前あの島の中学校からの帰り道に自分と礼子を待ち受け襲った少年たちのことだった。そしてその相手に自分が浴びせた言葉をだった。その一言で彼等は堰を切ったように彼に向かって襲いかかってきたのだ。子供ながら男としての本能が彼等を気負わせせきたて、彼の顔に一生消えぬ傷を作ってみせた。

そして今彼は同じ言葉を自分に投げかけ、その余韻がこの今になってあの時の顔の傷を激しく疼かせるのを感じていた。しかし今彼には、あの時の彼等のようにがむしゃらに叫びながら飛びかかって行く相手などありはしなかった。

彼が思わず質したことに答えた相手のひと言ふた言が、抗しきれずに身をさいなみその痛みに耐えかねるように、自分が椅子の背を押し返して硬く身を反らせながら呻くのを聞いていた。

西脇音楽財団の理事会の議題予定ファックスを理事としての社長夫人に送ると連絡した財団の総務担当も兼ねている島本に、議題がらみで相談があるので折を見て自宅までご足労願えぬかと礼子はいった。

翌々日に出向いた島本に礼子は次回の演奏会の予定を変更して、その頃の来日がにわかに決まったというチェロの著名な演奏家を組みこんだものに変えられまいかと質してきた。問われて島本は今の時点でならば不可能とはいえまいが、財団の財政状況からして結局相手の出演料次第だろうと答えた。

そしてその後礼子は潜めた声で、

「あの出来事の後主人からいい出して経緯のすべてを聞かされましたの、留守の間にあんなことをされて主人も女の私にも打ち明けぬ訳にはいかなかったでしょう。お父様がなんで亡くなったのかも聞きました」

まじまじ見返す相手に、

「本当なんでしょうか」

怯えてすがるようにいった。

「証拠は上がっていませんが、恐らく」

「あんなものを送ってきたと同じ相手なんでしょうね」

黙って頷く島本に、

「その相手を会社に入れる決心をした日の夜、主人は俺も必ず悪人になってみせるといいました。でも、それはどういうことなんでしょう、そんなことがあの人に出来るんでしょうか。相手をこの手で殺してやるとまで」

「社長はそこまでいわれましたか」

「ええ。お願いですからこれ以上危ないことはさせないで下さいませな」

思わず両手を合わせ願うようにいった。

「でもあの相手は会社に入ってしまったんでしょう」

「入れました」

「それで」

「これから先何を持ちこむつもりかわかりませんが、今のところは大過なく。私の口からこういういい方は慎むべきなのかも知れませんが、あの男は大層出来ます。彼一人の力かどうかはわかりませんが、彼に頼んでみて彼の力で会社が助かったことがすでにいくつかございました。勿論、社長がそれで満足される訳はありはしますまいが」

その事例について島本は手短に伝えてみせた。

「相手も分は心得てきていると思います。寄生してきた害虫にしても、本体を食いつぶす愚かはしはしますまい。当節、私たちのような立場に追いこまれている企業は沢山あるようです。どこもそれぞれ無理をしていますからね」

いつか限られた顔ぶれの役員の前でと同じように、同窓の検事から聞きとったことを披瀝する島本を礼子はただまじまじと見つめていた。

「それで、あの男はそんなに恐ろしい相手なのですか」

「とにかく切れます。ということは結局手を選ばぬということでしょう。現に奥様もそれを見せつけられた訳ですから」

いわれて身を震わせ口を閉ざし祈るように目をつむってしまった彼女を、島本は後悔し困惑しながら見守っていた。

「しかし、ここまで来たら鋏もやくざも使いようでいくしかございますまい、後は互いに知恵比べでしょう。私どもも社長を支えて、これ以上奥様に御心配頂かぬ努力を渾身いたしますから」

いう相手に、礼子はなお目を閉じたまままただ頷いてみせた。

「あんたがそのネタを、ただ回してくれというのはどういう意味なんだ。売ってほしい、買いたいというんじゃないんだな」

「そうです、あなたと私の間でただちょっと回してほしい。そちらがこれから先それをどう扱うつもりかは知りませんが、今すぐにどうということはないんでしょうに。うちはそれを回してもらえるとあるものを外す鍵に使えるんですがね」

「何だね」

「厄介を外したい」

「何だそれは」

「私がかまっているある企業の不良資産です」

「どの会社だ、西脇か」

「ご存じですか」

「あんたのことは大方知っているよ」

「有り難うございます。西脇がある大手メーカーの新しいプロジェクトの施工依頼で地揚げした土地が、相手の都合で中止になり店晒しになったまま抱えこまされてしまっているんです。それを動かしたい」

「新和がそれを握っているのか、いくらのものだ」

「六百五十億。今じゃせいぜい六十億というところですか。故にも早く返済をといわれています」

「それを？」

「相手の手の内でやりくりさせようと思うんですよ。頭取がその気にさえなれば、銀行は必ず動きます。連中はいわば無尽蔵に金は持っている、際限なく金は動かせるということですから」

「どういうことだ」

「あれだけの大手なら、世間の信用からしても内側でどんなやりくりもつきますよ。こちらの債務を棚上げするためのまったく別の新しい案を立てて、それを頭取が口頭で裏書きしてくれればいい。彼等がかまえている系列のダミーの会社のどこかに受け持たせて、盥回しにしている内に世の中も変わるし頭取も役員の代も変わるでしょう。要は頭取を揺すぶって動かしたいということで」

「なるほど、それであの娘に関心ありということか」

「ま、そうです。そちらが今それをにわかにどう扱うということはないでしょう。あの女の縁で新和からかなりの金を引き出してはいるが、どう見てもあれが限度でしょう」

「まあな。うちとしてはあの女がらみの新和は一応減価償却したというところだろうな」

「だったらこちらの足枷を外す鍵に使わして頂きたいと思いましてね。そのネタを回してもらうことでそちらに何の迷惑をかけることにもならないはずです。借りたネタが表に出ることは絶対にありません。出れば相手は困る、こちらも出すつもりはない、だからこそ持ちかけた話ですが。

　ということは、これはあくまで私とあなた二人だけの間の事ということです」

「あんたには例の件以来いろいろ借りがあるからなあ。しかし、頭取の秋葉の娘が道楽の火遊び商売をしていて、その品物をうちの舎弟のアルマ商事が引き受けて入れているというだけじゃ大した評判にはなるまいぜ」

「それは話の作りようと、持ち掛けようでしょう。その細工はこちらでします」

「なるほどそうか。で俺とさしで、いくらの話だ」

「十億」

「いや、倍だろう。その代わりいい話を添えてやるよ」

「どんな？」

「アルマの大須賀はあの女と出来てはいるが、離れようとしている、他に女が出来てな。しかし相手はすがって放さない。で男は横から女に薬を教えさせた」

「なるほど」

「きわどいが、どちらも表には出せない、出ない話だろうが」

「有り難い話ですな」

「しかしあんたも、俺が思ってた通りのしてきたよなあ。今度は西脇の役員に入ったそうだな」

「ご存じですか」

「そりゃな。いつか俺が、あんたをうちの本筋の川口組の関東斬りこみの隠れ舎弟にスカウトしようとそれとなく持ち掛けたことを覚えているか。あの話、何で逃げたのかと思ってたが春日の娘をもらったんだってな」

「はい、そんな縁がありましたもんで。あなたに見こまれたのは有り難いことだと今でも思っています。ですからこんなことじゃなしに、いずれもっとでっかい恩返しをさせてもらいますよ」

「ああ、せいぜいそのつもりでいてくれよ」

「これは君、先生からの宿題じゃなかったのかね」

浅沼は微笑いながら試すようにいった。

初め半信半疑でいた島本の内にあるものが兆して動いた。それは会社の益不益などということを超えた自分にとっての功名心をくすぐるような妙なときめきだった。

間を置き相手を正面から見直すと、

「もしそれが可能と思われるなら、この件については社長にまともにぶつけられたらと思います」

「なぜだ、手品の種明かしを最初からしろというのか」

「そうですよ、それが何よりもあなたのためとも思います。これは前のアカオの物件での兼高組からの強請りや、第二県央道の大石山の土地の収用とは違います。あの二つについては我々素人の出る幕のない話でした、巽運輸との間の念書の確認にせよね。あなたにただまかせて結果を見るしかない、あなたの神通力でどんな具合にことを運ぶのかこちらには筋も立たぬ、皆目先の読めないことでした。

しかし今度は違います。これはからみが多すぎ大きすぎます。相手の銀行も大手だし、さらに金融庁という厄介もあります。まともに表に出れば役所はこの不良債権についての引き当て金を積めというでしょう。今までのうちとの関わりだから検査の目を逃れさせてくれただけでも有り難いが、新和ももう限界でしょう。曾我専務があの時口走ったのもそのせいです。このままでいけばこちらも六百五十億という金を返済せざるを得ない。それをひっくり返せればあなたは救世主ですよ」

　いわれて彼を見つめ直すと、黙って目で促した。

「おためごかしでいうつもりはありません、こんな大仕事を黙って一人でやられる必要はありません。第一あの土地の形を変えた再利用計画には最低稟議がいります、うちの社としての総意という形をとらなければ相手側も受け入れませんよ」

「なら、どう運ぶ？」

「あなたから役員会で正式に持ち出されるべきです」

「しかし社長はどういうかな？」

「この事の重さは誰よりも社長が心得ていますよ。それを断る理由など毛頭ありはしない。この件に関しちゃもう後がありません。これはうちにとって巽運輸との念書の件と同じほど重いものです。このための根回しは私がします、必ずやります」

「いいだろう、あんたに預けるよ」

「しかし」

首を振りながらいいかけて口ごもる相手に、

「何だい」

「もしあなたがこれを」

それを塞ぐように、

「俺一人でじゃないぜ、現にあんたもその気で知恵を出してくれなけりゃな。これはあんたがいう通りチームプレーということだよ」

いわれるまま、

「わかってます」

思わず高い声で答えながら、自分の体の内に突然高まってくるものが何かわからず島本は相手をまじまじ見つめ直した。


その日の役員会で義之がことさら浅沼から視線をそらそうとしているのが脇村には感じられてわかった。確かめ目を配ってみた島本も同じことを感じているのがわかった。今日の義之は前回とは違ってどこか気弱に、なぜか卑屈そうにさえ見えた。

そして、そんな三人の様子を浅沼も十分承知しながら座っているのがわかった。

予定の議題が終わり最後に専務の曾我が、新和銀行からの借入金について浅沼から内々新規の提案をもらったがそれについて検討を願いたいと申し出た。

案ではあの周辺で遅ればせながら完成されつつあるアクセスを踏まえ、県境を跨いで考えると人口が急速に増えつつあるあの地域の将来性からして流通のための大規模なインフラ造成は極めて採算性が高い。聞くところ既存の流通会社に加えて外資系の投資会社も関心を持ち、調査に乗り出しているということだった。

初めて聞く提案に他の役員たちはいつもの例で社長の思惑を窺うように義之だけに視線を走らせていた。

それを意識してか努めて表情を隠し、

「これを誰がどうやって新和に持ちこみ説明するのだ」

その声のことさらの表情のなさの訳を測ろうとするように、全員が義之を見直した。

「事前の調査は浅沼さんからの示唆で私と脇村常務がいたしました。ですからまず、曾我さんと脇村さんにお出向き願うことになりましょう」

島本がいい、それを受け義之は黙って浅沼に視線を向けた。

その目の前でわざとのようにうつむいたまま、

「新和には私にもある筋のコネも思惑もありますがそれは後のことにしましょう。とにかくまずお二人に出向いていただき、その様子次第で」

浅沼はいった。

さらに何かを待つような沈黙の中で、ことさらにしわぶきした後、

「いかにも急な話だが、何か算段あってのことなのかね。相手には手堅い銀行なりの立場があろうが」

不服げに咎めるような声で義之はいった。

その言葉の気配に他の役員たちがいぶかるように彼を見直し、曾我が探るような目で島本を見つめてきた。

そして間を置き、その場を押し切るように、

「算段は、ありますよ。ま、やってみることですな」

低いが強い声で浅沼がいった。

「どんな？」

問われて顔を上げず黙って見返す相手に、顔をこわばらせながら精一杯の皮肉で、

「まさか、死人が出るようなしかけじゃなかろうな」

いわれてその意味のわからぬ役員たちは怪訝に義之を眺め、武田と脇村、島本の三人は固唾を呑みながら浅沼を見直した。

しかしそれを吸い取るように、浅沼の面にぞっとするほど優しく諭すような微笑みが浮かび、

「それはまあ、いわばブラックボックスの問題でしょうな。社長としては、ここは部下を信じてまかすよりないのじゃありませんか。私も株主の代表の一人として新和との件について知って驚きましたが、このままじゃこの会社は死ぬかも知れませんな。ですからですよ、駄目で元々の話じゃありませんか」

いわれて萎えたように唇を嚙む社長の様子を皆は怯えながら探るように見守っていた。


役員会の散会の後脇村が島本を自室に目で促した。

後ろ手で扉を閉めると座る間もなく、

「おい、浅沼にどこまでの成算があるんだ」

いきなり聞いた。

「この前曾我専務が新和の話を持ち出しかけた後、私を呼び寄せてことのいきさつを尋ねて来ました。隠せることでもないし、彼に関わりもありませんから話しましたが。で、私がなんとかなりますかねとかまをかけたら、その時は、俺に何をしろというんだと笑ってましたが、その後何かを彼なりに当たったんでしょうな、私からの宿題を解いてみせるといい出し

て」

「しかし何か手掛かりなしにいいはしないだろう。何を摑んでのことなのかな」

「とすればうちではなしに、相手の何か」

「相手とは？」

「共立は最早関係ない。今さらどう揺すぶれるものでもないでしょう。とすれば新和の何かをですか」

「新和の何をだ」

「あの筋の人間たちの手品に使える何かでしょうな」

「銀行もいろいろかかえてはいるからな。君の例の同窓の検事から聞き出せないか」

「さあ。でもこれはこのままあの男に預けてまかせておいた方がいいんじゃないですか。相手は銀行ですしね、人を殺して動くという話じゃありませんよ」

それには答えず、宙に目を走らせた後、

「あいつ、どこまでどんなつもりなのかな。これでもし、もしだぞ、相手があれを呑んでうちの債務が無くなればとんでもない話だぜ。社長も土下座だぞ、みんな固唾を呑んでいた話だからな」

「でしょうね、さっきの会議での社長の様子は業腹だろうとあの男にすがればすがるという感じでしたな」

「俺もそう思った。それにしても、えらい奴を抱えたもんだな」

「元々は、うちが自分で撒いた種ですからね」

いいながら二人は同時に肩をすくめ合った。


客を案内した後馬淵専務は緊張し怯えた顔で辺りを憚るように及び腰で低頭しすぐに部屋を出ていった。

頭取の執務室横の応接間には識者ならば目を見張るような大幅五十号大の精緻なバルビゾン派の風景画と、向かい合っての壁には対照的にこれも見事なキュビズム時代のブラックの静物画がかけられていた。そして左横の壁にはカンジンスキーのグアッシュが。

絵画マニアの秋葉頭取の初対面の相手を測るよすがの一つは、この部屋に招じいれられた相手が部屋にかけられたコレクションにどんな反応を示すかだったが、案内された客は戸口で会釈した後飾られている物を一瞥もせず真っ直ぐ彼を見つめたまま歩みより指された席に腰を下ろした。

その様子は頭取への相談や依頼といった用件ではなしに、こうした用件担当の馬淵専務があらかじめ報告してきていたように、場合によっては直接頭取としての秋葉個人に関わるらしい何か煩わしい用件を予感させた。

それにしても相手の居住まいにはなぜか一方的に有無をいわさぬものがあった。

相手側が持ちこんでいる不動産案件については過日概略の説明を聞いた時論外のことと判断していた。

この銀行の最高の責任者として、またあまた持ちこまれる新規プロジェクトの分析判断に関する銀行きっての実績からして、彼の判断について異議を表明する部下はほとんどいなかったし、銀行の幹部内での議論はありはしたが、今までのすべての結果は秋葉の判断が正しかったことを証しだてててきた。

しかしあの時なぜか、彼の頭取としての裁断をそらしてその場で封じるように馬淵が会議の会話の腰を折り結論を先に延ばしてしまった。

咎めて見返す秋葉にその後彼は別個の大事な報告があるといい、役員会のすぐ後決まっていた他の面会をさし置いて彼一人が部屋にやってきてあることを告げた。

西脇建設への融資の焦げ付きに関しての物件の再生活用のプロジェクト案の裏にある問題

がからんである、と馬淵はいった。

「何だそれは？」

「わかりません」

「わからんとは、どういうことだ」

「それしかわかりません。後のことはすべて頭取御自身がお聞き取りになって御判断くださ
い。私はそういわれただけです。相手側はあなたと私の関わりを十分承知した上でこの私だけにそう伝えてきました」

「一向にわからんな」

不興げにいわれて、眉をひそめながら、

「お嬢様の、香世様に関わりある件だと」

馬淵はいった。

「香世の」

黙って頷く相手に、

「あの子の何なんだ」

「ですから、私にはそれだけで」

差し出されたものを目の前にしてのけ反り、天井を仰いで何かを振りはらおうとするように激しく首を振る相手を客はただ黙って見つめていた。

「いったいこれは！」

呻いていう相手に、

「まぎれもないことですな」

重くつぶやくように客はいった。

「いったい君は誰なんだ、何者なんだ」

「ですから名乗った通り西脇の社の者です、新規ではありますが。決して悪い使いじゃございませんよ」

テーブルに置いた名刺を目で促していった。

「お気持ちはよくわかりますが、どうか落ち着いて下さい。私は西脇を救いたい、と同時にあなたも救ってさしあげたい。

差し出した案は、まあそのための時期もありましょうがそう荒唐無稽なものではありますまい。

いずれにせよ、あなたの一存で決まることじゃありませんか。うちがやるということでもいいし、なんならおたくの系列のどこかに抱かせて暖めた上でということでも結構です。系列の一つか二つに転がして回させれば、銀行内でも何の摩擦もありはしますまい。正直いってうちには今、あの債務をそのまま返済する余裕はありません。お宅も悪くして金融庁の検査で引き当て金を積まされることになれば大きな損金ということになる。あの六百五十億というのはいってみれば腐りかけている金じゃありませんか」

説くというより諳じるように客はいった。

いい終え待つように相手を見据えると、声が変わって、

「お嬢さんは、あの仕事から手を引かせた方がいいと思いますな。それで当分どこか外国にでも置かれることです、薬なんぞ外国ならざらにある話でしょうからね。

男と切れるためにもその方がいい。あの男はたいそう危ない。ま、男と女の間のことではありますが、どう考えてもあなたのお嬢さんには向きませんな。男の素性はもうご存じでしょう、でなければアルマなる筋の良くない会社に新和があれほどの融資をつっこむはずもない、どこか株主から火がつけば厄介なことにもなりますよ」

身を起こし何かいおうとする相手をなだめるようにゆっくり身を乗り出し手で制し、

「お気持ちはわかります、しかしここはあなたにとっても正念場じゃございませんか。娘さんのとんだ道楽のために何もかも失う、娘さん御自身を失わすこともありません。このことが表に出て得する者は誰もいやしません。アルマにしろ大須賀にしろ、この新和銀行にしろ

です」

「でなけりゃ君らはこれをどうするというのだ」

身もだえし抗うようにいう頭取に、

「ですから私は会社を救いたい、そしてあなたをもですよ。そしてあなたにはその力がある、あなたにしかない力がね」

あやすようにいった。

「という脅しかね」

「いえいえ、取引ですよ、ただの。我々はこの品物を是非買い取って頂きたいだけです。お断りしておきますが、こちらはある縁からこれを買い取りました。かなり高い買い物でした。ですからこれが他に出回るということは絶対にありません。それを金で買えということじゃありません。あなたがただ首を振るだけでことは決まるのじゃありませんか。決して悪い取引とは思いませんがね」

声に出そうとして出来ずに呻く部屋の主人をいたわるように見やりながら、客はいつまでも待とうというようにソファに身を沈め直した。

今限られた時間の中であらゆることを思い巡らし答えを絞り出そうとするように、頭取は呻きながら痙攣に似て細かく首を振りつづけ、やがて息を取り戻したように細く嘆息すると目をつむったまま客に向かって頷いた。

立ち上がろうとした相手を手で制して、微笑し直し念を押すように頷いて一人立ち上がる客を秋葉は腰が抜けたようにソファに埋もれたまま茫然と見送っていた。

この話し合いの内容をあらかじめ知っているのかも知れぬ馬淵専務を呼ぼうと秘書室へのベルに手を伸ばしながら、何度試みてもその手が届かなかった。

その週末の役員会で馬淵は西脇建設からの債務の再建案を議題に持ち出し役員からの意見を求めた。

この件に関して前回途中で終わった時の印象を思い起こしてか誰もが窺って待つように頭取の顔を見つめてきた。そんな中で馬淵から目で促され、頃合を測るようにして天川常務が、

「私なりに考えてみたんですが、確かにあの地域は車のアクセスが大幅に変わってきていて十年前とは立地の条件が違ってきましたな。共立が考えていたような施設よりもむしろ、西脇がいってきているように県境を越えての物流拠点というのはポテンシャルが高いと思われますが」

そして全員がいつものように、発言者よりもそれを受けての頭取の反応を窺うように秋葉

を見直した。

その視線を意識しきったしぐさで秋葉はゆっくりと取り出した葉巻に火をつけ、自分自身の考えを最後にまとめようとするように小首を傾げながら瞑目してみせた。

「私もあれから考えてみたが、天川君がいう通りあの辺りの交通事情は変わりつつあるからね。どこでも流通の店舗規模は大きくなってきているし。しかしなおあの周囲の他の候補地の有無も調べてはみた方がいいが、可としても、西脇なんぞにさせるより手慣れた会社の方がいいのじゃないかね」

「とすれば、一度うちの傘下の国隆創業にでも抱えさせ、やり手を探して決めるということでは」

天川がいい、

「私もそう思いますな」

馬淵が相槌を打ってみせた。

「いかがでしょう」

問われて、

「ああ、その方がいいかも知れんな」

頭取が頷き、異論はなかった。

曾我専務が共立がらみの不良債務に関わる報告を終えた時部屋の内に声の無い動揺の波が走った。そして全員が同時に義之を、そして武田、脇村、島本の三人は社長と浅沼を半々に見つめ直した。

しかしなぜか社長の義之一人が聞かされたことの真意がまだ理解出来ぬように、無表情に宙に目を据えたままでいた。

促すように島本が脇村を見やり、脇村はその意を知りながら気づかぬように社長から視線をそらしことさらにポケットを探り煙草を取り出した。

「いや、これは驚きました。曾我さん大手柄ですな、実はこの件いったいどうなることか、このままではすむまいがどうしたことかと案じていましたが」

事情を知らぬ役員の一人が高い声でいい、いわれた曾我は慌てて、

「いやいやこれは私じゃなし浅沼さんのご苦労でかくなりました。私としても思ってもみなかったことです、最初に私と脇村常務が掛けあった限りでは相手はとてもという感じでしたが」

そして全員が待つように浅沼を見つめ直した。

会議のそんな気配にようやく気を取り戻したように、

「この際、君になんというべきなのだろうかな」

浅沼に向き直っていう義之を手で制して、

「いえ、詳しくは後ほどに。私はただ役員としてお役に立っただけですよ」

無表情にいう浅沼を三人の幹部だけは互いに視線を走らせ固唾を呑みながら見直していた。


会議の後目でしめし合って居残った島本に、

「これは社長の土下座だけじゃすまないな。あいついったいどんなしかけで新和を陥しこんだのかね」

半ば怯えた顔で脇村がいった。

「新和というより、秋葉頭取をじかにということでしょうな」

「まさか、殺すと脅した訳じゃあるまいが」

「それ以上のことじゃないですかね」

「どんな？」

「私にわかる訳はありませんよ。しかし蛇の道は蛇といいますが、ここまでとはとても想像しませんでした。でも、このところの成り行きを眺めれば、うちはあの男にたいそうな借りということになるんじゃないですか。私もいささか恐ろしい気がしてきましたよ」

「だから俺はこの先のことを考えてみた」

「どう？」

「わからん、君に聞きたいよ。そっちには何か持ち掛けてきていないのか」

「何も。私だってさっき曾我さんからの報告で初めて知ったんです。しかしいずれにせよ、あの債務の足枷が取れたんですからねえ、これは驚きだ」

「社長はそれをどう思っているのかな。ここまで来ると今さら何もいえまいな」

「たとえ父親を殺されてでもですか」

いった後二人は見合ったまま肩をすくめ黙って頷き合った。


その後島本に浅沼から呼びがかかった。部屋に出向いた彼が、いいかけるのを手で制して、

「俺はあんたからいいつかった宿題を解いただけだよ」

浅沼は笑っていうと、

「さっきいうのを忘れてたんだが、今度のうちの音楽財団の演奏会に俺の席も用意しておいてくれないか、こう見えても案外の趣味はあるんだよ。まさか社長が嫌とはいうまいがな」

第五章

一人だけででも振り返り確かめたいのをこらえて身を凝しつづけていた彼を救うように、舞台に現れた司会者が満員の聴衆に恒例の皇后の来臨を告げ、立ち上がって振り返り二階正面に現れた皇后に拍手する皆に倣って、わざと和枝より遅れて彼は立ち上がった。そして二階を振り仰いだ瞬間、二人の視線は測り合ったように真っ直ぐに相手を捉え合っていた。

淡い紫の衣装に身を包んだ皇后を夫の義之と挟んでその左側に、礼子は控え目な濃い紺のスーツを着て立っていた。しかし初めて目にする貴賓などよりもその横にある彼女は重苦しいほどの強さで彼の目に映った。彼女は彼が身を置く世界とはあきらかに違う世界にいた。彼女をのけ反り仰ぎながら彼はそれをひしと感じていた。しかしそれはまぎれもなくあの礼子だった。

一年前に目にして疑った彼女は今まさしくそこにいた。あの桜井弁護士が何を確かめ伝えてくれようと、あるいは自分が今この瞬間までそれがやはり間違いだったことを願っていたのかも知れぬと思ってもみたが、そうでありはしなかった。

二人にとって過ぎていった時間の虚飾を一瞬の内に洗い流して、あの頃あの時のままに礼子はまぎれもなくそこにいた。体の内を走り、体中を満たして揺さぶり溢れようとするものをこらえながら彼は立ち尽くしていた。

しかしなぜか今自分が仮面のように無表情のまま彼女を見つめているのがわかった。そんな自分を火で炙《あぶ》ってでも溶かし、この瞬間にこそ何かを伝えたいと願ったが瞬きも出来ず、体の内から溢れようとしていたものは逆にそのまま全身を痺れて凍りつかせようとしていた。

そして正面から真っ直ぐに自分を見つめてくる彼女の視線にこめられているものを、叫んででも質したかったが出来はしなかった。

皇后への拍手が収まり観客が席に座り直し始めたのに気づかず、なお立ったままでいる袖を和枝に引かれてようやく我に返った。そして、座り直した自分の背にまだ注がれている礼子の視線を彼は感じつづけていた。そんな自分を和枝に悟られまいとしわぶきし彼はことさらに手元のパンフレットを開き直した。

立ち上がり皇后を迎える観客たちの中に一瞬の内に彼を見つけることが出来た。

英造がこのホールに聴衆の一人としてやってきていると誰が告げるはずもなかったが、彼女は、あるいは今夜こそ彼がここにいること、自分を探しに探した末にとうとうここに現れるだろうことをなぜか強く予感していた。ということを、眼下の一階席の真ん中から自分を見上げる彼の視線を感じ彼を見いだした瞬間に覚っていた。

その瞬間に体の内から、あの島が火を噴き二人を引き離して以来のすべての出来事の記憶があっけなく押し流されて消えさり、自分がすべての時も立場も超えて漂白されたように、生まれる前のあずかり知らぬいつかに立たされているような眩暈を感じていた。

そして眼下で彼女を見つめ身動きもせずにつっ立っている彼もまた、自分と同じものを感じているのがはっきりとわかった。

さんざめく人間たちの中で彼と自分と二人だけが何かの呪いで石に変えられた者のように、互いの喪失を感じ伝え合いながら身動き出来ずに立ち尽くしていた。

観客の拍手の中であらためて皇后に会釈している夫にも気づかず、礼子は英造とのまがいもない再会を彼に向かって確かめるように身を凝らし立っていた。

皇后を迎えた観客の拍手が収まり皇后に倣って皆が席に座り直した時もなお、彼一人がそれも知らず自分を見つめたまま立っていた。隣の彼の妻らしい連れに促されて気づきようやく座り直す時、彼はなお何かに抗うようにかすかに身をそらせ、その動作は彼女に向かって今蘇った自分を証すように左の頬にあるあの傷痕を差し向けてみせた。

　隣の皇后からその夜の演目について質されてようやく、礼子は自分がそれまで痺れたように眼下の英造の背に見入ったままでいたのに気づかされた。そして演奏が始まった時、その夜の主賓への礼からようやく解かれた思いで彼女は憑かれたように彼の背を見つめ直し、彼もまたその視線を強く感じていることを覚っていた。

　しかしなお、今二人を隔てているこの距離はいったい何なのだろうかと懸命に思った。声をかければ容易に届こう所に彼は蘇っていながらその距離は夢の中の幻覚に似て、近くももどかしく不可能な隔たりに感じられた。


　英造の背中だけを見つめ通し忘我の内に聞き終えた礼子には、自分からいい出して招いた世界の名手と呼ばれる演奏者のその夜の演奏について何を覚えることもありはしなかった。

　演奏が終わり席を立たれる皇后を送る主催者の儀礼にかまけて彼をまたこのまま見失いたくないと願いながら出来ずに、振り切るように舞台に背を向け、二階の階段を上がりきった所で思い切って振り返ってみた。しかし立ち上がり動き出した観客にまぎれて彼の姿はもう目に届きはしなかった。

退場していく彼女を見上げながら、その隔たりはなぜかあの島が火を噴いて二人を隔てようとした時以上にかなわぬものに感じられた。あの出来事が二人を引き離した時よりもはるかに厚い隔たり、というよりも改めての強い喪失に苛まれるまま、彼は和枝に気づかれぬよう気使いしながら何度かさりげなく二階へ振り向き確かめてみた。

そして何度目かに皇后に従って二階席の階段を上りつめ開かれた扉の向こうに姿を消す寸前、彼女が最後に自分に向かって振り返るのを見た。

前に立ち塞がる背高い外国人の女の肩越しに半ば遮られながら彼はそれを見とどけた。しかしそれきり二人の視線は出会って結ばれることはなかった。

演奏後の楽屋の恒例のさんざめきの中でも礼子の半ばの放心はつづいていた。主演者のチェロのマエストロに、今夜の演奏によほど感銘させられたのかはしゃいで機嫌よく賛辞を贈る夫の横で、夫と一緒に喜ぶ相手から返された冗談にも的の外れた返事しか出来ずにいた。

そして主催者として主な部屋を回る夫の横で、関係者の入り乱れる雑踏の中にいるはずのない英造の姿を思わずも探している自分に彼女は慌てていた。


「皇后さんの車はこの車の前に止まっておりました。帰られる時目の前を通っていきましたが、この年になって目の功徳でした。あんな人に私が間近で会うなんざ世の中変わりましたな」

問われもせぬのに運転手の菱沼がいった。

「皇宮警察のお巡りが大勢いたが、お前見咎められずにすんだのか」

いわれた冗談に身をすくめ、

「いいえ、お陰でまったく」

「そいつは良かったな」

いった英造を咎めるように和枝が脇から小突いた。

「で、お前はどうだったのかね。俺にはあの手の音楽はわからねえな」

いった夫をたしなめるように、

「慣れることよ、そう努めて下さいな」

「なぜ」

「なぜって、毎年やることなんでしょ会社の財団として」

「お前、その気なのかね」

「あなたが嫌なら代わりに美香を連れて行くわ。あの子にとっても大事なことよ」

「どう大事なんだ」

肩をすくめていう彼に、

「でも感謝してます」

「また改めて何だい」

「父の代までは、うちにはおよそ関係ない世界だったのよ」

和枝は手を伸べ彼の腕に触ってみせた。

「でも、あなただって退屈していたようには見えなかったわ」

いわれて質すように見返し、

「緊張してでもいたかね」

「だって、ずっと目をつむったままだったわ」

「そうか、そうかも知れないな」

「どういうこと？」

問われて答えられず彼は目をつむり、相手を外すように腕を組み直した。

「あの皇后の横にいた人は誰」

突然和枝が尋ねた。

「え、誰」

身動ぎをこらえ閉じていた目だけを開き、

「ああ、社長の奥さんだろう。あの財団の理事をしているそうだ」

問うてきた相手を確かめることの出来ぬまま、逃れるように目をつむり直した。

何をどう納得してか和枝はその後何を尋ねもしなかった。


彼女がいった通り演奏の間中舞台から伝わってくる音は彼に何の意味も持たず何を感じさせもしなかった。むしろその音から逃れるように彼は目を閉じ腕組みしたまま、自分の背にそそがれる彼女の視線を感じつづけていたのだ。

その視線の感触に身を預けながら、自分と自分にとってまぎれもなく蘇った彼女との距離について考えようとしてみた。見つめてくる彼女の眼ざしをまざまざと背に感じながらも、光をさしかけるどこかの星と同じように彼女は不可能なはるかな遠さにあるものに違いなかった。

しかしなお彼は、彼女の人生を囲う夫の会社の生殺与奪をあずかる所にいるのだった。彼がさまざま尽くしている手管は彼女のこれからのすべてを揺すぶり左右しかねないものに違いなかった。そして自分がこれから何をどこまでしようとしているのかが、彼にはにわかにわからなかった。それを改めて自分に問い質すように眼を閉じ堅く腕を組み直し、小さく呻く自分の声を聞いていた。

それは実は簡単そうで厄介な、厄介そうで簡単なことにも思えた。要は自分が何かを捨て、何かを取る決心をすることに違いなかった。しかしなお、その何かが何であるのかがわかりはしなかった。

ふと自分が昔初めて人を殺した時のことを思い返そうとしてみた。しかしそれは今よりもはるかに他愛もなく簡単なことでしかなかった。

そしてまた、彼女に請われ彼女のために初めて譜めくりをした時のことを思い出してみた。あの最初の時の時に、彼は緊張しきってかざした手が震えたのを覚っていた。ピアノに向かい合った彼女はそれを知らず見とどけはしなかったろう。しかし彼は緊張の時の癖であの時も下唇を強く嚙み震える手をかざしながら待ち受けていたのだった。

そして彼は間違わずにそれをしとげ、彼女は彼に向かって頷き礼をいったのだ。それを突然思い出しながら、彼は一人で微笑していた。それは痺れるほど甘美な思い出だった。

しかし今彼につきつけられているものは、選択への時間は余りあろうと、はるかに複雑で厄介なものに違いなかった。

〝このことでピアノを弾いているのが俺だとして、彼女はその俺のためにどんな譜面をめくってくれるというのだろう〟

目をつむったまま腕をほどき、あの時の彼女を真似て両手を胸の前にかざしながら彼は思った。


なぜかその日の役員会に浅沼だけが欠席していた。

曾我からの報告を聞いた時脇村は浅沼の欠席が意図したもののような気がし、そこだけ空いた浅沼の席を確かめ思わず島本を見やった。そして島本もまた同じ思いで自分を見返してくるのがわかった。

曾我に恐る恐る念を押され不興をあらわに義之は首を横に振り、

「知らぬものは知らん。なら誰か他に心得ている者はいるのか」

顎で促され島本は慌てて手を振った。

「私も曾我さんからこの件について報らされ、驚きました」

「で、その四つの買収にいくら借りこんだというのだ」

「五十二億です」

「誰がだ」

「社長がご存じないとなれば」

「浅沼常務でしょう」

かぶせるように脇村がいった。

「なぜっ！」

「他に誰という可能性がありますか」

「この時期、いったい何のためにゴルフ場を買いこむ」

「ですから、それは当人に」

「それがなぜ今いない」

「しかし共立のあの件以来、浅沼常務と新和の関わりは並のものではございませんから」

いった曾我に険しい目を向けると、

「だから何だというんだ、こんなことが今までうちにあったか、親父の一存というなら別だが」

声を震わしていう義之に、

「社長、この件については後ほど、是非」

とりなしていった脇村の表情の何を読んでか、義之は堅いものを呑みこむようにして黙った。

役員会の後武田、脇村、島本の三人だけが義之を囲んで残った。

「彼が今日姿を現さぬというのはそのつもりのことででしょう」

脇村がいった。

「相手は初めてボールを投げこんで、揺さぶりをかけてきたということですな。共立電気の件で彼がどんな手立てで新和を陥したかはわかりませんが、彼等の世界の筋で何か致命的なものを握ってかざしてのことでしょう。この融資は多分その延長のことででしょう」

「しかしこの時期、いったい何のためにゴルフ場をだ」

「ですからこんな時期ならばいっそう、ゴルフ場の買いつけはダミーの子会社では無理でしょう、西脇本社という名義の信用が要ります。うちの名で一度にゴルフ場を四つも買いつけたということで、何かもっと別な大きなことを考えているのじゃないでしょうか」

「こちらの覚悟を強いてかかっているのですかね」

一人ごつように島本がいった。

「聞いた限りでは、四つともバブル時期にかなりの金をかけて仕上げたものです、所有の会社も名は通っている。二つは成栄チェーン所有、これは間口を拡げ過ぎてつぶれました。後の二つは陽光カントリーとレジェンド、これは会社のお道楽で始めたが大企業らしくさっさと処理にかかった。どれも土地の利を見れば将来性のある物件でしたがね」

占うようにいった脇村を、

「だから何だというんだ」

義之が遮った。

沈黙の後、

「あいつはうちを試そうとしているのですかね」

おずおず口にした武田に、

「試す？」

「そうでしょうな、今までのいきさつからすればうちはあの男にはさんざ借りがあるということですから」

脇村が引き取っていった。

「彼が今日姿を現さぬのは、このことの是非の前に我々にそのことを考えさせるためじゃないですか。新和への債務以外は彼に正規に依頼した案件じゃありませんでした。いわば以心伝心であの男が動いた。

さっき社長は、会長のされたこと以外にこんなことはあり得なかったといわれましたが、相手はまさしくその逆手をとってきたのではないですか」

「どういうことだ」

問い詰めていう義之から目をそらせながら、

「うちのような同族会社の隙を突いてきたということでしょう。普通の企業ならこんな事の運びが出来る訳はありません」

「何をいいたいんだ。第一あいつは同族なんぞじゃない」

「ですから、その中に相手は入りこんできたのです。先日もこの三人で、この先重々注意してかかろうといい合わせたばかりでしたが、なにぶん新和の件についてはよもやという結果になりました。あの男が新和を何でどう脅したかはわかりませんが」

「脅した？」

抗うようにいう相手に、

「それ以外にどうやってあの相手を動かせます。我々には及ばぬ、というより考えもつかぬ何か逆手の逆手を使ったんでしょうな」

「どういうことだ」

質した相手をむしろ咎めるように見返すと、

「恐らく頭取個人の何かを捉えてのことじゃありませんか。お父上を殺した上でうちに乗りこんできたのと同じやり口ですよ」

いわれて固唾を呑む義之をなだめるように、

「ここはまずともかく相手のいい分を聞いてやることでしょう、その上でのことです」

「その上で、どうする」

「私にはわかりません。最後は社長が決められることです」

塞ぐように脇村はいった。


わざと間を外してみせたのを証すように翌日浅沼は会社に姿を現した。それを確かめ島本は逡巡の末彼の部屋を訪れた。

目で座れと促す相手に、

「昨日はなぜです」

いいかけた彼を塞ぐように、

「ああ、急な買い付けでね」

「買い付け？」

「五番目のゴルフ場のな」

薄い微笑でいった。

「向こうが急に折れて来たんで条件が整った」

「そのことですが」

「社長は何といっていたね」

試すように見据えた後、

「会社のためだよ、考えた末のことだ。後もう四つほど物色してある」

「もう四つ、どういうつもりなのですか！」

「俺と同じ勘ですでに動き出している外資もある、確かな情報として持っているよ。先を読んで彼等はチェーンを作った上で、もう一度高値で売り直すつもりかも知れない。それもいいが俺は上場して持ちつづけてもいいと思う。いずれにせよ今が底値だ」

「しかし」

「社長も君らも今そんな余裕はあるまいが、少しは外に目を向け他人の話も聞いた方がいいのじゃないか。曾我専務からのは、まあ中間報告というところだ。まとまったら俺から社長に詳しく伝えるよ」

いった後じらすように微笑い直すと、

「道楽なんぞと思わないでくれ、これはおたくの役員としてのれっきとした御奉公だよ」

いい切った。

「なるほど。それでそのチェーンを上場したとして、誰がそれを預かるんです、あなたですか」

「異存あるかね。しかしそれはまあ誰でもいいことだがな」

押し切るようにいう相手に何を返していいかわからず島本は黙って頷いた。


その翌々夜四人は社外で会合を持った。

島本からの報告を聞き黙って促すように義之が皆を見回した。

「いくつかの筋で調べてみましたが、ゴルフ場に関しての外資の動きは確かにありますな」

いった脇村に、

「といって彼等の読みが正しい、必ずうちのためになる話だとは限りはしまい」

咎めるようにいい返す義之に、

「社長の御不快はわかりますが、今までのいきさつを踏まえれば頭からこれをつぶしてかかる訳にもいきますまい。どういいくるめられてか新和はすでに融資を決めてしまっています。彼の独断で事がどこまで進んでいるのかわからぬ部分もありますが、これが物件として一つ二つのことなら遮る手立てもありましょうが、彼の思惑が島本の聞いたようなこととすると、まず正面から受け止めていくしかありますまい。共立で空振りさせられたケースに比べれば小さな額ですし、あの男のいう通りああした物件は今が底値でしょう、銀行もそう見てのことと思います」

依然黙ったままの義之に、

「ここは彼の顔を立てていかないと、と私も思います」

島本がいった。

「顔を」

「とにかく相手はあれを確かに握っているのです、どうかそれをお忘れなく。それでの強請りとすれば安いもの、というより脇村常務もいわれたように、決して頭から危うい話とは思われません」

「造成ならともかく、なんでうちがゴルフ場を持つ？」

「ですから別会社を作るということでしょうが、あの男の今までのサービスへのチップとでも考えられたらいかがですか」

　島本にいわれ口を歪める義之に脇村が、

「しかし社長、この件であの男を封じる手立ては優にございます。この別会社にあの男を加える訳にはとてもいきませんよ」

「どういうことだ、君のいったことと違うじゃないか」

「別会社結構。ですが新規上場ということになれば、その役員の中に反社会的な人間が一人でもいれば証券会社は絶対に動きません。浅沼がどんなつもりでいるかは知りませんが、そんな情報操作はこちらの手で出来ます」

「つまり、あの男の持ちこんだ仕事をこちらが乗っ取るということか」

「まあ、といえましょう。しかし彼ほどの奴がそれに気づかず迂闊にいい出してきたとは思えませんが」

「すると」

「この先どこにどんな罠があるのかわかりませんが、今の限り正面から受け止めていくしかないと思います」

「外資は買い集めたものを後々値上がりを待ってサヤを儲けて手放すつもりかも知れませんが、彼は違うような気がします」

島本がいった。

「どういうことだ」

「最終的に彼はそのチェーンを乗っ取るつもりでしょう。売って儲けるというよりも」

「どうする？」

質した武田に、

「例の検事に頼んでの情報からの、これは私一人の憶測ですが、彼が今まで手掛けてきた他の仕事はいろいろ手はこんでいるがかなり乱暴な手立てでの買収とか何やらです。稼ぎを重ねてはいるが、世間に通る実業といえるものはまだ立ち上げてはいません、これが初めてのことでしょう。いわば彼にとっての勲章でしょうよ」

「勲章？」

「やくざなりの見栄もあるでしょう。その先の先何を考えているかは知れませんが」

次の週と翌々週、英造は会社に姿を現さなかった。

彼の姿を見ない役員会になぜか物足りなさを感じている自分を島本は不思議に思った。死亡した会長の絶対的な体制の中で持たれてきた役員たちの会合が何でしかなかったかを、改めて知らされる思いがしていた。

すくなくとも浅沼の素性を知る者たちにとって、彼を迎えて以来の会合には緊張の内にも期待、というより予期出来ぬ何かへの一種身構えのようなものが強いられてあった。

その週末の役員会で義之がさりげなく、

「彼はどうしているんだ」

島本に質してきた。

「私は存じませんが」

慌てていい、視線を向けられた脇村は気づかぬようにしわぶきもしなかった。


次の週明け出社してきた浅沼から島本へ呼びがかかった。

迎えた彼の面に浮かんでいる、何かをこらえながらのような微笑の実は険しさに島本は緊張し、座るように目で促しながら依然口もきかぬ相手を窺い直した。

間を置き、表情を変えながら皮肉そうに、

「つまらぬ垂れこみは何の役にも立たぬと思うがね」

「何のことですか」

「俺の素性について誰かが金融庁に刺して、新和は次の融資についてびびり出しているな。そんなことをしなくとも当の頭取は身にしみて承知していることだよ」

「私は知りません、何のことやら」

「だろうな。どっちの筋からかは想像つくが、しょせん無駄だよ」

　正面から相手を見据えると無表情に、

「ここはあんたに働いてもらう」

「何に」

「社長自身からこのプロジェクトは西脇としても本気でかかっていることで、残りの物件への融資をとどこおりなく果たすよう頭取への親書をな。上場の準備の内訳、役員たちの名簿をつけてもいい。もちろん俺の名前は外してな」

　確かめ見返す相手に、

「それくらいのことは承知しているよ。しかし前科の傷はこうした件では確かもう時効だろうが」

「ですが——」

　いいかける相手を塞いで、

「柄はでかくとも同族会社というのはどうにでも融通つくものだろう。本来なら一定額以上の取引は取締役会の決議もいる、議事録にも残すということだが、死んだワンマンの会長の下でややこしい手続きの会議なんぞしたことがなかったろうに。そのために押す役員たちの判子もみんな総務部長のあんたが預かっている、そうだろう。それを右から左へ使えばいい」

「しかし」

「身のため、などとはいわない、会社のためだよ」

言葉が出ずに見返す島本を諭すように、

「これまではそれですんだろうが、今じゃ俺という人間がここにいるんだよ。例の念書だけじゃないぜ、この会社のアキレス腱は」

「どんな」

「あんたが一番よく知ってるだろう、株の持ち方もだな」

「しかし」

「今はいいがね、俺という同族ならぬ人間がまぎれこんできて、この先の会社の在り方、例えば上場とかいう段になるやも知れないぜ」

「あなた、そんなことを！」

「たとえばの話だよ。社長の弟の孝之あたりが何かいい出したりしたら、どうだい。仮に例の念書が効いて社長たちがムショにいっちまっての留守中にな」

「どこでそんな」

「知ろうと思えば簡単なことだよ。覚えているだろう、西武グループもそれでコケてばらばらになっちまったよな」

身動きもせずまじまじ見つめてくる相手に、

「他にも、まだあるぜ」

「どんな！」

「それはまあこれからのいきさつ次第だな。しかしそれにしてもこの会社は脇が甘すぎるのじゃないかね。だからそんな話を俺に持ち出させないようにしてくれよ、折角こううまくおさまってのことじゃないか。

だからこの際あんたに、まさに会社のため、つまり俺のためにも働いてもらいたいと思ってね」

島本を呼びつけた義之の表情がいつも以上にこわばり、その肩が悪寒で引きつけたように小刻みに震えているのがわかった。脇に控えた武田と脇村もその理由を承知した様子でうつむきいつになく緊張した面持ちで島本を見やった。

「これは、いったいどういうことなんだ」

高ぶりをこらえて震えながら押し殺した声で義之は手元の書類を突き出した。

「要するに君の一存のようだな。あの後最後の四つのゴルフ場の買い付けの新和からの融資も、私名義の頭取宛ての親書とやらで動かした。いったい誰があんなものを書いた」

「私です」

意を決してのように島本ははっきり社長に向き直り頷いてみせた。

「浅沼常務はすでに社長の承諾を得ている。急ぐ取引なので早くということでした」

「馬鹿な、ならばなぜ私に念を押しにこない。貴様いったい誰に仕えているつもりだ」

自分を抑えきれず甲高い声で叫ぶ義之を脇村が手を上げてとりなした。

「島本には島本の思惑、というより追い詰められた立場がございました。経緯は彼から聞きましたが、彼が泥をかぶらなければ社長とあの男の正面衝突になってしまいます」

「それがどうした」

「基本的にこの件は、あいつへのいわばチップと心得て目をつむる以外にはなかったはずじゃございませんか」

いわれて唇を噛みながら身を震わせている義之を三人はただ待つように見据えていた。

その気配を悟ったように、自分に強いるように息をつめ目を閉じた後、

「しかしこの子会社の上場の仕組みは駄目だ。社長にあの孝之を据えるなんて見え透いている」

「なぜ」

「あいつはあの男にまだいろいろ握られているに違いない、もはやあいつの奴隷みたいなものだ。俺は違うぞ」

　体を震わせ叫ぶようにいう義之に間を置き、意を決して座り直すと、

「もちろん奴隷なんぞではございません、ですがあの男の手で囚人にされる可能性はあるのですよ。彼が実際に手にしているものについてどうかお忘れにならないで下さい」

　島本はいった。

「彼は私に正面きって申しました、この会社のアキレス腱はあの念書だけじゃないぞと」

「何だというんだ」

「持ち株の散らし方も」

「何だと」

「この先会社の在り方を変えるかも知れぬ時、つまりもしも上場などの折」

「誰がそんなことをする」

「どんな思惑かは存じません、とにかくそういいました」

「馬鹿なっ」

「あの念書の扱い次第で、我々が刑務所にでも入っている間に誰が何をいい出してどうなる

かはわからぬと」

　いわれて絶句する義之に、

「それにまだ他にもあるぞと」

「何だっ」

「それはいいませんでした。これからのいきさつ次第だとだけ」

「どういうことだ、それは」

　義之に代わって顔をこわばらせながら武田が質した。

「それにしてもこの会社は脇が甘いと。そして自分にそこまで踏み切らすなよと申しました」

　皆が顔を見合わせながら黙った。

「何のことかな、俺には思いあたらないが、あいつ他に何を摑んでいるというのだろう」

　唇を嚙みながら脇村がつぶやいたが、宙に目を据えながら答える者はいなかった。

「し、しかしこの限りでこれは歴然とした背任じゃないか、告訴してもいいんだ」

　口走る義之に、

「それはなりません、出来ぬことです」

　懸命にいう島本へ、

「貴様いったい誰なんだ、あいつの何なんだ」

叫び返す義之に気おされ島本は預けるように脇村に視線を投げながらうつむいた。

とりなすように、

「社長、それについては弁護士に秘密裏に相談もしましょう。ですからどうか軽々にはお口になさらないで下さいませ」

脇村にいわれ義之は何を察してか、身を震わせながらうつむき頷いた。


島本を前にしてなぜか浅沼は身をのけ反らせ声を立てて笑い出した。

「背任ね、ま、確かにそうだろう。しかし御本人はどうなるのかね、例の念書の件も今まで背任といい出して咎める者もいなかったろうが。困った坊っちゃんだよなあ、あんたならわかるだろうが、麻雀でいやあリーチ、将棋でいえば王手なんだぜ」

「それはわかっています、社長とて」

「なら、あんたに当たることはなかろうに。お古い言葉だが、身から出た錆というんだよ。いよいよとなりゃ社長一人が背負って行く所へ行くんだな、それが大将ってもんだ。後は我々でうまくやりますからといってやれよ」

何と返していいかわからず、間を置いて、

「この前いわれた他の何かとは、いったい何なんでしょうかね。私には思い当たらないんですが、念のために」

質した島本を見返すと、何かを斟酌《しんしゃく》するように肩をすくめながら目を閉じ間を置いて、

「社長の道楽の話さ」

「道楽？」

「ああ、たいそうな道楽だな、はたから見れば」

「何です」

「財団だよ、音楽の。あの赤字は世間ならただじゃすまなかろうな。これ以上おつづけになるなら背任ということにもなろうわな」

いわれて島本は固唾を呑んだ。なぜかわからぬがその瞬間、体の内に今までになく寒いものが走った。

そして島本の予感を裏書きするように、浅沼が音楽振興の財団について言及したと告げられた時の義之の反応はすさまじいものだった。部下の島本から刃物でもつきつけられたように腰を浮かせ身を震わせると、屈辱と怒りのままに血の気が失せた顔にすぐまた血がのぼり、叫ぼうとしても言葉が見つからぬままわなわなと唇を震わせ、口を歪めたまま握りしめた拳

で力一杯椅子の肘かけを叩いた。

今まで目にしたことのない社長の姿を前に、島本は固唾を呑みながら黙して見守る他なかった。

呻きながら義之はなお声が出ぬままじまじと島本を見据え、揚げ句に彼の目の前で言葉にならず口にたまったものを唾にして脇の床に吐きつけた。

「あの、あの畜生めが！」

ようやく声になりはしたがその声はしわがれて妙に弱々しかった。

その後目を閉じ自分を取り戻そうとするように深く息を吸い直すと、

「あの男に何がわかる、あの下司に」

自分にいい聞かすようにつぶやいた。

「なるほど、わかった、あいつはそこまで本気なんだな。それならそれでこっちだって」

島本を睨み据えていう義之に、

「社長、事が事だけにお気持ちはよくわかりますが、どうか落ち着いてお考え下さい。あの男は先の財団主催の演奏会に、自分からいい出してやってきていました。そこで何を考えたかはわかりませんが、今にわかにあれを盾に何をといってきている訳ではございません。ですからどうか」

「しかし貴様は何で、あの男のやっていることはまさしく背任だなどと伝えたんだ」

居丈高にいう相手に、

「それはあの男とのやりとりの中で相手を牽制するつもりでした。ですが、どうか今間違っても御自分からはあの男に、背任などということはおっしゃらないで下さい。御自分をなお追いつめることになります。彼には財団のことを二度と口にせぬよう私が責任もって封じますから」

そしてなおいい返そうとする相手に、

「彼があの財団をあなたの道楽というなら、いつ潰してもいいといわれるくらいのおつもりでいらして下さい。さもないとみすみす相手に新しいカードを与えることにもなります」

いわれて何かいい返そうとしたがあきらめたように義之は口を閉ざした。


その夜義之は突然乱暴なほど激しく礼子を抱きよせ体を求めた。

何かに憑かれたようにがむしゃらに押し入り、荒々しいしぐさの末に一人勝手にいき果てた夫を彼女はどう応える術もないままに見取るしかなかった。

終わった後もなお荒い息遣いで上向いたままものいわぬ彼に、その手を探って取り直しながら、

「また何かおありになったの」

潜めた声で彼女は質してみた。

間を置き、

「ああ、あった」

つぶやくように義之はいった。

「どんな」

さらに間を置いて、

「あいつは俺たちから、君からも、何もかも奪おうとしている」

「私からも、何を？」

「あの、うちの財団を潰すつもりだ」

そう聞いた時自分が小さく叫ぶのを彼女は聞いていた。

そして思わず確かめるように寝室の背後の暗がりに向かって振り返ってみた。なぜか礼子はそこに立って自分たち二人を見つめている英造をまざまざと感じていた。

第六章

電話が鳴り秘書室が外からの電話と告げた。

「向井様とおっしゃっております。女性の方ですが」

「向井、どこの」

秘書室に質されて交換手が相手に問い直し、間を置いて、

「三宅島の、向井礼子様とおっしゃいますが」

いわれて絶句し、握ったものを思わず耳から離し確かめ見つめ直した。

「誰だ」

問うた彼に、

「私です、礼子です。覚えておいででしょう」

声はいった。

「どうしてっ」

息をつめながらもかろうじて声は出た。

「お目にかかりたいのです。どうしても、じかに」

努めながら相手の声も震えているのがわかった。

答えようとする彼を封じるように、

「明日三時に、ホテルオークラにお部屋をとりました。どうかお願い」

いって声は切れた。

追うように様子を確かめようと押し当て直した受話器の中に、今聞いたものの余韻にもならぬ機械の反復音だけがあった。

「なぜだ」

思わず声に出して問いながら、眩暈に似て体の底から何かが抜け落ちていく自失の中で手にしたものを持ち直し元に戻すと、あの声を伝えてきたものをまじまじ見つめ直した。

秘書室に確かめ直そうとしたが思いとどまった。しなくともあの声の主が誰であるか間違いないことを彼は知っていた。

それはなぜか当然のことにも思えた。しかしなお自分がそのことを想い定めていなかったことに彼は苛立ち焦った。それよりも今自分がなぜか怯えていることに戸惑っていた。息を整え、閉じた目をまた見開き、

〝ならば俺は明日いわれた所へ行かないというのか。行かずにすむというのか〟

自分を追いこみ咎めるように思った。

そして自分がこのことを実は予期し、予期しながら恐れていたのを感じていた。

もう一度目を閉じ耳を澄まし、何かを窺って知ろうとしてみた。しかし何も聞こえず何を考え及びもしなかった。

突然彼は階を上に隔てて今自室にいるだろう社長の、いや彼女の夫である義之の気配を窺おうとしその自分に腹立ち苛立った。

そして目を開き前にある何かに向かって頷き、

「三時だな」

自分に強いて確かめるように声に出して彼はいった。


同じ階のホールで大きな結婚式があるのか、廊下に沿って並んだいくつかの小部屋には礼服を着た大勢の客たちが出入りしていた。その間を縫って進み、雑踏から離れた一番奥のフロントが告げた名の記された部屋の扉の前で立ち止まった。一瞬息をつめて中の様子を窺い、自分を促して踏み出し扉を叩いた。

返事を確かめる前に、思わず閉じていた目を見開き取っ手を回し扉を開けて入った。

彼女は立ち上がって彼に向かって向き直り、彼が後ろ手で扉を閉ざした後二人は互いに身を晒し合うように向き合い見つめ合っていた。

わずか扉一枚隔て、外側のにぎわいから離れてしわぶきも息さえもせずに二人はただただ見つめ合ったままでいた。そして二人ともそれが終わることなく、このまま切りなくつづくことを願っていた。

すべての時と外界との関わりの何もかもが消え失せてしまい、突然位相を変えたような透明な場所に二人だけが置き去りにされ、声も出ぬまままただ見つめ合い痺《しび》れたように立ち尽くしていた。

やがてかすかに身をそらせ一度だけ瞬きし、前よりもまじまじと強く彼を見つめたまま、

「やっぱり、やっぱりあなただったのね」

彼女はつぶやき、

「やっぱり、君だったんだな」

彼はいった。

そしてその後もなお二人は小さくあえぎながら見つめ合ったままでいた。

その沈黙に耐えられぬようにかすかに身を震わすと、

「なぜっ」

思わず彼女は口走り、

「なぜだっ」

谺《こだま》が返るように彼もいった。

そのまま見つめ合いなお立ち尽くしている二人の間を、何かが音こそ立てず、しかし激しく渦巻きながら流れていった。

そしてその流れに押し流されまいとするように、彼女はすがって彼に向かって手を伸べ、それに応えて彼はその手を捉えた。

そしてそのままなお二人は立ち尽くしていた。

やがて彼女の目がうるみ、一筋溢れたものが頬を伝わって流れ落ちた。それから目をそらすように彼は手にしていたものを離し、彼女に座るよう促した。

小さなテーブルを隔てて向かい合ったままなお、二人は言葉もなく間近に見つめ合うままでいた。

ノックがあり部屋の係りが飲み物の注文を伺いに扉を開けたが、彼の目に促され何かの気配を感じたように頷き素早く部屋から出て行った。

　その中断はようやく二人に何かを促すように感じられた。しかし彼女はそれに抗うように身悶えし、逆に彼に預けて待つように英造を見つめ直した。

　それを受けとめながら彼にもにわかに言葉などありはしなかった。

　昨日受けた電話を実は自分が予期しあるいは待ち受けていたとさえ感じていたのに、今この瞬間に彼が彼女に伝えるべきものは、たった今向かい合い立ち尽くしていた二人の間を音もなく渦巻いて流れていったものの中にこそあったはずだった。

　しかしそれについて自分が今何をどう語り告げていいのかを彼も知れずにいた。

　彼女も自ら彼を呼び出しておきながら、今目の前にまさしく蘇ってある彼に何を質し何を咎めていいのかにわかにわからずにいた。

　何かを口にすることが今二人が思いがけなくも保ち合っているものを壊してしまうのを恐れたように、二人は固唾を呑みながらいつまでも間近に見つめ合ったままでいた。それが瞬時に近いもろさで壊れ失われるものであることを知りながら、それ故に甘美な自失の内に二人は身動ぎせずにいた。

　やがてそれが自分の側のつとめであると自らにいい聞かせて、視線を外し目を伏せしわぶきの後殺した声で彼はいった。

「今おたくの会社に何が起き、それに私がどう関わりあるかは、多分知っていることも知らぬこともあろうかと思います。でも奥さん——」

いった時、

「止めてっ」

小さく叫ぶように彼女がいった。そして、身を震わせながら、

「奥さん、と呼ばないで！」

沈黙があり、それを引き取るように微笑し直すと、

「なぜだった、のかな、こんなことに。礼子さん、いや、礼ちゃん——」

呼ばれて彼女ははっきりと彼に向き直り頷いてみせた。

「いったい、なぜ、なぜなの英造さん、英兄ちゃん教えて、なんでこんなことに」

「俺にも、わからないよ。君に呼ばれて、俺がここで話さなくてはならぬことは決まっているはずだろう。でも君はさっき、いきなり、なぜといった。そして俺も、なぜだと聞いたよな。二人が知りたいのは君の亭主の会社なんぞのことじゃない、もっと他の、なぜだろう」

「そうよ、そうなんです。私たち、いったいなぜこんなことに」

激しく頷き返し、礼子は溺れかけた者がすがるようにテーブルに手を突いて差し出し、彼の手はもう一度それを捉え直した。

　そしてそのまま二人は、願って何かから逃れようとするように目を閉じ暫くの間動けずにいた。

「そうなんだ、君も俺も、そう尋ねる相手はお互いにじゃない、そうだろう」

「ええ、でもそれを誰に聞いたらいいの」

　身を震わせすがるように彼女は尋ねた。

「俺にもわからない、多分それは、神様というもんだろう」

　答えながら急に何かに怯えたように、英造は添えていた手を外して引いた。

「君は今日何で俺を呼び出した、俺は何でここにやってきたと思う。多分同じことだ、ただ同じことを尋ね合って確かめ——」

「そして」

「わからないよ、その先のことは、俺にも、君にも。確かなことはあの夜島の山が突然火を噴いたということだけだ」

　遠い目をしていう英造に、

「誰が、何のためにあんなことをしたの！」

「あれは、俺たち二人のためだったのかな」

「なぜ、どうしてっ。だったら私たち、いえあなたは、なぜ死んでしまわなかったの」

いった彼女に向かって彼ははっきりと頷いてみせた。

「そうだ、俺はあの時死んだ方がよかったんだ。でも死ななかった。親父も兄貴たちも、おふくろまであの後頭が変になって死んでしまったけれど」

「私はあのサタドーの岬の丘の上にいたわ、そしてあなたはその私に向かって叫んで走ってきた、あの火の河の上を、そして消えていった、何度もそれを夢に見たの。でもあなたは死にはしなかった」

目を閉じながら呻くようにいう彼女を、倒れかかるかも知れぬ相手を支えようと待つように彼は身を乗り出し見つめていた。

「そうよあの夜、あなたは私にとって死んでしまったのよ。そして、私のそれまでの人生も終わってしまったと信じていました」

「俺もそうだった。俺にとっての君も、あの夜死んだんだ、そして俺も死んだ。そう思ってあの後、ただ生きてきたんだ」

「でも、あなたはまた私のために生きて現れた、あの時のように突然。あの時は私のために楽譜をめくってくれるために、でも――」

いい澱む礼子に、彼は自分を晒すようにゆっくり微笑してみせた。

「今度は、まったく別の人間になってな」

「別の、どんな？」

　いった後礼子は怯えたように彼を見つめ直した。

　その目を前にして彼の面に突然血の気がさし、それに気づいてこらえるように彼は目を閉じ、何か封じるように唇を嚙みしめ微笑し直した。

　間を置き、諭すように、

「まったく別の人間だよ。それしかなかった、それしか俺にありはしなかったんだ」

　いいながら見開いた目で宙を探るようにして彼はいった。

「ああして島が突然火を噴いて何もかも吞みこんでしまうなんてことがあるなら、人間何をしても無駄だ。船を守りにいった親父や兄貴たちが溶岩に吞みこまれて死んだ。そんな無茶な、馬鹿なことがあるなら、俺もそれに備えて、無茶に生きてもいいと思った。でなけりゃ、生きてもこれなかった」

　そしてまた見つめ合ったままの二人の間に何かが音もなく、しかしいっそう激しく渦巻いて流れていった。それに身をゆだね諦めようとする礼子を引き戻し、

「君が今日俺をここに呼んだ訳は、よくわかっている」

　いわれて彼女は怯えたように彼を見返した。

「でもその前に、君の知らぬ俺の歩いてきた長い道があるんだよ。いい訳じゃない、決して

そのつもりはない。しかし君に知ってはほしい、それだけでいい、でも――」

いいかけた時、扉の外で祝い事の客たちだろう大勢の弾けるような笑い声が響いた。

何かをそがれたような沈黙の後、英造は繕うように微笑し直してみせた。

「俺は、人を殺したこともあるんだよ」

いって待つように見つめる彼に、

「ええ」

礼子は小さく頷いた。

「知っています。聞きました、でも」

「いや、今さらその訳なんぞいい、それであのことそのものがどう変わりもしない。しかしあれは俺のためにしか用意されていなかったことなんだ。他の何を選ぶことも出来はしなかった」

いった英造に彼女は小さく、しかしはっきりと頷き返した。

その相手をまぶしげに見返した後仰向いて目を閉じながら、

「東京に出てこんな道に入った後も、いつかどこかの灯台に君を探し当てていこうと思っていたよ。灯台守の家族なら必ず探し出せると思っていた。いつか君が、灯台みたいに俺に向かって光で合図してくれると思おうとしていた、それが俺の見ていたただ一つの夢だった。

しかしその夢も段々見なくなった」

目を見開きその時だけ遠い目ざしで彼はいった。

そんな彼を塞ぐように、

「でも私には、あなたは突然いなくなってしまっただけだった、だから夢の中で何度も、あなたがあの火の河の中を私に向かって走りながら消えていくのを見たのよ。でもあなたは生きていた、こうして今」

「君もだよ、あの時あの葬式で突然目の前に生き返ってきたんだ。これはいったいどういうことなんだとあれから何度も思ってきた。あの後、あるいは俺は君のためにこそ生き残ったのかと思った。思おうとしたよ」

「そんなっ」

「今の君にしてみれば、勝手ないいぐさだろうさ。でも——」

「おっしゃらないで」

叫ぶようにいった後、いった自分を捉えきれずに彼女は絶句し、それきり二人は逃れるように視線をそらし合い固唾を呑んで過ごした。

沈黙の中でホールでの開式を案内する放送が遠くから聞こえ、廊下で大勢の客の動く気配が伝わってきた。

「それで、俺から話そうか」

「何を」

「俺とお宅の会社の関わり、それとも」

「何」

「いや、何をでも、何もかもを」

いった彼に努めた微笑とは逆に怯えたまなざしで、ようやくのように、

「あの家に届いた贈物は、あなたからだったのね」

問われた英造の面に浮かぶものを必死に見逃すまいとするように、礼子は一杯に見開いた目で彼を見つめてきた。

質されたことの意味を反芻するように構えた無表情の面に一瞬迷い怯えた影が走り、それを追いやるように選んだ微笑で彼は彼女を見つめ直した。

そしてその後ゆっくりと、しかしはっきりと頷いてみせた。

「そうさ。あれを仕たてる時、いっそ中に俺の名前を書いて添えようかと思った。そうしたら何もかもが、またはっきり終わりになるだろうな。でも出来はしなかったよ」

「なら、お義父様も、主人の父もあなたがですか」

畳んで問うた声にこめられているものを探ろうとするように彼女の目を見つめながら、彼

はゆっくり頷いてみせた。

「なぜ！」

思わず口走る相手に、

「それを聞いては駄目だよ。訳は山ほどあっても、聞かされて納得出来る人間などこの世のどこにもいはしない」

「なぜです」

その相手を外して諭すように、

「皆手前の都合だけで生きているんだ、この世間に本当の理なんぞありゃしない。法律を作る奴も使う奴も、それを犯してかかる奴もね。

これはまあ、男だけの世界のことだ。要は互いに命がけということなのさ。お互いに生きのびなくちゃならない。会社のため社員のため、自分のため、家族のためにも。あなたの亭主も、彼の父親も、そして俺もだよ。それは表も裏もどの世界とて同じことだ。事の表づらの善し悪しで決まることじゃありはしない」

いった後待つように見つめ直す相手に、

「私、大方のことは知っているんです。義父たちがした脱税のことも、そのことであなたが西脇を」

いいかける彼女を塞いで、

「その話は今日は止めようよ。今だけは、俺はただ英造と礼子でいたいんだ、頼む。君が自分を奥さんと呼ぶなといった瞬間からそう思っていた。

その話をすれば、ただ、おたくの会社がしてきたことと、人殺しも含めてこの俺のやってきたことのどちらが良いか悪いか、どちらの罪が重いかということになってしまう。でも、誰もとことん悪と覚悟でやっていることなんぞ滅多にありはしないんだよ。実は皆弱い奴らなのさ」

頷こうとしながらためらう相手を察して、

「でも一つだけ聞かせてくれ、君が突然俺を呼び出して話す気になったきっかけは何だったんだ。誰かがさせたのか、まさかとは思うが、君の亭主がさせたのかな」

「何のために！」

「だろうな」

「このことは私一人で決めてきました。でもその訳は今はいえそうにありません」

「ならなぜ」

質した相手を確かめるように見据えると、

「あなたなら私を、いえ私のために許して、守ってくれると思ってきました」

「許して、何を守る、君のために」

「そのお顔の傷を作った時のように、私のためによ」

いった後礼子は自分の言葉に驚いたように思わず身動ぎしていた。

そして同じ瞬間英造の顔はこわばり、まじまじ彼女を見据えたまま動かなかった。

見つめ合ったままの二人の間をまたしても何かが激しく渦巻いて流れていった。

間をおいて、今互いに感じ合ったものの呪縛から解かれようと彼は努めて微笑してみせた。

「俺は今でも、必ず君を守ってみせるよ。あの山ででも俺はあのまま死んでもいいと思っていた」

目を閉じ諳じるように、違う者の声で彼はいった。

「必ずよ、お願い」

「そう、必ずだ。そのために俺たちはまた会ったんだろう」

いいながら、聞きながら、二人は互いに激しく頷き合っていた。

「あの時だって、学校からの帰り道の橋の上で私の楽譜を取り戻してくれるために、あなたは誰かを殺してしまったかも知れないわね、そんな傷を負う代わりに。そうでしょ、そうなのよね」

口走るように彼女はいい、いった後驚き怯えたようにまじまじ彼を見返し、彼は何かを探すような遠いまなざしで仰向いた後ゆっくり頷いた。

その彼に、怯えた顔でなお頷き返す礼子を見つめながら、体の内を痺《しび》れさせて走るもののいわれのわからぬまま彼は身動ぎ出来ずにいた。

そうして見つめ合ったままの二人の内に通い合うものについて、なお言葉を添えることの恐ろしさを互いに感じていた。それがそれぞれにとってどのような背信に繋がるかも知れぬにしても、再会の瞬間に堰切って渦巻き流れ出したものの末にもたらされたものについて、二人とも怯えながら安らいでいた。

それでもなおすがるように、昔何かの折によくしたげんまんに礼子は小指を立てて手を差し出し、英造はその手を指ごと捉えて握り返した。

そのまま二人にとって昔に溯るほどの長さにも思える、しかし僅かの瞬間が過ぎ、彼が躊躇から触れ合った手をほどいた後もなお、二人は見つめ合ったままでいた。


やがて心を定めたように彼は頷いて居直り、視線をそらしたまま何かの事務について語るように、

「次にいつ会えるのかわからないが、自分が実際に預かっているものをあなたに見せるつもりだ。あるいはそれを君に預けても、渡してもいい」

いぶかって見返す彼女に、

「俺にも、わからないんだよ」

そしてなお何かいいかける彼女を塞ぐように、

「いるのだとしたら、神様は俺たちについていったい何を考えているのかな。しかし、山が火を噴いたのも本当だし、俺だけが生き残って君にこうして会えたのも本当なんだからな」

あの時彼女に楽譜の場所を指されていわれ、それを呑みこもうと懸命に見返したと同じように、半ばすがるような眼ざしで彼は頷いてみせた。

そして小首を傾げて微笑い直すと、何かを断ち切るように立ち上がり足早に部屋を出ていった。

ホールでの結婚式は始まったらしく人通りのなくなった廊下を一人帰っていく英造とすれ違った先刻の部屋係りの男は、彼の居住まいに何を感じたのかすくんで立ち止まり、まじまじ彼を見つめ頭を下げた。

帰りの車の中でもなお礼子は放心のまま身動ぎ出来ずにいた。

自分が最後に彼に向かっていった言葉の意味がにわかに空恐ろしいものに思えた。彼女は彼に自分を許して守れといい、彼ははっきりと頷いたのだった。

その前に、彼はあの山の頂きの辺りで彼等を襲った嵐の中で彼女の身を抱きしめ包んで守りながら死んでもいいと思っていたといったのだ。

しかし、自分が彼にいったい何を許し、何を守ってくれといったのだろうかがにわかにわからなかった。二人が交わした会話はそれぞれの今の立場を超えたものに違いなかった。いやむしろ彼を呼び出した彼女の方が立場を外れてしまったのだ。

あの英造が扉を開けて現れた瞬間、彼女をあそこへ駆り立てたものは消し飛んで彼女は現実と位相を超えた所に置かれていた。そしてそれは彼も同じだということを互いに感じ合ったのだ。

二人は、二人にしか絶対にわからぬ絆に依ってあそこにいたのだった。そしてそれは彼女や夫の義之が、その会社や家が、英造との関わりで今置かれているもろもろの出来事の中でのそれぞれの立場とはまったく関わりないものに違いなかった。

しかしそうであることは、彼女にとって、夫やその関わりへの背信にもなり得るに違いなかった。

車の中で身を凝しながら、自分がいったいなぜ何のために彼に会う決心をしたのかを思い直してみた。

それはあの夜義之が突然乱暴に彼女を求めた後口走った、事によれば英造は会社を脅し強請って、あの財団までを潰して奪おうとしているかも知れぬといった言葉のせいだった。

それを聞いた時、彼があのおぞましい死んだ犬と鳥を包んで送りとどけてきた時よりも、もっと確かに彼女のいる世界に踏みこんできたと感じたのだった。あの時夫婦二人の寝室のベッドの横に立っている英造を彼女はまざまざと感じとったのだ。

かつて二人を結びつけた音楽という絆をあの彼が逆手にとって、彼女の住む世界を壊し夫を破滅させようとしているのだった。それはどうにも受け入れられぬ、というより彼女にとって失うことの出来ぬ大切なものを理不尽にも踏みにじり、決して失えぬはずのあの島での記憶を捨てさせようとすることに違いなかった。

孝之から聞かされていた会社の脱税という思いも掛けぬ不祥事に英造が食いこんで、いかにあざとく会社を脅しむしろうとしていても、それは彼女なりの世智からすれば目をつむり我慢して過ごせることに過ぎなかった。

しかしあのピアノの機縁で結ばれ合った英造が、生まれて初めて聞く音楽なるものにあれほど見事に応えてくれた英造が、その意味で彼は、後に演奏者として多くの人たちの前で演奏もした彼女にとっても一番強く記憶に残る、彼女自身を証してくれる、誰よりも素晴らしい聴き手だった。その彼が、その手を染めてあの財団を潰そうというのは、二人のあの島での出会いとその後のすべての思い出を塗り潰し消しさることに違いなかった。それは彼女が今までの人生の中で悲痛な故に、最も美しく貴いものとして抱いている思い出を汚して壊すこと以外の何ものでもなかった。

あの夜夫が口にしたことを聞いて彼女は、疎ましさとか口惜しさを超えて初めて英造に怒ったのだった。そしてその怒りには得もいわれぬ悲しみがあった。

あの英造自身が二人の思い出を壊そうとしているなら、誰のためでもなく、二人自身のためになんとしても彼をとめなくてはならないと思ったのだ。自分ならそれが出来ると彼女は思った、というより信じたのだった。

まぎれもなく蘇ったあの英造とじかに向かい合い、彼女は抱えていった事柄の前に、今という現実をあっけなく超えた位相に身を置かされていた。人のいうところでは、人まで殺し悪事の限りで世に恐れられているという男は、あの時彼女のために負うた傷の痕を未だにはっきりと顔に刻んだ、あの頃、あの時とどう変わりもしない浅沼英造だった。礼子はそう感じそう悟っていた。

そしてその彼は何も聞かずに礼子に、あの時のように、あの山で死んでもいいと思った時のようにきっと君を守るといったのだった。

礼子はその言葉を信じた。信じなければ自分から彼を呼び出して二人して会った意味などありはしなかった。

彼がどんなつもりであの財団のことを口にしたのかは知らぬが、自分が願えば、いった通り彼女を守るためにこそ彼は決して手を触れぬはずだった。英造は彼女にとってそういう男に違いなかった。

部屋を出てガレージに待たせている車に戻る途中、アーケイドのある地下の階まで降り人気のない辺りでなぜか思わず後ろを振り返ってみた。最後に自分が思わずいった言葉の余韻が、今になってあの時以上に強く体の内に響いて在った。

桜井弁護士に調べを依頼し、あの葬式で目にした相手がまぎれもなく礼子であると知れた時手渡された抄本を胸に収い通りを歩きながら味わった、今なら誰でも簡単にこの俺を殺せるだろうと思った隙間だらけの自分をあの時以上に強く感じていた。

それは学校に通い出すはるか以前、虫取りにいった山で霧に巻かれて道を間違い、白い混沌の中で立ちすくみ思わず声をあげて届くはずのない母親を呼んだ時の、恐怖ともつかぬ混乱に似ていた。

私を守ってくれと彼女にいわれた時迷うことなく彼は頷き、あまつさえ自分が手にしているものを必ず見せよう、手渡し預けてもいいとまでいったのだ。

渡された物を彼女がどうするか考えもせずに、一途に彼女を守るということのためにと思ったのだった。自分でもその訳がわからないのだといいながら。

立ち止まり、というより思わず立ちすくみ目を閉じてうつむき、その後天井を仰ぎ直しなおわからずに自分をなじるように強く唾を吐いた。

自分が思わずもいったことは、今ある立場からすればまぎれもない裏切りだった。身内の誰かがそれを行ったとしたなら、いや口にしただけでも彼自身が手を下して相手を裁いただろう。その規律の中でこそ彼は生き長らえ身を立ててきたのだ。

なのに礼子の再現がそれを覆した。そして彼自身もそれにどう抗おうともしなかった。出来はしなかった。

襲ってきそうな眩暈を迎え抗うように彼は足を開いて立ち尽くした。自分が目に見えぬ何かの手で引き裂かれ、苦痛もないまま体中から血を流しているような気がしていた。

車に戻った主人の異常な気配に気づいたのか運転手は怯えて窺うような顔でドアを開け、相手のそんな気配に応えて塞ぐように座りながら彼はことさら腕を組み直し、相手に聞こえるように、

「わからんなあ、こいつは」

一人ごちてみせた。

招かれていた結婚式に都合で遅参した孝之は、先に来ている家内の美須絵が祝儀の手続きをすませている気安さで、ついでに披露宴の会場に入る前に手洗いに寄って用をすませた。洗面所の扉を押して出ようとした時、斜め前の小部屋から出てきた男の姿を見て立ちすくんだ。まぎれもなくあの浅沼だった。そしてその相手の顔に浮かんでいる表情の険しさに息を呑んだ。

過去に何度か顔を合わせ話したことはあったが、自分を追いこみ脅している時にも彼が浮かべる微笑みは不気味なくらい穏やかに見えはしたが、それでも相手をすくませるものがあった。しかし今垣間見た彼の顔は、眺めて禍々しいほどこわばり引きつって見えた。あるい

はその部屋の中でたった今また誰かを手にかけ殺しでもしたのだろうかと思うほど、彼の表情は硬く、そしてなぜか怯えても見えた。

後ろ手に扉を閉め、確かめるように左右に目を配りながら孝之が向かう方とは逆に足早に廊下を立ち去っていった。そしてなぜかその途中で突然立ち止まり、もう一度自分が出てきた部屋の扉を振り返って見つめると、その場から自分を引き千切るように歩み去った。

あの男が出てきた斜め前の閉ざされた部屋の内でいったい何があったのかを確かめてみたい衝動にかられ、孝之は半ば開きかけた扉に手をかけたまま立ち尽くしていた。

あきらめて手洗いから出て披露宴の会場に向かって歩き、会場の前にまだ残っている受付に名を告げて挨拶し自分の席を確かめた。

手渡された席の札を手にして会場に入ろうとした時、先刻あの男が出てきた部屋の扉がまた開いて女が出てきた。その相手を確かめた時息を呑んだ。女は兄義之の妻の礼子だった。目を疑い立ち尽くす彼に受付の係りが声をかけ、それを手で制して、間を置き今来た廊下をゆっくり彼女を追って歩き出した。途中気づいて身を隠しに柱の陰に立ち止まり、彼女の姿がエスカレーターへの角を曲がって視界から消えるのを見定めて踵を返した。

見誤るはずはなかった。彼が目にした者は間違いなくあの礼子だった。そして彼女がいた部屋から先に出ていったのはまがいもなくあの男だった。

披露宴の会場まで戻り受付のテーブルを過ぎたところで立ち止まり、自分を落ち着かせながら今目にしたものの訳を知ろうとしてみた。それは何としてもあり得ぬことに違いなかった。しかし実際に彼は間近にそれを目にしたのだ。

あの部屋から出てきた時のあの男の表情の訳が何だったのかを考えたが、出来はしなかった。それを知る者は、間を置いて同じ部屋から出てきた礼子以外にありはしなかったろう。

その礼子があの部屋を出てきた時、どんな表情でいたかを知りたいと孝之は懸命に思った。


座ったまま目を閉じてものをいわぬ主人からどこと告げられぬまま運転手は車を事務所に戻した。

車が止まり、促して待つように彼へ振り返る相手のしぐさでようやく気づいて車を降り、降りた後車を見送りながらなおその場に立ち尽くしたままでいた。

来なれた建物の玄関を入るはずの自分が、なぜか疎ましげに建物を仰いで見やるのを感じていた。

役員室に入ってきた彼に何を感じたのかいぶかしげに見返す腹心の鎌田の視線が煩わしく、

かまえて何も悟らせまいと努めて無表情に見返してやった。

　思い直したように奥を目で指し、

「会長が出てきておられますよ。風邪はなんとか治ったそうです」

「呼んでるのか、俺を」

「いえ、でも」

「そうだな」

　頷いて、自室に並んだ奥の会長室の扉を叩いて入った。

「よう」

　迎えて頷く為治に、

「治りましたか、でも無理せん方がいいですよ」

「治ったよ。しかしもうつくづく年だな、妙に長引きやがった。それより、あっちの仕事の方はどうだい」

「とんとんといってますよ。手にしたゴルフ場の方は予定通り九つになりました、買値も丁度底を打った辺りでね。中の一つは、うまい具合に近くの幹線道路が来月繋がりますんで、温泉でも掘らせてみて当たればホテルを作って辺りにはないリゾートに仕立てるつもりです」

「そいつはいいな」

「しかし、となるとうちも少し面子の入れ替え、というより新しい人間を仕入れませんとね」

「今の持ち駒じゃとても足りねえか」

「いや、頭は拓治にまかせますよ」

「馬鹿いえ、あいつにそんな芸当が出来るか」

「おやじさん、それは違うね。手荒い仕事であれだけ細かい差配の効く男なら、仕事のたちは違っても必ず出来ます、使ってる人間を束ねるドスは効くしね。アメリカじゃラスベガスなんてとこは実質、俺たちと同業の連中が仕切ってるそうな。その方が治安がいいんだとさ、部屋で客の持ち物を盗んだりした従業員は消されるそうですよ。

それに今限りじゃサツは、暴対法で頭の切れないやくざを追いこみ過ぎたんでパチンコの景品の現金換えには目をつぶってるが、それも世界の流れを見りゃ限界でしょうよ。パチンコの奴等は、特に朝鮮系は、カジノ解禁に備えて転業の金を積んでいますよ。

賭場を備えたゴルフ場とかホテルということになれば、おやじさんの昔取った杵柄てえもんでしょうに」

「馬鹿いえ、もう俺の出る幕なんて時代じゃねえよ。しかし、そこまでうまく運んでもそのゴルフ場チェーンの名義はどうなるんだ。現に西脇の側じゃお前の名前をどこかの役所にチクッて外そうとしたそうじゃないか。拓治となりゃもっとまずかろうぜ」

「いや、そんなものはとうに織り込みずみのことです。なんなら和枝を立てたっていいが、そこまでしなくっても出来上がったものを後からこちらの手にする算段はいろいろあります」

「だろうな。なんたってこちらにはあの紙切れがあるってもんだ」

為治は体をゆすって笑ってみせた。

しかしそんな相手を眺めながら、どこかの隙を突かれたように体の内に込み上げてくる、戸惑いともつかぬ混乱を隠してこらえるように英造は視線をそらした。


英造にいわれ金庫から取り出した念書を手渡しながら、鎌田はいぶかるように彼を見つめ待つように立ったままでいた。

そんな彼に気づいて、今自分の内にあるものを悟られまいと、封筒から取り出したものを改めて広げ目を通しながら、

「こんな一枚の紙切れで、いったい人が何人死ぬことになる」

いった言葉をどうとったのか、

「また相手が何か」

「いや、そうじゃないが」

間を置いた後、

「このコピーはとってあったよな」

いいながら自分が浮かべる薄笑いの訳がわからずにいた。

「はあ、念のために二通。たとえ本体がなくなってもカラーのコピーがあれば法律的には同じだと、あなたがいわれましたから」

「そうだ。しかし」

いいかけてつまずき、相手を目で追いやった。

鎌田の姿が消えた後、自分が捉えきれずに英造は手にしていたものを握って丸め机に叩きつけた。

つい先刻自分が礼子に、命がけででも彼女を守るといった言葉の本意はいったい何だったのか、わかるようでにわかにわかりはしなかった。

しかしあの言葉に嘘などありはしなかった。絶対になかった。

そして彼女はいったのだ。あなたはあの帰り道で私の楽譜をとりもどすために、あるいは誰か相手を殺してしまったかも知れないのね、と。

その通りだ、と彼は思った。

そしてこの今でも、あの最初の人殺しの時よりももっとためらわずに、俺はあの女のために誰をでも殺せるに違いないと。

しかしその気持ちの高ぶりを嘲笑うように目の前に一枚の紙切れがあった。そしてそれはあの礼子と関わりない、彼があの島を離れ、彼女を失ってからの彼のすべての人生を表象していた。

あの部屋で誓ってみせた通り彼女を守るということは、この紙切れを焼いて捨てるということだった。しかしなお彼が身につけてきた姑息な智恵は、紙切れ本体が消え失せてもその写しさえあれば相手の命を絶てるということを知ってもいた。

何もかもが矛盾してからみ合った自分の思いに彼はたじろぎ、それをどう解き放つことも出来ぬ自分に焦って怒り、何を得るために何を失おうとしているのかがわからぬまま自分が怯えているのを感じていた。

そんな自分を追いこむように、丸めて叩きつけたものをもう一度手にして広げ直した。

為治がいった通りまさしくこの一枚の紙切れこそが、西脇や巽という世間に名の通った企業の足をすくって倒す札に他ならなかった。この紙一枚にれっきとした二つの会社の命運がかかり、それに関わる人間たちの命にさえまつわっているのだ。

そして今、実は英造自身のこれからの運命も、そしてあの礼子のそれもこれにかかっているに違いなかった。

〝そのために、今俺は何をしようとしているのだ。いや何をしなくてはならないのだ。いや、どうすることが誰と誰にとって、どう及んでいくのだ〟

考えてもなお何に思い及びつくことも出来なかった。

自分があがいても手の届かぬどこか深い所で引き裂かれ、血を流しながらほうり出されているような気がしていた。そしてそんな自分に生まれて初めて彼は怯えていた。


家に戻り誰とも顔を合わす気になれず、家の者に気分が悪いからと告げて居間に入り座り直した時、体が小刻みに震えているのがわかった。

確かめるように立って鏡を覗いてみた自分の顔が、今まで見たこともないようなものなのに驚かされた。瞬きして見直しながら、これは自分の死に顔かも知れぬとふと思った。

しかしついさっき会って言葉を交わした相手はまさしく、死んだ過去から蘇って現れたあの英造に違いなかった。火を噴く山によって引き離され失われた彼のあれからについて、あの孝之が何を告げ、その彼が自分の夫とどんな関わりを持って再び現れようと、先刻二人だけで会った彼はあの左頬の傷の痕が証すようにまさしくあの英造以外の誰でもありはしなかった。

あの島の山が火を噴いて流れ落ちた時から二人にとって過ぎていったそれぞれの時間が何だろうと、彼はあの時のままに蘇り現れたのだった。彼女はそう信じた。そうでなくして、あの英造が自分にとって生き返ってきたことの意味も訳もあるはずはなかった。

小刻みに震え続けている体をなだめるように両腕で抱きしめながら、突然彼女はこの体の震えの訳を感じ悟り思わず声を上げた。

それは決して許されぬことに違いなかった。請われて結婚し子供ももうけた相手の夫である義之に対しての背信となるやも知れぬことだった。

ましてその夫が預かる会社は理由が何であろうとあの男の手で揺すぶられ脅され、破滅にすら向かいかねぬ所に追い詰められているのだ。

あまつさえ相手は彼女の、義之の妻としての心の拠りどころであるあの財団をさえ奪って潰しかねぬという。それ故にこそ自分は思い立ち心に決め、彼とじかに会ってことを防ごうとしたのではなかったのか、自分は決してそれを許せないと伝えるために。

そして彼女が願った通り、というよりも彼女が一途に信じてかかっていたように、彼は肯んじて彼女を必ず守るといったのだ。あの時、山で襲いかかった突然の嵐の中で身を凍らせ気を失いながら彼女を守ったように。

　だからこそすべての厄介の決め手になるはずの、彼の手の内に落ちてしまった念書を、彼女に渡してもいいとさえいったのだ。

　それを信じることなしに何を期待したらいいというのだろうか。

　彼女に問われて彼は、あのおぞましい犬の死骸を送りつけたのも自分だといい、義之の父親を殺したのも自分だと明かしてみせた。自ら、もっと以前この手で他の人間を殺したことがあるのだとも。

　その彼が最後にいい切った、言葉を信じなくてどうすることが出来るのだろう――と振り切るように彼女は思った。

〝しかしそのことを夫にどう伝えたらいいのだろうか〟

　思った時また身が震え固唾を呑んだ。

　なぜかそれは夫婦二人にとって空恐ろしいことに思えた。

　自分とあの英造との古い関わりについてどう告げようとも、義之の理解を得られるとは思われなかった。思えぬというより、強くそう感じていた。

　自分とあの英造との仲が何なのかを知れる者は、自分と彼以外にはあり得ぬことを彼女は知っていた。いやこの今になってますます強くそう悟っていた。そして、自分が心の中で抱きしめ信じつづけてきたものを誰が否むことが出来ようか、と。

しかしそれは、その相手が誰であろうと決して許されぬことに思えた。そう思い、たじろぎながらその訳を自分に問い直してみた時、突然彼女は何かに打たれたように身を硬くし、のけ反るようにして立ち上がりもう一度鏡に走り寄って自分を映し直してみた。

身の内に潜めていた自らも知れなかった激しい何かが今突然こみ上げ溢れてほとばしるのをありありと鏡の中に見た。今堰が切れたように、自分があの英造をまぎれもなく愛しつづけていたのを、いや今こそいっそう彼を愛していることを彼女は悟っていた。

そしてそれ故に、彼女は見境もなく自分を咎めようとしていた。彼が無頼の道に走り人をも殺め、今夫を脅し奪おうとしているのもすべて自分のせいだったのだと彼女は思った。いや、一途にそう悟っていた。それしか今の自分を救って支える術はありはしなかった。

自分が取り返しのつかぬ何か大きな大きな間違いを犯してきたのをたった今悟らされた思いだった。自分が実はあの英造を愛しつづけて来たことをこの今になってようやく知り直したことの過ちを、鏡の中の自分に告げることで彼女は茫然と立ち尽くしていた。

しながら彼女は先刻彼が口にした、この再会が仕組まれた訳を質す相手としての神の名を思い出し、それにすがる思いで神を呪っていた。

孝之から電話で、一度会って話したいことがあると告げられた時礼子には妙な予感があった。用件について質したが、じかに会って話したいその方がいいと思うという声の、いつものすがって訴えるようなとは違う無表情さが怪訝に思えた。

彼のせいで会社が抱えてしまった厄介がその後どう動いているのかはわからぬが、彼女が密かに英造に会い彼が彼女に告げた言葉が果たして事をどう動かすかもまだ彼女にも誰にもわかりはしないはずだった。

事の発端は孝之にあったとしても、英造が現実に会社に役員として席を占めるようになった今、会社側も相手の側ももはや孝之を介在させて何をするつもりもないに違いない。


翌日の午後告げられた時間通りに孝之はやってきた。

家の者が紅茶を出して引き下がった後、黙ったまま一口二口口にし、うつむいて何かを考えるように目を伏せ、ようやく思い直したように顔を上げるととりつくろったような微笑みを浮かべてみせた。

「実はこの前偶然にあなたを見たんだよ。結婚式でいったホテルでね」

探るように口を開いた。

何かの予感が当たった思いで礼子は相手を見つめ直した。

「信じられなかったな、あなたはあの男と会っていたんだね」

なお待つように見返す礼子を、彼自身もどんな表情をしていいのかわからぬようにまじまじ見直すと、

「あれは、兄貴から何かいいつかってのことなの。それにしても——」

自分が思わず固唾を呑むのを悟られまいと、努めて浮かべた微笑で彼女はゆっくりと否んで首を振ってみせた。

背筋を立てて座り直し、もう一度微笑み直すと、

「信じられないでしょうけど私あの男、彼とはずっと昔、幼なじみで知っていたんです」

「どこでっ」

「幼い頃父が灯台長としていった先の三宅島で、狭い小さな島ですからね。その後火山が爆発して彼の家族は集落ごと無くなって、彼だけが生き残って島を出たんです。そして一昨年お父様のお葬式に彼が現れたの。何年ぶりだったかしら、でもすぐにわかりました」

ゆっくり諳じるように礼子はいった。

そんな彼女を孝之はなお覗きこむような目つきで見つめてきた。

「なるほどな。でも、それは危ない話だなあ。ただそれだけであの男とじかに会ってあなたがいったい何を話したの」

「私には会社のことはよくわかりません。でも彼は結局役員として西脇に入ったんでしょ」

「だから？」

「その後また彼のせいで新しいどんな問題があるのか私は知りませんが、ただ、私主人からちらとですがいわれて、それだけはどうしても許せないことがあると思ったんです」

「何を」

「私たちのあの音楽のための財団を、彼が潰しにかかるかも知れないって」

「財団を、なぜっ」

「あそこで出ている赤字は背任だって」

「背任、そんな馬鹿な。でもどうしてあいつが急にそんなことまで」

「主人はそれだけしかいいませんでしたが。財団としては赤字かも知れませんが、あれだけ充実したお仕事をしていただいているのに。それが会社にどれほどの迷惑をかけているのでしょうか」

「いやそうだ、親父は別のことを考えていたみたいだが、あの財団はあなたが熱心に僕たちに説いて親父を動かして出来たんだったよね。しかしなぜそれをあいつが」

「心配でそれとなく島本さんに聞いたんです。彼は会社に断らずゴルフ場を沢山買って新しい会社を作ろうとしているんですってね。それを主人が背任だと咎めたら逆にいろいろこちらの弱みを突いてきて、自分も株主の一人としていえばあの赤字の財団こそ背任だと。そんなことになると、いつもお見えいただいている皇家にも御迷惑がかかりかねませんから」

「そうか——」

何かいいかけ、相手の手にある株のいわれについての自分の責任に気づき直してか孝之は口ごもり目を伏せた。

しかし思い直したように、

「でも、それだけのことであなたが出かけて行きあの男に会うなんて。いったいどんなふうにいったの」

彼が浮かべ直した微笑の皮肉な影に気づいて、彼女は努めた強い視線で相手を見つめ直した。

「私を、また助けてといったんです」

「また、助けて？」

「ええ、子供の頃に私、彼に命がけで二度助けられたことがあるんです」

相手の目を見据えながら押し切るようにいった。

そんな彼女をまじまじ見返しながら、

「命がけで、二度も」

「そうよ、父も母も知っています。あの人の頬の傷はその時のもの。そして次には彼は凍えて死ぬところだった。それでも私を守ってくれたんです」

諳じるようにいう彼女を、気おされ窺うように、

「その話、兄貴は知っているの」

「どうして、知る訳はないでしょう。あなたが質したから訳を話しただけです。私がそういって、じかに彼に会いますといって夫が許す訳はないでしょう」

諭すようにいう彼女をなぜか怯えたように見返しながら、

「それであなたは一人で出かけて行った。そして——」

口ごもり、

「で、結果はどうだったの。まさか」

見つめてくる相手に、

「ええ」

彼女は頷いてみせた。

「私を守るといったわ。はっきりと」

「財団には手をつけないと」

「そうです、必ず私を守ると。主人や会社のためではなしに、ただ私のために」

いい切る彼女を、孝之は半ば口を開いたまままじまじ見直していた。

「それは、どういうことなんだ」

「ですからそういうことよ。彼は私との約束は必ず守ります。だからもっと大事なことも話しました」

「どんな」

「それはあなたにではなし、必要なら主人に話します」

はっきり塞ぐようにいう礼子を孝之は怯えたような目で見つめてきた。

「いったいあんたら二人はどういう仲なんだ」

「いった通りのことよ、幼なじみの」

「その後、会ったことはないんだろう」

「そうよ。でも、死んだはずの彼がまた突然私の前に生き返ってきたんです」

目を閉じながらいう彼女を孝之は固唾を呑みながら見直した。

「しかし」

思い直したように間を置いて、

「それはずいぶん昔の話で、あの男が現れたのも長い間をおいてのことだろう。それでも——」

口ごもる相手を見据えながら、

「私にとって彼は死んだ人だったし、彼も私とまた出会うなんて思ってもいなかったでしょうね。でも、でも二人はまた会ったのよ」

「だからといって、島を出て行った後、あなたにまた会うまで彼がどんなことをしてきたか」

「夫がいっていた通り、人を殺したこともあると自分でいいましたわ。そしてお父様を死なせたのもと」

「だろうっ、やっぱり」

乗り出していう相手に、

「でも私たち二人のことは、そのもっともっと前のことなんです。あの時あの島の山が火を噴いて崩れなければ、今の彼はもっと違ったものだったでしょう。運命なんてわからないものね」

いった後身動ぎせずに見返してくる相手を、孝之は気おされたようにただ見つめていた。

間を置き、思い直したように、

「しかしあなたがそういうだけで、何もかもが、財団にしたって、安全などという訳にいきはしないよ」

努めて皮肉な笑みで孝之はいった。

「ええ、ですから結果を見て下さい。彼が私を裏切るかどうか」

「裏切る、あなたたち二人の仲というのはいったい何なんだ」

「それはきっと誰にもわからないと思うわ。でもそれでいいのよ」

「兄貴にもかね」

なぶるようにいう相手に、

「私たちは夫婦です」

「だから？」

「彼にはわかってもらえるように話しますし、わかってくれると思います。でも何よりも結果がそれを証してくれるでしょう」

「なら、あなたがさっきいった、あの男と話したもっと大事なことというのは何だい。うちにとったらあんな財団なんぞ小さなことなんだ」

問われて微笑み直すと、

「一番の問題は、大切な書類が、脱税を証す念書が彼の手にあるということなんでしょ。それを見せるといったわ」

「見せてどうなる」

「ですから、その後のことは時を見て主人に話します、あなたにではなしに」

咎めるように見返してくる相手に、

「今日貴方と話したことは主人にはまだおっしゃらないで下さいな、いずれにせよ結果でわかることですから。彼は、浅沼は私との約束は必ず守ります。でもそれは、西脇の会社とは関わりないことなんです」

「それはどういうことなんだ、あんたら二人の間というのは何なんだ」

咎めていう相手に、

「必要なら彼にお聞きになったら」

「僕はわざわざ貴女に聞いているんだよ」

かぶせるようにいう相手に、

「私がそれを聞かれて答えなくてはならぬのは夫にだけですわ」

「結構。なら兄貴には話すべきだよ」

「わかっております」

はっきり頷いてみせる礼子に孝之は肩をすくめ作ったような微笑を浮かべてみせた。その笑みはなぜか彼女には卑しいものに感じられた。

何かを狙って窺うような相手の表情を見返しながら突然礼子は、今この男を前にして自分が実はとても危うい所に立たされているのを悟っていた。

思い切って自らいい出して会った英造は、密かに祈り願っていた通り彼女に向かって肯んじてくれたが、それで得た安堵と満足は夫にもその弟の孝之にもどう通うものでもありはしなかったろう。ましてや彼女が、自分にとって生きて戻った彼に強く悟り直したものは、義之の妻である立場からすれば背信にもなり得ることだった。

そして目の前にいる孝之は、偶然に二人を目にしたことで彼女に何を質し彼女が何を答えようと、二人の会遇にそれを嗅ぎとっているに違いなかった。

英造との奇跡のような再会の後、彼女が何万光年か離れた星からとどいた光の伝えのように突然今さらに悟らされた彼との関わりの意味はすなわち、夫である男との関わりをはるかに超えるものでありそれ故に夫への背信に違いなかった。

そして今目の前の夫の弟である男はそれを感じとり察知しようと努めながら、それを悟られまいとするように好奇で卑屈な笑みを浮かべながら彼女を覗きこんでいた。

その相手を見返しながら彼女はふと、体の内にあるものを感じていた。遠いかすかな、しかしある確かな鳴動のような何かを。それを確かめようと思わず目を閉じ耳をすましてみた。

その何かに覚えがあった。あの夜夢の内にそれを聞き取って目を覚まし、母親に告げられて知ったあの響きだった。島が揺れあの山が火を噴いて崩れ流れ落ちてきた時の深く遠い地鳴りだった。

今そんなものがここで聞こえる訳はないのを知りながら、あの夜のように何かが今自分の足下を揺るがそうと迫ってくるのを彼女は感じていた。

義之がいかにも疎ましそうな目で自分を迎えるのがわかった。会ってさしで話したいことがあると告げた孝之に相手は電話ですませろといったが、会わなければ話せぬことだと彼はいい、三日待たされての顔合わせだった。

こうしてじかに会うことの不本意さを露骨に示す相手の眼ざしに抗うように、彼も努めた無表情で向き合った。

「何だ、いったい」

最初から咎めるように義之はいった。

「何かは知らぬが、お前がわざわざ持ちこむ話なら誰か会社の者を立ち合わせた方がいいんじゃないか」

突き放すようにいう相手に、

「その方がいいなら、大方を聞いた上にしたら」

皮肉めいた笑みで頷いてみせた。

「なら、いきなりいうけどね、あんた礼子さんがあの浅沼と前から知り合いだったということは知っていたのかね」

いわれたことの意味が解せぬように、

「どういうことだ」

「ということさ。俺は偶然に知ったんだが」

「まさか」

「と俺も思ったよ。彼女はあの男と、そう、今から一週間前にホテルで会っているよ」

「ホテルで」

「ああ、ホテルオークラでね。俺は結婚式に呼ばれていって偶然目にしたのさ。あの男が先に部屋から出てきて、その後間を置いて彼女が出てきたんだ」

「なぜ」

「だから俺もそれを彼女に質したんだよ。あんたの家まで行ってな」

「俺の家で」

「余所で出来る話と違うだろうからね」

気負って追いこむようにいう相手を義之は首を傾げたまま測るように黙って見返し、間を置いて顎を動かすだけで促した。


大方を話し終え窺うように見つめてくる孝之に、

「なるほど」

わずかに首を傾げながら頷いてみせた。

「なるほどかね」

畳んでいう相手にすぐには答えず、義之は腕を組んだまま何かを探すような目で天井を仰いでいた。

その胸の内にあるものを探ろうと身を乗り出し見つめてくる孝之を外すように、

「なるほど、偶然というものはあるものなんだな」

嘆息するようにいった。

「しかし、どうする気だね」

「その話は多分、その通りだろう。彼女が嘘をついてまでそんなことをするいわれはない」

半ば目を閉じながら義之はいった。

「その通りとは」

「だから、そういうことで彼女が決心して出向いて行った限り、財団についてはな。しかしそのことでこちらがわざわざあいつに念を押せる話じゃあるまい。礼子がいった通り結果を待つしかありはしない」

「あの男は、彼女に例の念書を見せてもいいといったそうだよ」

いいつのる相手に、

「見せられてどうする」

「それから先のことはあんたに話すといっていたよ」

いわれて黙って測るように目を閉じたまま、

「それから先とは、どういうことだ」

問うた義之に、

「彼女にあれを取り戻させることは？」

いわれて相手を哀れむような微笑で義之は見返し首を横に振った。

「お前が相手だったらどうするね」

「しかし彼女は自信ありげだったよ、なぜか訳はわからぬが。あの二人の関わりというのは何なんだ。いくら二度命がけで助けられたとはいっても、それも子供の頃だ」

「知らん」

強く塞ぐように義之はいった。

「もういい、わかった」

去るように顔で促され、立ちかけながら、

「二人はまた会うかも知れないな、あんたはそれでいいのかね。その先何が起こるか知れないが、誰か人を付けるか、せめて人に尾けさせた方がいいんじゃないかね。何にしろあの二人の仲は尋常じゃないぜ。幼馴染みのじゃれ合いですむことかね」

いった相手を義之は何かをこらえるように口を歪め見つめたままだった。


その夜義之は家で食事する折にはいつも自分で整え軽く口にするウィスキーも飲まずに早々と夕食を終えた。

家政婦が食卓のものを下げて二人の前から退いた後、思い直したように急に礼子を奥の応接間に促した。

いわれるままに従いながら彼女には予感があった。

部屋のソファに斜めに向かい合って座ると、意を決したように、

「実は妙な、いや、というより思いがけないことを聞いたんだが、君はあの浅沼と幼馴染みだったんだそうだな」

質そうとする彼女を手を上げて制すると、

「今日突然孝之からいわれたんだ。それで君はあの男とホテルオークラで会った。本当かね、そうだとしたらいささか軽率じゃないのか」

いわれて迷いながらのように姿勢を正し夫に向き直ると、

「そうかも知れません、まずあなたに打ち明け相談してから行くべきだったかも。でも――」

「でも何だ」

「私とても我慢出来なかったんです、とても許せぬことに思えました」

息急《せ》ききっていう彼女に、

「しかし君にあの死んだ犬を送りとどけてきた奴が、まさにあの男だとは知っていたのだろう」

「ええ、でもあんなこととは違います」

「何が、どう違うんだ」

「彼が今どんな人間になっていようと、私たち二人の昔の関わりにとって音楽は」

「音楽が、何なんだね」

「それは私たちにしかわからないことなんです、そうだったはずです。それがあの頃の私たち二人だけのことで、今ではもうそうでないとするなら――」

「何だ」

「私、絶対に彼を許せないと思ったんです」

いった彼女を首を傾げながら見直すと、

「しかしあの男がどんな人間なのか知っているのだろう」

咎めていう夫を懸命に見つめ直すと、

「ええ、知ってます。聞かされていた通り、他にも人を殺したことがあると、自分でもいいました。でも」

「でも、何だい」

「あの人、彼は前とはまったく違ってしまったんです」

「前とは」

「私たちのいたあの島が突然火を噴いて崩れて、彼は父親と兄二人を亡くし、母親は気が変になって亡くなりました。あんなことさえなければ、彼はもとのままでいられたでしょうに」

「そうかな」

塞ぐように義之はいった。

そんな夫に今ここで、自分とあの英造二人にあの島であったことのすべてを話し、話すだけではなしに理解させなくてはと彼女は願っていた。さもないと彼女の今いる世界の何もかもが崩れてしまうような予感があった。

それで何がどう変わるのかは定かではないにしても、それを防ぐということなどではなしに、その前に、夫にだけはある何かを確かに伝えわかってもらいたいと願った。それだけが今自分に出来る夫への務めだと思った。

義之は言葉を挟まず、ただ黙って彼女のいうことを聞いていた。

話し終えた時、

「なるほど、君もいろいろ大変だったんだな。そうか、あの島か」

いったが、夫の顔からは何も窺えはしなかった。

そして逆に、彼の面の無表情に彼女は故知れぬ危ういものを感じていた。

孝之が何をどう話したかは知らぬが、あるいはもっとその前に、義之は二人についての何かを知っていたのではないかとさえ思えた。

「ですから」

いい添えようとした彼女を遮るように、

「そうかな」

小首を傾げながら義之はいった。

「そうかも知れないし、そうでないかも知れないな。あの男は生まれつきあんな人間なのかも知れない。子供の頃君を命がけで守ってくれたというのは本当のことだろうよ、しかしそんな気質が結局あんな男を作ったのじゃないかね。

君には有り難い思い出、忘れられないことかも知れないが、今現実に、あいつは親父を殺しうちの会社を乗っ取ろうとしているんだ」

「わかっております。でも」

「でも、何だ」

「そのことには、こちらにも、こちらの事情があったのでしょう――」

いい澱む彼女を義之は口を歪め一瞬険しい目で見返した。

相手を測り合うような沈黙の後、

「でも何だろうと、私にはあのことだけは許せないと思えたんです。それだけはわかって下さい」

何かを晒すように礼子は身を起こし、夫を見つめ直した。

「音楽か、それも結構だがこちらはそれどころの話じゃない」

吐き出すようにいう夫に、

「だって、私に出来ることはそれしかありはしませんもの」

「出来るといっても、相手は他との兼ね合いであいうことをいい出し脅しをかけてきているんだぞ」

「いえ、あの財団だけは絶対に大丈夫です。見ていて下さい」

「ほう、なぜそういえる」

「彼は私にはっきり約束したんです、私を守ると。いった限り彼は、必ず守ります」

訴えるようにいう彼女をまじまじ見直すと、

「君らは、君とあの男は、いったいどういうことなんだ」

「ですから申し上げた通りのことですわ、ただそれだけの」

「ただとはいうが、あの男は君にとって死んでしまった人間じゃない、現にお前の夫の会社を強請り、お前の夫の父親を殺しているんだぞ」

「それはよく知っています。あるいはあなたがおっしゃる通り、あの頃命がけで私を守ってくれたような人だからこそ今みたいな人間になったのかも知れません。でも、でもあなたにはわからない——」

いい澱む彼女に咎めるように、

「何が」

「あの夜私たちが見たものの恐ろしさは、誰にもわかりはしません。小さな島が揺れ動いて、目の前の山が火を噴いて崩れて流れ出したんです。火の河が彼の家のあった集落を吞みこみました。彼がその河の上を私を助けに走ってくる夢を何度も見ましたわ」

諳じるようにいう彼女を義之は驚いて、というよりおぞましげに見つめていた。

「なるほど、するとあの男は君にとっていったい何なんだ。神様かね」

夫が口にしたその言葉を聞いた時礼子は体の内を貫いて走る何かを感じていた。

あの時と同じように、そして孝之が偶然彼女たち二人を見かけたことで何かを嗅ぎ取ろうとしあの卑屈な微笑で問いかけてきた時も、遠い地鳴りのように何かが体の内で鈍く鳴動し座っている足元が揺らぐような気がしていた。

「神様——、いえ、でも私は子供の頃、神様があの人を私のために送ってくれたんだと思ってました」

「なるほど、そうかい」

頷いていう夫の声にこめられた皮肉な影にたじろぎながら、彼女は自分があるいは今失いつつあるのかも知れぬものの予感に、身を震わせ立ちすくむ思いだった。

「でもあなた、わかって下さい、それはそれで私にとって大切なこと、大切な思い出なんです。あなた方兄弟に出会う前、そのずっと前にも私に私なりの人生はあったんですから」

半ば目をつむって何かを懸命に唱えるようにいう彼女を見つめながら義之は、礼子と出会って以来初めて彼女の内にまったく別の女を見るような思いでいた。

そしてそのことの内にさらにもっと他の何かを感じ取り、見とどけなくてはならぬはずなのにそれが出来ぬ自分に彼は苛立ち焦っていた。

間を置き、ようやくのように、

「結構だ、わかったよ」

努めて無表情に答える夫の声にこめられた疎ましさに、彼女は思わずぞっとした。

そして何か次の言葉を探さなくてはならぬはずなのに、それが出来ずにいる自分に彼女は焦り怯えていた。それを手で探して捉えようとするように、膝の上の衣装を固く握りしめながら、

「私がしてしまったことが、差し出がましかったら許して下さいませ。ぶたれても結構です」

「お前を殴ってどうする。殴ってすむようなことじゃないよ」

白けた顔で義之はいった。

そんな夫にとりすがってでも、これだけはなんとかわかってほしいと礼子は思った。

そうでなければこれからの二人の仲に何もかもが成り立たないだろうという強い予感があった。

「でも、私にはどうにも許せぬことに思えたんです。一度私の前から消えて死んでしまった彼がまた生き返ってきて、それで私を守らずにそんなことをするなら、あの島での出来事はいったい何だったのか。そんなことなら彼はあの時本当に死んでいた方がよかったんです」

「なるほど。それで君は彼にそういってやったのか」

「ええ」

「それで、彼は」

「その通りだ、わかっている、決してそうはしないと」

「その通りね。なぜかね」

「なぜでもです。とにかくあの財団だけは私がきっと守ります。それが、どれほどおためになるかはわかりませんが」

いった彼女を肩をすくめて見返しながら、

「なるほど段々わかってきたような気がするよ。つまり彼がじゃなしに、君が彼にとって神様ということなのか」

薄く微笑いながらいった。

「そんなふうにおっしゃらないで下さいな。お気にさわることかも知れませんが、あなたと出会うずっと昔の、でも私にとってはどうしても忘れられない出来事だったんです」

「俺の知れぬ、君だけの人生での美談か。結構だな」

突き放すようにいう夫が、何かを懸命にこらえながら無表情をつくろっているのがわかった。そしてそれを隠しきれずにただ鼻白んだふりをしていう夫に、抗ってでもいわなくてはならぬことがあるはずなのにそれが出来ず、礼子はただ身をすくませながらうつむいていた。

今夫の心の内深くにあるものが自分のしたことへのただ危惧などではなしに、もっと強く大きな不本意なのが感じられてわかった。

そしてその訳は彼女が英造と会って家に戻った時、鏡に映した自分の顔を見て悟ったことの故に違いなかった。そのことについて彼女が何を告白した訳でありはしないのに、義之は夫として男としてそれを感じとったに違いなかった。

それは夫への背信、不貞といわれてもたがわぬものだったかも知れぬが、しかしなおその咎めは彼女にとっても不条理きわまりないものに違いなかった。しかし今彼女に出来ることは、こんな人生の罠を仕組んだ何かを呪うことしかありはしなかった。

　自分がしたことは夫に断りなしの大それた買い物や、家事でのとんでもない粗相、あるいは隠れて抱えてしまった大きな借財などとは違っていた。常識では考えられぬ軽率だろうと、彼女がそれを行うに、彼女にしか知れぬ彼女にとって絶対の理由があった。理由というよりも理屈では塞ぎきれぬ、夫の知らぬ彼女自身の人生をかけての気持ちの高ぶりだった。

　しかしそのための説明が、二人を垣間見た孝之や、それを告げられた夫の義之にどう伝わるものではないだろうことも彼女は悟っていた。

　自らいい出して英造に会ったところをいかな偶然にせよあの孝之に見られたということで、彼女はあずかり知れぬ運命なるものの予感に立ちすくむ思いだった。

　今自分が夫と、ある初めての関わりに立たされているのがわかった。それは刀の刃を踏んで立ち尽くすような感慨だった。

　どちらに踏み出しても、わずか身動ぎするだけでも踏まえた足が切れて血が流れるに違いなかった。もしここに血を分けた娘がいてくれれば僅かの何かの救いになってくれたかも知れぬが、彼女は今までのいつにもなく孤《ひと》りきりで、行きづまりの道に追いこまれ身ぶるいする思いだった。

　互いに言葉もなく視線をそらせて座ったまま、ものいわなくなった夫を前に彼女は身動ぎ出来ずにいた。

気がつくと涙が流れていた。何で自分が涙しているのかがわからぬまま、罠に陥ちた獣のように自分が今あるところがにわかにわかにわからぬ気がしていた。

そんな彼女を斜めに見据えながら、ようやく、

「泣くことはないと思うがね。君があの男との昔の縁からどう思い立ったかはわかったが、それですめば結構だ。あの財団を彼がどうしようとするかはやがてはわかることだろうさ」

鬱陶しそうな声で夫はいった。そして思い直したように身を起こすと、一度しわぶきし、

「あいつは君に例の念書を見せるといったそうだな」

「ええ」

すがるように向き直り彼女は頷いてみせた。

何かに躊躇しながら、そんな自分を努めて押し切るように微笑し直し、探るように、

「それはどういうつもりのことなのかね。孝之は、あるいは君の手であれを取り戻すことが出来るのじゃないかなどといっていたが」

見直した相手の面に浮かんでいる笑みはなぜかこの前の孝之に似てどこか卑しげに見えた。

彼女はそこに今まで見たことのない違う夫を見るような気がしていた。

「どうなんだ、俺にはまったく想像もつかぬことだが」

いった後ひきつった微笑のまま、

「世の中、思いもかけぬことがあるようだからな。君とあの男がこうしてまた出会ったということもふくめて」

いわれて彼女は自分が今際どい所に立っているのを知っていた。英造にいわれなくても、家で漏れ聞いた夫と孝之の会話からして、あの念書を彼に握られたために会社がどんな瀬戸際にあるかは理解出来た。

その書類を君に見せよう、渡してもいいと彼はいったのだった。そのことが会社にとって何を意味するかも想像出来た。しかしそれ故にもそれはあり得ぬことのはずだった。がなお彼はあの時そういい、彼女もそれを信じた。

それは互いに生き返り巡り合った二人にとって、あの時あの場ではまがいもないことだった。

あの後彼が何を胸に抱えて帰っていったかは知れぬが、彼女は戻った家で一人きりになった時悟ったのだ。それ故にも彼があの時いった言葉を信じようとしていた。

しかし思い返せばあの時二人が交わした会話は、互いに胸から激しく溢れ出したもののために、端から眺めればただとりとめもないことだったかも知れない。しかし何だろうと二人はあの時あることを確かめ合い、満足したのだ。

だがそれはあの時二人が昔に真似て交わした指切りのように、世間には通らぬ他愛ない約束に過ぎぬものだったかも知れない。

「どうかね、もしあの念書がこちらの手に入ればうちは安泰だ、嘘みたいな話だが。しかし、ただでとはとてもいうまいな、そんなはずはありようない。それでももしあの書類がなくなれば、後はどうにでもなる」

「どうにでもとは」

問い返され義之は値踏みし測るような目で彼女を見返した。それもまた彼女が初めて見る夫だった。

「あの男の扱いだ。最後にはあいつを放り出す方法はいくらでもある」

いった後、見返す彼女をなぜかたじろぐように険しい眼ざしで見直し、

「あいつが勝手に作ろうとしているゴルフ場の会社くらいはくれてやってもいい。君からそういってやってもいいんだ」

いって見つめてくる夫に何と答えていいのかわからず、

「そんな会社のことは私にはわかりません、でも」

「でも何だね、あいつがただであれを渡す訳はない。お前とあの男の関わりが何だろうと、君が背負っているのはせいぜいあの財団だろうがあいつはもっと大掛かりなものを狙ってい

るんだ、馬鹿な取引をする訳がない。しかしお前があいつに会ったというのは取引のきっかけにはなるかも知れない、怪我の功名ということだよ」

いわれながら、いつにない測るような夫の口調に彼女はうそ寒いものを感じていた。

その後義之は眉をひそめたまま何かを考えるようにものをいわなかった。

「ならば、私この先何をしたらいいんでしょう」

抑えた声で質した彼女に、口元を歪めながら、

「そうよな、ならばあいつが君を守るためにもいったいどんな条件であの紙を渡すつもりがあるのか、それが知れればいいよ」

彼女が初めて聞く他人の声で夫はいい捨て、先に立ち上がり一人で寝室に入っていった。


居間に戻り礼子は何かを探しすがるような思いで鏡に自分を映してみた。さっき思わず流した涙はとうに乾いていた。あの孝之から聞かされたことで夫がどんなに驚かされ、そして得もいえぬ不快を抱いただろうかはよくわかった。

しかしなおそれは、彼女自身の意思の及ばぬ、いくつもの偶然によってもたらされたものに違いなかった。

そしてそれを人は運命とも呼ぶに違いなかった。その限りでそれを何が、誰がどう咎める

ことも出来ぬものだったろう。それを後に知った者がどう感じとろうと、それも防げぬことに違いなかった。それを聞いて夫が感じたことを彼女もどう咎めることも出来はしまいし、ましていい訳の及ぶことでもありはしまい。

鏡の中の自分にそういい聞かせた後、彼女は突然限りなく不安で、限りなく孤りだった。そんな自分を救いたい、救われたいと身悶えし思わず、

「英兄ちゃん！」

声に出していった鏡の中の自分に礼子は眼を見張っていた。

「英兄さん」

声はいきなりいった。

「私です」

間を置き、しわぶきの後、

「ああ俺だよ、礼ちゃん」

彼もいった。

「何があった」

直截《ちょくせつ》に彼は質してきた。

「夫は私がこの前あなたと会ったことを知っていました」

すぐには答えず、何かを考えた末に、

「ほう、なぜ」

その声の何に動じたこともなさそうな様子に彼女はほっとした。

「夫の弟の孝之が、同じホテルであった結婚式に来ていて偶然私たちを見たんです」

「なるほど、で」

いった後、遠くから察したように、

「礼ちゃん、何を気にすることもないぜ。聞かれたら、ただ俺たちの昔のことを話してやったらいい」

微笑みをふくんだ声で彼はいった。

「そうしました、あなたには二度も助けられたと。あの時、あなたがいなければ私の楽譜は戻らなかったし、私は凍えて死んでいただろうって」

「そうだったかも知れないよな。で」

「でも、でも夫は不満そうでした」

何かを測るように間を置いた後、同じように微笑みをふくんだ声で、

「そりゃそうだろう。自分の奥方が会社を強請っている男と昔馴染みで、命の借りまであるというんじゃ社長も立つ瀬がないさ」

そして、

「そうか、あの弟が俺たちを見てチクったのか、なるほどな」

なぜか弾んだ声でいった。

「こんな偶然って、どういうことなんでしょう」

「それは、つまり俺たちの縁ということだよ。それも、あの安い野郎がいなくてはあり得なかったことなんだな」

いって声に出し笑ってみせた。

「それで、亭主は何といったのかな」

「あなたのいったことが本当かどうか、結果を見ればわかると」

「そりゃそうだ」

「なら、私は信じていいんですね」

「今さら何をいうんだ。で」

いわれて一瞬、相手がどういうつもりで何を質そうとしているのかを彼女は考えようとし

た。しかしそう思うことの不本意さにすぐに気づいた。今さらに彼と話し合うことに、何を隠し何をためらうことなどなかったはずだった。

「それより、私この先何かとんでもないことになりそうな気がしてならないんです」

「なぜ」

「なぜって、そんな気がして」

沈黙があり表情を変えた声で、

「そう思うかい」

問われてそのまま答えていいかわからず、言葉を探しながら出来ずに、

「ええ、とてもそんな気が――」

答えが返らぬ沈黙の中で、彼女は手にしている物の中に自分を見つめてくる相手の強い視線を感じていた。

長い間を置き、

「俺も、そんな気がしているんだよ」

つぶやくように彼はいった。

「それは、どういうこと」

「ただ、それだけだよ」

そして気をとり直したように、

「もう一度どこかで会おう。君の亭主が君にいったことはまだ他にあるんだろう」

諭すようにいった。

「今度は俺が、誰の目もとどかぬ場所をとるよ。来てくれるよな」

いわれて思わず、

「英兄さん、私を助けて、私もう何もかもわからなくなって」

いった彼女を迎えるように、

「ああ、助ける。必ず」

英造はいった。


二日して英造から場所と日時の連絡があった。

用心してのことだろう、死んだ彼女の父親の名前でかけてきたその電話を彼女はすがるような思いで手にした。

その日の朝、身支度している義之に彼女が手渡した身の周りの物を受け取る時の夫の、差し出された手を逆に払うような仕草にこめられたものに彼女ははっとし、それに気づかれたことを感じてのように、顔をそらせたまま無言で部屋を出て行く夫の背に今までのいつにもない何かをまざまざ感じていた。

そしてそれが何なのかを彼女も夫も知りながら、どうしようもなくいることに胸のつまる思いだった。

呼んだ車が着いたと知らされ玄関を出る時、後ろ手に閉めた扉の取っ手から手を離すのに自分が一瞬躊躇しているのを感じ、彼女は立ちすくんだ。

自分が今感じているものが何かがわかるようでわからなかった。それを振り切るように歩み出した時一層の強い予感があった。

何か取り返しのつかぬものに向かって自分が進もうとしているのではないかと、足下に掘られているかも知れぬ奈落を確かめるように思わず立ち止まってみた。そして迎えにきたハイヤーの、扉の前に立っている運転手の慇懃な笑顔に促されてようやく踏み出し車に乗りこんだ。

出がけにネクタイを結びかけたまま鏡に見入っていた彼に、

「あなた、何かまた厄介なことでもあるんですか」

和枝が尋ねた。

「なぜだ」

「なんとなく、そんな」

「女の勘か。別に」

「ならいいけど」

見守る相手に、ネクタイを結んだ後向き直ると、

「仕事がらみで、お前のことを考えていたのさ」

作った笑顔でいった。

「私の、何を」

「今度作る会社の上に据える人間がうまく見つからないんでな、いっそお前にしようかと」

「止めて、そんな」

「しかし、折角のことなのに見回してみると周りにまともな人間がいねぇのさ」

「父は知っているんですか」

「いや、まだ」

「私あなたのためになら何でもするけど、父の差し金なら嫌よ」

「同じことじゃないか」

「同じじゃないわ」

「我が家のためだぜ」

「本当にそんなことなの」

「なぜ」

「なぜって、あなたこの頃今までと違うわ」

「どう違う」

「疲れてるってより、何かで困ってるんですか。いつも浮かぬ顔して」

見つめてくる相手に、

「なるほど」

肩をすくめ、

「ま、お前に心配かけるほどのことじゃないよ」

いいながらうそ寒いものを感じていた。

高台の坂を上った上の袋小路の奥に教えられた店はあった。小広い敷地の手前に本館があり、玄関の受付で浅沼の名を告げると、打ち水の利いた庭を抜け建物の斜め奥に散らばった離れ屋の一つに案内された。

靴脱ぎの石の上にはもう彼の履物があった。女中が来客を告げ、襖を開けた中に英造は床の間の柱にもたれて座っていた。食事はいいつかっていない客を心得て卓の上にはもうお茶と茶菓子が用意してあり、案内した女中はそのまま引き返していった。

体を起こして向き直る彼はなぜかまぶしげに、この前よりもはにかんだような眼ざしで見つめてきた。

「お騒がせしてすみません」

手をついていう彼女へ、

「いや驚いたよなあ、あそこにあいつがいたなんて。でもその方が手っ取り早くって良かったんじゃないか。どっちにせよ、いずれはわかったことじゃないか。わからずにすむことじゃないよ」

「どうして」

「なら、君はこのまま一生ずうっと互いに知らぬ顔してすませられたかい。この俺が君の亭主の会社といろいろ深い関わりになって現れてきながら」

覗くように質した。そのまま二人は黙って見つめ合ったままでいた。

そして強く首を横に振ってみせる礼子に、

「だろう。しかし、いったい誰がこんな風に仕組んだんだろうとつくづく思うよ」

「神様でしょう、あなたがいったように」

「だからその神様って奴に聞きたいよ、これからいったいどうしたらいいんだと」

微笑みは浮かべながら、前の時以上に硬い表情で彼はいった。

「私たち、またこの前と同じことを話しているみたい」

いった彼女へ挑むように、

「そうさ、そうだよ、それ以上に二人で何を話すことがある。あんな念書や亭主の会社のことなんぞどうでもいい。なら、俺たちこれからいったい何をどうしたらいいというんだ。神様なんかどこにもいやしない」

「だから、あなたが教えて」

「いや、君が教えてくれよ、頼む。あの時この俺に楽譜を指してここで頁をめくれといったように」

「私にはわかりません。まるで自分が二人いるみたいで、その二人の自分をどうしたらいいのかわからない」

いいながら突然何かが体の内で堰を切って溢れ出し、嗚咽を押さえ切れず声を放って泣き出す自分を礼子は許していた。

そして英造はその彼女を身を凝したまま黙って見守っていた。体を震わせますます激しく泣きじゃくる彼女を、彼はあの中学校の校庭で初めて耳にしたものを訪ねあて、目にして聞き入った時のように陶然と眺めていた。

泣きながら切りなく流れる涙のままに、体の内にとぐろを巻くようにわだかまっていた何かが溶けて流れ出し、身が軽くなっていく自分を礼子は感じていた。それは昔手掛けて難しかった何かの曲をようやく弾き切った時のような、呆気なくもしみじみした感慨だった。

泣きながら顔を上げ彼を見直した時、あの時講堂のピアノに寄り添って立ちながら彼女を見守り励ましてくれたように英造は黙って強く頷き、にじり寄り手を伸べると彼女の手をとりそのまま引き寄せて肩を抱きしめ、その腕の内に預けきって仰向いた彼女にしっかりと唇を合わせた。

その感触に蘇る記憶があった。あの山の嵐の中で行き暮れ凍てていく最中に、岩陰で彼女をかばって抱きしめながら安心させるように彼が押しつけてくれた、それだけが暖かかった唇の感触だった。

唇を合わせたまま二人に今起こったことを確かめ直そうと見開いてみた目の前にまぎれもなく、怯えてすがりつく礼子が在った。あの時のように凍てついて半ば気を失ったように彼女は目を閉じ、預けきったように彼の腕の内で身動きせずにいた。

片手を伝わらせて確かめた腕にしているものの、その胸の、その四肢のたわわな感触さえ遠く覚えのあるものに感じられた。

あの時、凍えて痺れてしまった体の内に、遠くから伝わる救《たす》けの声を聞きながら蘇ってきた知覚と同じように、時間を超えて過去が蘇りそのまま今に重なってくるのを英造は感じていた。

合わせられていたものが離れた時彼女は初めて気づいたように身を震わせ、逃れるように彼の腕の内でもがいたがその腕はより強く彼女を引き寄せ抱きしめた。

そして彼女の内から最後の何かが溶けて消えさり、彼女は自ら求めるようにしがみつき唇は彼女の方からまた激しく重なり合った。

その後二人は何かの儀式をようやく終えたように得心し間近に見つめ合っていた。

彼女を抱きしめたまま、

「君がこの前、俺を呼び出した訳は何だったんだ」

あやすように彼が尋ねた。

答えようとしたが、なぜかそれはもうどうでもいいことに思えた。

「ん」

抱えたままの体を小さく揺すりながら彼は促した。

腕の中でうずくまるように相手の胸に顔を押しつけながら彼女が話し終えた時、英造はなぜか声を立てて笑い出しさらに堅く彼女を抱きしめ直した。

「そうか、そういうことなのか」

抱きしめたものを揺すりながら、

「ものはいってみるもんだな。そうだったのか、あの島本のとんだ忠義だてか」

笑っていう彼に抗うように、

「でも私は夢中だったんです、私にとって最後の夢みたいなものに思っていたんです」

「だろうな、でも俺に守れといったのはただそんなものなのかい」

そしてまた声を立てて笑うと、さらに強く抱きしめたものをそのまま自分の体ごと横に押し倒した。

彼の手が胸を開きさらに自分を晒し出そうとする時、彼女はまた突然体を揺するかすかな地鳴りのようなものを感じていた。それはどこか遠くからなどではなしに、彼女の体の内の底からはっきりと聞こえ伝わってきた。

「本当は俺たちは、俺たちは、こうなるはずだったんだ」

彼女にというより、何かに向かって挑んで叫ぶように彼はいった。

「だろう、そうだろう礼ちゃん」

いいながら確かめるようにかぶせられる唇に、頷いて応えるように彼女も相手をかき抱き抱きしめ直していた。

失われていたものを懸命に取り戻し、二度と失うまいとするように荒々しい息遣いで英造は礼子を押し開き、幼いほど性急に彼女に押し入ってきた。

受け入れながら彼女は夢というよりも失神に近い知覚の中で、現実の時も所も超えたどこかの宙空に漂っていく自分を感じていた。

やがてどこからか遠くの声が彼女を呼び返していた。自分を押し広げかき抱きながら間近に見下ろす彼が呼んでいた。

「礼ちゃん俺は戻ってきたぞ、戻ってきたんだぞ、君のためにな」

叫ぶというより呻くように彼はいった。

そしてその彼が今まぎれもなく自分を抱き敷き、彼女の内一杯に自分を占めてあるのを彼女は悟っていた。

まつわりつきとどめようとしているもう一人の自分を突き放すように目を閉じ呻きながら、

「英兄さんっ」

彼女は懸命に彼の名を叫び、それを果たしながら気を失った。


うつつともつかぬ半ばの夢の中で彼女はあの夜あの島で見たように、体の内に潜んでいたものが激しく揺るぎ火を噴いて流れ出すのを感じていた。

そして燃えながら流れる河の上を自分に向かって一人走ってくる彼だけではなしに、その彼を迎えて火の河の上を走り寄り手を取り抱き合う自分を見つづけていた。

夢は次第に姿を変え燃える河の上で抱き合う二人は火を噴く前のあの山の内輪の草むらに移り、抱きしめる彼の腕の中で彼女の時はきりなく溯り、やがて二人は四方に光る海を見はるかす山の頂にあった。

飢えた獣が屠《ほふ》った獲物をあさるように初めは猛々しく、やがては抱き敷いたものが逃れようないまま何もかもあきらめて目を閉じかすかに息づきながら彼を受け入れ、さらには応えるように呻いてその手が伸べられすがるように彼の腕を捉えてくるのを感じながら、英造は二人が今至ったものの中にある運命を改めて予感していた。

あの島での帰り道待ち伏せていた多勢と彼女の楽譜を取り戻そうと捨て身で争った時、そして無頼と放埒に過ごしていた若い頃何度かやった自棄に近い狼藉の折々に彼を駆り立てた、死ぬことを恐れさえしなければという、彼を陥れようとしているものへ正面切って挑んだ衝動が今またこの甘美な瞬間にかまいたちのように彼を襲い、音もなく裂かれた傷から流れている自分の血を不遜にすすりながら、嘯くようにどうにでもなれ、必ずどうにでもなると彼は自分にいい聞かせていた。


繰り返して襲う波がいつよりも高く大きくうねって押し寄せ、最後に大きく砕けて飛び散り静謐に引いていった時、過ぎていったものを確かめるように礼子はそっと手を伸べ彼の左頰の傷跡に触ってみた。

その手で乱れた裾をそっと整えながら、

「あなた、本当に英造さんだわ」

自分に収うように彼女はいい、彼は黙って頷いた。

そして、

「君も、こんな君だったんだ」

彼はいい、彼女も頷いた。

「でも、私は変わってしまったわ」

一人ごつようにいった彼女を抱きしめたまま覗きこむと、何かに向かっていい渡すように、

「いや、変わっちゃいない絶対に、二人とも昔のままだ。君は俺が思ってきた通りの人だ、どこも変わっちゃいない」

断ち切るように彼はいった。

その言葉に安んじたように礼子は彼の腕の中で目を閉じ直した。しながら、この今が、まがいもなく三十年近いあの昔に繋がり重なるのを感じていた。

そのままどれほどの時が過ぎたのだろうか、醒めまいとしてすがる夢が褪せてうつつが蘇るように、彼女の耳に今まで水の底にいるように思えていた部屋の静寂を破って、真昼間の外界の遠い騒音が聞こえてきた。

それは今この部屋で起こった、ありうべからざる物事が実際に起こってあったことを証しているように感じられた。そして聞こえてくる外界にある、目の前にいる相手との以外のす

べての関わりを思い起こさせた。

怯えて驚いたように彼女は身をすさらせ、なおとどめようとして手を伸べる彼から逃れるように身づくろいに立つ彼女を、彼も何かを悟ったようにあきらめ黙って見送っていた。


立ち上がり束の間ながら姿を消した彼女の姿を目で追いながら、なぜかふとそれがまた二度と返らぬものに思われてならなかった。固唾を呑むような思いで彼は彼女が姿を消した廊下への襖を見つめていた。

たった今手にしたものは、彼の想いを超えて豊穣で熟れて甘い果実だった。放心の内に彼はその蜜をすすり、彼女もまたそれを与えつくした。皮肉で過酷な会遇はその代償に、味わった後も渇えるほど甘美なものをもたらしたのだった。

そして彼は、あの島を離れてからもなお自分が憧れ求めていたものが何であったかを、今になってまざまざと悟らされていた。

そう知った時、あの会遇までに費やされた、彼女を失ったままの時間が歯ぎしりするほど口惜しく蘇ってきた。そして今束の間彼の腕の内から離れていった彼女を、妻として持っている男を激しく憎んでいた。その感情が、昔あの島で彼女の楽譜を隠して捨てた仲間たちと同じであることに彼は身動ぎし、体の内にこみ上げてくるものを懸命にこらえた。

陽の落ちる前に家に戻り家の者に気づかれぬようにシャワーを浴び、鏡に映した自分に問うように見入った。この体は決して汚れてはいないのだと、映した自分に説くように思った。

そう思うことが何のいい訳にもならぬことはわかってはいても、そう思い切らぬ限りこれからの自分も今までの自分もありはしないのだと思いつづけた。

しながらつい先刻この身に起こったことの、出来事の意味などではなしに、その感触を思い出しその余韻を体の内に確かめ直した時、彼女は思わず身を震わせ確かめるように裸の自分を両手で抱きしめていた。

英造は違っていた。比べるべくもなく、彼女は夫をしか知りはしなかったが、それでもなお彼は他とは歴然と違う男だった。その肉体だけではなしに、他の何もかもが位相の違う世界の男であることを彼女は今まざまざと感じとり、信じていた。

あるいはそれは彼があの世界に身を置き、その手で人をまで殺したという黒い洗礼を受けた人間であるせいなのかも知れないと思った。しかしなお彼は彼女にとって、彼女を守り切る唯一の男であることを彼女は信じていた。何かに向かって嘯くように彼女はそう思いつづけた。

だが体を拭い着物をまとい直した時、もう一人の自分が鏡の内に在った。その彼女は怯えた目で自分を見据え、さっき起こったことの代償について問おうとしていた。

しかし、身をすくませながら彼女がすがる思いで口にしたのは、夫ではなしに英造の名前だった。


「ですが社長、いくら何でも奥様にそんな仕事を預けるのは」

いった島本に、

「何だ」

塞ぐように義之はいった。

「奥様とあの男との昔の関わりは驚きですが、それだけで彼がおいそれとあの念書を差し出す訳はないでしょうに」

「しかし彼女は、すくなくとも財団については妙に確信しているよ。ならばだ」

「私たちにはわかりませんが、命を助けた助けられたといっても、その二人がどうしてそこまで。奥様はまだほんの子供でらしたんでしょうが」

「相手も、僅か二つ三つ上の子供だよ」

「ならば何で」

脇村にいわれ義之の顔が歪んだが、何かを押し切るように、

「田舎の島での灯台守の地位が何かは知らんが、あいつは彼女に憧れてでもいたんだろう」

精一杯皮肉にいったが、聞き手の三人はそれをどう受け止めていいかわからずうつむいたままだった。

「しかし、もし奥様にすがって、あれが取り戻せたならこれは大変なことでしょうな」

思い余ったように武田がいった。

「それは、そうだ。私も彼女に暗にそういった」

「何と」

「そのための条件は何になるかなと。あのゴルフ場のチェーンくらいはくれてやってもかまわん、その後あの男をどうすることも出来るだろうと」

窺うように見つめた後、

「いえ、それもそこまでせずとも、念書さえ戻ればむざむざ渡さずにすみます。何しろ相手は世間では通らぬ、傷のある人間たちですから」

「しかしこの前の新和銀行からの融資の際の、彼の素性についての金融庁への密告は藪蛇になったじゃないか」

「あの時は脅されて私が、私の責任で社長の親書を書きました。そうしなければ必ず厄介なことになりました。ですが、あなたがあのゴルフ場のチェーン会社くらいくれてやってもいいといわれるなら、頭からそのつもりで彼と取引してあの念書を取り戻せれば、それは決して悪い取引にはなりますまい。なにしろあの脱税は、社長たちが刑事犯になりかねぬことなんですから」

敢えてのように島本がいった。

「とにかく何だろうとこの際、あれがこちらの手に入れば何の弱みもなくなるのです」

すがるようにいう武田を蔑むような目で見返し、何かいおうとしたが義之はこらえたように相手から視線を外した。

「武田さんのいう通り、あれさえなくなればこちらも自由ですからね。となればその後あいつを外す手立てはいくらでもあるはずです。人を雇って殺させてもいいいんだ」

いった脇村を驚いて見返す三人に、

「ここまできたら、毒を食らわばじゃありませんか。相身互い身ですよ。

あの男と奥様にそんな関わりがあって、奥様が思いこんでそこまでして下さったというなら、これは格好の機会として考えるべきではありませんか。とにかくあの男からあの紙を取り戻す機会があるかも知れないなんてことは、今まで思いもよらぬことだったのですから」

見つめてくる三人の視線を受け止めながら、義之は口元を歪め長い間ものをいわずにいた。

「やってみて元々じゃございませんか」

そんな相手を追いつめるように島本もいった。

「なら、どうする」

「具体的な話は我々がするにしても、まず、奥様にその話を渡して確かめて頂きませんと」

「何と」

「まずもって、取引次第であの念書が返ってくる可能性が果たしてあるかどうかを」

「しかしそんなことが本当にあり得ると思うのか。としたらいったいなぜだ、我々の常識、いや、やくざの常識で考えてもあるのか。家内とあの男が幼馴染みだったというのは偶然だろうが、それにしてもその上であいつがいったい何のためにそんな譲歩をすると思う」

「それは我々にはわかりません。ただ――」

「ただ何だ」

険しい顔でいい返す義之に、

「それは、奥様にしかわからぬことではないでしょうか」

「なぜだ」

「ですから」

脇村がいい澱んだ後気まずい沈黙があった。その意味が誰にも感じられていながら、誰もそれをいい出す者はいなかった。

「わかった、ならば俺から話す。これは我々夫婦のことだからな」

いった義之を誰もが固唾を呑みながら見守っていた。

その雰囲気を察したように苦笑いしながら、

「要するに、やくざの純情にすがるということだな」

吐き出すように義之がいい、それにどう答えていいかわからぬまま三人はぎこちなくうつむいたままだった。


その夜義之は突然切り出していった。

「君に頼むことがある。今日役員たちと話して決めた、こうなれば君に頼むよりないと。あの男に、浅沼に君から、あの念書を渡す気があるかどうかを質してほしい、どんな条件でならをな」

正面切っていう夫の顔は努めたように無表情だった。

問い返そうとする彼女を塞ぐように、

「具体的な条件については我々がじかに話す。しかし話の根幹は君でしか確かめられない、君とあの男の昔の関わりあってのことだろうからね。

我々にとっては降って湧いたような話だが、普通ならとてもあり得ぬことに違いない。ならば、君があの財団を守るために彼に会った、会ってくれたということにすがるよりない。万が一の手立てだろうが、もし、もしもだ、あの男があれを手放すことになれば彼と我々の関わりも変わってくるだろう」

いって待つように見返してくる夫に、今自分がどんな言葉を返していいのかがわからずに焦る、というより彼女は怯えていた。誰のため、何のために今何を確かめ質していいのかがにわかにわからずにいた。

黙っている彼女を見つめてくる夫の視線の内にあるものを、知ろうとしたが出来なかった。

「関わりが変わるというのは、どういうことなのですか」

かろうじていった彼女へ、

「気になるかね」

無表情にはいったがその言葉の内にこめられたものを感じて彼女は身を固くした。

「あの男は今までもそれなりに役には立った、蛇の道は蛇ということで。だからこちらもその気で使っていってもいいということだよ。しかしそのためには彼がいつも手にしている、こちらを刺し殺しかねない刃物を手放させないと。枕を高くして眠れないということだ。だから、悪は悪同士、手を握ってもいいということだよ。

君に知られさえしなければ我々のやった不始末は黙っているつもりだった。そのまま会社がどうなったかわかりはしなかったが。しかし思いがけなく、君とあの男の関わりがわかった。君がいう通りなら、君にすがるしか他に道はない。万が一、ということになるのかならぬのか見当もつかないことだが、どうかね」

一気にいうと強いまなざしで彼女を見つめてきた。

「私に本当に出来るかどうかはわかりません。ただ彼は私にそういいましたし、私はそれを信じたいと思います、信じています」

「だったらどうだね、こんな風に君に会社の命を助けてもらうことになるとは夢にも思いはしなかったが。こうなれば、今は何もかも君を信じてすがる以外にないんだよ」

夫の顔を見返しその言葉を反芻しながら、相手が努めている無表情の裏に隠しているものを探ろうとし、しながら体の内に突然蘇ってくるものを感じとり彼女は怯えていた。

彼女が夫の言葉をそのまま取り次いだら、何であろうと彼がそれを受け入れるだろう予感はあった。その所以は彼と二度目に会った時、あの部屋であったことの余韻に他ならなかった。

この今になって自分があの出来事について、自分の立場でどう受け止めていたのかがにわかにわからなかった。

あの瞬間何かが彼女の内で音もなく大きく崩れ変わってしまったのだった。それは後悔とか怯えとか、あの出来事にまつわって在るはずの心の波風を無視して超え、何かの悟りのように彼女を捉えきり、さなぎを羽化させ何かに変えるように、今までと違う自分をもたらし彼女の内の隅々までを占めさせてしまっていた。

そんな自分を何かの酔いから醒めさせようと揺すぶるように自分に問いかけてみたが、今の自分の方がはるかに醒めて確かなもののように思えた。

今まで自分が本当の自分とは違う人生を歩んできていたのを突然悟らされたのだった。そう悟った時、今までの自分を支えていた足元が崩れ、大きなものが失われていくのを知っていた。しかしそれを恐れようとしない自分に、さなぎから変わった蝶が自分の姿にみとれるように彼女は驚いていた。

その限りこの先に何があろうと、たとえそれがどのように大きな喪失であろうと、何かに向かって飛ばなくてはならぬのを彼女は強く感じていた。自分の人生、いや運命が突然変わろうとしているのを彼女は知っていた。そしてそれは彼女自身を含め誰の責任でもありはしなかった。

その不条理を咎める相手は、いるとするなら英造がいった神様しかなかったろう。

夫が一人立ち上がって出ていった扉を振り返りながら彼女は、自棄などではなしに今自分の運命を変えようとしているものに居直ったような気持ちでいた。

夫にいわれたことをまず行うために、彼にいつどう連絡をとろうかと思った時、突然英造は今立ち上がっていった夫よりも間近に生々しく感じられてあった。

再び彼と二人だけで会うことで何を話し合うのか以上に、何が起こるだろうかということを想った時体の内にこみ上げてくるものに彼女は身震いし思わず目を閉じた。

フロントで質し彼が用意してあった部屋を教えられた。

「三十八階の、正面突き当たりのスウィートでございます」

係りから慇懃に告げられた時礼子の体の内で何かが点火されたように突然胸が動悸し、それを悟られまいと視線をそらせ逃れるようにカウンターから離れた。

夫からいいつかった用件で再度英造に会いたいと告げたのだったが、今日彼からいわれた場所に赴くことで、それ以上の何が待ち受けているかがこれから行く部屋について教えられたことでわかった。

そして自分が夫からのいわば正式な依頼ごとなどとは別に何を予期し期待もしているかが、突然体の内に兆してくるものを感じていることでわかった。

彼との約束をとりつけ家を出る時にも感じていたものを、夫からの頼みごとを盾どって自分に封じたつもりだったが、この場にきて彼女は、この前に次ぐ今日の彼との逢瀬に実は自分が何を求めているのかを知っていた。

それは今この場に来て突然点火され、体の芯から突き上げて燃えるほむらのようにまざまざと感じられた。

エレベーターを降りいわれた正面の廊下を奥に向かって歩みながら、踏んでいく一歩一歩に彼女は渇えたように身が震えてあえぎ、そんな自分に固唾を呑む思いだった。

奥の扉は掛け金を挟んで半ば開かれてい、英造は手前の居間のソファにも座らず彼女を待って立ち尽くしたままでいた。

「ご苦労様、全権大使閣下」

英造はいたわるように微笑して頷くと、答えていおうとする礼子に向かって近づき、黙ったまま遮るように首を振り手を伸べ彼女の肩を捉えて引き寄せた。そのまま唇が合わせられ、彼女もそれに応えていた。その瞬間礼子は抱えてきたものをすべて忘れていた。

それまで裂かれて二人いた自分が一つに重なり溶け合って、彼女の知らぬ、いや、遠く忘れていた自分に蘇って変わってしまい、巡り合いまでに費やされた長い時を超えて二人は互いに信じていたはずのあるべき所に今あった。

それを確かめ合うように二人ともこの前よりも焦らず怯えず、互いに息を凝らし懸命に求め合った。そして次第に、わずか三度目の逢瀬に、今まで失われていたすべてを埋め尽くし取り戻そうとするように互いに夢中でむさぼり合いつづけた。


やがての瞬間に、礼子も英造も二人が二人して願っていたものを取り戻しつくしたことを感じていた。

それをもう一度確かめ自らに収うように手を伸べ、晒して取り戻したものの輪郭をたどりながら、

「ああ礼ちゃん、君のこんな所に黒子があったのか」

感嘆したように英造はいい、隠すように身をよじりながら、

「知らないわ、そんな——」

頬を染め彼女は目をつむった。

「自分で、君も知らないのか」

「そうよ、そんなこと初めてあなたにいわれたわ。それよりも――」

閉じていた目を開くと、

「私にも触らせて、この前もそう思ったの、あなたのこの傷に」

礼子は手を伸べ英造の左の頬に刻まれてある傷に触り、飼い主の手を待つ獣のように彼はじっと目を閉じその指にまかせていた。

「ああやっぱり、やっぱりあなたなのねっ」

いわれて英造は応えるように呻きながら激しく礼子を抱きしめ直した。

限り無くゆるやかに引いていく潮の中で、それでもふと何かに気づいたように彼の腕の内で身動ぎした彼女に、気づいて塞ぐように、

「いうなよ、わかっている」

彼女を抱きしめ直しながら彼は囁いた。

「何もかもわかっている」

「何を」

怯えていった彼女に、

「もう二度と、君を放さない。そのためには」

いわれてなお身動ぎする礼子へ、

「俺たちのことを、西脇がどう思っているかは知らないが」

夫のことを西脇と英造が初めて呼び捨てるのを礼子は聞いて彼を見直し、彼も応えるように頷き返した。

「俺はもう心に決めているよ」

「何をです」

問うた彼女を間近に見返すと、ゆっくり半ば身を起こし上から覗くように見つめ、

「君もそうだろう、もうどうなろうとかまわない。なるようにしかならない、覚悟は出来ているよ。違うかい」

「そう、そうだわ」

彼女もいった。

「だろう。なら何を恐れることもない、俺はあれから今までのことをただの夢だと思っているんだ」

「私もそんな気がする」

「夢だよ、ただの。やっとそれが醒めたんだ、君のお陰でな」

礼子は頷き、伸べたその手を英造は抱えるように両手で抱きしめた。


浅沼が改めて取り出した念書を、誰もが身を乗り出すのをこらえながら見つめていた。

「事情は社長から聞いているでしょうが、社長夫人と私との奇しき縁でね、彼女からの直訴があればこちらも無下には出来ない弱みがある」

固唾を呑みながら頷く相手に、

「条件が整えばあんたがたの前でこれを焼いてもいい。一方の巽運輸の方との仕事の請け合いの話はもう片がついて実際に始まっているから、この紙の残る効用はこちらとの関わりだけでね。ただし、この先こちらとの話し合いがついたとしても巽へは他言無用にしてもらいたい。互いに何の足しにもなりませんからな」

という浅沼を三人ともただ身をすくませ見返していた。

「あんたらにしてみれば天から降ったような話でしょうな。何しろこちらは手の内にある切り札を焼いて捨てても見せましょうというんだから」

「しかし本当に――」

いいかける相手に、

「本当の話ですよ。まあ、そうなったらあの奥さんを皆して神棚にでも祭るんですな」

いいながら浅沼は手にしていたものをゆっくり上着の内側に収い直した。

「ならばこの先どんな条件でそれを始末してもらえるんでしょうか」

島本が口を切り、二人も頷いた。

「端的に、あのゴルフ場チェーンをこちらにまかしてもらいたい。西脇がゴルフ場取得の連帯借り入れのために作った、ゴルフ場の株券保有の子会社西脇興産の株はそのままこちらの新会社が譲り受ける。西脇の傍系の仕事ということで結構」

「その会社の登記はどういう形で」

「代表取締役は私の女房にします。彼女には前科はありませんから御心配なく」

皮肉に見返しながらいった。

「ただし、ゴルフ場購入のための借り入れ金は西脇側としてすみやかに払い戻してもらいたい、それがこのことでの大事な条件ですな。つまり、ゴルフ場取得のための借り入れ金の当方への求償権は放棄するという一筆を入れて頂く」

「そんなっ、それではまさに贈与と同じじゃないか」

いった武田に、

「でしょうな、この念書の買い戻しの代金ですよ。高い安いの問題じゃなかろうに、あなたがたが揃って監獄に行くか行かぬかのことでしょうが。この世に、やくざに脅されても仕方ないという人間たちがいるという話ですよ」

いわれて、

「いや、しかし、あなたのいわれる心づもりはわかるが、おわかりでしょう、うちも例の巽への支払いもあって財務での余裕はとてもない」

いった脇村に、

「それはそちらの都合でしょう。あなた方として何を取るか、何を覚悟するかの話でね。ならばあの巽の土地とそこで計画している事業を担保にしてでもよそから借り入れたらどうです、それくらいの信用はまだあるでしょう。こちらは出来るだけ早く西脇とのしがらみを絶って自由にやっていきたい。ゴルフ場プラスの計画も考えているから、そのためにもゴルフ場はきれいにして担保価値を持たせたいからね」

何かいいかける武田に、塞ぐように、

「要するにこの紙切れをいくらで買い戻すつもりかということですよ」

手にしたものをかざして三人を見回す浅沼に、絶句の後ようやく、

「ならば、今後十分に相談して――」

いった武田に、

「十分相談する必要もないと思いますがね、高い安いの話じゃなし、あなた方にとっては降って湧いたような話でしょうに。この先妙な条件をつけると、社長の奥さんの折角の顔をつぶすことになりませんか。彼女もどこかから飛び下りるようなつもりで出向いてこられたと思いますよ」

いい捨てて立ち上がる相手を三人はぎこちなく頷きながら見送っていた。

苦しげにしわぶきした後、

「これはどういうことになるのかね」

一人ごちる武田に脇村が、

「この前も話し合ったように、やってみて元々のことだったはずじゃないですか、社長自身もいっていたようにこれは常識を超えた話ですよ。しかし奥さんが動いてくれて相手も動いた。あいつがいう通り本来ならこの世にまったくあり得ぬ話です」

「やくざの純情にすがると、社長はいわれましたな。しかし、奥さんとあの男との関わりというのはいったい」

いいかけ二人の返す視線の前に島本は口を閉ざした。

間を置き脇村が、

「わからんな我々には、いや社長にも誰にも。社長がいわれた通り何十年も前の、ただの子供の頃の関わりというじゃないか」

「ただそれだけで、ですかね」

「なら他に、何というんだ」

「そのことは我々が考えない方がいいのじゃないかね。社長のお気持ちだってあるだろう」

武田にいわれて二人は黙って頷いた。

気持ちを取り直したように脇村が、

「万々が一にですよ、念書が戻ったとするならその後に打つ手はまだあります」

「何をだね」

「あの男にいわれるまま何もかもくれてやることはない、とり戻す算段は必ずあります。しかし、たとえ求償権放棄の念書を入れたって、あの念書に比べれば軽いものだ」

「だが社長はゴルフ場くらいくれてやってもいいといっていたぞ。それに、あの男は結果としていろいろ役に立ってきたじゃないか」

いった武田に、

「いや、物事のしめしのためにもね。こちらにも意地がある」

「しかしあまり危ないことはしない方がいい、今限りであの男は役にも立っているじゃないか。それに聞く限り景気の回復でこのところゴルフ場はまたえらく値上がりしているそうだし、もし倍にでも売れたら返すものは返して後の差益は彼にくれてやってもいいんじゃないかね、念書の代金としても」

「さあ、果たしてあいつがそれでうんといいますかね」

「ことを荒立てるよりその方がいいと思うがな」

武田がいい、三人は黙って頷き合った。


観光開発会社「ファイブ・オーシャンズ・チェーン」は社長に英造の妻和枝、専務に英造の腹心の鎌田を据えて登記発足し、その直後約束通り、西脇建設と連帯で新和銀行から融資を受け九つのゴルフ場の取得所有のために新設されていた子会社西脇興産の全株を取得した。

加えて脇村は最後まで渋ってみせたが、英造は念のためにと興産の手にある全ゴルフ場の株券そのものも手から手へ引き取った。


その翌日西脇建設の役員室に集まった、念書に関与した義之、武田、脇村、島本四人の前で英造は取り出した念書をテーブルの上で焼き捨てた。

彼が片手にかざした書類に促されるまま島本がライターで火をつけ、一枚の紙切れはあっという間に燃え上がり英造が指を離すと置かれた陶器の灰皿の中で瞬く間に燃え尽きた。

最後の小さな炎が消えると白い皿の中にわずかな灰が残った。念を押すように英造が手を伸べその灰をつまんで潰し、指の先についたものを皆に向かってかざすと笑いながら口に近づけ一息で吹いて飛ばした。何かの手品のように灰は中空に飛んで消えた。

固唾を呑みながら四人はそれを見守った。

声の出ぬまま身をそらせ頷き合う彼等に、

「ということですな」

薄い微笑で駄目を押すように彼がいった。

「いや、ありがとう」

乾いた声で義之がいった。

その相手に向かって英造は黙って手を差し出し、操られたように義之はそれを握っていた。

「さて、これでわだかまりも溶けて、私たちの関わりも変わることになりますかな」

いった彼に返る言葉はなく、同じ微笑で見回す彼に慌てて、

「その通りだ」

武田がいった。

「また何か難儀なことでもありましたら、どうぞ」

いい捨てて部屋を出ていく彼を四人は息を殺したまま見送っていた。

ようやく、

「なぜだっ」

つぶやくように義之がいった。

なお長い沈黙があり、

「しかし、なぜだろうと、これは確かなことです」

島本がいった。

「この後のことは、いろいろ考えてあります」

脇村がいい、

「何をだ」

なぜか物憂い声で義之は相手を見返した。

「間を置けば、渡したものは必ず取り戻せます」

いわれて答えぬ義之に代わって、

「どうやってだね」

武田が質した。

「いやまだいい、あまり急ぐな」

何かを無理に呑みこむように義之がいった。

「すると島本がいったことは本当だったんだね」

身を乗り出すようにして孝之はいった。

「ああ、本当だ」

無表情に頷く義之に、

「あなたはそれで満足なのかい」

挑むようにいう相手に、

「ならば他にどんなことが出来る。高い買い物か安いかはわからぬが、念書のくびきは断てた」

「しかし、きっと後悔するぜ」

「それをいえば切りがない、元々自分ではまった罠だ」

口元を歪めながらいう相手に、

「そんなことですむ相手じゃないぜ。礼子さんのお陰といっても、あいつはそれを利用してかかってきてるんだ」

「どういうことだ、それは」

咎めていう相手の眼ざしに挑むように、

「こうなったらなったで、礼子さんとあの男との関わりはこれきりですまないと思うよ」

「どういうことだ」

「いや、まだわからないが彼女の身の周りには気をつけていた方がいい」

「なぜだ」

問われていきむように、

「彼女とあの男は、本当に今まで互いに知らずにいたのかね」

「どういうことだ。そんなことがあり得るのか」

「そりゃまあそうだろう、俺もそう聞かされたがね。しかし」

「しかし、何だ」

いわれてつまったが間を置いて、思い切ったように、

「俺はあんたをオセロにはしたくないと思ってね」

「何っ」

「だから、あの男の彼女への思いこみはいったい何なのかね」

いわれて口元を歪め吐き出すように、

「知らん」

いった義之を皮肉な目で見返しながら、

「だろう。誰にも想像つかぬ話だよ、あの男があの念書を焼いてみせたというのは」

「だから何だというんだ。だから、礼子には感謝しているよ」

突き放すようにいう相手になお努めた薄笑いで、

「俺には今でも信じられないがね」

「なら信じなくてもいい」

にべもなく義之はいった。

「わかった。まあ、まずは彼女のお陰でめでたいということか」

立ち上がり扉の前でもう一度振り返ると、

「しかし、どうか御用心をな」

いって出ていく相手を義之は身動ぎもせずに唇を嚙みしめながら無言で見送った。

建物の頂に近い高い部屋の窓の向こうには離宮と青山御所の森が広がって見えた。陽は傾き遠い西の山脈を隠している雲の峰にかかってうるみ始め、やがて雲の頂を染めて姿を隠し斜光に彩られた雲の稜線も見る間に色褪せると見下ろした眼下の森の緑はとうに薄暗かった。

それを確かめた時なぜか溜め息が漏れた。

そんな礼子を支えるように、英造は後ろから羽交いに彼女を抱きしめ彼女もその腕を抱えて抱いた。

「あっという間なのね」

つぶやいた彼女に、

「そうだよ、あっという間だ何もかも」

彼もいった。

二人が今何を思っているか願っているかは口に出さずとも互いに感じられてわかっていた。

それでもなお未練のように、

「亭主はいつ帰ってくるって」

「明日の夜だわ」

「なら」

促すようにいう相手に、

「駄目よ、それは」

「どうして駄目なんだ、今夜の君はこないだ亭主の頼まれごとでここに来たとは違うだろう。君は、ただ俺に会うために来た、来てくれたんだろう。ただの女として、俺もそうだよ、違うかい。君は今夜限りで西脇礼子を超えちまうんだ。そして俺もそうだ」

いわれて思わず体を震わせながら彼の腕の中で振り返った彼女を英造は前よりも強く抱きしめ直した。

「ええ、いいわ」

「いいんだな」

「ええ、私もう帰らなくてもいい。帰れやしない――」

「いいから、もうそれ以上はいうなよ」

そして互いにそれ以上の言葉を交わす代わりにぶつかるように激しく唇が重なり合った。

そのまま相手の胸に顔を伏せながら、

「私この頃、何度も何度も同じことを思うわ」

つぶやくように彼女がいった。

「何を」

「考えるんじゃなし、ただ思うのよ」

「ああ、俺もだよ」

「何を」

「多分同じことをだ」

「おっしゃって」

「君が今外を眺めながら思ったことさ」

「何て」

「時間て何なんだ。あれから今まで君と会えずに過ぎてしまった時間なんて本当にあったのかな、そんな時間があったんだろうかとね」

「そうよ、私も同じよ」

小さく叫ぶと礼子は彼の腕の中で激しく抗うように手を伸べ彼を抱え直した。

そんな彼女を受け止めながら、

「もう止めようそれを思うのは。これからのことだけでいい、それだけでいい、それで十分だ」

「でもどうなるの、これからは」

腕の中で彼を仰いでいう彼女に、

「大丈夫だ俺が守る、守り通す。君を離すことは絶対にない、もう出来はしない。君さえついてきてくれるならな」

「どこへ」

いわれて宙に目を据えた後彼女を間近に見下ろすと、

「地獄かも知れないな、でもいいだろう。俺があの時山で、死ぬ気で君を助けたのは結局このことのためだったのかも知れない」

「そうよ、そうなのね」

彼女は頷き二人の唇はまた激しく重なり合った。

そのまま塑像のように動かずにいた二人は、ようやく何かの手で解かれたように身動ぎして合わされていたものを離し、もう一度間近に見つめ合った。

「俺はね、島を離れた後何度も思おうとしたんだ。俺も親父たちと一緒に死んだんだ、そして礼ちゃんも死んだのだって。あの夜のことを夢に見てうなされながら、何もかも夢だ嘘だったと思おうとした、でも出来はしなかった」

ゆっくりと諳じるように彼はいった。

「島の山が火を噴いて崩れ出した時、恐ろしいけど綺麗だったよな。でもこのまま君と離れて死ぬのは嫌だ、死ぬなら君と一緒に死にたいと思った。皆の前でそういって叫んで灯台に駆けつけようとしたら、親父が灯台は丘の上にあるから大丈夫だ、それより船が危ない、船は俺たちが守る、お前は母さんと一緒に北に向かって逃げろといわれた。そして俺とおふくろは助かった。あの時船にいっていたら俺も死んでいたろう」

遠い眼ざしで彼はいった。

「今こうしてみると、その方が二人のために良かったのかも知れないな」

「そんな、なぜよっ」

「なぜって」

「あなたは今、これからのことだけでいいといったじゃないの」

「そうだな、そうなんだよ。でも」

「でも」

問われて彼はなぜかゆっくり微笑し直してみせた。

「あの死んだ犬を送りとどけさせた時、いっそ中に俺の名前を書き添えて出そうかと思ったんだよ。どうせわかることだから、いっそね。そうしてでも、俺が君の近くにいるんだということを伝えたかった」

「そうよ、あなたは私のために生きて戻ってきてくれたのよ。だったら今いった通り、これからだけのことでいいじゃないの」

いった礼子を食い入るような眼ざしで見つめると、

「そうか、本当にそう思うかい」

「だって、本当にこうして二人ともまた会えたのじゃないの」

「これから何がどうなるかわからないが、本当にどうなってもいいんだな」

「でなけりゃ、私今日ここへ来たりはしないわ」

ゆっくり目を閉じていう彼女を英造はもう一度激しく抱きしめ直した。

「こんなことって他にもあるのかしら。私たちを引き離しまたこうして会わせるために、あの山は火を噴いたのでしょう。あの夜あれを見た者でなけりゃわかりはしないわ。何が私たちだけのために、あんなことを仕組んだのかしら、神様、きっとあなたのいった通りね」

「さあ、その神様は今どこにいるんだ」

「でも、もういなくてもいい」

「そうだよ、俺たちはまたこうして会えたんだからな」

抱きしめているものにゆっくり頬ずりすると、諳じるように、

「人を殺して刑務所にいる間、何度も何度も君のことを夢で見た。そんな自分をどうしていいかわからずに、結局君を殺したんだよ、君はもう死んだのだと思うことにした。でなけりゃ俺はこんなふうに生きてはいられないと思った。

いや、その前に何人もの相手に殴られ半殺しにされ、気を失ったまま死んだかも知れない時、君に呼び起こされて生き返ったんだ。それも一度や二度のことじゃなかった。そしてその度、やっぱり礼子は死んだんだ、だからこそこうやって俺を呼び起こしに来たんだと思っていた。

だから、だったら何をでも出来た。君が死んでしまったのなら俺はもう何でも出来る、何をやってもかまいはしないと思ったから」

いつの間にか窓の外を闇が塗りこめ、黒く沈んだ森の周りにビルの窓明かりや屋上のネオンの明かりが浮き上がって見えた。

過去からこの今へと混濁して感じられる時の渦の中で、二人はやって来る何かに身構えるように抱きしめ合ったまま立ち尽くしていた。

「私もあなたの夢を見たわ、何度も。でもいつの頃からかもう見まい、見ない方が自分のためにいいんだと思うことにしたの」

「なぜだい」

「あれから二年ほどして私たちあの島を離れたの。次は日本海側の遠い岬だった。雪が降って半年近くつもるような、あの島よりももっと寂しい。でもそこででもあなたのことは忘れられなかった。けど父が本庁に転勤になって東京に出られた時、家から音楽の学校にも通わせてもらえそうになってその時決心したんです、これからは音楽のことだけを考えていこうって」

「しかし、君は結婚したし」

呻くようにいった英造に礼子は怯えたように振り返った。

「ええ、父が急に亡くなってしまって。でも、あなただって——」

いった彼女をもう一度激しくかき抱くと、

「わかってる、俺だって君を忘れるためにも結婚したよ。でも妙だよな、あの頃二人で何の約束をした訳じゃないのに。その代わり、互いにもう死んだことと懸命に思い合っていたんだから」

いいながら彼の手は彼女の体をゆっくりと伝い、身にまとったものを外していった。半ばが晒し出された時彼女は身をよじり、

「駄目っ、遠くからでも見えるかもしれないわ」

「見えるものか、でも、なら見せてやろう、神様にな」

いいながらなお手を伝わせる彼に向き直ると、彼女も手を伸べ同じように彼を晒し出した。

互いの仕事を終えた時二人は向かい合い、確かめるように手を伸べ相手の胸に伝わらせ合った。

「見ろよ」

呻くように彼はいい、彼女の肩を抱いて素裸に晒し合った二人の姿を目の前の窓に映し出した。

「俺は三十年、この君に憧れ待ち続けてきたんだ」

そして目の前に映っている彼に向かって彼女は身をそらせるようにして頷き、手を伸べ直すと映っている彼の体に伝わらせていった。

その手が左の肩口で止まり、

「これは」

怯えたように彼女は質し、

「切られた痕だよ」

彼女の手はなお伝っていき、指は右の脇腹に硬く凝った傷の痕に触れ止まった。

「それは、刺された。誰かに」

傷の痛みが蘇ったように低い声で彼は答えた。

「誰に」

「覚えていないよ。後ろからな」

「どうして」

「一々覚えていてどうする」

「私、知りたい」

「そんなこと、君がここにこうしている限りもうありはしなかったことだ。今ようやく、俺はあんなことを皆忘れることが出来そうなんだ」

「だったら、あなたが忘れる前に私が知っておきたいの。そうすることで私はあなたを、本当に取り戻すことが出来るのよ。そうすることで私も、あなたがいなくなってから今までのことを忘れることが出来るんだわ」

「そうか、でも俺は君をなくしたとは思っていなかったぜ。だっていつも君のことを思っていた、いや君は俺のそばにいたんだよ。

今でも覚えている。俺が初めて、一度だったが、人を殺しにいく時、君がはっきり側にいたんだ。俺は、あれが出来るか出来ぬか迷っていた、怖くもあった。そしてそれを何とか超えていこうと願った時、どうしたと思う。あの時のことを思い出していたんだ、あの島の学校の講堂で君を手伝ってピアノの楽譜をめくっていった時、緊張なんて以上に、俺は怖かったんだよ」

「そんな、馬鹿ね」

「そうなんだ、本当に、年下の癖に君が怖かった。そして初めてうまくいった時、汗をかきながら、ほっとしていた。なぜか、あの時のことを思い出していた、本当なんだ。相手を追い詰めて刺し殺した時、ほっとしていた、そして目の前に君が見えた」

「そんなっ」

「本当だよ。で、その君に、どうだ出来たろうって俺はいったんだ」

何かの姿を追って固く目をつむったまま唱えるように彼はいった。

「じゃあ、この私があなたに人を殺させたのね」

つぶやくようにいった彼女へ、

「そうだ、そうなんだ」

呻いていった。

「何かに迷ったり、怯えたりした時、俺は君に尋ねていたよ。尋ねるというより、礼子、俺はこうするぞといいながら、思いながらやったと思う。そんなくり返しできたんだ」

目を閉じたまま何かを唱えるようにいう英造の腕に礼子は腕をからませて引き寄せ、もう一度脇腹の古い傷痕に触れ直した。

そして突然彼は彼女に向き直り引き寄せると、

「それより、俺は君のあそこの黒子以外のことをもっと知りたいんだ」

叫ぶようにいうといきなり乱暴にその体を抱え上げベッドに向かって運んでいった。ベッドに横たえた体を、窓の外のビルの屋上に点ったものの明かりがほのかに映し出していた。そして英造はその横に立ったまま放心したように彼女を見下ろし、いつまでも眺め渡していた。

彼女もまたそれに答えるように彼を仰いだまま身動ぎせずにいた。

薄暗がりの中で二人の視線は通い合いからみあい、次第に喘いでいく彼女にかしずくように彼はベッドの脇にひざまずき、おずおずと手を伸べて彼女の胸に触れ、その手を捉えて引き寄せる彼女に導かれるように身を乗り出してその腹に唇を押し当て、たわわなものの中に顔を埋めていった。

その唇がさらに下に向かって伝わっていった時、彼女はかすかに呻きながら捉えていた彼の手を離した。

何かを探るというより、懸命に取り戻そうとするように隈なく伝わってむさぼる英造の唇のままに礼子は身をそらせのけ反り、やがて二人の体はもつれるように形を変え彼女もまた彼と同じように飽かずに相手の上に唇を伝わらせていった。

彼女の唇がようやく探り当てたように彼の脇腹の古い傷痕に触り舌先でそれをいたわろうとした時、英造は傷の痛みが蘇ったように高く呻いて身をそらせ、そんな彼を逃すまいと彼女は両腕で強く彼を捉え止め、なお強く激しく唇を伝わらせていった。

唇は彼女を待ち受けるものに突き当たり、臆せずそれを口にする礼子に英造は打たれたように高く呻いた。

そして彼は突然彼女から逃れるように立ち上がり、窓に駆け寄ると乱暴な手つきで開かれていたものを半ば閉ざして戻ると、手さぐりで探し当てたものを引いて部屋一杯の明かりを点した。

思わず目を閉じる彼女に、

「見てくれ俺をっ、見せてくれ、君を」

喘ぎながらいって彼女の脇に立ち尽くした。

いわれるまま彼女は目を見開き臆せずに彼を見上げ見つめ返した。そのまま二人は瞬きもせずに見つめ合い、眺め合っていた。

頷き合い微笑み合って喘ぎながらまたゆっくりと抱き合い、彼女は自分がこれでようやく最後の何かを超えてしまうことが出来たのを悟っていた。この先何があるかを彼女は知りはしなかった。知りたいとも思わず、知れぬことをもう恐れもしなかった。さなぎから羽化し自分が今ようやく、晴れ晴れと飛び立っていくのを彼女は感じていた。

島を出てからの彼を明かし出す体の傷を彼女が探し当て唇を伝わらせてくる中で、忘れていた傷の痛みが突然蘇り、蘇りながらそのまま溶けて消えていくような気がしていた。
それは何かの呪縛からの解脱のように、彼を安らがせながら遠い昔に向かっていざない忘れていた自分を取り戻させるように、懐かしく甘く痺れさせていった。

二人は今ようやく何もかもから解き放たれ、あの島での二人に戻り切っていた。まとっていたものを互いに剝いで素裸に晒し合ったまま、今二人を引き止めたじろがせるものはもう何もありはしなかった。

礼子はあの山の嵐の中でかき抱いたか弱い少女のままに、しかしなお抱きしめた彼の腕の中で、時を超えて今、熟れて発酵する蜜のように豊かで溢れようとしていた。

そして思いもよらずたわわな彼女の中に顔を埋め唇を押しつけながら彼は初めて、彼女がいつも身につけている香りとは違って彼女自身の匂いをかいでいた。

あの時凍える彼女を抱きしめ守ってくれていた者は今、凍てついていた彼女を解き放ち、放たれた彼女はたちまちに熱され溶けて燃え上がり、その炎は彼女を内側からさらに溶かして溢れさせ、溢れて流れ出すものの中に彼女は初めて甘美な業苦を知らされ、怯えながら抗い、抗いながら溺れ果てもなく押し流されていった。

あまりにも永く待たされた二人は、今四度目の逢瀬にしてようやく自分たちの奇蹟の巡り合いを信じることが出来ていた。その安らぎが二人を切りなく解き放って許し大胆にしてくれた。

それはあるいは、永く待たされた末の、これからのあまりに限られた時と立場への恐れと絶望の予感の上に成り立っていたのかも知れない。互いにそう知りながら、子供が怖いものの予感に目をつむって逃れようとするように、二人は今のこの安らぎの中でこそ生き延びたいと願っていた。

乱れたシーツの波の中で彼女の時の時は何度となくくり返され、その度息もつまる深い淵から彼女は浮き上がりまた沈んでいき、やがての末に彼女はかちかちと歯を鳴らしながら堰切って溢れに溢れ体を震わせながら自分を失っていった。

遠い所から誰かが何かが彼女を呼んでい、時をかけて蘇っていく自分を彼女は半ばうつつの内に覚っていた。

目覚めは、彼女をあずかり知らぬ時と所に運んで置いてしまったような気がした。

間近に見下ろしている英造の顔があった。自分があの山で突然に襲った凍てた嵐の中から救われ蘇生してあるのを礼子は改めて知らされていた。

　声が出ず真上にある彼に向かってかすかに彼女は頷き、声の代わりに涙が流れて頬を伝うのがわかった。そしてその涙に向かって彼の目から溢れて落ちたものが交わり流れるのを感じていた。

　満たされきったものの余韻の中で、二人はもう一度確かめ合うように手を伸べて抱きしめ合い、そのままの二人を眠りが次の淵に導き沈めていった。


　薄明の中での目覚めに、英造は抱えたままの腕にかかる礼子の髪の感触に気づいた。それをその形のまま崩すまいとするようにそっと手をもたげ、抱いているものの裸の輪郭をたどり、頬に触れている彼女の額に唇を当ててみた。それはまぎれもなく彼が手にし直したもの、ようやく所有しきったもののすべてだった。

　彼女のたてているかすかな寝息を確かめながら、突然の狂おしいほどの心の高ぶりのままに、もう一度手を伝わらせながら彼は今体の内に改めて強く兆しているものを迎えるように目を閉じ直した。それは恐らく業苦に重なり合った幸せへの予感だったろう。


　待ちつづける彼の腕の中でやがて彼女は身動ぎし、何かの予感に打たれたようにかすかに身を震わせながら目を見開き、間近に目にしたものに怯えたように身をのけ反らせ、すぐに悟ったように微笑んで彼女から彼を抱き直しその胸に顔を埋めてきた。

英造にはそんな彼女が、今何を得心し何を自分の内に収い直したかが伝わってひしと感じられた。それはたった今彼が感じていたものとまったく同じだったに違いなかった。


取り寄せた朝食を二人向かい合ってとりながら、時折確かめるように見つめ合い微笑み合う以外今さら交わす言葉はありはしなかった。満たされ合った夜の淡い疲れを、今ささやかな食事が埋めてくれる満足と安らぎは、二人にとって生まれて初めてのものにも感じられた。

終えた朝食を確かめ合うように頷き、互いに手を伸べて捉え合い奥のソファに座り直した。そのまま二人して肩を寄せ合い、さらに何かを待つように仰向いたまま動けずにいた。

どれほどの間があってのことだろうか、彼女は突然怯えたように身を震わせながら彼にすがりつき、もだえるように、

「でも——」

つぶやいた。

促すように間近に半身振り返り彼女を抱きしめ直す彼に、

「私、怖い——」

「大丈夫だよ、俺が守る、必ず守る」

「なら、私このまま帰りたくない、返さないで英兄さんっ」

口走る礼子を英造はまじまじ見直し、いおうとしたが出来ずに、固唾を呑みながら頷いてただ強く抱きしめ直した。

そのまま何かに向かって身構えるように、二人はじっと動かず互いに見つめ合ったままでいた。

「このまま、帰りたくない。もう何のいい訳もたたないわ、今度はただ貴方に会いたいだけで来てしまったのですもの。だからもう――」

呻くようにいう彼女に、答えなくてはならぬのに言葉が摑めぬ自分にたじろぎながら、彼はただ腕にしているものをより固く抱きしめるしかなかった。それでもそれに応えるように彼女はさらに強くすがりついてきた。

「いやよ、いやっ、もう帰さないで」

身悶えしていう彼女に、

「しかし、今日は駄目だよ、今日は帰らなけりゃ」

「どうしてっ」

駄々をこねるようにいって、彼の胸に顔を押しつけてくる相手を英造はなぜか茫然とする思いで眺めていた。

　やがて腕にしているものをあやすように、

「俺にはわかっていたんだ」

　ようやく、英造はいった。

「何が」

「こうなることがさ。あの時もう」

「いつ」

「弁護士に頼んで戸籍を調べ、葬式で見た西脇の女房が間違いなく君だと知らされた時、いや、あの葬式で君を見た時にもう、黒いレースごしだったがわかっていた。俺たちは必ずこうなるんだ、それしかありはしないと」

　あえぐようにいう彼を、礼子は顔を上げ初めての誰かを見るように見つめ直した。

　いいながら彼は、あの時桜井から渡された彼女の戸籍の写しを手にして、彼の事務所を出てきて歩きながら感じていたものをまざまざ思い出していた。突然何もかもが晒け出されたような感慨の中で、この今なら誰でも俺を簡単に殺すことも出来るだろうと感じていた。強い風が突然体の中を吹きすぎていったような気持ちだった。

それは今この時への予感だった、そしてさらにその先に必ずあるものへの予感だった。

しかし今俺が手にしているもの、俺が取り戻したものはまさしくこれだ。この先に何があろうと俺が今まで憧れ渇え、探し求めてきたものはこれなのだ。あの山が火を噴いて崩れ、火の河となって流れ出し親父や兄貴たちを呑みこみ、お袋も気が狂って死んでしまった後、俺があの火の河の中で失い取り返せぬものとして何よりも悔やみ、恋いこがれたのはこれではなかったのか。その憧れで、親や兄弟たちを失ったことをさえ忘れることが出来たのではなかったたか。

こうしてあの礼子がまがいなくこの腕の中に戻ってある限り、親父やお袋や兄貴たちももう一度蘇って来さえするのかも知れない、いや、きっとそうだ、そうなのだ。彼女が今こうして俺の腕の内にある限り、あの夜あの山も火を噴き崩れたことはありはしなかったのかも知れない。

彼女を抱きしめながら、英造は取り戻したものを確かめるように知らぬ間、死んだ父親、母親、そして兄たちの名を呪文のように口にし唱えていた。

昼を回った頃フロントからの確認の電話に彼は答え、頷き合って身繕いしかける彼女を英造は確かめるような眼ざしで見つめていた。し終えて彼女がすがるような目で振り返った時、立ち上がって近づいた彼は彼女を抱きしめ逃れようとして身動ぐ相手を抱え上げて運び、もう一度ベッドの上に押し倒した。

彼女がたった今着直したものをその手が乱暴に剝ぎとり裸に晒そうとするのを、一度だけ抗おうとした彼女もそのままあきらめたようになすがままにまかせ、最後は彼女も喘ぎながら彼に向かって手を差し伸べていった。

まるでこれが最後の最後の逢瀬のように、未練に喘ぎながら二人はそのまま懸命に相手を求めむさぼり合った。


半ば晒し合い乱れたままの衣装をもう一度身にまとい直し、髪だけは逃れるように一人で入った化粧室で整えた後、何かを一人して悟り直し覚悟したように彼女は落ち着いた微笑で扉を開いて現れた。

そのまま二人とも立ち尽くし見つめ合ったままでいた。

「また会えるわね」

なぜかあきらめたように微笑みながら礼子がいった。

「当たり前だ」

彼は頷き、

「本当に」

「本当だよ」

英造はいい、礼子は子供がするように小指を立てて差し出し、彼はその手ごとを包んで取って握りしめた。

その手をさらに引き寄せようとする相手を拒んで押し戻すと、

「私わかっています。二人がなくしていたものを取り戻すには、あれから得たものを全部捨てなくてはならないのよね」

彼女はいった。

「ああ、だろうな」

彼は頷いた。

「どうしたらいいのか、どうなるのかわからないけど、私覚悟だけは出来ているわ」

彼女はいい、

「ああ、俺もだよ」

彼もいった。

扉の前で一度立ち止まり彼に向かって振り返ると、にっと小さく微笑って後ろ手に扉を開けて彼女は出て行った。

部屋を出て行く彼女と、暫く間を置いて部屋を出た彼を向かいの一つ奥側の部屋の扉を僅かにすかし見守っている男がいた。その隙間から男は、手にかざした小さな携帯電話のカメラでそれぞれ出て行く男と女の後ろ姿を写し取った。

第七章

「なるほど確かにあいつと、彼女だ、あの女だよ」

手にしたものに固唾を呑んで眺め入った後、呻くように孝之はいって頷いた。

「私の勘の通りだ、君に頼んでみてよかった。しかしよく、こいつらの見張りのきく部屋が押さえられたな」

「あのホテルの警備の主任が警察で同じ署にいたことのある先輩でしてね、訳を話し渡りをつけてもらいました、大方のホテルにはそんな同業がおりますから。

しかしこれをどうお使いになるつもりかは知りませんが、相手には気をつけられた方がいいと思いますよ。念のため面割りをしましたが、いわれた通り男は間違いなく五洋の専務、つまり大物のやくざですな」

「それは承知の上のことだ」

「しかし相手はそんな筋の者ですからね。この先どんなおつもりかは知りませんが」

「つまり、素人がやくざを脅すというのは、話が逆ということかね」

笑ってみせる孝之に、

「この先この件がらみで、私らが何かお役に立てそうなことがありましたらどうか。現役にもOBにも知り合いはありますから」

男はいった。

「いや、これをどうするかについちゃまだ考えもないが、その時にはまた力を借りるかも知れない。がとにかく、この件については秘密として守ってもらいたい」

「それが私らの仕事ですからね」

男はいいながら肩をすくめてみせた。


男が立ち去った後、孝之は手にしたものに眺め入りながら体の内にこみ上げてくるものを抑えきれずにいた。知らぬ間に自分が言葉にならぬ呻き声を立てているのを聞いた。

自分の内に鬱積していたものが醸し出した予感がやはり当たったことへの、満足ではすまぬ、むしろ彼自身が切り刻まれたような切なさと、それに重なって実は自分が待ち受けていた破局がようやく到来したことへの自虐的な歓びとが混ざって、渦巻くような高ぶりがあった。

何度眺め直しても、写真に写し出されている女の後ろ姿はまぎれもなく礼子だった。そして、写真の下の隅に打たれている、写真が撮られた瞬間の時刻を表示する数字からすれば、七分おいて部屋を出て行ったのはまさしくあの男だった。

彼が雇った男の報告によれば、男が依頼を受け西脇家から一区画離れた間近の駐車場に止めた車の中から見張り出して六日目に彼女は家を出てホテルに赴き、フロントに質してエレベーターに乗り三十八階のスウィートに入り、その夜をそこであの男と過ごし、翌日の昼すぎに部屋を出ていったのだった。

キャビネ・サイズに近く引き伸ばされた写真に見入りながら、孝之は体の内に高ぶってくるものをどうにも抑え切れずにいた。それが何なのかが自分でもよくわかった。

それは、溜めてこらえてきていたものがようやく堰切って溢れ出した嫉妬だった。その感情は礼子だけではなしに、彼が紹介してその夫となった兄の義之へのものでもあり、その兄が現実に彼女に裏切られたという確証故の小気味のよさであり、自分たちを裏切った女への嫉妬を超えた憎悪であり、そしてさらに兄があの礼子を妻として迎えて以来、父の生前に一族の会社の中で我が身に起こった不本意な経緯への、突然また点火された憤りだった。

そしてそのすべてがかき混ぜられて渦巻き、自分でも判断つかぬ何かの衝動が身の内に突き上げてくるのを感じながら、今自分が何をしていいのかわからぬまま、体を震わせ彼は二枚の写真を握り締め喘いでいた。

「畜生っ」

　何に向かってか彼は小さく声に出して叫んだ。


　孝之が質した西脇の秘書室は、当日の社長の予定は関西出張だったと告げた。

　そう知らされ、彼女が夫の留守を計ってあの男と会ったのだと悟った時、兄を哀れむことでの瞬時の心地好さを味わいはしたが、その後いっそう彼ははっきりとあの女を憎んでいた。

　そしてこの事実を義之に持ちこみ見せつける決心を固めた。


　孝之が差し出したものを眺め義之は身をこわばらせたまま絶句していた。ようやく、

「そんなっ」

　突然血の気を失ったように青ざめ、喘ぐようにいった相手に、かぶせるように、

「俺が、いった通りだったろう」

　いわれて咎めるように見返す兄に、

「あんたには気の毒だが、これはこのままではすませないぜ。あの二人の昔の関わりが何だったろうと、このまま何もかも勝手に盗まれる訳にはいかないよ」

「盗む」

気色ばんで見返す相手に、

「そうじゃないか、あいつはこちらの手落ちにつけこんでうちの会社そのものを盗みにかかってきたんじゃないか。加えてこんなことになれば、これ以上のめのめといいなりになっている訳にはいかないぜ、うちにも見栄も誇りもあるはずだ。世間に知れても知れなくても、沽券《こけん》に関わる話だ、このまま骨までしゃぶらせるつもりかね」

いいながら自分を見つめる相手のいたぶるような視線に気づいても、義之はそれにどう応えていいかがわからずにいた。

「お前はこの前、俺をオセロにはしたくないといっていたな。あれはどういう意味だ」

「意味なんぞない、ただの勘でそう思っただけだ、しかし当たってしまったな。いや、オセロの女は濡れ衣だったがこれはれっきとした事実だぜ」

「なら、どうする。俺に礼子を殺させでもするのか」

「馬鹿いえ、しかしそれはあんたが決めることだよ。西脇一族のことを考えてな」

なぶるような目でいい放つ相手を、義之は唇を嚙みしめながら見返しはしたが言葉がなかった。

間を置き孝之が、

「これで、逆に相手を脅すという手はないものかね」

「脅す」

「そうさ」

「馬鹿な。煎じつめれば、実はそこら中にある薄汚い男と女の話だ。それを表にして何になる、恥の上塗りでしかない」

「しかし相手の立場もあるかも知れないぜ。聞いたところ、あいつの女房というのは親分の、組長の娘だそうな」

　黙ったままの相手に、

「何にしろまず、このことをこちらも摑んで知っているということは、相手に知らせておいた方がいいのじゃないかね」

　黙って見返す義之に、

「礼子さんにいうかいわぬかは、あんた次第のことだがね」

　薄笑いでいう孝之を義之は無表情に見返しただけだった。

呼ばれて入った英造を、

「ようっ」

為治はなぜか作ったような笑顔で機嫌よく迎え入れた。

「何か」

「まあ、座れよ」

向かい合った相手に改まったように、

「どうだい、例のゴルフ場のチェーンの会社は」

「思惑通りいってますがね。例の、幹線道路が伸びてくるゴルフ場は温泉の方の調査も間違いなさそうで、別個のホテルが出来りゃゴルフ以外の客も呼べるいいリゾートになると思います。どこか目立つ企業を見つけてスポンサーに仕立て、プロ用の新しい試合も仕組めるかも知れないな」

「そりゃ結構だ」

大きく頷いてみせた後、

「時にな、昨日俺宛てに電話で妙なチクリがあった。事務の方に聞いたら三度目で、俺にじかにというんで、丁度いた時に繋がせたんだ」

「何です」

「お前の、女出入りのことだよ」

いいながら笑って身を起こし、

「相手は、お前が俺の娘の亭主だと知っている様子だったな」

「はあ、女ね」

「何だろうと野暮はいわねえ、お互いに男だあな。和枝にはばれないようにするこったぜ。ただ、今度の仕事に差しつかえないようにはしろよ」

「どういうことです」

「お前が、西脇の社長の女房と出来ているとな」

いって預けたように見つめてくる相手に、正直驚いた顔を隠さず、

「なるほど、そういうことですか」

「というと」

いわれて外すように天井を仰いで笑いながら、

「いや、偶然てのは恐ろしいもんですな。西脇建設の社長夫人というのは、私が子供の頃までいた島での幼馴染みだったんですよ。せんにこっちから申し入れて私が親父さんの名代で、例の事故で死んだ西脇の会長の葬式に出かけた時、西脇の女房として立っていてね、驚いた。話せば長いことになりますが、昔ある出来事で親しくなってね。そう、一度は彼女が死に

そうになった時助けたこともある」

「いつの話だい」

「いや、だから餓鬼の頃、相手は小学生、俺も中学で」

「なんだ、そんな頃のことか」

「あの後、島の山が噴火して海に向かって流れ出し、親父と兄貴たちは船を守りに行って死んじまった。それで私はお袋と島を出ましたが。

でもそんな縁がわかってね、ある時やつら彼女を使って、会社のある秘密をばらさんでくれと頼みこんできた」

「何をだい」

「いえ、小さなことですが、それがあんな連中の沽券ということですかね。なにしろああした同族会社だから互いに目をつむり合って、気取った道楽で音楽財団を作ってかなりの金を注ぎこんできてるんですよ、皇族を呼んだりしてね。だから、こちらも株主におさまったんだからいうことを聞かないと背任で訴えるぞといったら、それだけは止めてくれと泣きを入れてきた。それで二、三度彼女とは会いましたがね」

「そういうことか。しかしまあその先お前が何をしようが男の勝手だが、和枝にはごたつかせないようにしろよ。俺あこの今になってお前たちの痴話喧嘩の仲立ちは御免だぜ」

笑っていう相手の真意を見届けようとしたが、為治はそれを塞ぐように目の前で手を振ってみせた。

事務所の外からかけた電話に、家政婦が取り次いですぐに彼女が出た。

「それは、どういうこと」

怯えて潜めた声で彼女は聞き返した。

「わからない。しかし誰かが俺たちのことを知っているか、感づいているみたいだな。あの夜君が俺と一緒にいたことを、そっちの家の使用人たちが何か」

「いえ、ちゃんといい置いて出たのよ。主人が丁度留守だから、昔の友達の家での集まりに出て泊まるから、夫にもいってあると」

相手の怯えた声の様子を確かめた後、

「じゃ、亭主の様子はどうかな」

質され、暫く間を置いて、

「わからないわ。いつもと同じにしか見えないけれど」

「ならいい、でもなお様子を見てみるんだな。それで何かあったら知らせてくれ、すぐに考えるから」

「何を」

「そういわれてもわからない。でも、まかせておけよ」

「ねっ、私たちどうなるのかしら。夫がもし知っていたら私一人でもここを出ます、その覚悟はしているわ」

　震える声でいう相手に、

「わかっている。でも落ち着けよ礼ちゃん。俺が必ず——」

　いいかける彼を遮るように、

「そうじゃないの、私はもう決めているの。だから、だからたった今からでもあなたに会いたい、ただそれだけよ」

　いいながら体の内にこみ上げ全身を突き上げ溢れ出そうとするものの感触に彼女は息を呑み、それを防ごうとするように身を固くしていた。

　彼から突然そう告げられ、今自分を陥れようとしているものへの怯えや、まがいなく足音をたててやってこようとしている破局への恐れなどではなしに、それ故に一層彩られて身の内に熱く渦巻いて感じられる得体の知れぬ狂おしさに抗しがたく、彼女は体を震わせながら立ち尽くしていた。

「しかし社長、なんで突然そんなお気持ちに。御無念はわかりますが、今この時点であの男への仕返しを考えることが果たして得策でしょうか」

相手の思惑を測りかねていう武田に、

「突然ではない、あの男がここに現れた時からずっと考えてきたことだ。ならば君はこのままみすみす、あの男を抱えて過ごすつもりでいるのかね」

いわれて語気にたじろぎ口ごもる武田に代わって、

「いえ、武田さんも今とりあえずの小康状態の中で様子を見てということでいわれたんでしょうが。私たちとて、このまま過ごしていくつもりは毛頭ございません」

いった脇村を追うように、

「しかしもはや小康状態ということでもありますまい、何しろ奥様のお陰であの念書は消滅したのですから」

いった島本を義之はなぜか険しい目で見返した。

その視線にたじろぎながら、

「私なりに考えてきたことですが、彼がうちの金で作り出したあのゴルフ場のチェーンはその気になれば潰す手だてはあります」

いって待つように見返す島本に、初めて義之は体ごと向き直った。

「彼は取得したゴルフ場に加えて、何か新規の事業を考えているようです。中の一つの敷地で温泉のボーリングを始めたとか。で、その先の計画を潰し、うまくすれば彼の思惑全部を頓挫させることも出来るかも知れません。要するに彼が手にいれたつもりでいるものを勝手には使わせぬ算段はあります。あの男ならその先の事業展開のためにまた嵩《かさ》にかかってこの西脇の信用で資金を作らせにかかるかも知れない」

いって窺うように見つめる相手に、義之は黙ったまま顎で促した。

「彼があの九のゴルフ場を取得するためにうちがさせられた銀行からの借り入れですが、その金の求償権は放棄すると一筆入れさせられましたね。ですがその放棄は無効という申し立ては可能です。それが通れば、あいつが手にしているものをすべて仮差押え出来ます。

仮差押えが出来れば登記簿にそれが載って所有権に傷がつく。あの男が丸ごと手にしたつもりでいるゴルフ場は素ではなく汚れた物件になり、担保価値はなくなります。その先、手にしたつもりでいる物件を担保にしての彼の会社独自の借り入れは当然難しくなる、というより恐らく不可能でしょう。まずそこまであいつを追いこむのです」

「しかしそれは出来ても、ならばまた、あの男のその先の思惑のために重ねてうちに資金を作れといってきはしないかね」

いった武田に、

「ですが、あの念書はもうありはしないのですよ。奥様のお陰であいつはもう手の内に凶器を握っちゃいないんですから。こうなったら奥様を神棚にでも祭れと、あの男がいった通りですよ」

いわれて頷きかけた武田と脇村は、その瞬間義之の面に浮かんだなぜか得もいわれぬ険しい表情に気づいて口を閉ざした。

そんな雰囲気に気づいてか、義之は繕うように身動ぎし、

「なるほど、しかしどういう手順でそれを進める」

「それは会社の監査役から申し立てさせるのでしょうな。あの求償権放棄の一筆については、うちはいつもの伝で取締役会の決議なんぞ経ておりませんからね。他の重役たちはあずかり知らぬことになっています。それに監査役が気づいて突く」

「はたから見れば、杜撰《ずさん》の僥倖ということか」

一人ごつようにいった義之を三人は測るように見つめ直した。

間を置いて、

「よし、やってみよう。とっかかりとしてはそれしかあるまい」

眉を寄せながらも義之はいった。

「で、うちの監査役は」

「おっしゃる通り、うちは今まで監査の世話になることなどありはしませんでしたからね。昨年から顧問弁護士の津村先生にお願いしていますが、このケースで監査が弁護士というのは有力なことになると思います。相手がどう動こうとこちらは弁護士ですからね。

しかしこの申し立てはあくまで社長の名義で行われますが、よろしいですね」

「結構だ」

「ですが社長、さしでがましいかも知れませんが、御不快でしょうとこれで何もかも根こそぎに取り戻すということにはなるまい、というより、すべきではないと思います」

おずおずと武田が口を添えた。

「どういうことだ」

「あの男へのチップというか、何かをくれてやることは必要ではないでしょうか。あの男なりに、うちの役に立ってきたこともあるにはあったのですから。念書があああして消えてしまったというのも」

「あいつのお陰というのか。ならば、それこそいわれた通り家内の神棚でも作るんだな」

冗談とはとれぬ義之の語調に三人は臆して戸惑ったまま、思わず視線を走らせ合った。

ノックし中からの答えを待って扉を開けた鎌田は、なぜか戸口でたじろぐように立ち止まり首を傾げてみせた後、英造に向かって近づいて机の前に立った。

　そんな様子を察して、

「何だ、どうかしたのか」

「はあ、妙な話ですな。専務は承知のことですかね」

「何が」

「今、関東信金の調査部長から電話がありましたが」

　いいかけ肩をすくめてみせる相手に、

「で、どうした。俺が何を知ってるかって」

「ええ、今度うちが手にいれたゴルフ場は、どれも皆仮差押えを食ってますよ。だから例の融資の件はとても無理だと」

「何だと」

「私も、馬鹿なといいました。しかしその証拠書類のコピーをファックスで送らせました」

　いって鎌田は手にしていた書類の束を差し出した。

　黙って目を通した後英造は体をゆすって笑い出した。

　驚いて見守る鎌田に、

「なるほど、連中もその気になってやるもんだな」

「どういうことです」

「こちらはそれも織りこみずみということだよ。大がかりな脱税も、そのための念書の始末もあいつらには生まれて初めてのことだったろうからな。おぼこな娘の悪あがきってやつだ。これでかえって高いものにつくということがわかっちゃいないのさ」

「しかし、その書類、仮にしても差押えは確かなことですよ」

眉をひそめていう相手に、

「こいつを消すための手筈はとっくに用意してある。こんなことをしやがっても、何にもなりゃしないのさ」

高ぶりもせずいう彼を鎌田はただまじまじ見返していた。


その日突然浅沼から武田、脇村、島本三人へ緊急の用事で話し合いたいことがあるからと秘書室を通じて連絡があった。

話の内容は知らされておらず、それでも何とはない不安のままに三人は小会議室に顔を揃え、いい出した当人は気をもたすように遅れて部屋にやってきた。

居並んだ三人を眺め渡しながら、英造は口を開く前に微笑いながら肩をすくめてみせた。

「で」

たまりかねたように武田が質し、英造はもう一度肩をすくめると、

「あんたたちもそれなりの知恵でいろいろやるもんだよなあ。素人がやくざを騙すというのは、度胸は買うがあまりいいこととはいえないんじゃないのかね」

皮肉な微笑みで諭すように、

「こちらもそれは見越してのことなんだよ、こんなこともあろうかと用意しておいたものがあるんですよ。お見せしようか」

何かの気配を感じて固唾を吞みながら、

「何です」

武田が尋ねた。

「あんたらはあの念書が目の前で焼かれて、それで何もかもが消えてなくなったと思ってたんだろうが、世の中そうはいかないよ。紙切れは焼かれて消えても、この会社がやったいんちき、裏金を使ってのでっかい脱税という事実はとても消えるものじゃないんだぜ」

「それはわかっています」

いった武田に、

「いや、あんまりわかっちゃいないみたいだな。火種はまだいろいろあるんだよ」

「どんな」

気負いこんで質す島本に、

「あんたかね、仮差押えなんていう知恵を出したのは。ああいうやり方は俺たちの世界じゃ、よくいうだろう、仁義にもとるということよ。つまり俺に一杯くわせたというつもりだろうが、こっちもそう馬鹿という訳にはいかないんだよ。あるいは今後も何かとは思っていたが、すぐに打つ手がちょいと乱暴だったのと違うかね」

いわれていることの意味がわからず、ぎこちなく沈黙したままの三人の前に、英造は手にしていた書類封筒から数枚の紙を取り出してみせた。

「まずこれは、あんたらがやった、俺の手にある物件にけちをつけるための仮差押えの登記のコピーだ。うちの手下が、融資させるはずだった相手から剣突くって泡をくって取り寄せた。

そしていいかね、これは例の念書のカラーコピーだよ。ただのコピーでしかないが、これがどんな意味を持つか、これからあんたらせいぜい勉強して覚えることだな。念のためにそれを作る前に畳んだ本物を広げてみせて、写真に撮ってある。しかも公証人を立ち会わせてな。その署名もある」

いわれた通り念書に並んで、畳まれた念書とさらにそれを広げる手までが写っていた。

絶句する三人に、

「この会社の監査役は弁護士だそうだが、結構だ、なおいい。その弁護士に、公証人立ち会いで作られた書類のカラーコピーの、法律での信憑性がどんなものか聞いてみることだな。本物に近い意味があるというはずだぜ。ということは、これを見れば事の真偽を巡って警察なり税務署、金融庁はかなりの関心を持つと思うんだがね」

ゆっくり諭すようにいった。

「これを正すために連中が動けば評判も立つ、世間の耳目も集まる。大掛かりな調査になれば、その他に何が出てくるか俺は知らないが、あんたらにとってはたいそう煩わしい話じゃないのかね。

いっておくが、俺はこんなものを持ち出したくはなかったんだぜ。ゴルフ場のチェーンはあの念書のためにはそう高くもない買い物だったと思っていたんだがね」

なお言葉の出ぬ三人に向かって、

「こういうのを何というか知っているかね」

なぶるように見回しながら、

「身から出た錆、だよな」

いった後英造は今までに初めて聞くような高い声で笑ってみせた。

絶句したままでいる三人を見渡した後、

「これであんたら、また余計なつけを払うことになっちまったよなあ」

いい捨てると英造は立ち上がり、置いたままの念書のコピーと原物の写真を指して、

「その控えはまだいくつもありますから差し上げますよ。監査役の弁護士に念のために見せて相談するんですな」

すくんで見上げる三人を尻目に部屋を出て行った。

無言で見送った後、

「なんという奴だ」

震える声で武田がいった。

「コピーのこと、君は考えてなかったのかね」

島本を見据えていう武田に、

「まあ、今さらそれをいっても仕方がない。こちらも念書一枚に振り回されてコピーまではとても頭が回らなかった。彼は彼なりに考えていたんだろうが、相手の方が一枚上だったということだ」

唇を嚙む島本の横から脇村がいった。

「それよりあいつはこの先あのコピーを何に使うつもりなんだろうか」

怯えていう武田に、

「それもこちら次第でしょうな」

脇村がいった。

「ならばこちらも本気で、あの男を殺すくらいの算段でかからなけりゃならんのかも知れない」

呻くように武田がいった。

「それも一案かも知れないが、口でいうほど簡単なことじゃありませんよ、いったい誰にどう頼むんです。ここは当分あいつを飼い殺しにするつもりで、先の様子を見るしかないな」

脇村がいい、島本も頷いた。


三人からの報告を聞き、義之は唇を嚙んだままものをいわずにいた。

そんな様子に耐えかねてか、突然武田が膝に手をつき、

「申し訳ございません。私たちに用心が足りませんでした」

声を震わせていった。

しかしそんな相手も無視して、義之は同じ表情で口を閉ざしたままだった。

食事の後の茶を淹れながら、

「あなた西脇建設との仕事で何か厄介なことがあるんですか」

なぜか作ったような笑顔で和枝が聞いた。

「どうして」

「今日私に変な電話がかかってきたわ」

「変な」

「ええ、あなたの女のことで」

「俺の女、それが西脇の仕事とどう関係があるんだ」

努めて無表情で聞き返した英造に、同じ笑顔で、

「あなたと西脇の社長の奥さんとが出来ているって」

質して笑顔をおさめる相手に、

「ああ、またそのことか、実は先日親父さんにも聞かれたよ。親父にも同じ電話がかかってきたそうだ」

煩わしげに肩をすくめ、為治にしたと同じ説明をする彼を和枝は表情を浮かべずただ見つめていた。

間を置いて、

「それいつのことなの」

「だから、まだ餓鬼の頃の話だよ、俺があの島を出たきりが中学の時だからな。偶然てのは恐ろしいと思ったよ」

「でもそれをなぜ」

「わからない。うちと西脇の関わりは、彼女の身元がそうと知れるずっと前からのことだよ。あそこの会長がこちらの仕事でのいい分をはねつけ悶着があって、間もなく事故を起こして死んだ」

「事故で」

　眉をひそめながら彼女は念を押し、

「そう、事故でな」

　薄笑いで彼は頷いてみせた。

「その葬式に親父の名代で俺が出かけていって初めて会ったのさ。何十年ぶりのことだったかな」

「私ね、あなたが外で何をしていようと詮索するつもりはありませんから。ここまでこられたのはあなたのお陰なんですから」

「おい、また今さら止せよ」

「そうじゃないの、あなたに他に女がいたってかまわない。ただお願い、私たち家族だけは守ってね。父たちのことはどうでもいいの」

正面から向き直り、両手を膝の上にそろえて置きながら彼女はいった。

「しかしそいつは、親父さんの前じゃいわない方がいいぜ。俺にとっちゃあの親父あってのことだからな。けどこの前このことで聞かれた時いわれたぜ、何だろうとお前にはばれないようにしろとな」

いって声を立てて笑う英造に和枝は肩をすくめてみせた。

間を置いて、

「西脇の奥さんて、いつかあの音楽会で皇后さんの横にいた人でしょ」

覗くような目で見直していった。

「ああ、そうだったかな。俺が彼女と改めて会ったのは、実はあの音楽会に関わりがあったんだよ。どうかあれを潰さないでくれとな」

「潰す、なぜよっ」

「仕事がらみのことだがね、毎年でかい赤字を作ってまでする道楽かと俺がいってやったのさ」

「なぜ」

咎めるように質す相手に、

「いろいろ他とからみがあるのさ。それに俺の趣味じゃないからな」

いった彼に向かって何かいいかけたが、思い直したように彼女はそのまま口を閉ざした。


何を察し合ってか二人は黙って暫く見つめ合ったままでいた。

弟のいつにない思いつめたような表情の訳がわからず、義之は待ちながら構えるように無表情で座っていた。

そしてようやく、

「俺たち、来るところまで来てしまったような気がするな」

内にあるものを抑えながらのように、低い声で孝之がいった。

「どういうことかね」

「俺と兄貴だけじゃなし、この会社も含めてのことだよ」

「来るところとは」

「兄貴にも俺にもそれぞれの責任はあろうが、事の始まりの責任はやっぱりこの俺にある、そう思っているよ。例の巽運輸との裏取引の念書がらみのことだが、そもそもの発端は俺の女へのミスからだ。いやそうじゃない、もっと前の、あんたの結婚に関しても俺の責任だよな」

　咎めて何かいおうとする相手を手で制すと、

「聞いてくれ、俺は今日洗いざらい話すから」

「何をだ」

「だから、俺から始まったことの責任は俺がとる。そう決めてきたのさ。俺だって男だ、死んだ親父のためにもあんたのためにも体を張ってもいい」

「どういうことだ」

　眉をひそめていう義之に、声を落として、

「渋っていたが、島本からその後のいきさつは聞いたよ。俺とて念書のコピーの意味なんぞ知れはしないからな、あいつを咎めるのは酷だと思うが、これでいっそう相手を、いやこっちが、自ら追いこまれたことになるだろう」

　いつもとは違って臆せぬ風にいう相手を義之は質すように見返していた。

「武田が口走っていったそうだが、ここまで来たら何か手を講じて、あの男を消す算段を本気で考えなくちゃならないかも知れないぜ。これ以上何から何まであいつの勝手にさせる訳には、絶対にいかない。それを本気で考えさせてくれ、俺にも責任があるんだから」

「責任、どんなだ」

問われて孝之は一度口をつぐみ、何かの意を決したように微笑い直してみせた。

「彼女を、あの女をあんたに紹介したのはこの俺だったからな。だからあいつをこの手で殺したいよ」

「誰をだ」

「あいつと、あの女も、礼子もだよ」

くぐもった声でいい切る相手を、義之は確かめるように見直した。

「あんたも感じていたかも知れないが、俺は彼女が好きだった、惚れていたというより好きだった。あの頃の俺はあんたと違ってもててもいたから、他にも女は大勢いたよ。しかし彼女は連中とは違っていたな。だから気づかずにいたんだろうが、あんたに彼女を紹介し二人が結婚した後になって、しみじみ気づいたのさ。馬鹿な話だ。

それに親父もなぜかひどく彼女を気に入っていたよな。それを横から眺めてやっと気づいた。本当は俺にとってあんな女が必要だったんだとね」

黙って頷く相手に促されたように、居住まいを正し身をそらすようにして顔を上げると、

「しかしあの女にそんな因縁があったとはな。あれでもし、俺があの女をものにして結婚で

もしていたら西脇の家の運命も違っていただろうに、その責任も感じるのさ。だからあの男は俺の責任で消してやる、殺してみせる、まかせてくれ。それが俺に出来る西脇家へのつぐないだと思っている。

そうだろう、俺ならともかくこの家の総領の女房が、どんな縁があろうとやくざと出来ているなんてことが世間に知れたらどうなる。こんな恥っさらしはないぜ。だからその始末は俺がつける、そのつもりでいるんだよ」

いって頷いてみせる相手を義之はまじまじ見つめていた。

間を置いて微笑し直すと、

「お前が誰かに彼女を尾けさせたのは、そういうことかね」

質した相手をまぶしそうに見返すと、

「さあその前に、惚れていた女への勘かな。横から眺めていて、彼女の様子が何か変わってきているのがわかったんだよ。兄貴は気づかなかったかね」

問われて義之はただ薄く笑ってみせた。

「だって、彼女は素晴らしい人だと思うよ、少なくともあの男が現れるまではな。あの二人の昔に何があったかは知らないが」

「あいつはうちの財団を種に強請ろうとしてきた。彼女はそれを止めに出かけて行ったんだ」

諳じるように義之はいった。

そういう兄の表情を窺おうとしてみたが、義之はただ無表情のままだった。

「それであんたの気持ちがすむ訳はなかろう。その後のことだよ。しかしそれが罠だったのか」

「わからん」

「で、あんたは彼女を許せるのかね」

「わからない」

「だろうな。しかし、あの男が消えれば彼女は変わる。ならば許せるかい」

「わからない」

「わかった。ならばともかくもあの男をなんとか消すことを考えよう。場合によったら俺がやってもいいんだ」

「何をいうんだっ」

驚いて見返す兄に、

「その気になれば出来ると思うさ。あんたにも誰にも絶対に迷惑はかけない」

いう相手をなぜか義之は放心したように見つめていた。

「いいかい、必ず俺一人の責任でやる。信じてくれ」

いい切った相手の目にはっきり浮かんでくる涙を見て義之は固唾を呑み、返そうとしても言葉がなかった。

何かいおうとしている相手を無視したように孝之はそのまま立ち上がり、送って出ようとする兄を塞ぐように戸口に立ち止まり振り返ると黙って手を差し伸べ相手の手を握りしめた。

「俺たちは二人だけの兄弟だ。そして俺は、あんたの弟だ、その役目があるんだ。それをやってみるだけだよ」

暫くの間二人はそのまま間近に見つめ合い、何かいいかける義之を振りきるように孝之は部屋を出て行った。


「しかしそれは何とも危ない相談ですな。お気持ちはわかりますが、他に何か策はございませんのでしょうかね。会社の危機とはいっても、相手がやくざとはいえ、とにかく人一人の命の問題ですからね」

「しかし蛇の道は蛇というじゃないか、君の情報筋で、そんな仕事を任せられる人間を探すことは出来ないもんだろうか。噂じゃ当節は外国人でそんな仕事を請け負う連中もいるとか、昔いた警察筋から逆にそんな情報は取れないものかね。こちらとしては金に糸目はつけない。こちらにいかに弱みがあったろうと、君のお陰でわかったことだけど、会社だけじゃなしに社長の夫人までが盗まれようとしているんだ。こんなことを許せるはずはない。なんとか知恵も力も貸してほしいんだ、頼む」

声を震わせていう孝之を相手はまじまじ見つめていた。

そのまま二人は黙って見つめ合ったままでいた。

「これは君だけへの、口ききの手つけだ。事が成就したら改めてあなたへのお礼もさせてもらう。あくまで仕事は仕事としていわれる通りの報酬は出します。ただなんとしてもあの男だけは許せないんだよ」

いってテーブルに両手をついてみせる孝之を臆したように見据え、前に置かれたものを測るように眺めながら、暫く間を置いて、

「わかりました、なんとか心がけてみますが。それにしても今すぐにとはいきませんよ」

いった相手に、

「頼むっ」

いって前に置いたものをさらに押し出して深々と頭を下げた。

半月ほど過ぎて連絡が入り、孝之は相手の事務所まで出かけて会った。

「こんな所までお出かけ頂いて恐縮ですが、話が話なものですからね」

「で」

「人の当たりはつきました。外国人です、その方が後々のもつれがないそうでね」

「条件は」

相手は黙って手を上げ指で示した。

「それでいいのだね」

「ただし、事前に渡します。その後すぐに日本を離れるということです。それと、そんな組み立てですから、機会は一度しかありません。ですから、しかるべき所へ相手が必ず一人で来るという仕組みにして下さい。ご存じでしょうが、あの男には殺人の前科がありますからね」

「どんな所がいい」

「さあ、当然人目の少ない限られた場所ということでしょうな」

「ホテルは」

「さあ、私はその当人がどんな手を使うのかまでは知りませんが、尋ねておきましょう。日取りが決まれば二日前に来るそうです。しかし物騒な話ですな、そんな仕事の請負いで来る外国人は当節かなり多いそうですよ」

いって眉をひそめ肩をすくめてみせた。


彼女の在宅を確かめると、かなりの吹き降りの中を孝之は自分で運転してやってきた。用件を確かめたが、緊急のそれも彼女のためだと一方的にいって電話を切り、電話してきた所が家の間近だったのか五分もたたぬ内に玄関のチャイムが鳴った。

茶を運んできた家政婦を手で払うようにせき立てて外させると、一度彼女の顔を含み笑いで見据えた後、無表情に作り替え投げ出すように、

「妙な切っかけでね、僕はあなたとあの男、浅沼のことを知っているんだよ。君とあの男が幼友達だというのもとんだ偶然だが、こちらもある偶然でね」

表情を薄笑いに戻し身を乗り出して覗くように見つめてくる相手に、

「ええ、それは主人にも申しました」

努めた微笑で答えた彼女に、

「そうじゃないよ、そんなことじゃない。君はあの男と寝ているんだろう。とんだ話だな、幼馴染みの続きとでもいうのかね」

「何をおっしゃるの」

「今さらとぼけなくてもいい。僕も覚悟があってこんなことをいい出しているんだ、あなたを兄貴に紹介したのはこの俺だからね。僕は西脇の家も会社も救いたいんだ、君が今何を考えていようと何をしていようと、とにかくこの家の主婦、兄の妻なんだからそのために手を貸してつくす責任はあるはずだ」

身動ぎして見つめ直す彼女に、

「最初君らを見たのはホテルオークラの宴会場の前でだったが」

ゆっくり諭すようにいってみせる相手に、

「ええ、あることであの人に会う必要がありました」

「知ってるさ。うちの例の音楽財団を守るためだったよな。ご苦労だった。しかしその後、兄貴が関西に出張中に君はあの男とホテルニューオータニ別館、三十八階のスウィートに泊まっていた。違うかね」

固唾を呑んで見返す彼女の前に孝之は二枚の写真を差し出した。

「そして翌日の昼過ぎお引き取りになった。それぞれ時間は少しずらし合ってね。こりゃどう見ても君とあの男だよな」

絶句した後ようやく息を継いで、

「あなただったのね」

いった彼女を待ち受けたように、

「何がだい」

「あちこち電話して――」

「ほう、どういう電話を」

追い詰めるようにいう相手を彼女は絶句したまま見返すしかなかった。

ようやく、

「あなたがこれをさせたのね」

いわれて間を置き、身をそらせ、

「そうだよ」

「なぜ」

「勘だな、僕の」

「それで、あなたこれを主人に――」

思わずいった彼女に、

「さあどうしたものかね。それもあって、君とあの男と僕と一度三人で会う必要があると思うよ」

じらすようにいう相手に、

「なぜっ」

「だから、僕は西脇を救いたいのだよ。出来ればあなたもね」

「そんなっ」

「余計なことかね、君にとってはもはや」

試すように見つめ直した後、

「とにかく黙って僕のいうことを聞いた方がいい。君とあの男と、そして僕と三人で話すんだな」

「何をです」

「そりゃいろいろあるはずだぜ。あなたこうなってみて、自分の子供のことを考えたこともないのかね」

いわれて身を震わす彼女に、

「相手の都合もあろうが、僕が連絡した日時に必ず合わせるようにいっておいてくれ。僕から彼にいってもいいが、こうなれば君からの方が手っ取り早いと思うがね」

いうとテーブルに置かれたままの写真を顎でさし、後は何もいわず立ち上がると孝之は自分で扉を開けて出て行った。

「なるほどあの男がか。それでわかる節があるな」

「でもなぜっ」

「さあ、それを確かめる必要はあるな。何をたくらんでいるのか」

くぐもった英造の声にあるものを覚ろうと声を潜める彼女に、

「あいつに今さら大したことを持ち出せる訳はないが、しかし案外」

「何なの」

「いや、俺にもまだわからない。しかし君の亭主にはじきに知れるだろうな。いや、あるいはもうすでに」

「なら私もうこの家を出ます」

「いいだろう、俺も考えていることがあるよ」

「何をっ」

「大丈夫だ。いいか礼ちゃん、俺はもう君を離しはしないからな。だからとにかくあいつの話は聞いてやろう、俺たち二人を前に何を持ち出すのかを。だから彼から連絡があったら迷わず知らせてくれ」

「いいのねっ」

「いい」

電話が切れた後受話器を握ったまま居間に彼女は立ち尽くしていた。その後ようやく座り直し両手で膝を握って考えたことは、今朝出がけに義之が自分に見せた表情をだったが、思い出せるものはなかった。ならばそれを今夜確かめねばと思ったが、それは恐ろしいというよりなぜか疎ましかった。

そう確かめながら、自分が今いったい何に躊躇しているのだろうかと思った。孝之はさっき突然、子供のことを思わぬのかといったが、いわれて初めて自分がそれを考えたことのなかったことに彼女は気づいた。そのことを思おうとしなかったことの訳というより、その意味を彼女は改めて感じていた。それを悟っていながら、自分が今ここでこうして夫との関りについて怯えかけていることに苛立っていた。

何もかも捨ててここを出ればすむことなのにと思った。それは容易なことに思えた。ただ自分がそうせずにいることの訳は英造あってのことだとわかっていた。そう思った時、あるいはあの彼がこの出来事の中で、自分と同じ位相の中にはいないのかも知れぬ、あるいは自分はただ彼の仕事のために利用されているだけなのかも知れぬと思った。その瞬間英造について聞かされていた噂のすべてが耳に鳴り、彼女は息を呑み立ち尽くしていた。

それを確かめきれぬのなら自分には破滅すら残されていないのかも知れぬと思ったら、頭から血が引いていき見えているものが漂白されていった。

気を失いかけるのを懸命にこらえ、なんとしてもそれを確かめたいと思った。そしてその機会は、間もなく彼と一緒に二人の仲を摑んで知っているあの孝之と三人して会う時以外にありはしまいと思った。

もしもあの彼が昔とは違ってやはりこの自分とはまったく違うところにしかいないのだとわかったなら、自分に出来ることは彼とあの孝之の目の前で自分一人で死んでみせることしかないと思った。


ホテルのロビーでいわれた通り孝之は、ピンクの紐のついた携帯電話を首から下げ白い革製の書類ケースを腕にした男から部屋の鍵を受け取り、五分後に待ち合わせた礼子と、架空の企業の名義であらかじめ前金を積んで三日間予約してある屋上のペントハウス式のメゾネットに入った。

ぎこちなく見合ったまま口をきかず待つ間、礼子にはなぜか自分以上に目の前の孝之が緊張して顔をこわばらせ、小刻みに体をゆすりながら座っている様子が、これからやってくる英造との間に持たれる話し合いの内容を予想しがたいものに感じさせた。

孝之が礼子と英造との関係の証拠を摑み、それを笠に着て、西脇の急場を救うために持ちかけようとしているものが何なのかいくら思っても思いつかない。

そして孝之が指定した三時丁度にノックがあり、立っていった孝之が扉を開け彼が入ってきた。

戸口で立ち止まり黙って質すように部屋を見回し、礼子に小さく頷き、さらに孝之に向かって無表情に頷くと孝之の指した向かいのソファに腰を下ろした。

「何だか知らないが、ずいぶん大仰なものだな。あんたが撮らせた写真は確かなものだが、それをかざして何をいおうというつもりかね。俺と礼子との関わりにいい訳するつもりはない。あんたらにはわからぬ、あんたらには関わりない関わりが俺たちにはあるんだよ」

ゆっくりつぶやくように彼はいった。

「それをあんたらに、どうわかってくれともいわぬし、わかってどうなるものでもありはしない。俺があんたたちのやったことの尻尾を摑まえようが摑まえまいが、それには関わりなしに俺は礼子を取り戻しただろう。

ただ、あんたらがやった汚い仕組みを俺が知り、あんたのお陰でそれに食いこみ、そのせいで俺が彼女に巡り会えたということには感謝しているよ。お前さんがどんな勘を働かせて俺たちの跡をつけ何を知ろうと、そんなことは何になりもしない。彼女はもともと俺のものなんだ。それをわかった上でものをいえよ」

英造はいい、孝之は気おされたように身をそらせ頬を赤らめながら何かいい返そうとしたが、それをさえぎるように、

「英造さん、それは本当なのね。本当ね」

礼子は叫ぶようにいった。

その高ぶりに微笑み返し、

「何をいうんだ礼ちゃん、君もその覚悟で今日こいつにいわれるままここへ来たんだろう」

押し切るように彼はいい、

「ええ、そうよ」

礼子は答えた。

「それはどういうことかね。彼女を取り戻すというのは、取り戻してどうするつもりなんだ」

押し殺した声で孝之が質し、

「取り戻すものを、ただ取り戻すということだよ。俺たちだけがわかっていることだが、あの島を離れてから今までのことは、俺にも礼子にも実はありはしなかったことなんだ。そう

だよな、礼ちゃん」

　彼はいい、彼女は身を震わせながら頷いた。

「それはずいぶん勝手ないい分だな。ならば、あんたと彼女が偶然また出会わなかったら、どうだったというんだね」

「二人はあの時死んだままだったということさ。あの時あの島の山が火を噴いて崩れてこなかったら、二人は死なずにいたんだ」

「山の、噴火だと。それがあんたらにどう関わりがあるというんだ」

　いい返す孝之を、英造はゆっくり身をそらせ相手がたじろぐような険しい目で見据えると、

「それはお前たちにはわかりはしない。あの時あの島にいた俺たち二人でなければわからぬことだ。そして、死んだはずの二人がようやく生き返ったということなんだよ」

　目を閉じ諳じるようにいった。

「ということは、何もかもこれで終わりということだな」

　孝之がいい、

「そうかも知れない、しかしそうでないかも知れない。が、それはあんたらには関わりもないことだ」

「ならば、これで終わりということでいいんだな」

被せるようにいう孝之に、

「結構だ、今までのことはすべて終わりだ。それでいい」

いった瞬間、突然英造は立ち上がり斜め後ろの隣のベッドルームにつづいた扉に体当たりした。

礼子が驚いて見直した、知らぬ間に半ば開きかけた扉に挟まれた見知らぬ男の姿があった。身動きを止められた男が手にした拳銃を見て礼子は声を上げた。

次の瞬間英造は体を押しつけ扉ごと挟んで止めた男が手にしていたものを叩き落とし、それを拾われて体が解かれた男はよろめきながら開いた扉の前に立ち直し、素早く腰の脇から次の刃物を引き抜き一気に襲いかかった。それをかわして英造は瞬間右にすさるとみせて左に跳び、かわされてよろめく相手の手にしたものを、奪った凶器を叩きつけはたき落とした。

その後の二人の動きを礼子も孝之もなぜか緩慢な映像を見るように、はっきりと見とどけていた。

素手で立ち尽くしている男に向かって英造は間近にあったソファのクッションをすくい取り、奪ったものの上にかぶせ相手の胸に押しつけながら引き金を引いた。くぐもったしかしかなり大きな銃声が響き男ははじかれたようにのけ反って崩れ落ち、その上にまたがるようにして彼は身をかがめ、手にしたクッションをもう一度相手の頭の上に押しつけ構え直すと、礼子が叫ぶ暇もなくさらに引き金を引いた。

動かなくなった侵入者を確かめるように、身を起こしその肩を足で蹴って揺すぶった後ようやく見守る二人に向かって振り返った。

「なるほど、こういうことかね」

茫然と立ち尽くしている孝之に向かって頷くと、

「こいつは悪い冗談ではすまないぜ。幸い目撃者もいてくれたがな」

「ど、どうしてっ」

喘ぎながらいう相手に、

「鏡は磨いておくもんだよ。お前が落ち着かず、誰か待ってるようにちらちら俺の後ろを気にする風なんでな。あんたの後ろの鏡に目の行く扉が映っていたのさ」

いわれて孝之は何かいおうとしたが声が出なかった。

「しかし、ここまでやって事を納めるには、あんたも少し痛い目に遭わなくちゃあな」

いいながら孝之に向かい直し、手にしたものにもう一度床に落としたクッションを拾い上げて添えると有無をいわさずに相手の右の肩口に押しつけ引き金を引いた。

よろめいて腰から落ちた相手に、手にしたものから残った銃弾を抜いてポケットにしまい、とり出したハンカチで一度丁寧に銃器を拭って倒れている男の手に改めて握らせたが、その後孝之の右手を引き上げ押しつけるようにして握らせた。

「これでお前たちの相打ちということにするんだな。しかし一応、他にここにいた人間はなしということにしておこうぜ。お互い身のためにもな」

いってようやく礼子に向かって振り返ると、

「こんなこと、見せたくも見たくもなかったのにな。これは多分君の亭主も知っての上のことと思うが、この後どうなることかな」

いいながら死んでいる男の内ポケットを探り、取り出したパスポートを開いて確かめると、

「誰の知恵か知らないが、こんなことが商売の人間らしいな。これは多分亭主にとっても厄介なことになるぞ。

さ、後のことはまかせて早く出ていくんだ。いいかい、これは君にとってはまったくありはしなかったことなんだぜ、今夜亭主にもいう必要はない。その後は後だ、俺がやるから」

強く促され、礼子は半ば夢の内にいるような気持ちで部屋を出た。

見送った後、腰を落としたまま喘いでいる相手に、

「さあ、これでどうするかね。お前さんたちだけの出来事か、それとも俺をからめてのことにするかね。しかしもう少しもっともらしく見せるために、お前ももうちょっと酷い目に遭

ったことにした方がいいかも知れないな。どこにする、九死に一生ということなら腹あたりか」

一つ取り出した弾を指にしながら孝之に向かってかがみこみ、怯えた目を見開いたまま声の出ぬ相手の手にあったものをもう一度外して持ち直すと弾をこめ直した。

「どこがいい、望みの場所があったらいってくれ。死ぬまでのことはないけどな」

「助けてくれ」

失禁しながら悲鳴でいう相手に、

「だから、俺はお前さんごと会社を助けてやるつもりでいたんだがね」

念を押すようにいった後、相手の脇腹にクッションごと押しつけたものの引き金を引いた。

そしてもう一度手にしたものをハンカチで拭い直し倒れている男の手に戻し、さらに孝之の手の内に押しつけて戻すと、

「助けの電話は俺がかけてやろうか。いや、やっぱり自分での方がいいな、お前がしゃべらぬ限り俺はここにはいなかったんだから」

いいながらハンカチで摑んだ電話機を床に下ろし、手の届く所まで相手の体を引きずっていった。

「すぐに誰か呼べば、命は助かると思うがね。この後のこと、話のつじつまとこの礼をどう

するかは俺も十分考えておくよ」

いい捨てて英造は部屋を出て行った。


その夜、義之は連絡もなしに深夜近くに帰宅した。

迎えた礼子を何かを懸命にこらえたような無表情で見返したが、無言のまま着替えに寝室に入った。しかし構えて待つようにリビングにとどまり座ったままでいた彼女の前に、またすぐに姿を現した。

互いに訳を十分知り合ったままの長い沈黙の後ようやく、

「君に聞きたいことがある」

痛む傷をこらえるような声でいった。

頷いた後、

「私もです」

その問い返しをすでに察しているように義之も頷いてみせた。

「でも、あなたから」

促され、なお沈黙の後ようやく心に決めたように、

「君は今日、あそこにいたのか。孝之と一緒に」

黙って頷く彼女に、

「そうか」

あきらめたように頷き返した。

「ですから、私もお聞きしたいんです」

「いいよ」

「孝之さんはあそこであの男に、私も殺させようとしたんでしょうか」

問われて、それを予期していたかのように義之は唇を嚙みしめた。

「わからない、それは」

「あなたは」

「それも、わからない」

「なぜですの。あなたはもうご存じなんでしょ、私と彼とのことを」

「ああ、孝之から聞かされたよ」

「ならば」

「いや、わからない。俺にはまだ何もかもがわからないんだ」

喘ぐようにいう夫を彼女はただ黙って見つめていた。

「君らに昔その島でいったい何があったのか、ただ聞かされただけではとてもわからない。

わかる訳がないだろう」

「ですが、私はあなたを裏切りました、そういわれても仕方ありません。でも――」

「なんだい」

つぶやくように、すがるような声で義之はいった。

「私、やっぱり夢を見ていたんです。その夢から覚めてしまったんです」

「それは、俺も同じだよ。俺は今のこの夢からなんとか覚めたい、夢だと思いたい」

そのまま二人は黙って見つめ合っていた。

間を置いて、

「俺は前から気づいていたがね、孝之は最後にいっていたよ、あいつは本当は君のことが好きだったと。彼から見ると俺はよほど不器用な男だったんだろうな、それでつい君を俺に紹介してしまったんだろう。親父もたいそう君を気に入ってくれたし」

「だから」

「かも知れない。だから誰よりもあの男を憎んでいたろうな。最後に、自分一人の責任ででも片をつけるといってきた。何を考えてのことか知らないが、俺が質して止める暇を与えずに、そういい捨てて出て行った。

これはいったいどういうことなのかな、結局君がいうみたいに、それぞれの夢の擦れ違いということなのかね」

いって天井を仰ぐ夫にどう言葉をかけていいかわからず、礼子は身を固くしたまま相手を見つめていた。

間を置いて、

「夕方、警察から連絡があった。ホテルの屋上のペントハウスで、あいつが外国人の男と撃ち合いをして大怪我をしたと。孝之は二箇所撃たれ、相手の男は死んだそうな」

「二箇所」

思わず質した彼女に、

「ああ、君はその場にいたんだろうが」

「ええ」

固唾を呑みながら懸命に思いを巡らせようとして口ごもる彼女を、義之は探るような目で見返してきた。

「それで、あの男はあすこに来ていたんだろう。しかしなぜこんなことに」

「気づいたんです、彼がすぐに。相手が隣の部屋から出てくるのを防いで」

「それでどうして、彼以外の二人が怪我をし、死んだんだ」

身を乗り出して質す相手に答えきれず、

「私怖くて、覚えていません。何がどうなったのか」

「しかし警察は、君があそこにいたことはまだ知らないようだ。それはそれで良かった」

「彼がいたこともですか」

「わからない。聞かされた様子では、彼の存在にも気づいていないようだったが」

いった後義之は何を感じてか、あきらめ突き放すような視線で彼女を見つめ直した。

「君は俺にとって、本当に存在していた人なのかなあ。どこか違う星か何かからやってきていた人間なのかも知れないな、まるでかぐや姫みたいに」

あきらめたように薄い微笑みを浮かべ直していった。

「どういうこと」

「いや、つまり僕の夢だったということなのかな」

「そうよ。私にとってのあなたも」

思わずいった彼女に、

「それはあんまり勝手じゃないのかね」

「でもそうなんです。これが私たちの、いえ私の運命なのね」

「それはどういうことなんだ」

「それしか、いいようないんです。あなたには感謝しています、幸せにしても頂いたわ。でも、仕方ないの」

「どう、仕方ないんだ、そんないい方があるかね」

「私にもよくわからない、でも、でもそうなの。人間には生まれる前から決められていたことってあるのかも知れないわ」

「そんな——」

なおいおうとしたが言葉が摑めず、義之はあきらめたように口をつぐんだ。

その後二人はただ黙ったまま見つめ合っていた。そして、

「わかった」

臆したようにいうと頷いて義之は立ち上がり部屋から出て行った。


同じ顔ぶれながら、その日の会合の雰囲気はいつもとはまったく違っていた。

誰もが突然起こったこの事態に、言葉では互いに言ったり聞いたりしたことながら、まるで突然目の前に持ちこまれた誰かの死体を目にしたように固唾を呑みながら顔をこわばらせていた。

警察からの呼び出しに義之と同道していた島本が説明の概略を話したが、聞き終わった武田も脇村も義之を窺いながら沈黙したままだった。事態の対処に何をしたらいいのかの前に、何からどう考えていいのかもわからなかった。

「私がうっかり口にしたことでしたが、まさか」

武田が身を縮めていったが誰も何もいいはしなかった。

そのまましばらくして、

「この先どうなさいますか」

おずおずと島本が質し、

「何を」

義之が問い返したが答える者はなかった。

さらに間があり、しわぶきした後脇村が、

「おそらく警察も今限りでは、出来事の背景については何も知らずにいるのでしょうな。孝之さんの回復を待って詳しい聞き取りがあるのだろうが、その前に彼と会って話すことが出来れば、どこまで何を話すか何を隠すかを」

「しかし、何と何を隠すのだ」

「それは社長がご判断下さい。我々にはわからぬこともあるようです」

「どんな」

「これは孝之さんがすべて自分一人でやったことなのでしょうか」

咎めるように見返され、決心したように身をそらし、

「社長には何の相談もなかったのでしょうか」

思い切って問うた相手に、

「あった」

つぶやくようにいった。

「どんな」

「自分一人の責任であの男を消してやると」

三人を見回すようにし、

「それだけいい置いて出ていったよ。その前に君らに承知しておいてもらいたいことがある。こんなことにならなければ口にするつもりはなかったが――」

いいかけ唇を噛んでうつむく義之を、三人とも何かを予感したように怯えた顔で見つめていた。

「家内とあの男の関係を孝之は知っていたんだ」

「それはしかし、昔の――」

いいかけた脇村を塞いで、

「いや違う。二人がまた出会っての後、最近のことだ。家内はあの男と通じていた。それを孝之がつきとめた、人を使って」

「あの奥様がですかっ」

武田が悲鳴に近い声で叫んだ。

「そういうことだよ。人間のことはわからんな」

ことさらに浮かべた薄い微笑みで義之は頷いてみせた。

長い沈黙の後、三人は合わせたように溜め息をついて顔を伏せた。

「彼はあの男と一緒に、彼女も殺すつもりだったのかも知れないな。そう思う。間違いない」

「そんな、なぜっ」

口走っていった武田に、同じ微笑みのまま、

「兄弟だからな」

義之はいった。

いる場所を忘れたように、島本が首を垂れ呻いて頭を抱えていた。

「しかしならばいっそう、孝之さんに何をどこまで話させるかを考えませんと」

いった脇村に、

「彼女は多分家を出て行くだろう、と思う」

放つようにいった。

「そんな」

「いやいい、それはそれでいいんだ。互いに覚悟は出来ている」

「しかしそれにしても、どういう形で」

「だろうな、それは。大きな恥はかきたくない」

先刻の微笑を戻し、投げるようにいった。

「ですから孝之さんの容体が戻り次第、警察の来る前に是非お会いになるべきです。その筋の人間を、しかも外国人を何のために雇ったのか。そこで何が起こってしまったのかの辻褄をどう合わせて答えるかを。これは親族の社長以外の者には出来ませんし、病院も許さないでしょうから」

島本がいった。

「出来れば、これは孝之さんお一人に背負ってもらいたいものですな。幸い相手は死んだ、あの男が殺したんでしょうが、とにかく死人には口無しだから、こちらで作った話の筋が通る可能性はありましょう」

脇村もいった。

「だがあの時あの部屋にいたのは奥様を含めて四人、しかし現場に残っていたのは二人。後の二人の出入りは、ホテル側に気づかれていないんでしょうか」

いった島本に脇村が、

「それは警察の仕事だろう。こちらはあくまで二人だけのこととして行く以外にありはしまい。その点は孝之さんに覚悟してもらいませんと」

いわれて義之も黙って頷いた。

「しかし誰が見ても妙な事件ですよね、向こうはその道のプロ、それが殺され、こちらは大怪我というのは。土台誰があんな男を雇ったことになるんでしょうか」

「だからその辻褄をせいぜい考えることだ。孝之さんはあそこで何のため、誰に会おうとしていたのか。その代わりにあんなプロがやって来た、としたら誰がよこしたのか。それが浅沼だったという訳にはいきますまいか」

いった島本に、

「馬鹿な、そんな濡れ衣に相手が黙っているものか。浅沼には会長を殺したり、県央道の地権者たちを煽っていた過激派を始末させたような手下は大勢いるんだ」

武田はいったが、

「しかし、この出来事は恐らく世間の目を集めましょうよ。一流ホテルでの拳銃騒ぎ、被害者は一流ゼネコンの親族です。警察も含めて誰もが納得するのは真相以外になさそうだが、そうはいかせまいとするならよほど話の筋をかまえてかからぬと」

「一番の納得筋は、孝之さんには申し訳ないが、色がらみ、情痴の筋ということかも知れませんな」

脇村がいい、義之は黙って肩をすくめてみせた。

「まずもって、そんなこんなの話を社長から出来るだけ早く孝之さんに伝えて頂いて、彼の魂胆もお聞きになって頂くことです」

「この出来事は死んだ相手が相手ですから、被害者の黙秘も通るのではないでしょうか。まず当分はそれで繋ぐという手もあると思います」

島本はいったが、

「しかし、それでいつまで保つと思う。うまい辻褄をとはいっても、どんな話がいつまで通るものかな。君の知り合いの検事の筋から警察の動向を摑めぬものかね、それなしにこちらも何の準備も出来まい」

義之がいった。

「それで君はあそこから出る時、誰にも見られなかったかな」

「ええ、誰にも会いませんでした、最上階の一般のエレベーターに乗るまでは。時間も時間だったし、あの階のレストランにもお客はいなかったと思います。あなたは」

「俺はあのフロアで一人だけ従業員に会った。でも俺がどこからやってきたのかはわからなかったとは思うが」

「大丈夫かしら」

「何が」

「だって」

怯えていう彼女に、

「大丈夫だよ。誰にも見られていないかぎり、君はあそこにはいなかったということなんだから」

「でも私質されて、夫にはあの場にいたといいました。そして——」

間を置き、

「私から夫に聞いたんです。孝之さんはおとりにしたこの私もあなたと一緒にあの男に殺させようとしたのですかと」

「なるほど。亭主は何といった」

「俺にはわからないと。なら、あなたはどう思っていたのと聞きました」

「ほう、で」

「それも、自分で自分にはわからないって」

「なるほど。むしろ亭主の方が、あるいはと思っていたのかも知れないな。結果君が殺されてでもいたら、彼も救われたのかも知れないよ」

「なぜっ」

「男ならそうだろうよ。君のような人を俺に奪われるなら、いっそと思うだろう」

戸惑うような沈黙の後、すがるように、

「それより、私たちどうなるんでしょう、私はどうしたらいいの。自分から主人に聞いてしまったのよ、私を殺すつもりだったのですかと」

「俺は今、君と俺のためにある準備をしているんだ。そこへあれが起こった、いや、いっそこれで良かったのかも知れないがね」

「どういうこと」

「とにかく二人して今いる所から出て行こう、そのための準備だ。それはもうすぐにも出来るが、こんなことになったら逆に君はすぐには出られまい」

「どうして」

「下手をすると、あの出来事を俺たち二人が背負わされかねないな。第一、君の亭主はとても今すぐには君を追い出せまい。会社としてこの出来事をどうごまかすかに懸命だろうが、そのためにも君を手放す訳にはいくまいよ。孝之がこの後警察にどう答え何を話すか次第だろうが」

「私たち二人で、どこへ行くの」

潜めた声で質す彼女に、

「どこかな、まさかまたあの島にとはいくまいが」

いって英造は笑ってみせた。


孝之の身に起こった出来事については日を置かずに世間に知れた。

場所が場所、被害者が被害者、そして使われた凶器が凶器だけにメディアは乗り出してはきたが警察は捜査への思惑でか、僅かな事実をしか公表せずにいた。

孝之が収容された病院は当然メディアの好奇心の的とはなったが、病院側では箝口令《かんこうれい》が敷かれ取材は一切塞がれていた。そして数日して都内で家族間の無残な殺人事件が発生し、メディアを通じての世間の大方の関心は当面そちらに移ってしまった。

「とはいえだな、ありゃあいかにも妙な事件じゃねえか。新聞で読んだ時俺はすぐにお前のことを思ったぜ。西脇の倅が外国人に殺しで狙われる話の筋てえのは、いったい何なんだ」

為治は奇妙なほど真面目な顔で身を乗り出しながらいった。

「あれは、お前がからんでのことじゃないのか」

「というと」

相手の表情の本意が読めず身構えて見返す英造に、

「ひょっとすると、お前もあの場所にいたんじゃないのか」

「なぜです」

「いや、ただ俺の勘さ。ハジキを持った商売人を、どうやっても素人が逆に殺せるもんじゃないやな。それに、西脇がそんな奴を雇ってまでお前を殺りたい訳は山ほどあろうからな」

覗くように見つめてくる相手に、間を置き、

「いや恐れいりました、親父さんの勘には」

「ということかい」

「おっしゃる通りです。あいつら俺を呼び出してあそこでばらさせるつもりでした。その訳

は、妙な知恵を出して、こっちがようやく手にしたゴルフ場を全部仮差押えしやがった。今後のつき合いもあろうから、例の念書を奴等の目の前で焼いて捨ててやったらいい気になりやがってね。

こちらは念のために、公証人も添えてきちんとしたコピーは作ってあったんですよ。それを見せてやったらにっちもさっちもいかなくなって、あんなしかけをしてきやがった。相手の様子が変で、運よく気づいたんで怪我もせずにすみましたがね」

「なるほど流石だな。しかしお前、そこへの出入りを誰かに見られてはいやしないのか」

「ホテルの屋上の一軒家みたいなでかい部屋でしたがね、そこから降りたレストランだけの最上階の廊下で一人だけホテルの人間とすれ違いはしましたが。時間が時間だったので他の客はいなかったが」

いわれて為治は黙って腕を組んだ。

「そいつは逆に、まずくはねえか」

「しかし、私の面は割れないと思いますよ」

「いや、安心は出来ないな。西脇の方がどういう出方をするかわからねえが、うち、お前と西脇のこの頃の関わりが割れていけばどんな手が伸びるかわからんぜ」

「しかしハジキの指紋は拭ってきましたがね」

「だがな、なんだろうとお前という人間があの会社に籍を置いている限り、サツがお前に目を向けないということはまずなかろうな、その備えはしておくこったぜ。たとえばその日その時刻のお前のアリバイはしっかり固めておくこった。ここで会議をしてたっていうなら、証人はいくらでも作れるわな」

「確かに、連中は調べ出して初めて俺が西脇にいるということを知ることになりますな」

「そうよ、サツから見ても世間から見てもこりゃあ異色の取り合わせだぜ。ならばだ、いよいよの時は拓治を立てるんだな」

「そんなっ、冗談じゃない。あいつは出てきてからいくらもたっちゃいませんよ」

「いや、それでいい。あいつはそういう役回りのためにいるんだ、それは俺が決めるよ」

いい返そうとする彼に、為治は険しいほどの表情で首を横に振った。


運河を見下ろす事務所の個室の応接室で英造を前に、桜井は差し出された手書きの書類をゆっくり読み終わり首を傾げながら相手を見直した。

「これは何のための準備なのかね、弁護士だけに逆にわかるようでわからない。あんたはいったい何を考えているのかな。誰も知らぬ何か悪い病気でも抱えているのかね、家族にはそうと知らせていなくとも」

「いや、違いますよ」

「本当かい」

「本当です。そんな風に見えますか」

「さあ、とするとどういうことなのかな。このゴルフ場チェーンの持ち株会社があんたのものである限り、そしてゴルフ場の会社の社長が奥さんである限り、あんたに何かで万が一の時の相続に何の問題もありはしない。

　そしてこの、実際にありはしない架空の借財などについて、誰かが何かをいってくる可能性なんぞ私には想像つかないし、それにしても、間に弁護士をかまえれば、証拠もない無法な取り立てなんぞ不可能なことだ。私がいわなくとも、他は知らずあんたなら十分承知のことだろうに」

　手にしたものをテーブルに置き、首を傾げてみせた後桜井は試すように英造を見直した。

「まあ私の今までが今までですから、誰がいつどんないいがかりをと」

「なら自分で防いではね返したらよかろうに」

「ですから念には念で、先生に。これはあらかじめそんな時のための費用にと、納めておいて下さいませんか」

　英造が差し出したものの厚みを目で測って、

「いったい、いくらだね」

「五本あります」

いわれてゆっくり首を横に振りながら、

「あんた、死ぬつもりででもいるのかい」

正面から見据えていった。

その目を受け止めながら、浮かべる表情に迷って一寸の間うつむき、思い切ったように顔を上げると、

「そんな風に見えますかね」

「ああ、見えるな。私は法律家だし法律についてのあんたの理解の程もよく知っている。その限りであんたがいっていることは無駄、とはいわぬがいかにも余計なことだな、あんたが死ぬかも知れないのでないかぎり。私に相談の乗れぬことかも知れないがいったい何があった、何があるのかね」

いいながら桜井は微笑し直し、待つようにゆっくり頷いてみせた。

「語れば、長い話になりますがね」

ようやくいった相手に、

「かまわんよ、私はあんたの話を聞くのが好きだから。いつも私の知らぬ世間や人間につい

て教えてくれるからな。君さえ困らなければ話してくれ。しかしどうやら私には何も出来そうもないが」

手元に置いた書類を目で指しながらいった。

「そうですな、先生にも出来ないでしょうし、実は私にもどうにも出来ないことでしてね」

「なるほど、あんたにも出来ないのか、それは厄介だなあ。そうだ、君はいつか一度珍しく私の前で、困ったなといったことがあったな」

覗くように見つめてくる相手に、

「覚えていてくれましたか、あの時思わず先生の前でいっちまいましたな」

「あれは、頼まれて誰かの戸籍抄本を取り寄せた時だったね。そして君は、困ったなこれを相談出来るのは神様だけだといった」

「そんなことまで覚えていたんですか」

「ああ、覚えているよ」

迎えるような微笑で桜井はいった。

「本当はこんなこと、先生とどこかで酒でも飲みながら話したかったんですがね」

「なるほど、私はいいが、しかし君にはもうその時間がないのかね」

いわれて英造は素直に頷いてみせた。

「私は年寄りだがまだ何とか時間はある、あんたは若いのに、どうやらひどく急がなくてはならないらしい、皮肉なことだな。しかし今日はまだいいんだろう」

頷いた彼に、

「ならばここで二人で酒でも飲むかね」

「そんな、先生」

「いや、私もこの頃少しは許されているんだよ」

いうと脇の電話を取り秘書に命じて酒を運ばせた。

「ワインなんぞじゃ物足りまいが、私に許されているのはこの限りでね。でもこいつはかなりいい物なんだが。しかし少し冷えすぎているかも知れないな」

秘書が運んできた半ば以上残っている赤の瓶からゴブレットに注いで差し出した。

「なるほど口当たりが良くって、香りも」

「だろう」

口に含んだものを含んだまま舌で味わってゆっくり飲みこんだ後、二人は黙って頷き合った。

「一つ伺いますが先生、あなたみたいに賢い人が信じているものって何なんですか」

問うた相手をまじまじ見直すと、桜井は声を立てて笑い出した。

「それはとんだ質問だな。第一、私は賢い人間なんぞでありゃしない。だから何かを一途に信じられるほどものごとを知っちゃいないよ。仕事のよすがにしている法律だって実は信じ切れるものでもないしね。ただ――」

いい澱む相手に、

「ただ、何ですか」

懸命に見つめてくる彼の目を受け止めながら、

「法律を作ったのは人間だし、それを運用する者も同じいびつな人間だ。訴える者、探す者、調べる者、裁く者皆そうだ。そんな世界にいると、なまじの専門家だけにいったいどこにどんな真実が、本気で信じられるものがあるのかと思うことがあるよ。

まあ確かな、唯一つ確かなことは誰でも必ず死ぬということくらいかね。しかし人間はそう知ってはいても、この自分が死ぬだろうとは信じていやしないんだな」

いった後桜井はなぜか乾いた声で笑ってみせた。

「ならその死ぬということを、どう思われます」

「おいおい、突然厳しい話だな。しかし私は一度心臓で倒れて死にかけたからね、君よりは知っている、などというより感じてはいるよ」

「だけど先生のように年とるにつれますます頭が冴えていく人間が、体の方は逆に衰えていくというのは割に合わない話ですな」

「いや、それでいいんじゃないかね。だからこそ人の一生というのは、それでバランスが取れるということじゃないのかな。仕事の成功、金、他の欲での満足いろいろあろうが、恋愛にしてもそうだろうな、どこかでバランスが取られる。誰がそうするのか知らないが」

「先生は神様を信じてるんですか」

「またえらい質問だな、私はどうも駄目だよ。信仰というだけじゃなしに、精神などというものもすっかりなくしてしまった。法律などという人間どもが作った規則ばかりにまみれているとね。

で、君はどうなんだ、あんたは何を信じている。いや、何を信じたい、でもいい」

正面から見つめられ、英造はにわかに追いこまれたように天井を仰いだ。

そんな相手を桜井は黙って促すように眺めていた。

が、誘うように、

「君は何度も死にかけたこともあるんだろうな」

桜井はいった。

「ええ、まあ。でも死にはしませんでしたがね、しかしそういう時の方が、あの時自分が殺されていたらなんて考えないもんですよ、つまり死ぬということについてなんぞはね。なら、先生はどうです」

「私は一度心筋梗塞で死にかけたがね、苦しんでいる時じゃなし、治りかけた時になって死ぬというのはどんなことかとしきりに考えてみたな」

「で」

「死ぬというのはやはりつらいことだよ。その前に何かの病いで苦しむ苦しまぬには関わりなしに、人間が死んでしまうというのはなあ」

「どうつらいんです」

「だって何もかも皆忘れられてしまうということだろう、そういうもんだと思うね。死ねば後は暗い長い道をどこかに向かって孤りで歩いて行くんだな、長い時間かけて。その内に悲しんでいた家族も誰も私のことは忘れていく。家族だけじゃなしに自分自身も、自分のことを忘れてしまうんだな。そういうことだと思うね」

「その、自分で自分を忘れちまうというのは、つらいでしょうな。所詮、自分一人しかいないんだから、つらいだろうね」

いって手にしたグラスに見入る彼をしげしげ眺めながら、

「珍しいね、あんた何を考えているのかな。いや、何をしようとしているんだ。私が立ち入っていいなら聞かしてほしいな。まさか君、何かで身が危ないとか」

「いえいえ」

手を振ってみせる彼に、

「神様にしか相談出来ないというのは、いったいどんなことなのかな」

もう一度正面から彼を見つめ直し、

「あんたひょっとしたら、その世界から足を洗おうということかい」

いわれてゆっくり微笑い直すと、

「いえ、そうじゃありませんが、消えていきたいんですよ」

「消える」

「ええ、出来ればただそうっと黙ってね」

「これはそのためかい」

「まあね。残していく者への責任はありますから」

「それはただ金ですむことなのかね」

「駄目ですな、金じゃすみませんでしょうよ。でもね、こんな摑みどころのない頼みをする限り、あなたにだけは話していいのかも知れないな」

「いや、無理をせんでいいよ」

「いえ、先生にでなら話せる気もする。いや、しておいた方が後々誰のためにもいいのかも知れないな」

「なんだか知れないが、私は多分そのことで何の役にも立てないような気がするがね」

いった相手に手を上げ塞ぐように、

「いや、これは甘えでね、私は多分先生には話すつもりでここへ来ちまったんですよ」

いった英造を確かめるように見据えると、

「なるほど」

桜井は強く頷き、手にしていたものを脇に置くと身構えるように座り直し目を閉じた。

そして英造も息をつき、彼と同じように目を閉じた。


彼が話し終え、もう一度酒を残したグラスを持ち直すのを見て、

「なるほど、なるほどな、それは難しくいかにもつらい話だなあ。相談されても、神様にも答えられないだろうよ。私ならどうするなどと問われても、残念ながら私はそんなに人を愛したことはないからね。いや、他の大方の者もそうだろうさ。しかし君は、そう、不幸なことにその人とまた巡り会ってしまったんだ」

「不幸、ですか」

いわれて、なぜか桜井は怯えたように彼を見返した。

「少なくともあんたの家族は幸せではなかろうに、だからあんたもこんな手立てを講じておくんだろう。しかしそれとは別に、君も幸せとはとてもいえまいな。男としての一時の気の迷いというなら救いもあろうが、何十年もの時間をかけてのことだから。なんということかね」

一寸の間互いに沈黙し合った後、

「そうなんですよ——」

一人ごつように英造はいった。

「何が」

「先生がいったみたいに、私も一時の気の迷いと思おうともしてみたんですがね、とてもそうはいかなかった」

うつむいて小さく唇を嚙みながら、上目で相手を見返すときっぱりといった。

そんな相手を桜井は身構えるようにして眺めていた。

間を置き、

「そうか、君は音楽家になれたかも知れぬ人だったのか」

嘆息していった。

「それは買いかぶりですよ。ですが、とにかく私は生まれて初めてあそこで、あの時、音楽ってものに出会っちまったんです。ラジオじゃいろんなものを聞いてはいたが、それとはまったく違うものにね。なんていったらいいのかな、突然ね、目の前にまったく違う世界が現れた、開けて見えたってことかな。

ピアノを弾いていたあの子のことじゃなし、俺にとってまったく別の世界がね。そしてしゃにむにそこへ行ってみたいと思った。そのためにもあの子が要ると思った、あいつがいないとどこで何を探していいのかわかりゃしなかった」

「なるほど。しかし君らのいた島は、火を噴いて崩れた」

「ということです。でもね、島を出てからも当分音楽のことは忘れられずにいました。こんな仕事になりきる前、まだちんぴらの頃、つるんだ仲間の中で聞き覚えていた曲を知らずに鼻歌で謡ったりして、それは何だと聞かれて答えりゃ相手は驚くってより嘲笑いましたね。上の奴等にはそれでいじめられもしたな、何がショパンだベートーヴェンだってね」

微笑いながら肩をすくめてみせる英造に、

「いやそれはとても大事な、いい話だな。やっぱりあんたはあんたなんだなあ」

「どういうことですか」

「君という人間の資質ということだよ。私から見れば、だからこそあんた一人の力でここまでこられたんだな。あんたがもしあの島ではなしもっと違うところで、それに違う家族の中に生まれていたら、何かまったく違う仕事でとんでもなく大きなことをしでかしていたかも知れないな」

「それはどうですかね。手前の天命を変えて自分の人生を想像してみてもどうなるものではありませんからね」

肩をすくめる英造に、

「そうか、天命ということか」

桜井は天井を仰ぎながらその言葉を反芻してみせた。

そんな相手の気を変えるように、

「それより先生、私が最後の最後に彼女の弾いていた曲を思い出した、彼女はその場にいなかったけど、この耳ではっきり聞いたのはいつだったと思います」

作った笑顔でいった。

黙って見返す相手に、

「それがね、私が初めて、初めてで最後でしたがね、じかにこの手で人を刺し殺した時だったんですよ」

謎の答えを待つように微笑って頷く桜井に、

「その場所も警察官のいる交番の中でね、そこへ逃げこんだ相手をお巡りの目の前で刺しました、とどめを入れて三度もね。その間はお巡りはただぼうっとして立ちすくんだままでいたな。床に転がった相手を確かめるために足で仰向けに起こし直した上で手錠をかけろと両手を差し出してやったら、その時急にあの曲が聞こえてきたんですよ。驚いて辺りを目で探したがそんなものあるはずがない。でも確かにそうだった、あの曲だったんですよ」

試すように見つめて来る相手に、

「なるほど」

桜井は収うように頷いてみせた。

「彼女が難しい曲の前の手ならしによく弾いてた『エリーゼのために』っていうね。嗄らした声で電話連絡した後拳銃をかざしたまま突っ立っているお巡りの前で、ずうっとそれを聞いていたんですす。警報を鳴らしてパトカーが来るまでなぜかくり返しそれを聞いていたな、そして車が目の前で急停車した時音楽は止んだ。それで思ったな、これで礼子とのことは完全に終わったんだとね」

いって口を閉ざしたままの相手に桜井も黙ったまま頷いてみせ、英造も同じように黙って頷き返した。

沈黙のまま長い間があり、やがてゆっくり肩をすくめると、

「不思議なもんですな」

微笑い直してみせながら英造がいった。

黙ったままの相手に、

「人生にはあの島と同じように、目には見えないマグマが隠れて流れているんですね。それがいつどこで火を噴き出すのかわからない、それを操るのが何なのか誰なのかもわかりはしない」

「なるほど、マグマか」

「そうとしかいいようないでしょう」

「だろうな」

「あの島が火を噴いて崩れさえしなけりゃ、私にはもっと別の人生があったんですよ、それがどんなものかは知らないが。そしてその前に俺は彼女に会ってしまった。

いい訳するつもりもないが、好んでこんな世界に入った訳じゃありませんからね。ただそれしかなかった、それをこの今になって」

肩をすくめる相手に、

「だろうな、あんたにとってそれが幸せか不幸か、あんたにもわかるまいな」

「俺は神様を信じたことはないし頼ったこともないが、結局、呪われたとしかいいようがない気もするね。彼女もでしょうよ」

「しかし、私には羨ましいような気もするよ」

「どうしてです」

「残念ながら、私は君みたいに人を愛したことがない、愛されたこともないからな」

「ただの愛ですかね、これが。とにかくどうにも、にっちもさっちもいかないんですよ」

「愛なんだろう。それしかあるまいし、いいようもないな。そのためにあんたは今までの何もかもを捨てるんだろう。捨てて忘れる、つまり今までのあんたを殺して死ぬというつもりだろうに。他人は狂気というかも知れないが私から眺めれば空恐ろしいことだが、君はもうそう決めている。それをいいに来てくれたんだろう」

いった後一息に空けたグラスに桜井は自分で酒瓶を持ち直して注いだ。

「よく来てくれたな、有り難う。お陰で私は何かをまた信じられるような気がしているよ」

「何をですか」

「人間を、かな」

「そんな」

「いや、よくわかった。あんたを安んじさせるためにその金は確かに預かっておくよ。多分必要もなかろうが」

いわれて英造は黙ってテーブルに両手をついてみせた。

「この後私に出来ることは君のために祈ることくらいなんだろうな。多分、神様は聞いてくれはしまいが」

微笑いながら桜井は手にし直したグラスを彼に向かってかかげてみせ、彼も黙ってそれに合わせた。


事件から七日後孝之は警察の聴取を受けた。事前に見舞った義之と打ち合わせていた通り、彼は相手から呼び出しを受けてあの部屋に出向き、ある情事から手を引けと脅され拒んだことから襲われ抵抗した結果だと話した。あの部屋の借り手も相手側であると。借り手の企業の名は架空のものでしかなく、情事の相手の名は相手の名誉のためにも明かせぬと答えた。

警察はその陳述をほとんど信用していない様子だったが、彼自身が重い傷を負わされている現実が判断を混乱させているようだった。

「検察筋からの情報では今限りそんなところですが、しかしこのままではすみますまい。ただ警察は警察なりに孝之さんの身辺は洗っていて、彼の女出入りについての情報は摑んでいるようです。しかしそれも周りの噂の域だということですが」

島本からの報告を聞かされ、義之はただ頷いただけだった。

「この後、浅沼が何をいい出してくるかでしょうが」

武田がいったが、

「あの男とて自分があの時あそこにいたとは認めにくいでしょうに。返り討ちだろうと、現にその手でまた一人人を殺したことに違いないんだから。それに、雇った刺客がどんな筋から選ばれてきたのか、国籍が違うだけに調べも簡単にはいきますまい」

脇村がいい皆も頷いた。

「その点について孝之さんの口は大丈夫でしょうね」

島本に問われ、

「わからん。恐らく家内の跡をつけさせた手合いあたりのつてだろうが。まったく馬鹿な話だ。結局あの男がうちを潰すことになったな」

吐き出すようにいう義之に、

「そんなことをおっしゃるのは、まだ早すぎます。こうなればまずあの男と一蓮托生で急場を防ぐことじゃありませんか」

懸命な表情で脇村がいい、義之は黙って頷いた。

それから数日して義之は会社で事件の二人の捜査官からの事情聴取を受けた。

「いろいろ伺いたいことがあるのですが。何にしろ今回の事件は我々にとっても厄介なものでして、考えれば考えるほど出来事の背景なるものがわからないんですよ。そこで、いろいろお立場御事情もおありでしょうが、是非率直にお話し頂きたいのですがね」

口を切った年上の高山と名乗った男の面に浮かんでいる、なぜか皮肉な表情を気にしながら義之は頷いた。

「率直に伺いますが、おたくの会社の役員に浅沼英造なる人物がおりますな」

高山はいきなり質してきた。

頷く義之に、

「彼の素性というか、経歴についてはご存じなんでしょうな」

確かめるというより、突き放すようにいった相手に義之は黙って頷いた。

「なぜでしょうかね。あの男には殺人の前科もありますし、どうも、およそおたくのような会社に似合わざる人物とも思えますが」

「しかし、それが今度の出来事とどんな関係があるのですかな」

問い返した義之に、

「いえ、それを知りたいからお尋ねしたんですよ」

若い方の野村という刑事がいった。

「そういわれても私には想像がつかない。ただあの男とうちの関わりは、あまり表には出したくないが、いわば仕事の上での借りがあってということです」

「どんな」

「いくつかありましたが、たとえば開発を予定していたある土地の土壌汚染についてうちがはめられて、その陰にやくざがからんでいました」

「どこの」

「兼高組、でしたかな」

いわれて若い方の男がメモにとった。

「そしてその土地改良の作業にも仕組まれて恐喝を受けました、その解決にあの男を使った。たしかそれ以来のことです」

「つまり、毒をもって毒をということですか」

いわれて微笑いながら義之は頷いてみせた。

「しかしどういうつてであの男を」

「それは、たしかうちの幹部の一人が、検察ですか警察でしょうかあなた方の筋に相談してということだったたと思うが」

いわれて相手はなぜか薄笑いで義之を見返しただけだった。

「で、彼は今日もこの社屋の中にいるんですな」

野村がいった。

「と思うが、しかしこの後いきなり彼にという訳にはいかんでしょう」

「なぜです」

「相手が誰だろうと、しかるべき手続きはいるのじゃないですか」

いわれて相手は薄く笑っただけだった。そして、

「これはただ憶測ですがね、あの出来事の時浅沼はあの現場にいたのと違いますか」

いきなり高山がいった。

「どういうことです、それは」

「いえ、ただね」

「考えたこともなかったが」

「実はですな、事件のあったあの時刻部屋のすぐ下の階で、周りはレストランばかりの階ですので一般の客は入らぬ時間帯でしたが、ホテルの従業員の一人が一人だけ外来の客を見かけたといっているんですよ」

「それが彼だと」

「まだ面通しはさせていませんがね」

「それを確かめるなら、それこそ当人に質したらどうです、しかるべき手続きを踏んで」

いわれて相手は黙って肩をすくめてみせた。

「しかし何にしろ、ああした手合いを会社の内に抱えられてさぞかし煩わしいことでしょうな」

皮肉に問われたが、

「しかし他の件でも、なにかと手助けにはなっていると役員たちはいっていますが」

「要するに費用対効果ということですか。番犬として役に立っているということだとすると、あなた方としては、当面あの男を除きたい、消してしまいたいというおつもりはなかったということですかねえ」

「あなた方、いったい何をいいたいのかね」

顔色を変えていった義之に、

「いえ、仕事の上ですからお気に障ったらご容赦を」

外すようにいうと、

「どうもこの一件はこのまま収まるという訳にはいきそうもありませんな。この先も折々お尋ねしたいことが出てくると思いますがなにぶんにもよろしく」

高山がいい、二人はわざとらしくゆっくり大きく頭を下げて立ち上がり、気をもたせるように二人して正面から不自然なほど長い間義之を見つめた後踵を返し部屋を出ていった。

車のドアを開け乗りこむ前に二人の刑事は同じように、もう一度出てきた建物を振り仰いでみた。

扉を閉じ座り直した後、

「こいつは案外なヤマかも知れないな」

高山がいった。

「どういう」

「ただの勘だが、俺たちより第四課の奴等が喜びそうなことかな、それと二課と国税筋か。四課の連中にも話して浅沼の五洋興業と西脇の関わりを割り出させればでかいヤマになるかも知れないぞ」

「ですな。どう考えても、色がらみでのただの殺しじゃありませんよ。殺しに来たプロの相手を素人が返り討ちというのはね」

「出てくる寸前に入った情報だが」

高山はポケットから畳んだ紙切れを取り出し野村に突き出した。

「以前はKCIAにいたプロだ。覚えているか、三、四年前近畿信用金庫の理事長が川口組がからんだ不良債権整理がらみのトラブルでバスタブの中で水死した。と見られていたが、腑に落ちぬ話で、四度もやった検死で最後にようやく、脇の下に薬を注射されての殺しとわかった。

わかった頃にはとっくに犯人は消えていた。ただそのやり口はKCIAのお家芸だそうでな、その時に浮かんだ容疑者の内の一人だそうだ。そんな手合いが使うのは注射針やハジキだけに限るまいが、それにしてもそんなプロが手もなく逆にやられたてえのはなまじなことじゃなかろうに。あの社長の弟にそんなことが出来ると思うか。

外国人の殺しの商売人がやってきて逆に殺された、というのは、それだけならこの国にとっちゃ慶賀に堪えない話じゃあるがな」

「ものの弾みということもありかねませんが、まずね」

「とすると、どうだ」

信号で止めた車の中で二人はちらと顔を見合わせたが、促された野村がゆっくりギアを入れ替えながら、

「これは俺の、ただ勘の勘ですがね、なんだかだとはいえ西脇建設はあの男をなんとか除きたいはずと思いますね」

「だろう」

「四課の資料を漁りましたが、常務に収まってる浅沼というのは頭の切れる大した野郎ですよ。あいつが博徒の五洋を今の組織に仕立て直した。そして彼の女房の弟の春日拓治てえのが手荒い武闘派で六年間中にいて最近出てきてますが、両刀揃った組織ですわな」

「だからそれがいったいどうやって、ゼネコンとはいえあんな銘柄の会社に食いこんだのか、それが案外このヤマの鍵じゃないかな」

「俺もそう思います。ならどこからゆすぶっていきますかね」

「しかしヤマが大きくなればなるほど、余計な手も伸びてきかねまいな」

「政治家の筋は」

「今のところはわからんが」

高山は肩をすくめてみせた。


翌日、いつもの限られた顔ぶれの役員会で義之は昨日の警察による聞き取り調査の概略を話した。

「その種の専門家として彼らは彼らなりに、端的にどんな弾みでだろうと、孝之自身があのプロの相手を殺せる訳なんぞないと踏んでいるようだ。そしてうちがあの男をなんとか除きたい、つまり殺したいと願っているとも。

浅沼が何でうちに役員として籍を置いているかについてしつこく聞かれたよ。例の土壌汚染についての兼高組の罠にかかった時あの男を使って以来のこと、費用対効果の問題だと答えてはおいたが」

「つまり警察は今回の事件の根に、やはり浅沼の五洋とうちとの関わりの不自然さがあると思っている」

脇村が質し義之は頷いた。

「しかしそれは覚悟の上のことですが、これで警察があの件について手を突っこんでくる可能性はあるのでしょうか」

怯えた顔でいう武田に、

「何をきっかけにだ。どんなきっかけがあり得ると思う」

逆に質した義之に、

「いや今の限りそれはあり得ません。あの男がうちに役員として籍を置いているということの不自然さは原則不自然ではあっても、実は他に例はたくさんあります。当節、警察もそんなことは十分承知のことです。だからその先、例の案件についてさえ悟られなければ致命的なことは起こりようがないはずです」

島本がいった。

「はずといったって」

争っていう武田に、

「どうか落ち着いて下さいよ。今回の出来事は降って湧いたようなことですが、このことでの有利不利でいえば、うちもあの男も同じことでしょうに。

確かに、孝之さんは勝手にあんな仕掛けをして失敗した。しかしその渦中であの男は間違いなく人を一人殺してしまった。そしてそれが正当防衛だったことを知っているのは孝之さんと奥様の二人です、この関わりは大事です。あの男がコピーをとって手にしているものと、こちら側の二人の証言の比重は向こうのものの方が重くはあっても、とにかく互いに重いものを持ち合っているということの意味は大切です。

孝之さんさえ今の証言を変えずにいてくれるなら、双方の関係は今まで通りの小康状態では続き得ます。とにかく当面、それを心掛ける以外に何の手立てがありますか」

島本がいい全員はそれきり口を閉ざした。

四日後警視庁の一室で捜査係長を加えて高山と野村の三人の合議でまず野村が報告した。

「この浅沼らしき男を見たという従業員の身元をしらべましたが、前科はありませんが逮捕歴がありました」

「ほう、何だ」

「覚せい剤ですな」

「いつのことだ」

質した係長に、

「六年前です。仲間にそそのかされてのことだったようですが、その後使用の様子はありません」

「年齢は」

「四十一歳。四年前結婚しています、子供も一人」

「今ホテルで何をしている」

「鉄板焼き店のコックです」

「あのホテルのそんな店勤めなら収入は悪くはないな」

「でしょうね」

答えた野村の前で係長と高山が互いに見つめ合い頷いた。

「使えるだろう」

係長がいい、

「でしょうな」

高山も頷いた。

「しかし無理をきかすなよ。じかの面通しよりも、浅沼の写真をいくつか見せて、そうだこの左側の顔の傷、これを確かに見て覚えているといわせるんだな」

「それでももし当人が」

「どちらの当人だ。コックなら君らが旨く脅して落とせよ。折角いい職場にいて、結婚もし子供も出来ているというなら、今を棒に振って記憶にないとはいうまいよ。断定の証人に仕立てる必要はない、あくまで記憶の範囲の話だ。それにこの世に顔に傷のある人間は大勢いるからな、見間違いもあろうさ」

「しかしそれであの浅沼を引っ張ろうとしても、それだけのことで当人が何をどこまで話しますかね。当然アリバイ作りもするでしょう」

「だろうな。しかしそれだけの動きで必ず余波は立つ。メディアもせいぜい使うんだな。それがどこにどう及んでいくかを四課と一緒に見守るこった。君らがいう通りこれが大きなヤマになればなるほど四課を含めて他のラインも跨いだかなりの作業になるぞ」

顎を撫でながら係長はいった。


数日後、ホテルのペントハウスでの奇怪な殺人傷害事件の第二の関係者の存在が思わせぶりに警視庁の一課筋からばらばらに流された。

事件当時の唯一の現場近くでの目撃者の証言で、時間帯からしてレストラン専用の最上階に他の客の出入りはあり得ず、あるとすればその階の奥にある専用エレベーターを利用する屋上のペントハウスの利用者に限られているはずとのことだった。

目撃者がその時刻に出会った客の特徴は長身の男で、顔の左側に大きな傷痕があるとのこと。

そしてその男の印象は、事件の被害者西脇孝之の兄が社長を務める西脇建設の役員の浅沼英造に酷似していた。ちなみに浅沼英造は暴力団系の五洋興業の専務もかねているとも。

情報の流出は巧みに仕組まれていて、時間差をおいて複数の相手に断片的に漏らされた情報は各社の想像憶測を刺激し、新聞が掲載した断片的な推測記事はそのまま翌週、複数の週刊誌種となり五洋興業の社屋や代紋の写真までが掲載された。

座った四人の前のテーブルに西脇建設と英造の関わりに関する新聞と週刊誌の記事の切抜きのコピーが広げて置かれてあった。

顔ぶれが揃ったのを見とどけて為治が、

「なんだな、うちがこれだけ脚光を浴びるのは久し振りってこった。お前が仕切ったあの出入り以来だが、今度の方がいろいろ派手だわな」

拓治に向かっていった。

それを外して、

「それで、サツのあんたへの当たりはどうだった」

拓治が英造に質した。

肩をすくめる英造に、

「ただ擦れ違っただけの相手に、確かな面割りなんぞ出来っこないだろうよ」

「ああ、だからあの時刻に俺たちがここでやっていたことにした会議の内容はことさら詳しく話しておいたさ」

英造がいった。

「お巡りの証言は複数ないと通るまいが、やくざでも四人口裏を揃えりゃ奴等も何もいえやしまいな」

いった為治に、

「しかしその先の、万々が一も考えておいた方がいい。兄貴が擦れ違った相手は一人だろうと、サツは何をどう仕立ててかかるかわかりゃしないぜ。兄貴の後から俺もその部屋から出て来たのを、どこかで誰かが見ていたという話の筋もあり得るわな」

いった拓治に頷こうとする為治たちに、

「何をいう、それはまったく余計な思惑だ。仮にでもそんなことを考える隙間にこそ、奴等は何をしかけてくるかわからないぞ。たとえこの限られた面子の前ででも二度とそんなことは口にしないでくれ。奴等があのコックをどう脅してかかろうと、こちらさえしっかりしてかかれば俺のアリバイは必ず通る」

塞いで念を押すように英造はいった。

「それよりもこれで、うちと西脇の関わりがこんな形で表へ出てしまったのは先々具合が悪かろうな。たとえ兄貴があの会社に収まってしまってはいても」

「それはうちにとりよりも、相手にとってだろうぜ」

いった為治に、

「まさにそうですよ、これで奴等が何でどう出られるものですか。専務を殺し損なったのは奴等です、こちらが仕掛けたんじゃない、まったく逆の話だ。いざとなって、専務が実は俺はあそこで殺されそうになったんだとばらしたら奴らどうなるというんです。れっきとした殺人幇助《ほうじょ》だ。専務を呼びつけてばらそうというのは、いかに素人としてもとんでもない魂胆じゃありませんか」

鎌田が顔色を変えていった。

「もしもあそこで専務があの韓国野郎にやられて相手がそのまま高飛びしちまっていたら、私らどうなっていたと思います。これはこの先、相当な落とし前をつけなけりゃ治まる話じゃありませんよ。首をすくめて、どうもすみませんでしたですむ話じゃありませんぜ」

「なら、どうする」

笑いながらけしかけるようにいう為治に、

「まあそれはおいおい考えますよ。いずれにせよ連中はもうにっちもさっちもいかないところまで来てしまって、手前で掘った墓穴に手前で落ちやがった。しかしそれよりね――」

いい澱む英造に、

「何だ」

「俺の家の方がね。こんな記事は当然和枝の目に入ります。いや、もう見ているに違いない」

　肩をすくめる英造を、言葉をさぐりながら見つめていたが、間を置き、

「だから何だというんだ。手前が誰の娘だというんだ、いったい誰の女房になったというんだよ」

　皆を見回しながら駄目を押すように為治がいった。

　一寸の間白けた沈黙を救うように、

「でも、うちの娘の立場もありますからね。折角の学校にも入って」

「馬鹿いえ。いや、これはお前にいうんじゃねえぜ、あいつに、和枝に俺からいってやる。時代が変わり流れがどう変わろうと、こちとらはつい一昨日までは切るか切られるかの世界にいたんだ。それで今見回してみりゃ、同じ丁半の世界にいた連中で誰と誰がまともに生き残っている。手前の代紋をかかげて食っていけているのはうちくらいのものじゃねえか。俺と兄弟分だった坂倉の娘は風俗で働いているとよ」

　つのっていいかける為治に、

「おやじさん、それ以上はいわんで下さい。男と女は違うし、それにあなたも知っているはずだが、和枝はこんな稼業が嫌で昔一人で家を出て看護婦にでもなるつもりだったと。あい

つなら看護婦どころか医者にでもなっていましたよ」

「だから何だ。これは娘の家の話じゃないぞ、五洋という俺らが仕立ててきた組、じゃねえや、れっきとした会社の浮き沈みの話だ」

「なら、それは余り心配することはありませんよ。確かに奴等はいき詰まって俺を消そうとまでしたが、それで逆にまた手前を追いこみ、こちらの持ち札を増やしたことにもなった」

「それにしても、いきなり専務を消そうとしてかかるというのは馬鹿というか、ほかに何かからんで余程のことでもあるならわかりますが――」

なおいいつのる鎌田を見返す為治の視線が、ちらと自分に返るのに気づきながら英造は無視した。

それを意識して合わせるように、

「殺しを仕組んだ社長の弟をしめて吐かせれば、会社ごとゆすぶれる話じゃあるわな」

為治がいった。

「しかしあんなふざけた企みを弟一人で出来るものかね。プロを雇う金の算段にせよ、はなから社長がからまずに、社運を賭けてそんな気になれるものなのか」

拓治がいった。

「そうですよ、例の巽との念書の件だけなら、当面専務を迎え入れたまま猫をかぶってじっとしていた方が得なことはわかりそうなこった。それともあの弟について何かにっちもさっちも行かぬ別の情報を専務が握ってでもいたんですか。もともと余り出来のいい野郎ではなさそうですが」

質してくる鎌田に首を傾げ肩をすくめてみせる英造を、試すように見やる為治の目を感じながら、

「そいつは思い当たらねえな。今のあいつには会社にがたを来させるようなことをしでかす権限もありはしない」

その後別段の話題も出ぬまま、集まりを締めくくるように、

「こうしてうちと西脇の関わりが表に出ると、必ずどこか同業が新しいネタを探して西脇に食いつこうとするに違いないな。そのための備えは西脇もうちもそれぞれ固めておいた方がいいぞ」

為治がいいわたした。

皆が立ち上がり部屋を出かけた時、

「おい」

最後に後ろ手に扉を閉めて出ていきかけた英造を為治が呼び止めた。

振り返り立ち止まったままの相手に、後ろの扉を目で確かめながら、

「俺は思うが、西脇の社長はお前と自分の女房とのことは感づいて知っているな。奴の弟がサツにいっている通り、これはまさしく色がらみの上のことじゃねえのか。お互い男としてお前の女出入りにつべこべいうつもりは毛頭ねえが、お前がなんだ、その幼馴染みとかいう相手と今になって男と女のよりを戻しているとして、相手がそれを知った上のこととしたら話はこじれるぜ」

立ったままでいる相手に座れともいわず、

「だろうが。お前が逆の立場になったとして考えてもみな、会社の尻の毛まで抜かれた上に女房までかすめとられたとなっちゃあ奴等にも面子はあるぜ。あんな馬鹿な仕掛けをしてくるというのも、それがなけりゃ考えられた話じゃないな」

いわれてなお立ったままでいる英造に、

「どうだい」

為治はかぶせて質してきた。何を答えるかの前に、座り直すかどうかに迷ってのように英造はわずか身動ぎしながら突っ立っていた。

あけすけにいわれて、突然予期せぬ何か寒いものが体の内に走るのを感じていた。

今ここでざっくばらんに問われた、というよりも、言葉としては男同士の気安さをよそおっていわれたものの内に実は潜んで在るものの危うさに、果たして相手が気づいているのかいないのか定かならぬまま、目の前にいるしたたかな渡世人の視線によって自分が突然丸裸にされそうな気がし一瞬の間彼は立ち尽くしていた。

そして声に出して笑いながら片手で頭をかいて、見つめる相手に向かって頷き間近の椅子に乱暴に座り直してみせた。

「いやあ、実は親父さんの勘の通りでね、昔からのいきがかりとしかいいようがない。あの女とはつい出来ちまったんですよ。しかしこれは、和枝には秘密にしといて下さいな」

「そうさな、和枝には気づかれない方がいいぜ。相手もお前に殺しまでかけてきたんだ、向こうから漏らすことはあるまいが。しかし俺のところにあんな電話をしてきたのは誰なんだ。誰か間にいるのか」

「さあ、おそらく社長の弟、あいつは前から兄貴の嫁には気があったみたいだな。じゃなけりゃ」

「なら、奴が馬鹿をしかけた訳もわかるわな」

いって一度目を閉じて仰向いた後、

「ま、これはこのまま収まるだろうな、西脇もこれ以上の悪あがきは出来はしまい。サツがあんな風にあちこち小出しに情報をばらまいてみせてるのは、違うヤマを張ってのことだろうよ。西脇に他の筋がからんでいて、これに刺激されて何かで動き出すとか」

「それはまず、ないと思いますね」

「ならまあ、当分じっとしてるこった。必要ない限り西脇にも出ていくな」

「なぜです」

「ゼネコンの思いがけぬ重役様の出社を狙うカメラマンもいるだろうぜ」

「なら当分フケましょうか」

「なぜ。そんなことをすりゃ痛くもない腹を探られることにもなるぜ、和枝がお前を家から追い出すというなら別だがな」

いって笑ってみせる相手に、

「いえ、あいつや子供の世間体のためもあってね、あいつさえよけりゃ形だけ別れてもいいとまで思ってます」

いって見返した英造に、

「そりゃどういうことだ」

咎めるように聞き返した。

「いえね、この頃いろいろ和枝が怖くってね。いつか必ず足を洗えとまでいわれそうで」

「そんななのか」

「そんなですよ」

「そいつはのろけかい。しかしどうも俺から和枝への説教が足りなそうだな」

肩をすくめながら為治は笑ってみせた。


その前夜も義之は連絡もとらずに外で食事をすませて帰宅し、迎えた礼子に一言も話すことなく着替えて就寝し、翌朝もいつもの簡素な朝食を無言で終えた。

無表情のまま立ち上がり玄関に向かおうとする夫に、戸口で斜めに立ちふさがるようにして礼子がいった。

「あなた、どうかおっしゃって下さいな」

「何を」

「私はどうしたらいいんです。島本さんは、とにかくじっとしていてくれといいますが」

「で、何だ」

立ち尽くし見つめ合ったまま、

「俺にもそれがわからない」

「会社のため、それとも私たちのため」

「両方だろうが、俺にもわからない」

言葉を選ぶようにしていう夫に、

「あなた今でも、いえ一層でしょう、私を殺したいと思っていらっしゃるでしょうね、ならそうおっしゃって」

「何をいうんだ」

「でもこの前そう」

「いや違う、それも俺にはわからないといったはずだ。俺は今自分をどう始末していいのかわからないでいるんだ。君をどう思っているのか、どう思ったらいいのかが自分でもわからない。人間というのはこんなに引き裂かれてしまうものなのかな。何もかもを忘れられたらと願うこともあるけど、そんなこと出来ると思うか」

「なら、なんで私にここを出て行けとおっしゃって下さらないの」

「それが出来れば幸せなのかも知れないが、出来ないよ」

「なぜです」

「それがわからない。君にとっての俺、いや俺にとっての君が何なのかがわからない」

「私たち、いえ私だけが記憶を喪ったままあなたに出会い、その後突然記憶が戻ってしまった人間だと思って下さいな」

「それは、ずいぶん勝手ないい方じゃないか。なら、俺に今までのことを君と同じように忘れろというのか。なら娘はどうする。君は明恵のことを考えたことはないのか」

覗くように顔を近づけていう義之を、唇を嚙みしめながら何かを堪えるように見返していたが、突然彼女の目に涙が湧き上がって溢れた。しかしそれを否むように激しくかぶりを振ると、

「その前に、あの子を産む前に、あなたと会う前に、私の別の、別の人生があったんです。それを、それだけはわかって」

叫ぶようにいった。

「わかるだと、そんなことわかると思うのか」

「ですから私、何もかもあきらめたんです。あの夜、私も彼もあの島で死んだと思うことにして」

「そんな馬鹿な――」

いいかけ絶句する義之の前で彼女は抱えた頭をかきむしり、前よりも激しくかぶりを振ってみせた。

そのまま二人は立ち尽くしていた。

間を置き、うめくように、

「私、忘れられると思う。忘れます。でなければ私これから生きていけもしないし、死ねもしない」

彼女はいった。

「そんな勝手な」

「でも、でもそれが今の私の真実なの。私それから逃れられはしないの」

「そんなっ」

絶句して見返す夫に向かって目を見開き、諭すように、

「少なくともあの時あのホテルで、私と彼が孝之さんの前であの男に殺されていたら――」

訴えるようにいった礼子に、

「何だ」

怯えた顔で義之は聞き返した。

「そうだったら、私たち皆、幸せだったはずなのよね」

「馬鹿な」

のけ反りながらいう夫に、

「あなたも本当はそう思っている。私だってそうです」

「馬鹿をいうなっ」

「なんで、なんで私たちを殺せなかったの」

声をつまらせ泣きながら礼子は思わず捉えた義之の胸を両手で打っていた。

それをそのまま抱き留めるようにしてまかせ、打たれながら天を仰いでのけ反り、

「待ってくれ、俺は今この自分をどうしていいのか、どう始末していいのかわからないんだよ。頼む」

逆にすがるようにして抱き返す相手の腕の中から、ようやく何を気にすることなく彼女は声を放って床に向かって泣き崩れた。

「私、やっぱりここを出て行きます」

つっ伏したまま呻いていった彼女を、答えようとしても言葉が出ぬまま義之は見下ろし、黙って妻を跨いで出て行った。


一昨日の会議の後為治が和枝に何をいったかはわからなかったが、朝の食事の間和枝には何の様子も窺えなかった。しかし何かがいつもとは違っているようにも感じられた。それを確かめるように、トーストを焼いている彼女の横顔を盗み見る彼の視線に気づいたのか、彼

女は振り返って彼を見返し何か冗談をいったが彼には一瞬その訳がわからずにいた。

そしてそんな自分に彼は密かに慌て、その場を繋ぐために出されている卵の焼き具合に文句をつけ彼女はすなおにあやまった。

しかしその後の彼女の表情を彼はなお気にかけ、その場をかわすように、眺めていた新聞が報じているある出来事について高い声で咎めてみせた。

「あら、そんなことがあったの。でもこの頃ではもうたいていのことに驚く暇もないわね」

肩をすくめながら彼女はいった。

頷きながら、その言葉の裏にあるかも知れぬものを探ろうとして見返したが、彼女は他の何かを取りに立ち上がっていった。

上着に袖を通して出掛けた玄関口で、

「いってらっしゃい。気をつけてね、いろいろ」

いわれた最後の言葉までが気にかかった。

そんな自分に思わず舌打ちしながら、自分が今実際に、本気で何を待ち受けているのだろうかと思った。

備えていた準備の大方は整ってはいた。しかし次に起こるだろう何が、自分が密かに決心もし備えてもいる、人生の大きな堰を崩して自分をどこへ押し流していくのかがわかるようでわかりはしなかった。

五洋興業の事務室に入った彼に、ノックして入ってきた鎌田が手にしていた週刊誌を黙って差し出した。

「何だ」

「念のために」

「何の」

「この前私がいったことに関わりあるのかないのか知りませんが、あまりいい話じゃや。これはサツ経由で漏らされたもんだと思いますね。専務と西脇の社長夫人の写真が」

いって手にしたものをおずおずと開いて置いた鎌田に、

「これはいつ出た」

「今日です。電車の中吊りで見てね」

手にしながら思い出そうとしたのは今朝の家での和枝の様子だった。

何を察したのか、

「店頭に並ぶのは今日の午後あたりでしょうかね」

鎌田はいった。

雑誌の半ば辺りに、『一流ゼネコン社長夫人と、暴力団幹部の関わりとは!?』とあった。

二人がそれぞれホテルニューオータニのスウィートから出て行く後ろ姿の写真があり、例の西脇音楽財団主催のコンサートの折の楽屋で外国人演奏家と並んで撮った夫妻の写真の、義之の姿は半ば削られ演奏家と礼子の二人だけの写真が載り、並んで若い頃の英造の、何かの事件当時の資料として撮られたものだろう、無表情にカメラを見据えた写真があった。

英造の写真の解説にはわざわざ、二十日近く前の一流ホテルのペントハウスでの、西脇建設社長の実弟が狙撃されて重傷を負い逆に外国人の犯人が殺害された不可解な殺人事件の折に、その間近で目撃されたという噂もある人物とあった。


眺め直しながら、今朝の朝食の折なぜかふと強く感じていた何かがやっと現れたなという実感があった。

「そうか、こういうことか」

知らずに口に出していった。

鎌田も案じていったように、この写真による報道はそれを操っている警察がその先何を意図しているかは知れないが、他の何よりも誰よりも、彼自身と礼子にとっては厄介なものをもたらし、二人を何かに向かって追いこむことになるのは必定だった。

「そうならばだな——」

何かに向かって自分を追いつめるように彼はひとりごちた。

腕を組み直し目を閉じて天井を仰ぎながら、今改めて急いで多くのことを考え整理しなくてはと思った。

頭の中が激しく渦巻くような思いの末にたどり着いた結論は、実はもうすべての手筈はすんでおり、後はただ自分一人の決心、彼自身の思い切りのことだということでしかなかった。

「要するに」

自分を説くように彼は声に出していった。

「俺はまたあの島に戻るんだ。それしかない。見てきた夢から醒めるだけの話だな」

そして思った。

〝そうとなれば、結局俺一人の話だ。俺一人で行けばいいのかも知れない。礼子がついてこようと来まいと。もともとそういうことだったのじゃないか。そう悟れば彼女にとっては、いや俺にとっても楽な話だ。

しかし、なら、いったい俺は何のために、誰のために今までこうして生きてきたというんだ。しかし、それももういい。礼子がいようといまいと、俺一人ですませるというなら、互いに楽な話だ。あるいは彼女も救われるということかも知れない――〃

そこまで思いつめ彼は突然一人で笑い出した。

礼子をさえ思い切れるのかも知れぬという思いつきに、何かに強く打たれたように彼は目を見開き身を起こした。

その瞬間限りなく自由な気がしていた。何事も、すべて自分にとって可能な気がしていた。しかしまた突然、自分が今錯乱しているのではないかと思い直した。まぎれもなく人生の堰が崩れ自分が見知らぬどこかに押し流されようとしているこの今に感じられる気負った自由なんぞ、そんな思いこみなんぞ気の迷いでしかあるまいに。

〃しかし、ならばどうする、俺一人で何をどうする〃

そう思いながら彼は突然今この部屋の中でまったく独りきりの自分を感じ、思わず探すように部屋中を見回してみた。

それに応えるように脇の机の電話が鳴った。

そして取り上げた受話器の中で礼子の声が英造を呼んだ。

そう知った時彼は思わず椅子に座り直し手にしたものを両手で握り直していた。

昨日家を出てこの宿に泊まり、このまま二度と戻らぬつもりでいると彼女は告げた。

いつもと違って彼女の声は不思議なほど落ち着いて澄んで聞こえた。昨夜一夜をどのようにして過ごしたのか知らぬが、彼女が家を出てすぐにではなしに今日になって彼に知らせてきたということに、英造は何か決定的なものを感じていた。

それは遠い以前あの島で初めて彼女の弾くピアノの旋律を聞いた時のように、彼の体の内にあるものに突然、しかし実は予期していたものであったはずなのにやはり突然、伝わって響いた。あの時耳にしたものがまったく未知なるものであったのとは違って、今彼女が短く告げてきたことがらは彼が予期し期待し、密かに恐れてもいたことではあったが、やはり今まで味わったことのない身の震えのようなものを覚えさせた。

そう感じながら彼は今感じているものを、自分の過去の何かに重ねて思い起こそうとしたが出来なかった。

いわれて引き受け、長らくつけまわしようやく追いこんだ相手を、所もあろうに交番の中で刺し殺す瞬間の緊張とも、終わった後の安堵とも達成感とも違っていた。

この放心に似た、重くはないが痺れたような緊張はあの時とも違ってどこか甘美でありながらあの時以上に危うく、はるかその先にあるものについて想像も占いもしがたく、しかしなお体の内に突然何かが湧き上がり全身をひたしていくような気持ちだった。

彼が今まで聞いたことのなかった、彼女の乾いた澄んだ声が告げようとしているもの、その声に魅かれて自分が向かおうとしているものは何とは知れず、あるいは死かも知れぬという突然の未知の予感をどう受け止めていいかわからぬまま、彼は手にしたものの中に耳を澄ましていた。

彼女は何かを諳じるように、変わらず澄んだ声で昨日の朝夫と交わした会話について伝えて来た。

子供も忘れられる。でなければ自分はこれから生きていけもしまいし死ねもしまい、と。

声が終わり、待ち受けるように沈黙があり、しわぶきもせずに受話器の中で二人は暫く見つめ合ったままでいた。

やがて、

「わかった。今夜君を迎えに行く」

英造はいった。

第八章

小高い崖の上に立った宿の離れの座敷の濡れ縁から、小広い芝生の庭の向こうに一望に海が広がって見えた。

陽が傾いていき凪いだ海は果てもなく一面銀色に輝いていた。

並んで座りその海に見入りながら、礼子は探るように手を伸べ英造の手を捉え、

「とうとう来てしまったのね、私たち」

自分にいい聞かすようにいった。

「ああ、とうとうだな」

「このずっと先に何があるの。海の向こうはどこなのかしら」

「静岡から御前崎への海岸線だろうが、高い山がないからここからは見えないな」

いわれて得心したように頷いた後、その手を握ったまま海を見つめ、

「私たち、これからどこへ行くのかしら」

礼子はいった。

「さあ、どこへ行こうか。どこへ行きたい、俺はどこへでも行くぜ、外国だっていい。そのための準備もしてはあるよ」

いった彼を振り返り確かめるように見つめると、

「私たちのいたあの島は、この海から遠いの」

「おい、まさかあんな所へ戻りたいんじゃあるまいな」

笑っていった。

「第一あの島は、またあの山が爆発し毒のあるガスを噴きつづけていて今じゃ人は半分も住んじゃいないそうだぜ」

「でも私いつかもう一度行ってみたい気がする、あの島に」

つぶやいた彼女を見直すと、

「そうか、実は俺もふとそんな気がしていたよ、君とならいつか」

英造もいった。

「でも私たちこれからどこへ住むの」

「住む、それは俺にもまだわからないよ。第一これから何がどうなっていくのかも、それ次第のことだ」

「何がどうなるって、どういうこと。あなたの身の周りのこと、それとも」

「君のことは、君がああして家を出てきた限りそれで終わりだろう。亭主も観念しない訳にはいかないだろうよ」

「あなたは」

「さあ、それは想像つかないな。俺なりにすることはしてきたが、君のいたまともな世界とはだいぶ違うからな、こっちの方は」

問い返そうとした時、彼は突然捉えていた彼女の手を振りほどいて背後に振り返った。足音がし、部屋の係りの仲居が玄関の戸を開けて声をかけた。

夕食の時間を質し、その前にお風呂を召されたらと促し、離れ専用の湯殿の表に露天の風呂もあると教えた。

仲居が母屋へ引き取っていった後彼女の足音が遠ざかって消えたのを見計らい、礼子は身を離し思わずまじまじ彼を見直した。

英造は彼女が気づくはるか前に、やってきた仲居の気配を察し身構えたのだった。彼のそんなしぐさの内に彼女は彼の、いや自分たち二人の置かれた立場の意味を改めて覚らされた思いでいた。

あのホテルの屋上のペントハウスで、息を呑む暇もなくほとんど一瞬の内に行われた惨劇の、本来なら犠牲になっていた側の英造が逆に相手を倒し、彼女の目の前でとどめを刺してしまった出来事について彼女は今またまざまざと思い出していた。

そしてあの瞬間に、自分の内で何かがふっ切れたのだった。

彼女が夫に思わず問うたように、孝之は英造と一緒に彼女もあの刺客の手で殺そうとしていたに違いなかった。

孝之のその思いこみは、形と誰か相手を変えて今も同じこの二人に向けられていない訳はなかったろう。たった今それを英造のしぐさで悟り直させられた自分の甘えに彼女は腹をたてながらもなお、怯えていた。自分たち二人のこれからどこかへいつまでかつづけなくてはならぬ旅の危うさを、彼女はこの今になって改めて知らされた思いだった。

そんな彼女の気配に何を察したのか、

「どうした、何か思いついたのかい」

英造は目の内を覗くようにして笑って質した。

彼女も努めて微笑み返し、

「私、今何を思い出していたと思う」

「何をだい」

「あなた私よりずっと早くあの女中さんがやってくるのに気づいていたわね、あのホテルでの出来事のように。いつもそうだったの、そしてこれからもやはり」

いいながら思わず声がつまり涙ぐむ彼女に、

「それは俺の仕事柄の習性だな、だからあの時自分も君も守れたんだ。これからも間違いなく君を守るよ」

誓うというより、何かに向かって挑むように彼はいった。

「私たちを、何から」

問うた彼女に、

「それが今からわかれば苦労しないが」

遠い何かを見つめるような眼ざしで彼はいった。

「確かなことは、今この世で俺たち二人を許す者は誰もいないということだろうな。ということは二人はようやく自由になったということさ」

なぜか小さく声を立てて笑いながら彼はいった。


誘われるまま遅れて湯殿の外の露天の風呂に出てくる礼子を、英造は湯船につかりながら見上げ手で制して止めた。立ちすくみ、怪訝に見返す彼女に、

「そのまま君を見せてくれ、頼む」

傾ききって海の向こうに沈もうとしている陽が彼方から水平に濡れた裸の彼女を照らし出し、その全身は金色に輝いてみえた。英造は固唾を呑みながら仰いで見入っていた。

「いやよ」

身をくねらせていう彼女に、

「いやじゃない、もっと見たい。頼むっ」

喘ぐように彼はいった。

「俺にはもう君しかいない。いや、もともと君しかいなかったんだ。もっと、そのまま見せてくれ」

「いやっ」

すねてみせながら湯船に向かってかがみこむ彼女を、いきなり手を伸べて引きこみ、礼子は水しぶきを上げて彼の腕の中に落ちこんだ。そして抗うように彼女は彼の腕の中でもがき、もがきながら彼女の方から激しく抱きついて彼の唇を吸った。

応えながら彼はその体を抱き上げ、湯船の縁の石畳の上に横たえて晒し、彼女自身が知らなかったという内股の奥の黒子に口づけし、そのさらに奥にあるものを吸い尽くした。

そして彼の手は彼女の腰から腹、腹から胸、乳房から肩へと彼女を今作り出すようにして伝い、その手の下で彼女は今初めてこの世に創り出されたもののように息づき始め、荒く息をつき身をくねらせてのけ反り、乱れて漏れる声は突然にくぐもり、次の瞬間高い悲鳴に変わって走り、そして息絶え、また蘇ってはくり返した。

その度に彼は流れ出る湯の中に横たえられながらも、晒されて冷えかかる彼女を抱えて湯船にひたし、さらに抱え直しては石の畳の上に戻した。そしてその度彼女は喘ぎながら彼にすがりつき、その度に漏らす声はますます荒く高く乱れていき、最後に仕留められた獣のように悲鳴の後急にくぐもった声は突然に途絶えた。

彼女を抱きすくめる英造は端的に力強く、そして繊細で優しかった。薄れていく意識の中で礼子は彼がどんな風に人を殺したのかが感じられわかったような気がした。

やがて取り戻した意識の中で、彼女は今ある所を知ろうとするように瞬きしながら小さく頭を振って間近に見える彼の顔をまじまじ見直しようやく、今起こってあったことを覚って安心したようにまた目を閉じた。

英造は彼女のその閉じた瞼の中からなぜか一筋流れ出る涙を見た。

そしてまたその目を見開き、

「私たち、結婚したのね」

彼女はいった。

「ああ、そうだ。これこそ本当の結婚なんだ」

その言葉を収うように彼もいった。

なおもいおうとする彼を塞ぐように、小さくいやいやをしながら、

「黙ってて、ねえ、今でいいの。今限りでいいの」

つぶやくように彼女はいった。

「そうじゃない、今限りが、これからもずうっとだ」

なだめるようにいった彼を礼子はむしゃぶりつくように抱きしめてきた。


「おう、珍しいじゃねえか、お前がここに顔を出すとは」

つくり笑いでいった為治に、

「お父さん、知っているなら隠さずにみんな教えてよ」

「何をだ」

「あの人もう、ここにも顔を出していないんでしょ」

「誰だい」

「うちの人よ、私覚悟は出来てますから。隠れなきゃならないどんなことがあったんです。あの人また、うちの組のために何かを背負ったんですか。あのホテルであった外国人殺しに関わりがあるの、だったら役回りが違うんじゃない」

「どういうことだ」

「とぼけないでよ、まだテレビ種にまではいかないようだけど、雑誌や新聞には出てるわよ」

表情は殺しているが向けてくる娘の視線の険しさに為治は気おされながら座り直した。

「それがな、実は俺たちにもわかっちゃいねえんだ、何で奴が姿を消したのか」

為治は身を乗り出し真顔でいった。

「本当だよ。お前だから打ち明けていうが、あの殺しはあいつがやった。しかし、いいか、あれはあいつがはめられて呼び出され、相手の使った韓国人のプロにやられそうになったのを、奴だからこそ逆に防いで生き残ったんだ。れっきとした正当防衛だ」

「でも何でそんなことに」

「それは、滅多にいえねえな。こちらが仕組んだあるでかい仕事の上の関わりじゃああるが」

「西脇建設ね」

問い詰めるようにいった。

「その通りだ。しかしこれはあくまで相手の蒔いた種でな、こっちに何の非がある話じゃねえ」

「それであの人、あの会社の役員になったのね」

「そうだ。それでも奴ら往生際が悪くっていろいろ手を打ってきやがった。しかし英造にその逆を取られ、揚げ句にっちもさっちもいかなくなってあいつに殺しをかけてきやがった」

「でもそれでもあの人は無事だった。なら何で隠れなきゃならないの」

「それはだな、あいつがあそこにいた、殺すために呼び出されたということがばれれば、西脇はもっと追いこまれることにはなる。こちらはそれをかばってやってるんだ、後々のためにな」

いった父親を和枝は一瞬黙って覗くように見返した。

「でも、あの人をホテルで見たという人間もいるそうじゃないの」

「しかし、それで面が割れたことにはなりゃしない。そのことで俺たちも調べは受けたが、アリバイはきっちり立っているよ。サツもそれを割ることは出来はしねえ」

促すように頷いてみせる相手を無表情に見つめていたが、ふいに視線をそらすと、

「あの人と、西脇の奥さんとの関わりは何なのよ」

投げ出すようにいった。

いわれて為治は相手の言葉を摑みかねたように、間を置き、

「西脇の、そりゃどういうことだい」

「見ていないの、写真雑誌に出ていたわ。彼女とあの人がホテルで会っていたって」

「どこのだ」

「知らないわよ」

「そりゃきっと音楽会の件で、泣き落としされた時のことだろうぜ。鎌田の話じゃ、例のゴルフ場チェーンの買い付けにアヤをつけて来たんで英造が開き直り、奴らのお道楽も実はこちらの出方次第じゃ会社としてやばいことにもなるぞと脅しをかけたんだそうだ。そのお道楽は、音楽家だった西脇の女房が亭主に持ちかけて始めたもんだそうだ。でその女房というのが、英造のいた島での幼馴染みという偶然の縁とかでな」

一気にしゃべる父親を和枝は黙って無表情のまま眺めていた。

「ということさ」

いって探るように見返す相手に同じ顔で、

「私その人を見たことがあるわ」

「ほう、いつだ」

「その音楽会でよ」

「で」

黙って同じ無表情で見返した後、

「彼女は、今どこにいるの」

「どこって、知らねえな」

いわれて答えずに立ち上がると、立ったまま初めて薄い微笑で、

「それを調べておいてよ、お父さん」

いうと和枝は踵を返し部屋を出ていった。

娘の姿が消えた後、為治は首を傾げながら咳ばらいし、思い直したように一人で強く頷いた。


日が暮れて闇が閉ざした海の上に潤んだ満月に近い月がかかってはいたが、部屋の濡れ縁から眺めた海の面は月の光もとどかず他の光も見えず、見る者を吸いこむような濃い闇だった。

「昼と違ってなんだか怖いわ」

「そうさ、海は怖いぜ。たとえどんなに凪いでいようとな、何が待ち受けているかわかりゃしない」

「覚えていて、あの山が火を噴いて崩れてきた夜も明るい月夜だったわね」

「そうだったかな、俺は夢中で気がつきゃしなかった。俺が見ていたのは君のいる灯台ばかりだった。

　山の噴火は怖いけれど綺麗だったよな。だからかな、俺は君と一緒に死ぬのなら平気だと思った。しかし親父に、島全体がふっ飛ばない限り岬の上にある灯台は大丈夫だ。船は俺たちで守る、お前は母さんと一緒に、溶岩が海にとどく前に坪田の方に逃げろといわれたんだ。

　でも今こうしてみると、あの時死んでいた方がな」

　いった彼に半身開いて向き直ると、

「なぜっ」

　怯えた顔で咎めるように礼子はいった。

「あなた後悔しているの」

「そうじゃない今は、まったく。死んだつもりでいたが、ある時から君に会いたい、いや会えるかも知れないと思い出したんだ」

「いつ」

「監獄に入れられて一年ほどしてかな、ある夜突然君の夢を見た。見るはずのなかった夢だ」

「なぜ」

「だってあの夜、島の山が火を噴いて崩れてきた時俺たちは死んだんだ、二人とも互いに。そう思わなきゃ俺は生きられなかった。それが突然夢に出てきた、夢じゃない、確かに君がそこにいたんだ。大声出して飛び起きたのを覚えているよ。それで仲間に咎められた。

あれはなぜだったのかな。あの頃俺はある目的を立てて自分を変えようとしていたからだろうかな」

「どういうこと」

「笑うなよ、でも本気で法律の勉強を始めていたんだ。刑務所の中で知り合ったある年寄りに聞いて、所詮この世の中は裏も表も法律で動くんだと悟らされた。そいつは中から出る前に突然心臓の発作で死んじまったがね。でも、ああいう奴のことを恩師とでもいうんだろうな。俺があの世界で一色違った人間になれたのもあいつのお陰だな。そのせいでこの俺がとんだ縁で君の、いやあの西脇を苦しめることになったのさ」

いって相手を覗き返す英造の腕を礼子は黙ってとって体を寄せ直した。

「もっと話して、あなたが段々前よりも近くなってきたような気がする」

「だから、俺があれから初めて君の夢を見たのはあの勉強のお陰の気がするな。つまりまた、元の自分に戻りかけていたということかも知れない。あの中に閉じこめられてようやく体の内で何かが落ち着いてきていたような気がしていた。だから君が蘇ってきた。そしてまたそれが、いっそう俺には苦しかった。

　何度となく君を見て、叫んで起き上がって同じ部屋の奴等に怒鳴られたりからかわれたりしてた。でもあれは君を追い払おうとしてたんだ、それ以外に何が出来たと思う。島を出てからの俺にとっちゃ、君は生きてはいてもどうにも届かぬ人になってしまったんだから。たとえ君らのいる他の灯台を捜し当ててもな」

　その後二人は黙って見つめ合ったままでいた。そして、

「私もあなたの夢をよく見たわ。夢の中でいつもあなたは、あの山から流れる火の河の中を私に向かって走ってきたわ」

　諳じるように礼子もいった。

「そうか、そうだろうな」

「でも、ある時からもう見なくなってしまった」

「いつだ」

「結婚してから」

「ああ」

喘ぐように彼は頷いた。

「でも私たち、結局ああしてまた出会ったわ」

「そうだよ、あのどうにも強突く張りの会長を俺たちが手にかけたお陰でな」

「そんないい方は止めて。本当は何もかも私たちには関わりないことなのよ」

「そうだな。で、あの葬式で君を見た時、その瞬間に君だとわかっていた。あの時俺がどう思ったと思う。あの瞬間、俺は島を出てからあの時までのことを嘘だと思った。思ったというよりそう感じて、そう信じようとしてたよ」

目を閉じ仰向きながら何かを諳じるように英造はいった。

「私もよ。あの時私無性にあなたのその頰の傷に触って確かめたいと思ったわ。でも触らなくても、そうだということはわかっていた」

いいながら礼子は手を伸べ彼の頰の傷に触り直した。

「やっぱり、神様なのかな」

「そうね、神様だわ」

「それにしてもだな」

いって彼は小さく声を立てて笑ってみせた。

「ならばこれから先、この二人に何があるというのかな。それを教えてほしいぜ」

前に広がる闇にとざされた海を見つめながらいった。

「怖いの」

「ああ、少し怖い。君のためにな」

「私は怖くない」

「なぜだい」

「私は、夫に殺されそうになった女よ。そしてあなたに助けられたんだわ」

いった礼子の肩を黙って引き寄せると、今の言葉を塞ぐように彼はゆっくり唇を合わせた。

合わせていたものを離すと、

「あの山で急な嵐に遭って死にそうになった時、俺は暖めに抱いていた君に思わず接吻してしまったんだ、死ぬ前に最後に君に何かを伝えたいと思って。君は知るまいが」

微笑いながらいった。

「私、知っていたわ」

彼女はいった。

「本当かね」

「嬉しかったわ、もの凄く。私それで安心出来たのよ」

「そのこと、親たちには話さなかったろうな」

「どうしてよ」

「話したのかい」

「もちろん黙っていたわ」

「ならよかったよ」

「どうして」

「お父さんに知られたらまずかろうに、いろいろ世話になっていたのに。あの頃は、俺はまだ不良じゃなかったからな」

いうと、礼子は声を立てて笑い出した。

「父はあなたのこととても好きだったみたい。あなたはちょっと嘘つきのところもあったけど、でもいつも面白い話をしてくれたわね、父も面白がって聞いていたわ。後で、でもあの話は嘘だな、でも面白い奴だ、嘘まで頭がいいってね」

「そいつは心外だな。俺がお父さんにどんな嘘をついた」

「さあ、釣り損なったとても大きな魚の話とか、もっとあったわ。何とかいう八丈と三宅から遠い難所の釣り場の、その大きな岩が風を受けて獣みたいに吠えるんだって。あなた私たちの前でその音を真似て吠えてみせたわ」

「そりゃあ本当だよ、本当の話だ。イナンバの岩は大西が吹くと、風の当たり加減で鳴るというより吠えるんだ。あれはあそこにいってそんな風に見舞われた者じゃなきゃわかるもんじゃないぜ」

「なら、あなたたちの船くらいもある魚なんているの」

「いたさ。あれは馬鹿でっかい鮫だった。ホホジロっていう一番たちの悪い奴だ。背びれから見ても十五メートルほどはあった。餌を食ってそのまま浮き上がってきて、簡単にしかけのロープを引き千切って消えたけど、俺は知らぬ間船の底にへたりこんで小便を漏らしていたよ」

「あなたでも」

「そうさ、俺でもだよ。もっともまだあの年頃の子供じゃあったが。でもそうか、お父さんは俺の話を信じちゃいなかったのか、困ったなあ。しかし結局、海であったことはその場にいた人間にしかわかりゃしないものだからな」

　むきになっていう英造に、

「そんなに海は怖いものなの」

「ああ、そりゃあ怖いよ」

「何よりも」

「何よりもだ」

「あなたのいた、あの世界よりも」

質した彼女を確かめるように見直すと、

「ああそうだ。でも海は怖いが、正直だ。俺のいた世界なんぞどいつもただずるいだけだった」

吐き出すようにいった。

そんな彼の語気に礼子はたじろぎ、返す言葉を探せずに相手をまじまじ見つめるだけでいた。

やがてようやく、

「いろいろなことがあったのね、私には想像も出来ない」

詫びるようにいう彼女に、察したように、

「そんなことはないさ、たかの知れたことだ。海にしろあの島の山にしろ自然の怖さに比べりゃ、所詮人間のやることだよ。やくざの世界も君の亭主、だった男の仕事の世界も、互いに相手の裏をかくことでもってるんだ。法律なんてものをいかにかい潜ってということだよ。そう覚えればちょろいもんだ。

ばれない限り誰も咎められはしない。警察にもそんな目なんぞありゃしない。あるとすりゃ同じ魂胆でいる人間同士ということさ。実をいや俺は段々嫌気、というよりうんざりしてきていたんだ、同じことの繰り返しでな。そして君が現れたんだ」

「それですむの」

「すまなけりゃどうする。俺たちはもうここにこうしているじゃないか、二人きりで」

「その二人してこれからどうするの。いえ、それより私たちもしあのままあの島にいて、私があなたのお嫁さんになっていたとしたら、いったい今頃どうだったんでしょうね」

いわれて英造は声を立てて笑い出した。

「そいつは考えたようで、考えたことはなかったなあ。俺が自分の船を持てるほどうちは裕福じゃなかったな。しかし兄貴の船のただの相棒じゃおさまらなかったと思うぜ」

「とすれば民宿でも」

「なるほど、それで君はそこのお女将さんか。しかし俺はやっぱり船を持ったと思うぜ。そして君は島の学校の音楽の先生か」

「そんな所かしら」

「いやそれは君に失礼だよな。しかしあの島での漁の上がりじゃ君を凄い音楽家にしたてる訳にはいかなかったろうな」

「いいのよ、そんなこと。でも、私はそんなに有名な音楽家になれるほどの才能はなかったと思うわ。だから――」

「だから何だ」

「だから、結婚してしまったのよ」

いった彼女を間近で振り返り、まじまじ見つめると、

「そんなことはない、絶対にない。もしあのまま俺たちが――」

いいつのろうとする英造の口を礼子はかざした手で塞いでみせた。

しながら笑う彼女の手をむきになって外しながら、

「いいかい、そんなことを二度と俺の前でいわないでくれ。俺はあの時あの中学の校庭で君の弾くあのピアノを聞かなかったなら、多分全然違う人間になっていたんだろうからな」

「どんな人に」

「わからないが、それは確かだ」

「でもそれは私への買いかぶりだわ」

「駄目だよ、今頃になってそれをいっちゃあ」

いいながら礼子を真似て英造が彼女の口を塞いでみせた。

「でも何だろうと二人があの島で一緒になっていたとしたら、今頃どんな夫婦になっていた

のかな」

「私、あなたにぶたれていたかも知れないわね」

いった礼子を驚いた顔で彼は見返した。

「なぜだい」

「だってそんな気がするわ。釣ってきた魚の下ろし方が悪いとか、あなたの子供の扱いが乱暴で私が咎めたら、いやこれでいいんだとか」

「なるほど、そういうことか、なるほどな」

はしゃいだ声で彼は頷いてみせた。

「子供か。そうだ、どんな子供が出来ていたろうかな」

「男、それとも女の子がいい」

「どちらでもだ、男も女も何人でも」

いうと目を閉じ、

「ああなんだか、今でも夢を見ているような気がするな。そうか、二人の子供もいただろうな、確かに」

何に向かってか念を押すように彼はいい、突然声を立てて笑い出した。

会長の為治に呼ばれて顔を出した鎌田に、

「その後、あいつから何の連絡もないのか」

質して来る声の中に険しいものを感じ取り、鎌田は居住まいを正して相手を見返した。

「はい、何も」

「あいつがフケている訳は何なんだ」

「わかりません。専務からは何の連絡もありませんから」

「お前がわからないとなりゃ、こちとらにも見当のつく訳はねえわな。先日娘がやって来て訳を質されたが、俺に答えようもない。ただ、あのホテルでの一件で、こちらにやばい訳はまったくないとはいってやったが」

「その通りです。あの一件で追いこまれたのは西脇の方ですから。あの仕掛けをした社長の弟をこれから締め上げれば、相手はもっと高いつけを払わなきゃならないはずです」

「じゃあ、なぜそれをやらねえんだ。肝心の被害者のあいつが消えちまったんじゃ仕事にもなりゃしまい」

「はあ、その通りです」

「じゃなぜそうしない、他に何かお前とあいつだけが心得ていることでもあるのか」

「そんなものありませんよ」

「じゃ、何なんだ」

「わかりません、私にも。今までこんなことはありませんでしたから。今日でもう十日になりますが、いまだに何の連絡もありません。ここへ長く顔を出さないことはありましたが、必ずどこかから指示の連絡はありました」

首を傾げる相手を探るように見直した後、

「女か」

為治はいった。

「しかし何で今さら。そんな女とよりが戻ったとしても、たかだか女ですぜ。あのホテルでの一件を構えれば西脇にはもっとでかい仕掛けを持ちこめるはずですからね」

「だろうが」

「あの脱税の念書がばれてから専務がしかけてきた仕事は予定通り、いやそれ以上にふくらんできてましたよ。そしてあのホテルでの事件だ、たとえこっちに前科があろうがなかろうが、専務のやったことは正当防衛ですし、それを構えてかかれば西脇は致命的なことになるはずです」

「だから、なぜだ」

咎めていう相手に、

「わかりませんよ私には。会長に、いや和枝さんに何か心当たりはないんでしょうかね」

いわれて口をつぐみ何かを反芻するような顔でいたが、

「まさかな」

口ごもっていった。

「何です」

「女の勘は、男にはわからねえがな」

「どんな」

「いや、それだって英造次第のこった」

「何がです」

問われて追い詰められたように天井を仰いで目を閉じていたが、

「あいつ、その女のために何もかもを捨てたのか」

「まさか」

「いや、そうかも知れねえぞ。あいつにはそんな所があるような気がするな」

「どんな」

「だからよ」

「だから、何なんです。西脇相手にでかいしかけを始めたのは専務ですよ、あの人がいなかったら事はここまで来やしなかったし、第一うちの所帯だってここまでになりゃしませんでした」

いいつのろうとする相手に、

「わかってる」

断ち切るようにいった声の険しさに鎌田は固唾を呑み言葉を控えた。

それを察したように、

「だからなんだよ、だから俺には今一つあの男がわからねえ。こちとらの頭のせいにしてもだ、あいつがいい出してやってきたことに、俺も考え及んで追いつけたことがなかったからな。だから何もかもあいつにまかせっぱなしできた、それでいいと思ってきた。けどな、どっかでちょっとばかり不安な気がしないでもなかった」

「どういうことです」

怯えた顔で質す相手に、

「いや、切ったはったの度胸なら俺も拓治も事は欠かねえが、あいつの度胸は、手前で人も殺してきはしたが、何てんだ、どうも質が違うんだな。俺には気味が悪かった」

急に気後れしたように、愚痴ともつかず、手下の自分に訴えるようにいう相手を鎌田は戸惑いながら見返していた。

そのまま二人して沈黙の後、

「いや、余計なことをいったかな、今の話はあいつが戻ってもいわずにおけよ。何にしてもうちの会社はあいつなしじゃ立っていけねえんだからな」

「わかってます」

「じゃいいな、やつから何か入ったらこの俺に真っ先に知らせてくれ。情報の善し悪しに関係なしにだぞ」

いつになく不安げな相手の顔を確かめ鎌田は頷いて部屋を出た。


三日して突然それを知った時鎌田は事の意味がわからず、相談してきた相手に声を荒らげて怒鳴った後訳を質し、ようやく事実を知らされた。

新規に手にいれたゴルフ場チェーンの内の一つ静岡県のレインボー・カントリーの支配人から、予定していたキャディ・ハウスの改築について新しいオーナー会社からその必要はないといい渡されたが、改築の発注はすでに行われていい、業者から契約違反のクレイムが持ちこまれ往生している、これはあくまで本社であるファイブ・オーシャンズの責任で処理してほしいという依頼だった。

　五洋がせしめたゴルフ場チェーンの内の一つ、景気の戻ってきた当節地の利からいってもチェーンの中でも最も有望と思われていたコースが、その所有者を変えてしまっているということそのものが理解に遠い、というより信じられぬことだった。

　念を押して聞き返した鎌田に支配人は新しい所有者の名前を告げ、一旦電話を切って企業年鑑で確かめた相手は三栄総業なるかなり大手の業績も確かな会社だった。

　その場で件《くだん》の三栄に電話し、名乗って相手の財務の責任者と話したいと申し入れた。財務担当の常務が出てすぐに結果が知れた。

　レインボー・カントリーは間違いなく五洋のファイブ・オーシャンズから売却されてい、所有権は相手方に移転していた。売却価格は六十億円。振り込み先はアメリカの銀行シティバンクのLA支店に設けられているファイブ・オーシャンズの口座だった。そんな口座がもうけられていることを鎌田自身もそれまで知らずにいた。

　相手から聞き取り控えたメモと、送られてきた関係書類のコピーを眺め直しながら思わず溜め息をついた。自分が今何をしていいのかがわかるようでにわかにはわからなかった。

　予想もつかなかったが事実を前にして彼なりの直感で、英造はもう二度とこの部屋に姿を見せないのではないかと強く思った。しかしそう思いながらも、その訳を知ろうとしたが出来はしなかった。

そのようすがにと、三日前会長の為治と交わした会話を思い出してみた。為治は英造の女出入りについて口にしていた。彼が女のために何もかもを捨てて姿をくらましたのかも知れないと。

「馬鹿なっ」

思わず声に出していってみた。

その後で彼は手にしていたメモを眺め直し握りしめて床に叩きつけた。

翌日鎌田は事務所に出て机に向かい、半日考えた揚げ句に会長の部屋の扉を叩いた。どう考えても今自分が取るべき手立ては、自分が知ったことを為治に伝える以外にありはしなかった。自分が知ってしまったことをどう判断するかは彼一人で考えても及ばぬことに思えた。

そして、自分が思いもかけぬことについてこの組織の中で真っ先に知ってしまい、その時なぜか感じて覚ったことについて、それを自分一人で抱えていることの危うさについて考えた。

折角手に入れたゴルフ場の一つを誰に相談もせずに売却し、その代金は鎌田自身もあずかり知らぬ外国の銀行口座に振り込まれている。名義は五洋のものとなっていてもその金の用途、出し入れの仕組みは彼には一向にわからない。調べる手立てはあるだろうが、恐らく英造の一存でしか適わぬ形になっているに違いなかった。

そして鎌田が感じ取ったように彼が恐らく二度とこの建物に姿を現さぬ限り、彼がやったことはその理由が何であれ五洋という組織への背信に違いなかった。

迷っている自分を問いつめるようにしてそう思った時、突然の恐怖があった。

英造が何をもってこんなことをやってのけたのかはわからぬにしても、鎌田自身が今何かを選ばなくてはならぬところに置かれているはずだった。五洋という組がその形も質も変えてここまでくる間に、英造とその上にいる為治との間に事をどう遂げていくかについていい合いや摩擦があった折々、いつも彼は為治に盾突いても英造を立てて従って来た。そしてその判断はいつも正しかったことを結果が証してきたし、為治もそれを認めてきた。

しかしこの今突然に彼が置かれた立場なるものは今までとはまったく違っていた、というよりあり得ぬことに違いなかった。しかしなおそれは今限り彼しか知らぬ現実として目の前にあった。実際に起こっていることを知る者が今はまだ鎌田一人である限りある期間彼がそれを隠して通すことは出来たろうが、やがては知られるだろうことに違いなかった。

それがどんなきっかけで知れるだろうかを考えかけて止めた。止めながら彼が感じていたものは先刻感じたよりももっと確かな恐怖だった。何の故にか英造がやってのけたことの巻き添えで、この自分がどうなるだろうかを考えた時頭の中が白っちゃけ、眩暈しながら自分が今いるこの建物全体が揺らいで崩れていくような気がしていた。

「馬鹿なっ」

昨日と同じように高い声が出た。そんな自分を説き伏せるように、

「冗談じゃねえぜ」

つぶやくと、手元に置いた三栄総業から送られてきた資料のコピーを摑んで立ち上がった。

入ってきた相手の顔を確かめるように見直すと、

「なんだ、どうかしたのか」

為治にいわれ鎌田は慌てて繕うように笑い直してみせたが、立ち尽くしたままにわかに声が出ずにいた。

「実は」

いいかけ次の言葉を選ぶように一度固唾を呑みこむと、

「これなんですがね、私には訳がわかりませんが」

手にしたものをさし出したまま突っ立っている相手に為治は眉を顰め顎で座れと促した。

うつむいたまま一連の説明を終えた後顔を上げ、鎌田は窺うように為治の顔を見直してみた。

いわれたことが理解出来ぬというより、事実として収おうとしながらそれが出来ぬように為治は首を傾げてみせた。が、やがて姿勢を戻して目をつむりそのまま天井を仰いでいた。

そしてようやく目を見開き斜め前の鎌田を正面から見つめ直すと、青ざめて見えた顔に突然血の気がさし、分厚い唇が歯を食いしばったまま震えて顔色はどす赤く染まっていった。

何か異形の化け物を目にしたように鎌田は体を硬くしながら声も出せぬまま目の前の、久し振りに目にする男の表情を窺っていた。

「そうか、そういうことか」

しわがれ、かすれた声で為治はいった。

それにどう答えていいかわからず待つように見返す相手を無視したように、

「なるほど」

自分一人にいい聞かせるようにつぶやいた。

その後黙ったままものをいわぬ為治に、

「どうします」

尋ねた相手に、

「何を」

咎めるようにいい返した。

「奴がくすねた金を取り戻す方法があるとでもいうのか」

「いえ、それは無理です」

「だろう」

「レインボー・カントリーを売った金は一応うち名義の、しかし別個にもうけられた口座に入ってはいますが、その引き出しは契約で専務にしか出来ぬ仕組みになっています。専務の署名と判がないと出来ません」

「そんなこったろうな」

「しかし、なぜです」

「何がだよ」

「何でこんなことに」

訴えていった相手に、

「女だよ」

何かを断ち切るようにいった。

「そんな」

「馬鹿馬鹿しいが、それしかねえだろう」

「でも、いったい何でまた」

「だから、それだけのこった」

「それだけのことで、何でです」

問い返す鎌田の目の前で相手の面に差していた赤黒い血の色がなぜかまた突然に引いて蒼白に変わっていった。

そのままた目を閉じ、口を結び直した後吐き出すように、

「あいつは、そんな奴だったんだ。俺が信じて見こんで結局一杯食ったってことだ、野郎めっ」

うめくようにいう相手を鎌田は怯えて見返していた。

間を置き、窺うように、

「しかし、本当に女と一緒かどうかは確かめた方がいいのじゃありませんか」

「どうやって」

「方法はあると思います。支払いに使われた金の使い先は洗えます、そこからでも」

「同じこった。しかし、もしも奴が女と一緒にいない方がもっと質《たち》が悪いぜ」

「どういうことです」

「わからねえかよ。英造を欲しがって抱えようとしていた奴らはあちこちいたぜ、この俺にじかの話もあったしあいつから打ち明けられたこともある。しかしあいつは動かなかった」

「それがどうして」

「だから、女だといったんだ。女がいりゃまだ世の中にいい訳もたつが、いないとなりゃ、奴は、この俺たちも含めて今までの何もかもを勝手に捨てたということだ」

「そんなこと」

「ある訳、あるまいがよ。だから女だ」

「女、ですか」

「たかが女だよ。女なら、かどわかすなり、揚げ句に消すなりすりゃいいものを。だから奴あ本物のやくざじゃありゃしねえ、とんでもねえ偽物だ。そいつに俺たちは入れ上げて一杯食わされたってことだ」

どう答えていいかわからずにただ見守る鎌田の前で、

「この恥を、どう償いさせたらいいのかな」

何かを唱えるようにつぶやく相手に鎌田は固唾を呑んだ。

「しかし償いといっても、いえ、その前にやはり、女と一緒かどうかは確かめた方がいいと思いますが」

「確かめて、どうする」

不気味に潜めた声で相手は聞き返した。

「いえ、ならば訳もわかりますが、まさかあの人がいきなり何もかも捨ててということはないでしょうに。どこかで坊主にでもなるてえならわかりますが」

いわれて為治は初めて声を立てて笑ってみせた。

「なるほど、坊主にでもな。で、それなら世間に面子は立つということか。ならば寺にまでは踏みこまずにすむわな」

いって努めたように笑ってみせる相手を鎌田はまじまじ見返してみた。

「その、踏みこむというのは」

「おとしまえよ、それ相応の」

いわれて固唾を呑みながら、

「どんな風に」

質した相手に、

「お前もうちに長くいてわかってるだろうが。これが何もなしですませる話か、長らくお世話になってご苦労様でしたとだけで」

「しかし、専務は会長の」

「娘の亭主だからことさらという訳じゃねえぜ。あいつが誰の何だろうと、俺の実の息子だろうとしめしというものがあるわな。並の世間でも同じことじゃねえか、まして俺たちの世界で通る話じゃなかろうが」

「しかしあの人がいないと——」

「何だ。もうとうにあの男はいやしねえよ、お前としちゃまだ奴から借りたい知恵があるかも知らねえが、いいか、奴はもういねえんだ。ここからはっきり出ていきやがったんだよ」

「しかし会長、もう少し待ってみてくださいよ」

「待ってどうする」

「確かめます、私としてもこれで気のすむ話じゃありゃしませんから」

「ああ、今すぐどうするどう出来るということじゃあるまいが。しかし俺の勘じゃ、その金を摑んで奴は外国へでも飛ぶかな」

「どこへ」

「どこかは知れねえが。いやその前に改めて、奴がどこの誰に手前を売りこんでいるかいないかも当たるこったな。この世界で奴の手の要る組織はいくつもあるだろうからな」

「そんな」

「ならば許せる話か、うちの面子もあるぜ。野球の選手のトレードじゃあるまいしな」

「ですから一層、女がからんでのことかどうかだけは確かめた方がいいと思いますがね」

「いいだろう、やってくれ」

「で、女がらみのこととわかったらどうします」

「その方が話は早いわな。うちだけで始末つけりゃいいことだ。他の誰に遠慮もいらねえよ」

なぜか固く目を閉じながら為治はいった。


明日この宿を出ようと告げた英造を礼子は怯えた顔で見返した。

「なぜなの」

「いや、別に心配はいらないよ。ただ法律が変わってね、以前みたいにカードでの支払の額に限りが出来て、長い逗留は出来ないから」

「でも、お金なら私少しは持っているわ。家を出る時家中のお金をくすねてきたの」

いって礼子は笑ってみせた。

「そいつは良くないな、今頃手が回ってるかも知れないぜ」

いいながら彼女の手をとってひきよせた英造に、

「でも私ずうっとここにいたい、なんとなくここから出て行くのが怖いわ」

すがるようにいった彼女に向き直ると真顔で、

「そうもいかないだろうな」

英造はいった。

「さっき君がまだ眠っている間の散歩の帰りに、勘定の大方の額を確かめにいった帳場で、誰かが読み散らかして置いた写真週刊誌を見た。あれは俺たちのことが出ていた号だと思う」

「で」

「読んだ誰かが気づいているかどうかはわからないが。だから、念のためにもここは出払っておいた方がよさそうだ。別に誰に追われている身じゃないがね」

いった彼の手を自分から解いて離すと、向き直り、

「本当にそうなの」

「何が」

「あなたは本当に大丈夫なの、誰にも追われてはいないの」

「なぜだい」

「だって、あなたも私も許されないことをしてしまったんでしょう。私はともかくあなたは」

「何だい」

「だってあなたのいた所は私とは違うわ。それくらいわかっています。それにあの孝之でさえあなたにあんなことをしようとしたのに」

「そうだな。まあしかし、俺が残してきた連中が今さら俺を追いかけてきて殺す、としても何になりもしないさ」

　いって離した手を英造は取り直した。

「でも、もしそういうことになったら、お願い、私も一緒に死なせて。いえ、一緒に殺されたい、あのホテルの出来事以来その覚悟は出来ているわ。あの時あなたと一緒に殺されていても、私幸せだったと思う」

「馬鹿いえ、そんなことのために俺たち今ここにこうしている訳じゃないんだ。前にいっただろう、君と初めて互いに名乗って再会した時、俺は必ず君を守る、何があろうと守ってみせると」

　いいながら英造は彼女の手を引き寄せ肩を抱きしめ、そのまま体を傾け彼女を抱き敷いた。

　それ以上の言葉を交わす代わりに、接吻の内で何かを悟り納得したように唇を交わしたまま彼女は何度も頷いてみせた。

そしてそれが次への旅立ちの前のというより、まるで何かの最後のように二人は慌ただしく相手を晒し合い、もどかしく求め合っていった。


風向きが変わったのか、あるいは狂おしい時間の中で失われていた並の五感が戻ったのか、突然部屋の庭先の崖の下に崩れる波の潮騒が伝わってきた。

それはたった今二人が求め合い満たし合ったものの余韻を薄め、二人を今までの時とは違う位相の現実に引き戻すようにゆるやかに、しかし段々はっきりと伝わってきた。

そしてそれを聞き取るまいとするように彼女は英造の胸に顔を埋めて押しつけ直した。

身づくろいに彼女を押して離そうとする彼に礼子は抗うようになおすがりついた。

「どうしたんだい。さっきいったようにここは出てよそへ移ろうよ」

いわれて頷きながらもなお、彼女は自分からかき抱いた彼の体を離そうとはしなかった。

「どうしたんだよ」

あやしながらそんな相手を抱きしめ直す英造に、あきらめたようにからめた腕をほどきながら、

「おかしいのね私、あなたにこうされる度、もうきっとこれが最後なんだ、もう二度とこん

なことあり得ないんだという気がしてならないの。自分を忘れて気を失いそうになる度このまま死んでもいいという気がするわ」

「馬鹿をいうな」

「いえ本当。やっぱり夢だ、夢なんだと思う、だからその夢から醒めたくないと思う――」

なおいおうとする彼女の口を英造は柔らかく手で塞いでみせた。

そして間を置いて、唱えるように、

「ああ、俺もそうなんだよ」

「そう、あなたも」

「いや、それはただ互いに長く待ち過ぎたということだ。俺たち後わずか何年かかけて、会えずにいた何十年かを取り戻すんだよ。そうするしかない、俺たちにはそれしかないんだ」

目を閉じたまま何かに向かって抗うように彼はいった。


部屋に入るなり、突っ立ったまま為治に向かって、

「会長のいわれた通り、女がいました。相手が誰かはわかりませんが」

鎌田がいった。

座れと促した後、

「どうやって知れた」

「銀行に手を回し、係りに脅しもかけて専務が旅の費用を振りこませた先の宿を突き止め、私が出向いて確かめました。西伊豆の松崎の外れの『松籟』という旅館の離れに十日滞在していました。連れの女がいます、年の頃は四十代の。宿の者は夫婦と思ってたようですが」

「なるほど」

「西脇の社長夫人というのはそんな年頃なんですか」

「知らねえな。幼馴染みというからそんなところだろうな」

いった後為治は目をつむり長嘆息してみせた。

「しかしなるほど、そういうことか」

「ならば、どうします」

身を乗り出して質す相手を測るように見返すと、

「どうするにしても、奴はそこを出てどこへいったんだ」

「それは、わかりません。しかし次の居所は同じようにして摑めるでしょうが、それじゃ」

「間に合わねえよ」

塞ぐようにいった。

「噂の立つ前に裏の世界に回状を回す訳にもいかねえわな。しかし方法はあるさ、こちらが本気になりゃ蛇の道は蛇だ」

「で、どうされるつもりです」

尋ねた相手を白い目で見返すと、

「これはあくまで俺の身内の話だ、組の規律なんてものの前にな。どう片をつけるかは身内で決めるさ」

低く唱えるようにいった。

「じゃ、和枝さんにも打ち明けられるんですか」

「あいつに訳も話さずにすます訳にはいかねえよ、あいつが何というか。しかしあいつが何といおうとそれだけですむもんじゃねえわな」

「それは——」

いいかけたが、見返す相手の目の険しさに鎌田は固唾を呑んで口を閉ざした。

「何だな、こうしてこの三人が俺の家で顔を揃えるのはずいぶん久し振りのことじゃねえか」

呼び寄せた娘と息子を見比べながら笑っていう父親ににべもなく、

「用事は何。大方の見当はついているけど」

突き放すようにいう和枝を拓治はいぶかるように見直した。

「何かあったのか、何の見当だよ」

「あんたには関係ないわ」

「ないということはないぜ、これはあくまで身内のことだ。あいつはこいつの亭主、お前の義理の兄貴だからな」

いった為治に眉をひそめながら、

「あいつに何かあったのかい、あのホテルでの一件がらみで」

「そうじゃねえ。あいつはフケたよ」

「フケた、なぜだ」

答えかかり娘の顔を窺う父親に、

「女でしょ、あの」

和枝がいった。

「どうやら、そんなところだな。お前やっぱりあの写真雑誌を見たのか」

「いえ、そうじゃない、私にはわかっていたわ。ずっと前から感じていたのよ」

「なんで」

「私見たのよ、彼とあの女を」

「どこで。一緒にいたのをか」

「一緒じゃなかったけれど、わかったのよ。西脇がやっている財団の音楽会で、二階正面の皇后の隣にあの女が付き添っていて、お客が立ち上がって皇后を迎えた時あの人は皇后じゃなしにあの女を見つめてた、女も彼だけをね。満員のお客の中で、二人だけが見つめ合ってるのが私にはわかったわ」

「だが、なぜなんだ、たかが女だろうが」

腕を組み直しながら拓治がいった。

「そうさ、あいつは本物のやくざじゃねえ。女に狂ってしまったということじゃすまねえよ。もっと大切なもっと大事なものを奴はふみにじった。それを許したらこの世は立ってかねえ。たかだか女のために、今までの何もかもを簡単に捨てられてたまるものか。

いや、並の世間じゃ通るかも知れねえがこの世界じゃ許されねえ。やつはやくざよりもやくざな人間だ。やくざになり切れなかったとんだ素人だったんだ」

「そういういい方は止してよ」

和枝は二人に向き直っていった。

「だからこそ私は、お父さんやあんたは反対したけど彼を選んだのよ。でも――」

「でも、何だ」

「もうどっちでも同じことよ。私も娘も裏切られて、恥をかいたわ」

「どんな恥だい」

「せっかく入ることの出来たあの学校で、あの子は恥をかいてるわ、一人で放り出されて」

うるみかけた目をこらえるように瞬かせると、何かを思い切ろうとするように和枝は唇を硬く噛みしめた。

「そうか孫にまで恥をかかせやがったのか、わかった。ならばどうする」

気おされたように娘を見返しながら為治がいった。

「本当は私たち三人だけででも、今までいた世界から逃げて出たいと思ってた。でも、彼だけが勝手に出ていったのよ」

「ならどうする。どうすれば気がすむ」

質した為治から顔をそらし拓治に向き直ると、

「殺してよ、あんたが」

和枝はいった。

いわれた拓治は黙って為治を振り返り、為治は怯えた顔で息子を見直した。

それを無視して拓治を見つめたまま、

「あんた以前、私たちのことに反対してあいつを殺すといってたでしょ」

いわれて拓治は薄く微笑ってみせた。

「ということは、俺のいった通りだったということだな」

「そうだわね」

彼女はいった。

為治が何かいいかけて口ごもり、三人の間に沈黙があり、突然和枝が小さく声を立てて笑いだした。

「そうね、これは皆私のせいよね。わかった、私がやります」

断ち切るようにいった娘に、

「何をいうんだ」

為治が叫び返し、

「わかった、俺が片をつける。それが当たり前だろう」

拓治がいった。

今夜だけは彼女を置いて一人で出かけると告げた英造を、彼女はすがるような目で見返した。

「何か大切な御用なのね。でしょ」

「どうして」

「だってこの何日か、あなた一生懸命に一人で考えてらしたわ、怖い顔をして」

「わかったかね」

「わかるわ。何かで迷っていたみたい。今夜のことですか」

「なるほど」

「そうでしょ」

「そうだな、いや、そうだ」

「どんなこと、私たちのことで」

「まあ」

「教えて、何でも、私覚悟は出来てますわ」

いわれて肩をすくめ、

「おいおい、そんな大袈裟なことじゃないぜ。ただこれからの身のふりをどうするかと。丁とするか半とするか」

「どういうこと」

「いや、このままこの国にいるか、それとも外国にするかと」

「外国って、どこの」

驚いて質す礼子に、

「メキシコ辺りかな、そこでなら俺に向いた新しい仕事がありそうだがね。しかし言葉が通じないよなあ」

肩をすくめてみせる彼に、

「そんなこと、どうにでもなるわ。私どこへでも行きますから」

「わかってるさ。ま、これも一つの博打だがね」

なだめるようにいった。


部屋の窓からはライトアップされた城の天守閣が眺められた。巨大な城塞は頂上に金色の伝説の巨魚の飾りを頂き、明かりの作り出す陰刻のせいで昼間眺めるよりも一層立体的に宙に浮いて聳え立ち、何か架空の非現実な存在にも見えた。

客としてその景観が正面に見える椅子に座らされた英造に、

「あんた初めてだろう、ここからあの城を眺めるのは。俺の大の好みの場所でね、ここへ来て座ってると何となく気が大きくなるんだよ」

「いや、わざわざこんな席を作って頂くなんぞ思ってもいなかった御厚意で」

「いや、うちの事務所だといろいろ目についてそっちに迷惑があるとな。

しかし大したもんだよなあ、電気も何もなかった何百年も前にこんなものを仕上げた連中てのは。これに比べりゃ我々のやってることなんぞあの大屋根の瓦の何枚にも及ばないわな。

で、今度は何の話かな。この前の依頼じゃこっちも十分尽くしてもらったが、噂じゃあのネタで新和銀行の秋葉頭取を動かしてでかい仕事を組み立てたそうじゃないか、十とかのゴルフ場をせしめて。ゴルフ場もあのあとすぐ景気が戻っていい買い物になったろうが」

「はあ、お陰でまあなんとか」

「で、今度は何かね」

笑って促しながら正面から向き直り、身構えるように膝の上で両手を組んでみせた。

「ちょっと噂で聞きましたが、あなたが今度の跡目をお決めになった川口組は、新しい戦略で外国に進出するそうで」

「ああ、そういう話は聞いているな」

「手始めに、今度法律を変えたメキシコでカジノのプロジェクトを」

すぐには答えず、間を置いて、

「で」

「率直に申しますが、昔かけて頂いた声に今頃答えるのは気が引けますが、その件で私を使ってはもらえませんでしょうか」

黙って窺うように見返していたが、

「すると、聞いている噂は本当かね」

「何がです」

「あんたの身の上のことだよ。やっぱり噂の通りあんた、春日のとこを離れたのかい」

「もうお耳に入っていましたか」

「ああ、俺は耳の早い方でな。でなぜだね」

「話せば長いことになりますが、妙な縁がらみでして」

「どんな縁だね」

身を乗り出して聞く相手に、間を置き肩をすくめながら、

「女です、あり体にいえば」

「子供の頃、偶然に二度ほど命を助けてやったことのある相手です。しかしその相手となぜにといわれるでしょうが、こいつは説明しても誰にわかってもらえることではないと思います」

「ほう、どんな」

「ということは、春日の身内にもということだな」

念を押すようにいった。

頷く彼に、

「そいつは厄介だろうな。それで、外国を選ぶということか」

「私の身の上については私自身で片をつけますから、組織がらみで迷惑をかけるようなことは決してありません」

「うちが抱えれば、ま、あんたが抜けた春日の所帯ではまだだな」

肩をすくめ、思い直したように、

「で、あんたがものした例のゴルフ場のやりくりは誰がするのかね」

「すべて女房の名義にしてあります。そのやりくりは残った連中でも十分出来ます、元々はしっかりした会社ばかりですから、この景気にもなれば」

「なるほど。しかしまあ――」

いいかけたが、ふと思いついたように、

「それより、あんたはあの西脇建設の役員に座ったんだろう」

「よくご存じで」

「その後釜はどうするのだね」

問われて間を置いたが、

「春日が相手の弱みを握っている限り、誰でも送りこめるはずです」

「どんな弱みだね」

問われて首を傾げたが、

「ある証拠の書類ですがね」

「なるほど、ま、俺の立ち入る話じゃなかろうが。わかった、俺もあんたを見こんでいた人間の一人だ、あんたが巣立ちするというなら必ず力になるよ。

川口組の外国での商売への色気は本当の話だ。いや実はこの俺が、俺も力添えして立てた新しい会長に水を向けたんだ、こんなに世界が狭くなった時代に、法律もうるさくなったこの狭い国の中でじたばたしつづけることはないだろうとな。その責任もあるから、我々にとっちゃあんたの身請けはうってつけの話だよ、よくいってきてくれた。メキシコの件は具体的にどこまでいっているかを確かめ、どの時点であんたを組みこむか相談しよう。で、今どこにいるのかね」

「それがまあ、一応の用心であちこち転々と」

いった彼に、眉をひそめ、

「そうか、なるほど」

頷いた後、

「何なら誰か人をつけようか。こういうことになればうちにとっても大事な客だからな」

「いえ、そこまで御迷惑はかけません。折々に私の方から連絡を入れさせて頂きます」

いわれて相手は首を傾げながら黙ってなぜかまじまじ英造を見返し、彼もその意味がわからず二人は視線を合わせて見つめ合いながら黙ったままだった。

そして一人で頷き、

「そうかい、なら後半月くれないか、それまでに進んだ話をまとめておくよ」

相手はいった。

「途中に一度連絡をもらって、主に旅券だろうがこちらで整える手筈に必要な書類を送ってもらおう。その間どこかでゆっくり骨休めしておくことだ。メキシコでの仕事はアメリカのその筋とのからみもあっていろいろ面倒なものらしいからな」

「有り難うございます」

両膝に手をつき深々頭を下げる英造をしげしげ見直しながら、

「いやあ、世の中やっぱり縁だなあ」

　膝を叩いて笑いながら相手はいった。


　扉を開けて入ったホテルの部屋のソファに礼子は小さな明かりもつけずに座っていた。怯えた顔で振り返り、英造が戸口でつけた明かりの中で彼を見つめると泣き出しそうな顔で笑ってみせた。

「どうしたんだ」

「あなたがいないと、なんだか恐ろしくって」

「飯は」

「いいんです、あまり欲しくないわ」

「俺もまだだよ。それよりなんとか話はまとまりそうだ、いい話し合いだったと思う」

「なら、私たち外国へ行けるの」

「ああ多分」

「多分」

「まあ、俺のいる世界に間違いなくなんて話はありゃしないがね。しかしまあ大丈夫だ、連中の俺の使い勝手ということだろうが」

「どんなお仕事。危なくはないの」

「ああ、そんなことはないさ」

いいながら手を伸べ肩を引き寄せようとした英造に、

「あなたにお話があるの」

いつもと違い緊張しなぜか怯えたような顔で彼女がいった。

「何だい」

促されていいかけ、なお臆したように彼女は小さく唇を噛みかすかに顔を離して窺うように彼を見直した。

「どうした、俺のいない間に何かあったのか」

肩を捉え直し軽くゆすって覗きこむ相手に、意を決したように、

「私、赤ちゃんが出来たみたい」

「本当か！」

「間違いないと思います」

その途端英造は身を離しながら両手で礼子の肩を捉え直し、突然体をそらせながら笑い出した。

彼女が驚いて目を見張り見返すほど彼は声を立てて笑いつづけた。

そして突然天を仰ぐように頭をそらせ、

「ああ、神様よおっ」

吠えるように叫んだ。

そしてそのまま激しく彼女をかき抱くと、

「よしっ、よくやってくれた、これで完全だ。いいつきだぜ。俺たちはこれで完全に出直せるよ」

呻いていいながら彼女を固く抱きしめたままその肩口に顔を埋め、突然体を震わせながら彼が泣き出すのを礼子は感じていた。

そしてその彼を礼子が抱きしめ返し、

「いいのね、これでよかったのね」

確かめていう彼女に向かって激しく頷きながら、

「これで完璧だ、完璧なんだ。ざま見ろ、これでようやく俺たちの人生が始まるんだ」

「本当にそうなの」

「そうでなくって他に何がある、何があるというんだよ」

何かに向かって抗うように叫びながら英造は乱暴に彼女を抱きしめて抱えながらソファに

押したおした。

桜井を通じて整えた書類を相手に送り半月後連絡を入れた英造を相手は先日と同じホテルの部屋に招いて、約束していた案件に関してのすべての書類を手渡した。旅券に添えて現地で彼を迎えに出向いて来る男の名前と顔写真、加えて彼らが現地で英造たちのために調達したという新しい住まいと近くの町並みの写真までが添えられていた。

「それでいつ発つつもりかね。今までの経過を説明した書類にもあるが、話は今の段階では案外早く進んでるそうだ。飛行機は成田からも大阪からも毎日飛んでいるが。こうと決まったら早い方がよかろうな。便を決めたら一応俺には連絡しておいてくれ。向こうへのその後の連絡もあろうからな」

手渡されたものをもう一度押し頂いてみせながら、

「この御恩は忘れませんが、一つだけわがままを聞いて下さい。すぐにでも発てますが、その前に一つしておきたい、見おさめておきたいところがありまして」

「ほう、誰だね」

「いえ、ただの土地です。昔私が育ったけちな島なんですがね。今の女と行き合ったのもそこでした。私らもう二度とこの国には戻ることもないでしょうから、その前になんとかもう一度と、連れとも話していました。その他にはこの国に何の未練もありはしませんから」

「なるほど、いいじゃないか。感傷旅行という奴だな。それであんたが何の未練もなくこっちを発って我々のために向こうに骨を埋めてくれるというなら嬉しい話だ。で、そのあんたの故郷の島てえのはどこだい」

「三宅島です、伊豆の七島の一つですが、お聞きになってるでしょう、年中火山が爆発してね、火山からの有毒のガスがひどくってつい数年前も一時島民が全員島から出されました。今は少し島へも戻ってきちゃいるみたいですが」

「ああ、あの島か、三宅な」

「まあ、どんなに変わっちまったことか。ただ一目」

「なるほど。それじゃたいした長居にもなるまいが。とにかく向こうでの成功を祈っているぜ」

「有り難うございます」

深々頭を下げる英造に相手は頷いて手を差し伸べ、彼はそれを両手で握って部屋を出た。

連絡船を降りた時島は雨に閉ざされ山も深い雲に包まれていて、目に入る辺りの風物や建物たちは以前と形を変えてはいたがごく並の景色にしか映りはしなかった。

教えられ訪れて宿をとった、ようやく来島するようになったという釣り師相手の民宿に入ったが、二人が島を出てからの来島者だという英造と近い年配の宿の主人は、相手の経歴を聞いて実は自分たちも昔はこの島の居住者だったと明かした二人に、明日は雨も上がるだろうが晴れてから山に上ってみれば先年の山の噴火がどんなにこの島を変えてしまったかがわかるだろうと教えた。

英造が名を上げて消息を尋ねた昔の見知りの大方は島を出たきり東京に居ついて戻ってはいなかった。戻っているのは、こんな島にも尽きせぬ愛着を持つ高齢の島民たちばかりで島のたつきは未だに細々としたものでしかなく、島は半ば死んでしまったままだと。

島民が離れている間当然島で漁をする者はなく魚だけは手つかずのまま豊饒な海になったが、帰島が始まっても遠隔の島まで釣りにくる酔興な客の数も知れているそうな。

「明日まあ、車で山に上ってみればこの島に何が起こったかがわかりますよ。今までの噴火は山が噴いて溶岩があっちこっちに流れ出し地形を変えただけでしたが、この前のはガスですからね、方角も何もあったものじゃない。風向き次第でガスに晒された山肌はどこもかしこも漂白されちまって、ある高さまでいけばもうまともに残っている木も草も一本もありませんよ。

　あれで山がもう少し高ければガスも風に乗って海まで飛ばされるんでしょうが、八百メートルという中途半端な高さだからね、雲よりも比重の重いガスは山肌を伝って落ちてきて山は全滅しました。亜硫酸ガスというのは雨が混じるとそのまま硫酸になっちまうそうでね、樹木だけじゃなしに人間もたまらないし、飛行機も機体が傷んで飛行のための保険料が高くつくんで飛んできませんよ」

　いった後、

「しかし折角のお客さんに失礼ですが、釣りでもなしにこの島にやってくるなんて酔興なことですな」

　肩をすくめながら主人はいった。


　山の光景は宿の主人が教えた通り荒涼と変わりはてていた。

　外輪の屋根にかかる辺りからすべての樹木は山から噴き出したガスに漂白され元の形のまま白っちゃけ立ち枯れていた。

　それはそれで何やら位相の異なる世界の物珍しい風景にも見えたが、その先外輪山を越えてたどり着いた、以前は豊かな緑に覆われ牛が放たれて小振りながら酪農も営まれていた盆地は、枯れ果てた草も土に還ってしまい見渡す限り砂漠に近い荒れ地だった。

車から降り立って入ってみた荒れ地のあちこちには、噴火で窒息して死んだ牛たちの死骸が半ばミイラ化しその骨が地面から突き出している。

二人が島の学校に通っていた頃例年の遠足でやってき、村が経営する酪農場で搾り立ての牛乳を飲むことの出来たあの景色は変わりはて、地獄というものがあるならばと想像させる、昔を知りながら眺める者を茫然とさせる無惨な光景だった。

噴火口の内輪山への登山路は噴火のせいで地形も変わり塞がれていた。

手前の丘に立って眺めた向こうに、あの突然の嵐の中で二人が逃げこみ寒さの中で英造が礼子を抱えて守った蒸気の噴き出す岩場らしきものは見えたが、そこに繋がる道はどこにも見つからなかった。

すべてのものが過去の思い出を塞ぎ断ち切っていた。

礼子がかろうじて手を挙げて指さし、

「あそこね、あの大きな岩の下だったのよね」

いわれて彼もただ頷くだけだった。

風がわずかにそよぐと、急に今まで感じられなかった大気の異様な匂いが鼻に感じられた。

「もう行こう。いつまでいてもしょうがない」

彼にいわれ、頷きながら、

「でも、やっぱり来てみてよかったわ」

彼女はいった。


帰り道に眺めた当時よりもずっと立派になった高等学校の校舎は前の前の噴火の折に流れ出した溶岩の流れがその真ん中を海まで突っきって建物を背負うようにして固まったままでいた。それはまるで時間そのものが目の前で停止し凝り固まったように、何か絶対な断絶を感じさせた。

「あのピアノは、もうありはしないわね」

つぶやくように礼子がいい、弾かれたように英造は彼女に向き直った。

「そうだ、行ってみよう」

「そんな。もうありはしないわ」

「でも確かめてみようぜ」

「ある訳ないわ」

「なら別のピアノでもいい」

「どういうこと」

「もう一度この島で君のピアノを聞かせてくれよ」

「そんな」

「俺は島を出てから、何度もそれを考えていたんだ」

彼女の肩を捉え乱暴なほどゆすりながら彼はいった。

「頼むよ、そのために俺たちここへ戻ってきたんじゃないか」

肩を捉えたまま間近に顔をよせて願う彼に彼女は黙って頷き返した。


昔あった中学校も大分前に立て替えられていい、今は数少なくなった生徒たちが下校した後の閑散とした校舎の教員室を訪ね、まだ居合わせた教師にピアノについて質してみた。

以前この学校のピアノで練習したことのある昔の卒業生で、出来たらもう一度弾かせてもらえたらという礼子を、若い男の教師は物珍しげに見直して、

「ピアノはありますがそう古いものではないと思いますね。私はそっちの専門ではありませんのでわかりませんが、皆が島を離れている間そのままでして帰島してからまだ使うことはありませんでしたし、調律というんですか、正確に鳴るのかどうかわかりませんよ」

「それでもかまいませんわ」

いった礼子を改めて見直し、

「あなたはそっちの専門家ですか」

「はい、お陰で一度はその道に入っておりましたが結婚して身を引きました」

いわれて相手は確かめるように英造を見直した。

「私も島の人間でここに通っていましたが」

答えた彼に何を納得したのか、

「ああ、なるほど。弾かれるのは結構ですが、ただ鍵がどうなっていたかな。調べてみましょう」

いうと先だってピアノの置かれた音楽教室らしい部屋に案内してくれた。

ピアノは明らかに昔のそれとは違って塗りの色も白かった。

蓋に手をかけて確かめ、

「ああ、鍵は開いていますな。音の具合は保証出来ませんが、どうぞ」

彼女のために椅子を引いてもくれた。

座った彼女は少しの間鍵盤に手を触れ、何かを思い起こして探すように目を閉じたままでいた。

そんな様子に何を感じたのか二人を見比べ直すと、

「それでは、どうぞごゆっくり」

いって案内した教師は部屋を出て行った。

そのままなお指を動かさず、斜め後ろに立った彼に振り返り仰ぐと、

「でも私怖いわ」

「馬鹿いうな。俺たちはこれから始まったんだぜ。君が突然この島のここでこれを弾いていたんだ。そして俺は――」

「何」

「違う世界を見てしまったんだよな」

彼はいった。

いわれて彼女は目を閉じて頷き彼に振り返り、

「何にします」

「楽譜は俺の知っているものにしてくれよな」

英造がいい二人は声を立てて笑った。

「月光は」

英造がいい、

「駄目、楽譜がないともうとても無理よ」

「ならエリーゼか」

いった彼を確かめるように見返し、肩をすくめて頷いた。

弾き始めすぐにピアノのあるキイの音程が狂っているのがわかった。思わず手を置き振り返った彼女に何もいわず英造は強く頷き返して手を伸べ、彼女の肩から首筋に触ってやった。礼子はその手に向かって頬を傾けて押しつけながら次を弾き始めた。

旋律と共に失われていた時間が堰を切ったように流れ始め、それに追いつこうとするように彼女は激しいほど強く鍵盤を叩きつづけた。

終わった時彼は後ろから思わず両の手で彼女を抱きしめ、彼女は応えるようにのけ反った頭を彼に預けいつまでも身動ぎしなかった。


宿に戻った英造に、宿の主人が彼らの留守中に来客が一人あったと伝えた。

問い返した彼に、その客は寄宿の客の名を質し、宿帳への記名が桜井と確かめそのまま頷いて帰ったという。風体は初めて見る顔で島の人間ではなさそうだと主人はいった。

それは自分たちと一緒の船で来た誰かだろうかと尋ねた彼に、前日船まで出迎えに出たがごく限られた数しかいない下船者の中には見なかった顔だと相手は答えた。

その日二人が山に入っている間に確か一度ヘリコプターが飛んできていたが、あるいはそれで来た客ではなかろうかとも。

「なるほど、どうも」

頷き返す彼の表情の険しさに相手は驚いたが、それ以上何をいい添えることもなかった。


人気のない飛行場を過ぎた。

定期便の飛んで来ない滑走路はうっすらと灰に覆われて見え、ターミナルビルの手前の南端部分だけがヘリのために使われているのを証すようにコンクリートの地肌を見せていた。人影のない飛行場はどこにも壊れた部分は見えはしなかったが、半ば見捨てられた島を表象して、あの外輪山の内側の砂漠と同じように荒涼としていた。

船の姿もない三池港を過ぎ役場の前を過ぎたがどこにも人影はなかった。公道から右に折れて灯台のあるサタドー岬に登る細い道路も、無人化されてしまった灯台を証すように舗装こそ傷んではいないが周囲の雑草が腰の高さほどに生え茂り草の穂先が車の体を叩いた。

岬の頂の小広い平場にも、昔礼子たちが住んでいた宿舎の影はなく建物が撤去された後に空いた穴には雑草が茂っている。

「何もかもなくなっちゃったのね」

礼子はつぶやき、英造も黙って頷くだけだった。

しかし踵を返し、それだけは昔ながらの灯台の裾を回って立った岬の断崖の際から眺めた光景に礼子は息を呑んだ。

数十メートル眼下の暗礁に渦を巻いて轟く波の彼方に、今は一本の草も生えずに荒涼として連なる海岸線が望まれた。

あの夜高く火を噴いて流れ出し、英造たちの集落を呑みこみ船溜まりを襲って船を焼き彼の親兄弟を焼き殺した火の河は、今では赤黒く凝り固まったまま海に落ちこみ、高く噴き上げていた水蒸気の代わりに打ち寄せる波が高い飛沫を上げていた。

昔見た黒いながらこまかな砂の連なる、草つきも見えた浜辺はただ黒々とした溶岩に覆われ、見渡す景色の中で動くものは打ち寄せる波だけで他のすべては黒く凝り固まって動かず死に絶えていた。

それはあの夜見た火の河よりも一層無惨で恐ろしく、喪われたものを証していた。

視線を巡らせて仰いだ山肌も昨日間近で眺めた時よりも一層寒々と、見渡す限り灰色に覆われていた。

立ち尽くして見入る二人を海からの突風がよろめかせ、こらえて立ちながら、

「畜生、なるほどな」

呻いていう英造を礼子は手を伸べて支え、向き直って二人は黙って見つめ合い頷き合った。

「来てみて、よかったわ」

彼女がつぶやき、

「ああ」

彼は頷いて、突然笑いながら、

「ここへ来てこれを見て、俺が今何を思ったと思う」

「何」

「向こうへ行ったら、あの写真で見た家に大きなピアノを買って置こうかなって」

いって彼は声を立てて笑い、目の前に拡がるものに向かって激しく唾を吐きつけた。

眺めていたものにようやく背を向けようとした時、突然近づいて来る車の音を聞いた。こんな所にやって来る者の怪訝さに立ち止まり待ち受ける二人の前に、坂を上りきり二人の止めた車の横に止まった中型の車から男が一人降りて立った。

春日拓治だった。

離れて立った二人が誰と迷うこともなく、待たせていた相手に近づくように真っ直ぐ二人に向かって歩いてきた。

英造は横に立つ礼子を自分の背の後ろに庇って押しやろうとしかけたが、半ばで止めた。

五メートルほどの間近まで来て立ち止まり、拓治は黙って懐から取り出した拳銃を見せつけるように二人に向かって突き出した。

「なぜわかった」

抑えた声で質した英造に、

「あんたは最後に甘かったな。なぜやくざが、他のやくざを頼ったりするんだ」

肩をすくめ、顔をかすかにそらせながらひきつった顔で拓治はいった。

「だから親父がいったように、あんたは本当のやくざじゃなかったってことだな」

「ならば、あの男か」

「そうだよ。あんたが手にした旅券なんぞ元々役には立たなかったのさ。そのつもりで成田や関空から発たれたら始末は厄介だったが、ここならこちらも手間がはぶけたよ」

何かを収いこむように一寸の間英造は目の前の相手を無視したようにうつむいて目をつむり、間を置いて目を見開きゆっくり頷いてみせた。

「なるほど。なら聞くが、どんな取引をしたんだ」

「西脇には、あんたの代わりに連中の息のかかった誰かが入るだろう。その後の進め方はもうこちらの知ったことじゃねえな」

「ゴルフ場のチェーンは」

「さあな。あんたがいなくなって俺たちの才覚でどう扱えるものかね、多分あいつらに食いちらかされることだろうさ。しかしまあ、あんたのお陰で多分和枝は食いはぐれることはあるまいよ」

いいながら引き金の装置を外す相手に、

「待て、このことでお前が手を汚すことはまったくないぞ。俺はな、このことで丁か半か賭けてきた。昨日お前が島に来たらしいと知って、勝負は知れたよ。

だからここへ来たんだ、死ぬならここでと決めていた。お前にはわかるまいが、俺たちのすべてはここで培ったんだ。だからここで終わるんだ。だからお前からは手を出すな。そしてあいつらから親父さんと和枝や組を守れ。殺るならあの男をやるんだな」

いいながら英造は小さな布を巻いてしまっていた、宿でくすねておいた果物ナイフをゆっくり取り出した。

「この女は俺が殺す、殺して俺も死ぬ。お前が手を出すいわれはどこにもない」

いいながら礼子の腕を捉え直して抱き寄せると、笑いながら彼女の喉に手にしたものを押しつけてみせた。そして彼女も微笑みながら彼に向かってはっきりと頷いた。

立ちすくみ見守る拓治の前で相手を無視したように二人はそのまま背を向けると、今戻って来た断崖に向かってゆっくりと歩いて行った。

歩みながら英造は彼女を正面から抱き寄せて立ち止まり、

「いいな、礼ちゃん」

と質し、

「ええ、いいわ」

礼子もはっきりと答えた。

断崖の縁で二人は立ち止まり、英造は拓治に向かって振り返り頷くと彼女を抱きしめ直し、手にしていたものを礼子の胸に向かって力一杯突き刺した。

崩れかかる相手を抱きとめながら地を蹴って飛び出し二人の姿は消えて行った。

その夜島の山は突然鳴動し、島民が怯えて見上げた山頂の火口は小さく火を噴いた。

解説

福田和也

世の中に、自分の宿命を自覚して生きている人間はどれくらいいるのだろう。

宿命とは、生まれる前から定まっている運命であり、自分の力では変えることができないものだが、『火の島』の主人公の浅沼英造と向井礼子はまさに、その宿命に生きている。

三宅島の漁師の息子である英造は、中学二年のとき、講堂でピアノを弾いている礼子と出会う。礼子は赴任してきたばかりの灯台長の娘で、まだ小学五年生なのだが、小学校にはピアノがないので中学校のものを練習のために使わせてもらっているという。

礼子と礼子の弾くピアノに惹かれた英造は、譜めくりを手伝うようになり、二人は次第に心を通わせていく。

二人を結びつける決定的な二つの出来事が起こる。

一つは、二人の仲に嫉妬した男子がピアノの譜面を盗み、それを取り戻そうとした英造は男子とその仲間たちとの乱闘騒ぎのさなか、頬に枝が突き刺さり重傷を負ってしまう。

もう一つは、中学校、小学校合同の登山・ハイキングの途中、嵐になり、礼子と二人、岩陰に避難した英造は自分の身を挺して風雨と寒さから礼子を守る。


彼女が抱き返す冷たい彼の背に比べてその唇だけが熱く、確かめるように顔をのけ反らす彼女を引き戻すように彼は強く抱きしめ、そのはずみに彼の唇が彼女の唇に触れて被さった。そしてそれはそのまま彼女をもっと確かな安らぎに向かって導いてくれ、とうとうこらえきれずに礼子は彼の腕に包まれたままその中で眠りに落ちていった。


この二つの出来事から二人はお互いがお互いに親以上に大切な存在であることを認識するのだが、その後すぐ、否応なく引き離されてしまう。

三宅島の雄山が噴火したのだ。

山から流れ出した火の河は集落を呑み込み、噴火から一夜明けた翌日の島は一変していた。

幸い、礼子と礼子の家族は無事だったが、英造の父親と兄二人と家と船は溶岩に呑み込まれた。母親はショックで気が触れてしまい、英造は母を連れて島を出、東京の母親の妹の家に身を寄せると、二度と島には帰ってこなかった。

三十年近い年月を経て再会したとき、礼子は日本でも名だたる建設会社の社長夫人になっており、英造はその建設会社を恐喝するやくざ組織の頭になっていた。

松本清張の作品には宿命を負った人物が数多く登場する。

彼らは進駐軍の娼婦であった過去やハンセン病の父親の存在など、消すことのできない事実を消すために殺人を繰り返す。しかし、その背景には人間を国や時代ごと呑み込んでしまう、戦争という巨大なうねりが存在している。

戦後生まれの我々が、自分ではどうすることもできない宿命を実感するとしたら、それはよほど特殊な環境においてであろう。

戦後世代の宿命を巧みに描き出した一人に、漫画原作者の梶原一騎がいる。

『巨人の星』の星飛雄馬は父親の深いルサンチマンから、巨人軍の投手になる人生を余儀なくされ、『あしたのジョー』の矢吹丈には力石徹という宿命のライバルがいた。

財閥の令嬢と貧しい家の不良少年の宿命的な愛を描いた『愛と誠』は、主人公二人の幼少期の出会い、少年が少女のため負った顔の傷、運命的な再会など、『火の島』との共通点がある。

ただ愛と誠が放り込まれたのが、不良高校生同士の激烈な暴力のただ中であったのに対し、礼子と英造を取り巻くのは社会的暴力である。

利益のため脱税する企業とそれをネタに恐喝するやくざ、かけひき、裏切り、出し抜き……そうした中で、億の金が動き、人が死ぬ。二人が再会したのは、英造自身が手にかけた、礼子の義父である西脇建設の会長の葬儀においてであった。

舞台装置は手が込んでいて、礼子と英造が置かれている状況の複雑さや、しがらみが分かる。


「なぜっ」

思わず彼女は口走り、

「なぜだっ」

谺《こだま》が返るように彼もいった。

そのまま見つめ合いなお立ち尽くしている二人の間を、何かが音こそ立てず、しかし激しく渦まきながら流れていった。

初めて二人だけで対面したホテルの部屋で、一体どうして自分たちがこのような形で再会しなければならなかったのか分からず戸惑う礼子と英造だったが、逢瀬を重ね、三十年の時を経て結ばれたとき、二人は今まで自分が本当の自分とは違う人生を歩んできたことを悟る。そして二人を出会わせ、引き裂いた三宅島で、自分たちの宿命に決着をつける。

違和感なく、この流れを受け入れることができたのは、前の引用も含め、幼少時の二人の深い結びつきを丁寧に描いた石原氏の筆力ゆえだろう。

私が初めて石原氏とお会いしたのは平成五年の早春である。氏の『わが人生の時の時』の文庫本の解説を書かせていただいたのが機縁だった。

生涯の様々なエピソードを十枚くらいの小品として集めたこの作品は、形式の古典性と感覚の確かさ、何よりも情景の鮮烈さによって、汲《く》めども尽きせぬ魅力を湛《たた》えている。

本作において主人公たちは「生きていること」の証を求めて冒険に挑む。そして、自分たちが何物かに「生かされている」という承認に決着する。冒険者たちは、人間が限界を尽くした後に、自らを超える存在と出会い、親和するのだ。

この自らを超える存在は『火の島』にも通じている。

「人生にはあの島と同じように、目には見えないマグマが隠れて流れているんですね。それがいつどこで火を噴き出すのかわからない、それを操るのが何なのか誰なのかもわかりはしない」

作中の英造の言葉だ。

『火の島』が「文學界」に連載されたのは、平成十七年から十九年である。インターネットの普及が世の中を変え、人間を含むあらゆるものの画一化が進む時代の中、石原氏は三宅島の噴火という大仕掛けをもって宿命を描くことで、人間の存在とは何なのかを改めて問い直したのだ。

石原氏は昭和四十三年、三十五歳で参議院議員に当選して以来、文学と政治を両立させてきた。

それがいかに困難なことであるかは、アンドレ・マルローの例をみても明らかだ。かの行動主義文学者のマルローは戦後、シャルル・ドゴール政権で文化相の地位につくと、一編の小説も書くことなく、文化の演出家に変貌して生涯を閉じた。

一方石原氏は議員を辞職した四年後の平成十一年、東京都知事に当選すると、四期十三年を務めあげ、その間にも精力的に小説を発表し続けた。

『火の島』も都知事時代に書かれた作品である。

こうしたことが個人の意思と努力で可能になるとは到底信じ難い。

あるいは石原氏もまた、自らを超える存在によって定められた宿命を生きているのかもしれない。

――文芸評論家

この作品は二〇〇八年十一月文藝春秋より刊行されたものです。

火《ひ》の島《しま》

石《いし》原《はら》慎《しん》太《た》郎《ろう》

平成30年12月15日　初版発行

発行人――石原正康
編集人――袖山満一子
発行所――株式会社幻冬舎
〒151-0051東京都渋谷区千駄ヶ谷4-9-7
電話　03(5411)6222(営業)
　　　03(5411)6211(編集)
　　　振替00120-8-767643

印刷・製本―中央精版印刷株式会社
装丁者――高橋雅之

幻冬舎文庫

ISBN978-4-344-42805-8　C0193　い-2-13

幻冬舎ホームページアドレス　http://www.gentosha.co.jp/
この本に関するご意見・ご感想をメールでお寄せいただく場合は、
comment@gentosha.co.jpまで。